LES TRAVAUX DE MARS OU L'ART DE LA GUERRE.

Tome Premier

A Paris 1684.

LES
TRAVAUX DE MARS,
OU
L'ART DE LA GUERRE.

DIVISÉ EN TROIS PARTIES.

La premiere, enseigne la Methode de fortifier toutes sortes de Places Regulieres & Irregulieres.

La seconde, explique leurs Constructions, selon les plus fameux Auteurs, qui en ont traité jusqu'à present, & donne aussi la maniere de les bâtir.

La troisiéme, enseigne les fonctions de la Cavalerie & de l'Infanterie, traite de l'Artillerie, & donne la Methode d'attaquer & de deffendre les Places.

Avec un ample détail de la Milice des Turcs, tant pour l'Attaque que pour la Deffence.

Ouvrage enrichi de plus de quatre cens Planches gravées en Taille-douce.

DEDIÉ AU ROY.

Par ALLAIN MANESSON MALLET, *Maistre de Mathematiques des Pages de la petite Ecurie de sa Majesté, cy-devant Ingenieur & Sergent Major d'Artillerie en Portugal.*

TOME PREMIER.

A PARIS,
Chez DENYS THIERRY, ruë S. Jacques, à l'Enseigne de la Ville de Paris, devant la ruë du Plâtre.

M. DC. LXXXV.
AVEC PRIVILEGE DU ROY.

LOUIS LE GRAND ROY DE FRANCE
Faict par P. Giffart
Graueur du Roy. 1683.

AU ROY,

IRE,

Si ma temerité est aujourd'huy excusable, c'est seulement à cause que VOSTRE MAJESTÉ *a toûjours fait ses principales delices des* TRAVAUX DE MARS, *& que je ne sçaurois mieux offrir ces glorieux Exercices, qu'au plus infatigable de tous les Conquerans. Toute l'Europe qui admire ceux de V. M. est persuadée que ce* *que la Fable a dit autrefois des* TRAVAUX DE MARS *Roy de Thrace, qu'elle erigea en Dieu, l'Histoire le dira, avec bien plus de justice, des Travaux de* LOUIS XIV. *V. M. n'en a jamais pris qui n'ayent servy au repos de ses peuples, & à la gloire de son Regne. Lorsque j'avois l'honneur de porter le Mousquet dans son Regiment des Gardes, j'appris dans cette belle Escole les premieres Leçons, qui m'ont donné des lumieres pour cet Ouvrage; Et la Paix que vous aviez si glorieusement accordée à tant d'Etats, ayant porté ma destinée en Portugal, auprés du Roy Dom* ALPHONSE, *& ensuite auprés du Serenissime* PRINCE-REGENT, *qui aujourd'huy remplit dignement le Thrône, j'eus alors l'avantage de joindre la Pratique aux Idées que j'avois déja conceuës de ce bel Art. Au fort du Service où ma Charge m'appelloit, & au milieu des belles Occasions qui se passoient en ce Païs-là, j'eus la joye d'entendre le bruit des Conquestes de V. M.*

Ce fut pour moy une satisfaction incroyable de les entendre dans une Armée, composée de la plusspart des Nations de l'Europe, où ce recit avantageux de vos Illustres Travaux, n'estoit point mendié, & où la force de la Verité l'arrachoit de la bouche de beaucoup d'Estrangers, qui sont naturellement jaloux de la gloire de nostre Nation. Les mouvemens de joye que j'en sentis furent augmentez par le Traité de Paix entre les Couronnes d'Espagne & de Portugal, qui me dégageant honnestement du service où j'estois attaché, me donna lieu de courir en France, à dessein de sacrifier ma vie pour les interests de mon Prince. J'eus l'honneur à mon retour, de rendre mes profonds respects à V. M. & de recevoir au mesme temps des marques de sa liberalité. Mais ayant trouvé que sa moderation avoit arresté sa Valeur, & donné la Paix à ses Ennemis, j'appliquay mes soins à mettre au jour en faveur de ma Patrie les Observations que j'avois faites sur l'Art Mili-

taire. Quoy que le Public les ait assez bien receuës, il faut pourtant avoüer qu'elles estoient imparfaites ; & que mesme il me seroit aujourd'huy impossible de les luy redonner plus exactes, si je n'avois étudié avec attention les fameuses Campagnes que V. M. a terminées depuis ce temps-là avec tant de gloire. C'est-là qu'Elle a donné des Leçons aux plus grands Capitaines de l'Univers : & c'est de là que j'ay emprunté ce qu'il y a de meilleur dans le Livre que je luy viens offrir avec une tres-profonde veneration ; toûjours prest à verser mon sang pour son service quand Elle m'ordonnera de joindre les effects aux paroles, comme estant avec un zele tres-ardent & tres-sincere,

SIRE,

DE VOSTRE MAJESTÉ,

Le tres-humble, tres-obeïssant,
& tres-fidele serviteur & sujet,
ALLAIN MANESSON MALLET.

AVERTISSEMENT

Servant de Preface.

LE nombre des Places que j'ay fait fortifier en Portugal, en Espagne & ailleurs, m'ayant donné une experience toute autre que celle qui s'acquiert dans les Livres, je fis part au public il y a treize ans de ce Traité de Fortification. Il eut le bon-heur d'agréer aux plus sçavans du Mestier, & d'estre en moins de trois années traduit en plusieurs langues differentes, quoy qu'il fût bien moins parfait que celuy qui va paroistre dans cette seconde Impression. Je l'ay enrichy de quantité de nouveaux Traitez, & de plusieurs Maximes & Remarques particulieres, que j'ay tâché de conformer aux excellentes Maximes de Monsieur de Vauban Gouverneur de la Citadelle de l'Isle, & Lieutenant general des Armées du Roy : ses services & ses ouvrages prouvent assez qu'il est incomparable en l'Art de fortifier & d'attaquer les Places.

J'ay divisé cet Ouvrage en trois parties. La premiere contenant la Construction des places Regulieres, Citadelles & Dehors, soit sur le Papier, soit sur le Terrain, avec la Methode de lever toutes sortes de Plans, de les reduire de grand en petit, & de petit en grand, & de les Modeler, & avec la maniere de fortifier toutes sortes de Places irregulieres, & vieilles enceintes, tant celles qui sont bâties dans les Plaines ou dans les Vallons, sur les Montagnes, dans des Marais, que celles qui sont environnées de Lacs, d'Estangs, de Rivieres ou situées sur le bord de la Mer.

La seconde Partie donne & examine les diverses Constructions ou Methodes de fortifier les Places selon Errard, Marolois, Fritach, Stevin, Dogen, Marchi, Sardi, De-Ville, Pagan, &c. & fait le parallele de leurs Constructions avec celles de l'Auteur, & donne aussi d'amples Dissertations pour & contre l'usage des Cazemates, Faussebrayes & seconds Flancs : avec les differentes manieres de creuser les Fondemens, de transporter les Terres, d'élever les Remparts, & de bâtir l'enceinte & revétissement des Places & Travaux de guerre.

La derniere donne les Noms, Charges & Devoirs des Officiers d'Infanterie, de Cavalerie & d'Artillerie, traite des Evolutions anciennes & modernes, en general & en particulier : de l'Artillerie & Fonte des Pieces : de la composition des Poudres & Feux d'Artifices, & des Instrumens qui servent ou à la Défense ou à l'attaque des Places, Villes & autres lieux : & parle de la conduite & de la marche des Troupes & des Armées, de leurs Campemens & de leurs Sieges ; enfin de l'Attaque & de la Deffense des Places : & traite de leurs Capitulations & Redditions : Et enfin donne un Traité de la Milice des Turcs, & de leur maniere d'attaquer & de deffendre les Places.

Comme j'ay remarqué que les Figures instruisent merveilleusement dans les Livres de Mathematiques, quand il s'agit d'expliquer les difficultez qui s'y rencontrent, principalement dans les Fortifications ; je me suis attaché dans cette seconde Impression à donner quantité de nouvelles Planches gravées tres-proprement. J'y ay adjoûté quantité de Desseins corrects pour servir de regles à ceux qui veulent apprendre d'eux-mesmes à dessiner. Les Maximes de la Pespective y sont observées autant que l'ont pû permettre la petiresse des Planches & la conduite de mon Sujet. Les Intelligens y trouveront la degradation des Figures selon leur lointain ; & je n'en donneray qu'un seul exemple pour répondre à une Objection qu'on m'a faite. Elle est fondée sur la Planche 213 du premier Volume, où l'on pretend que les Figures des Ingenieurs qui vont mesurer les Angles C & D sont plus grandes qu'il ne faudroit. Ce qui seroit vray, si les Ingenieurs paroissoient actuellement mesurer ces Angles, mais la distance qui est entre leurs pieds & le pied de la muraille, montre assez qu'on a pretendu les faire voir, lors qu'ils marchent pour s'approcher de l'Enceinte, dans une action qui marque ce qu'ils y vont faire.

Je suis encore obligé de dire un mot touchant la justesse & la fidelité des Plans qui sont icy. On s'étonnera peut-estre d'en voir qui representeront un Dehors de plus ou de moins, qu'il ne s'en rencontrera d'icy à quelques années aux Places qu'ils figurent. Ce changement viendra de la prudence d'un sage Gouverneur qui raffine incessamment sur la Fortification de sa Place, & ne touche pas seulement aux Dehors, mais encore à l'Enceinte principale, quand il le juge à propos. J'ay levé moy-mesme la pluspart de ceux qui sont dans cet Ouvrage, les autres m'ont esté obligeamment communiquez par les plus habiles Ingenieurs du temps ; & il est à croire qu'ils y ont observé toute la justesse possible.

TABLE DES CHAPITRES

Contenus dans le premier Tome

DES TRAVAUX DE MARS OU L'ART DE LA GUERRE.

LIVRE PREMIER.

De la Construction des Places.

CHAPITRE PREMIER.

CHAPITRE II.

Table des Chapitres.

CHAPITRE III.

Construction

LIVRE SECOND.

De la Fortification Irreguliere.

CHAPITRE PREMIER.

CHAPITRE II.

CHAPITRE III.

CHAPITRE IV.

CHAPITRE V.

CHAPITRE VI.

CHAPITRE VII.

CHAPITRE VIII.

CHAPITRE IX.

Fin de la Table des Chapitres.

PRIVILEGE DU ROY.

LOÜIS, Par la grace de Dieu, Roy de France & de Navarre, A nos Amez & feaux Conseillers, les Gens tenans nos Cours de Parlement, Maistres des Requestes ordinaires de nostre Hostel, Grand Conseil, Baillifs, Senéchaux, Prevosts, leurs Lieutenans, & à tous autres nos Justiciers & Officiers qu'il appartiendra, Salut. Nostre cher & bien amé DENIS THIERRY Imprimeur, Libraire, & Ancien Consul des Marchands à Paris, Nous a fait remontrer, que depuis plusieurs années il s'occupe à faire imprimer en vertu de nos Lettres de permission, un Livre intitulé: *Les Travaux de Mars, ou l'Art de la Guerre, divisé en trois Tomes, enrichi d'un tres-grand nombre de Figures*; Composé par Nostre bien Amé Allain Manneffon Mallet, Ingenieur & Sergent Major d'Artillerie de nostre tres-cher Frere le Roy de Portugal, & Maistre des Mathematiques des Pages de nostre petite Escurie; Et que comme il est à present en estat de donner cet Ouvrage au public, & que le Privilege qu'il Nous avoit plû en octroyer se trouve égaré; Il a esté conseillé d'avoir recours à Nous, & de Nous faire tres-humblement supplier de luy vouloir faire sceller tout de nouveau nos Lettres de Permission sur ce necessaires, afin de ne pas priver nos Sujets d'un Livre qui leur peut estre fort utile pour les instruire à attaquer une Place avec prudence, la bien défendre, & tout ce qui regarde l'Art de la Guerre. A CES CAUSES, desirant favorablement traiter l'Exposant, & luy donner les moyens de se dédommager des frais qu'il a faits pour l'impression & les Planches, Nous luy avons permis & accordé, permettons & accordons par ces presentes, d'imprimer ou faire imprimer, vendre & debiter en tous les lieux de nostre Royaume ledit Livre en tant de volumes, marge & caractere, & autant de fois que bon luy semblera, durant le temps de vingt années consecutives, à compter du jour que chaque Tome sera achevé d'imprimer pour la premiere fois. Pendant lequel temps Nous faisons tres-expresses défenses à tous Imprimeurs, Libraires & autres, d'imprimer, faire imprimer, vendre & distribuer ledit Livre sous pretexte d'augmentation, correction, changement de titre, fausses marques ou autrement, ny mesme d'en contrefaire les planches; & à tous Marchands Estrangers d'en apporter ny distribuer en ce Royaume, d'autres impressions que de celles qui auront esté faites du consentement de l'Exposant, à peine de six mille livres d'amende, payable par chacun des contrevenans, & applicable un tiers à Nous, un tiers à l'Hospital General de nostre bonne Ville de Paris, & l'autre tiers à l'Exposant; de confiscation des Exemplaires contrefaits, & de tous dépens, dommages & interests. A condition qu'il sera mis deux Exemplaires dudit Livre dans nostre Biblioteque publique, un en celle du Cabinet de nos Livres en nostre Chasteau du Louvre, & un en celle de nostre tres-cher & feal le Sieur le Tellier Chevalier Chancelier de France, avant que de l'exposer en vente: à la charge aussi que l'impression en sera faite dans le Royaume, & non ailleurs, & que ledit Livre sera imprimé sur de beau & bon papier & de belle impression; Et ce suivant ce qui est porté par le Reglement fait pour la Librairie & Imprimerie au mois de Juin 1618. enregistré en nostre Cour de Parlement de Paris le 9. Juillet ensuivant, à peine de nullité des presentes, lesquelles seront registrées dans le Registre de la Communauté des Imprimeurs & Libraires de nostre bonne Ville de Paris. Si vous mandons & enjoignons, que du contenu en icelles vous fassiez joüir pleinement & paisiblement l'Exposant, ou ceux qui auront droit de luy, sans souffrir qu'il leur soit fait aucun empeschement. Voulons aussi qu'en mettant au commencement ou à la fin dudit Livre une copie copies des presentes ou extrait d'icelles, elles soient tenuës pour bien & deuëment signifiées, & que foy y soit ajoûtée, & aux copies collationnées par l'un de nos Amez & feaux Conseillers & Secretaires, comme à l'Original. Commandons au premier Huissier ou Sergent sur ce requis, de faire pour l'execution d'icelles tous exploits, saisies, & actes necessaires, sans demander autre permission ; nonobstant Clameur de Haro, Chartre Normande, & autres Lettres à ce contraires. CAR tel est nostre plaisir. DONNÉ à Chaville le troisiéme jour d'Aoust l'an de grace mil six cens quatre-vingts quatre, & de nostre Regne le quarante-deuxiéme. Par le Roy en son Conseil LE PETIT.

Registré sur le Livre de la Communauté des Libraires & Imprimeurs de Paris, le dix-neuviéme jour d'Aoust mil six cens quatre-vingt-quatre, suivant l'Arrest du Parlement du huitiéme Avril 1653. *& celuy du Conseil Privé du Roy du* 27. *Février* 1665.

Signé, C. ANGOT, *Syndic.*

Achevé d'imprimer pour la premiere fois, le 15. Novembre 1684.

AIN MANESSON MALLET PARISI. INGENI. DES CAMPS ET ARMEES DU ROY DE PORTVGAL.
P. Landry ad Viuum fe.
1682

LES TRAVAUX DE MARS, OU L'ART DE LA GUERRE.

LIVRE PREMIER.

De la Conſtruction des Places.

CHAPITRE PREMIER.

Du deſſein de l'Auteur ; & de l'Origine de la Fortification Ancienne & Moderne.

DANS cette ſeconde Edition des Travaux de Mars nous ajoûterons un grand nombre d'inſtructions ſingulieres, & de pratiques nouvelles qui ont eſté ſouhaitées dans l'impreſſion precedente : parce qu'en effet elles ne ſont pas ſeulement neceſſaires à l'Art de Fortifier, mais encore à toutes les parties de l'Art Militaire ; comme il ſera facile d'en juger par le projet, que nous allons donner, de cét Ouvrage.

Nous le diviserons en trois Volumes ; & chaque Volume en deux livres.

Dans le premier livre nous donnerons les termes & les definitions des Lignes, des Angles & des parties qui entrent dans la construction des Figures & des Places qu'on veut mettre en état de défense : & nous enseignerons à décrire & à fortifier les Places Regulieres selon la methode que nous avons introduite, & à laquelle nous sommes determinez.

Dans le second livre nous expliquerons la maniere de fortifier les Places irregulieres, quelque bizarre que puisse être leur enceinte & leur situation.

Le troisiéme livre expliquera les raisons de nôtre Methode, que nous comparerons avec celle de nos plus celebres Autheurs, aprés les avoir toutes déduites & examinées à fond.

Le Quatriéme enseignera l'usage des Instrumens & des Materiaux qui servent à l'Elevation des Remparts & Parapets des Villes, &c.

Le Cinquiéme traitera des Evolutions nouvelles, ainsi qu'elles se pratiquent dans les Armées du Roy ; & enseignera l'usage de l'Artillerie, des Bombes, des Carcasses & des autres Machines à feu.

Le Sixiéme s'étendra sur la Marche des Troupes, sur l'ordre des Batailles, sur l'attaque & défence des Places ; & donnera un petit Traité des Feux de joye.

De l'Origine de la Fortification.

L'HISTOIRE ne nous apprend point le nom de celuy qui a inventé l'Art de Fortifier ; & l'on peut presumer que dans les premiers siecles la prudence & la necessité mirent cét art en usage. Lorsque les hommes n'avoient encore que des habitations champestres, & que pour toutes richesses ils ne possedoient que des Troupeaux, ils firent des Enceintes composées de troncs & de branches d'arbres mélez de terre, pour s'assurer contre l'avidité & la violence de leurs voisins. Ceux qui ont traité de la Fortification avant nous, ont déja representé le même. Exemple A.

Ensuite l'injustice & l'insolence des hommes venant à s'augmenter, les plus pacifiques s'associerent, & abandonnant les campagnes, bâtirent des Retraites, qu'ils nommerent *Villes*, les environnant de murailles pour s'asseurer contre les surprises. Exemple B.

Mais pour resister aux efforts aussi bien qu'aux Surprises des enne-

FIGURE PREMIERE.

mis, ils éleverent de petites murailles ou parapets au dessus des plus grosses, derriere lesquelles petites murailles ou parapets ils assuroient l'execution de leurs fléches, en se couvrant contre celles du party contraire, & s'opposoient à ses approches. Exemple C.

Aprés cela, pour faciliter l'effet de leurs fléches, ils pratiquerent des ouvertures ou *Creneaux*, de distance en distance, dans ces petites murailles ou parapets. Exemple D.

Ce fut alors une contestation continuelle entre l'assiegeant & l'assiegé, pour voir à qui se surmonteroit plûtôt par l'industrie que par la force. Ainsi l'assiegeant, pour se precautionner contre les Creneaux, se couvrit de bouclicrs & de rondaches, qui luy donnerent moyen de gagner en seureté le pied de la muraille, & d'y monter avec des Echelles. Exemple E.

Et pour détruire cette muraille l'assiegeant inventa des Beliers ou machines de bois, fortifiées de fer, qui étant suspenduës, & puis poussées à force de bras, battoient la muraille avec impetuosité, y faisoient bréche, & favorisoient l'assaut qu'il y donnoit. Exemple F.

Les assiegez cherchant un remede contre ces machines, bâtirent le pied de leurs murailles en talus, de sorte que le coup du Belier venant à glisser le long de cette pente, perdoit de sa force & devenoit souvent inutile. Exemple G.

Mais parce que l'assiegeant, sans le secours du Belier, pouvoit briser la muraille à coups de pics, de marteau & de semblables instrumens, les assiégez firent avancer en saillie le parapet de la muraille; & dans le dessous de l'Avance, pratiquerent des ouvertures appellées *Machicoulis*, propres à jetter des pierres ou des feux d'artifices sur la teste des assiégeans; & par ce moyen ils remedioient à la sappe ou rupture de la muraille. Exemple H. de la Figure 2.

L'assiégeant pour favoriser ses approches & se poster au pied des murailles malgré le secours des Machicoulis, inventa pour principales machines, des Galeries mobiles faites de bois, montées sur des roüës & couvertes en dos d'âne: sous cét Abry ils faisoient joüer leur Belier en toute sureté contre le pied des murailles qui n'estoient point en talus, ou bien ils s'en servoient pour couvrir ceux qui étoient commis pour la demolition des murailles. Exemple I.

L'assiégé pour obstacle à ces Galeries, s'avisa d'environner d'un fossé tout le circuit de la place; & par cette profondeur s'opposoit utilement à l'approche des machines. Exemple K.

Les assiégeans chercherent le moyen de combler les fossez en sureté, malgré l'obstacle de ceux qui estoient derriere les Creneaux &

FIGURE II.

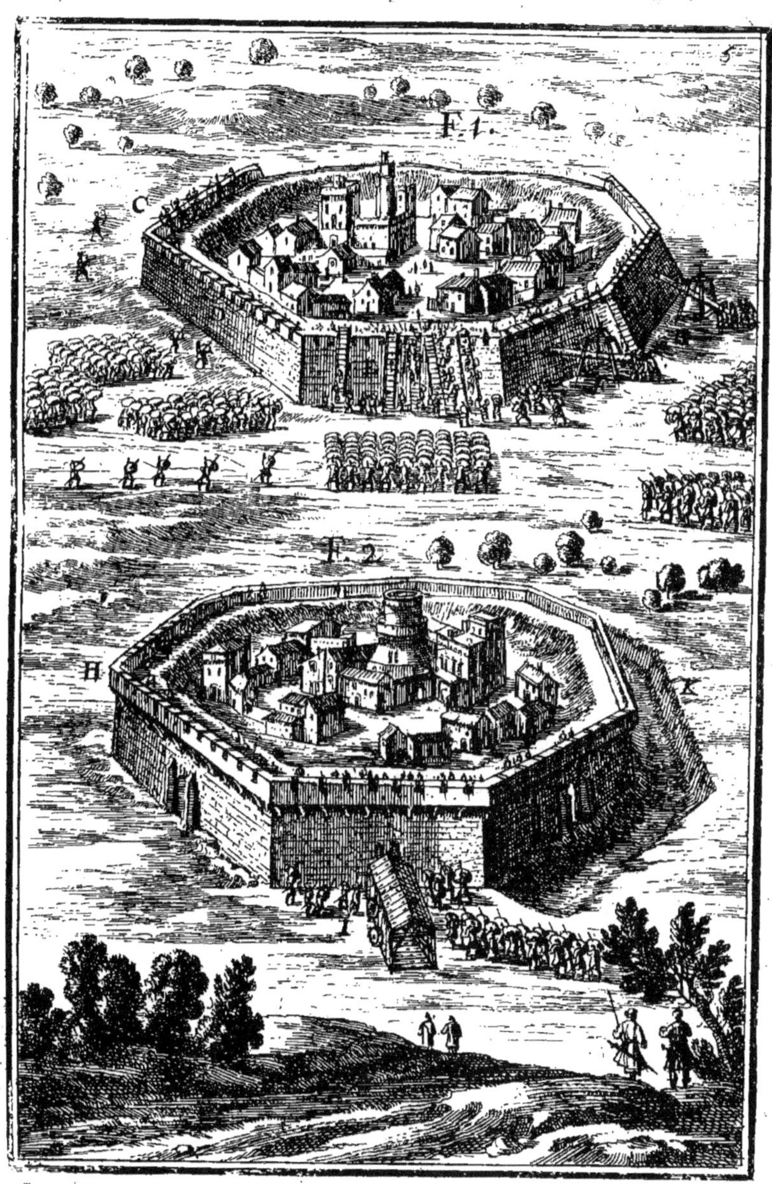

Machicoulis, & pour ce sujet, ils inventerent plusieurs machines, propres à lancer des pierres sur les deffences de la place.

Jusques alors l'enceinte des murailles & du Rempart avoit esté conduite en ligne circulaire, ou bien en plusieurs lignes droites, qui formoient seulement des Angles saillans; ce qui neanmoins défendoit mal le dedans du Fossé, & n'empéchoit pas que l'assiégeant ne le comblât. C'est pourquoy les assiégez s'aviserent de conduire ces Enceintes par des Angles rentrans & sortans, qu'on a depuis appellez Redans. Exemple M.

Il est vray qu'avec ces avances & ces retraites le fossé estoit mieux flanqué qu'auparavant, mais il y avoit toûjours au pied de l'angle rentrant une espace que les Traits des assiégez ne pouvoient défendre à cause de leur hauteur: Comme il est evident par l'exemple N.

Pour y remedier, les assiégez inventerent l'usage des Tours, & à chaque angle saillant ils en élevoient une qui decouvroit & défendoit l'angle rentrant. Exemple O.

Comme le tir & le cours de la fléche se fait en ligne droite, & que la convexité des Tours rondes ne pouvoit être veuë ni flanquée selon une longueur, on s'avisa de faire des Tours quarrées, qui n'étoient proprement que des angles saillants vers la campagne: La distance d'une Tour à l'autre estoit de la portée d'une fléche; & sur cette mesure on en bâtissoit autant que la longueur de chaque muraille en pouvoit contenir, de sorte qu'il n'y avoit aucune partie de l'enceinte qui ne fût défenduë. Exemple P.

Ensuite le pied de ces Tours fut environné d'un petit chemin, qui estoit couvert d'une muraille, pour empécher la descente dans le fossé; & c'est ce qu'on a depuis nommé Faussebraye. Exemple Q.

Les assiégeans voyant que ces Tours leur disputoient l'approche des murailles, s'aviserent d'élever aussi des Tours plus hautes, qu'ils bâtissoient sur le bord exterieur du fossé, qu'on appelle Contrescarpe: De ces postes élevez ils découvroient l'assiégé dans ses Tours, l'en chassoient à coups de Pierres, de fléches, de dards & autres machines, tandis qu'ils commandoient des soldats détachés, qui venoient escalader ces murailles, & qui s'en rendoient les maistres.

Cette maniere d'attaquer & de défendre les places continua, jusqu'à ce qu'en l'année 1378. ou 1380. Bertholde Schwart Cordelier, trouva le secret de la poudre à canon, quoy que plusieurs assurent que l'invention en est dûë aux Chinois. Aussi-tôt chacun rechercha les differens usages où la poudre pouvoit être employée: on inventa le mousquet & ensuite le canon. Alors on changea la maniere de forti-

FIGURE III.

fier les places, en donnant d'abord plus de solidité ou d'épaisseur aux Remparts & aux Tours. Puis les assiégez ayant remarqué que les Tours rondes, & même les quarrées avoient toûjours quelque endroit qui n'estoit point vû du corps de la place ; & que les Mineurs des Assiégeans y pouvoient conduire leur travail sans craindre le feu de la place, on changea la figure de ces Tours, en les faisant terminer en longue pointe vers la campagne ; ce qui mettoit l'assiégeant à découvert. On diminua la hauteur de ces Tours, on augmenta leur solidité, & on laissa à découvert le Terre-plain qu'elles enfermoient, dont plusieurs estoient sous des voutes. En cét état on les nomma Bastions : on y logea une partie de la garnison dans des corps de gardes, & on y plaça les pieces qui battent la campagne : ils sont representez de la lettre R.

Observation.

ON remarquera que la plûpart des Figures de Profils, des Villes, & des Paysages, que nous avons mises au bas de nos Planches, n'y ont esté gravées que pour servir d'embellissement, & faire naître à la jeune Noblesse le desir d'apprendre à desiner ; d'autant que dans la Fortification le dessein n'est pas seulement d'une bien seance cavaliere, mais encore d'une necessité absoluë.

CHAPITRE II.

De la connoissance des Lignes, Angles, Triangles, & Figures necessaires pour la Fortification. Avec le moyen de faire plusieurs Echelles & Demy-Cercles propres à la construction des Places.

E tous les Chapitres de ce Volume, celui-ci me paroît un des plus necessaires ; puisqu'aprés avoir nommé les differentes especes de Lignes, d'Angles, & de Figures Geometriques qui entrent dans la Fortification, il donne les moyens de construire les Echelles & Demi-cercles dont on a besoin dans la pratique de cét Art.

Elemens de Geometrie necessaires à la Fortification.

Des Points, & Lignes.

NOus emprunterons d'Euclide la plûpart de ces Definitions.

Le Point est ce qui n'a aucune partie. Cecy definit le point Mathematique. Car les Geometres en établissent deux, un Mathematique, & l'autre Physique. Ils ajoûtent que le point Mathematique est purement intellectuel, tel que seroit celuy que l'imagination conçoit dans la region de l'air, lorsque nous y portons un rayon visuel. Le point Physique est celuy qui est sensible & materiel, & qui est representé actuellement par une pointe de compas, ou par une ponctuation de la plume ou du crayon. Exemple A.

Ligne est une Longueur sans Largeur. Les Geometres établissent deux sortes de lignes, aussi-bien que deux sortes de Points; & disent, qu'il y en a une Mathematique ou intellectuelle, & une Physique ou materielle. L'intellectuelle est celle que nous avons definie, & l'on connoît qu'elle est produite par l'écoulement d'un point Mathematique; ainsi le rayon de veuë n'a rien de sensible ni de materiel. Mais la ligne Physique est celle qui par un cordeau ou par un trait de plume ou de crayon represente la Mathematique. Exemple B.

Il y a deux sortes de lignes Physiques ou materielles: La ligne droite, & la ligne courbe.

La ligne droite est celle qui est également étenduë entre le point qui la commence, & le point qui la termine. Exemple C.

La ligne courbe est celle qui n'a pas cette égalité d'extension, & de qui le premier point ne couvre pas tous les autres qui sont compris jusqu'au dernier. Exemple D.

Lignes Paralleles sont celles qui estant sur un même plan ou superficie conservent toûjours entr'elles une même distance; ou qui estant prolongées à l'infini ne se rencontreront jamais. Exemple E.

FIGURE IV.

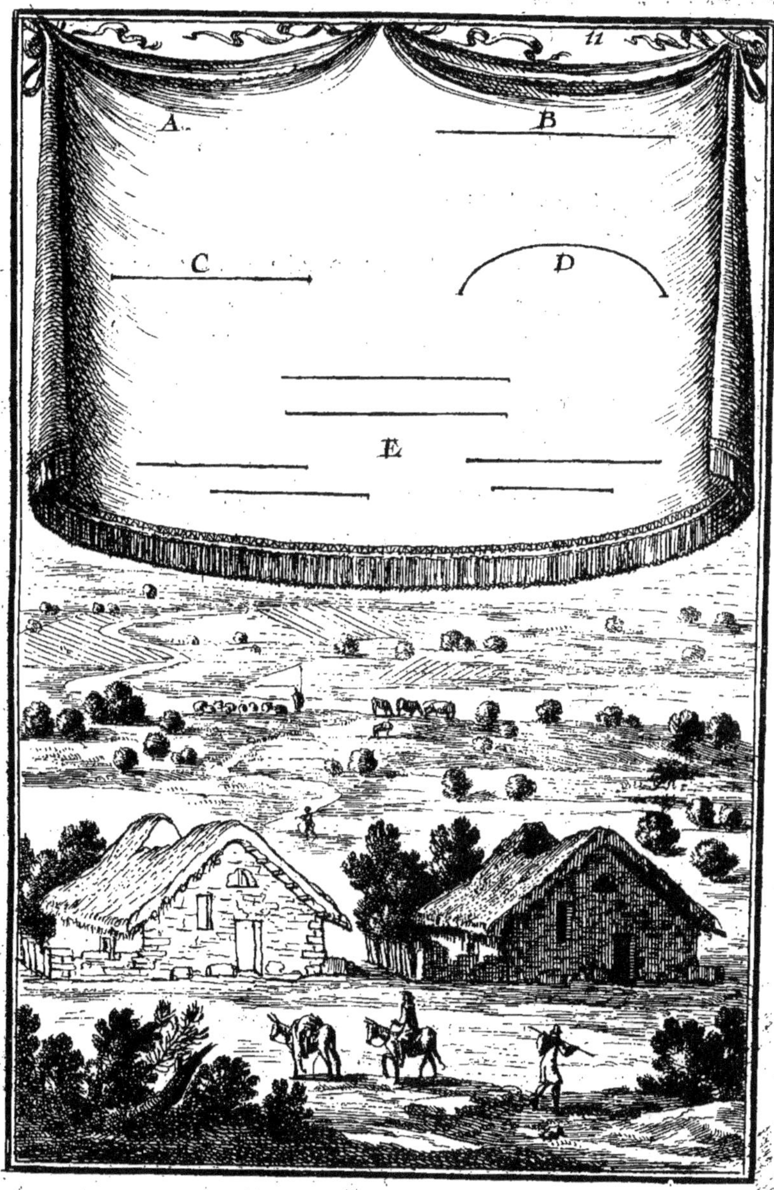

Des Superficies, Termes, & Figures.

SUPERFICIE eſt ce qui a longueur & largeur ſans aucune profondeur. Les ſuperficies ſont parfaitement repreſentées par les Ombres; car l'étenduë d'une ombre marque une longueur & largeur ſans profondeur. Exemple F.

Il y a pluſieurs ſortes de Superficies, à ſçavoir, la plane ou platte. Exemple G.

La convexe. Exemple H.

Et la concave. Exemple I.

La Superficie plane eſt celle qui eſt également étenduë entre les lignes qui la terminent; on la peut repreſenter par le deſſus d'une feüille de papier bien étenduë, ou par le deſſus d'une table bien applanie.

La Superficie convexe eſt celle qui environne & termine un corps arrondi, & peut être repreſentée par la partie exterieure d'un globe, ou d'une boule.

La Superficie concave eſt celle qui termine interieurement un corps arrondi, quand il eſt creux. Elle eſt repreſentée par la ſuperficie interieure d'une voute, ou par le dedans d'une calotte.

Terme eſt l'extremité de quelque choſe. Ainſi le point qui commence une ligne & le point qui la finit, ſont les termes de la même ligne: Pareillement les lignes ſont les termes de la Superficie. Ainſi les Lignes ou l'extremité d'une Table ſont les Termes de la Superficie repreſentée par le deſſus de la table.

Figure plane eſt celle qui eſt contenuë ſous un terme ou ſous pluſieurs termes. La Figure plane dont il eſt ici queſtion, ne peut mieux être repreſentée que par la ſurface de l'eau contenuë dans un baſſin qui ſeroit calme; car ſi cette ſurface eſt terminée par une enceinte dont le trait ſoit circulaire, la figure eſt contenuë ſous un ſeul terme; mais ſi la ſurface eſt bornée par une enceinte dont le trait ſoit de deux, trois ou de pluſieurs autres lignes, la figure ſera contenuë ſous deux, trois ou ſous pluſieurs autres termes. Exem. K. & L.

L'on remarquera qu'il n'y a jamais de figure plane contenuë ſous deux lignes droites, car deux lignes droites n'enferment pas un eſpace.

Outre la figure plane il y a la figure ſolide, M. c'eſt à dire, un corps qui a longueur, largeur & profondeur; un Dé à jouer donnera l'idée d'une figure ſolide reguliere, car chacun de ſes côtez eſt égal à l'autre, & ſa longueur, ſa largeur & ſa profondeur ſont auſſi égales.

FIGURE V.

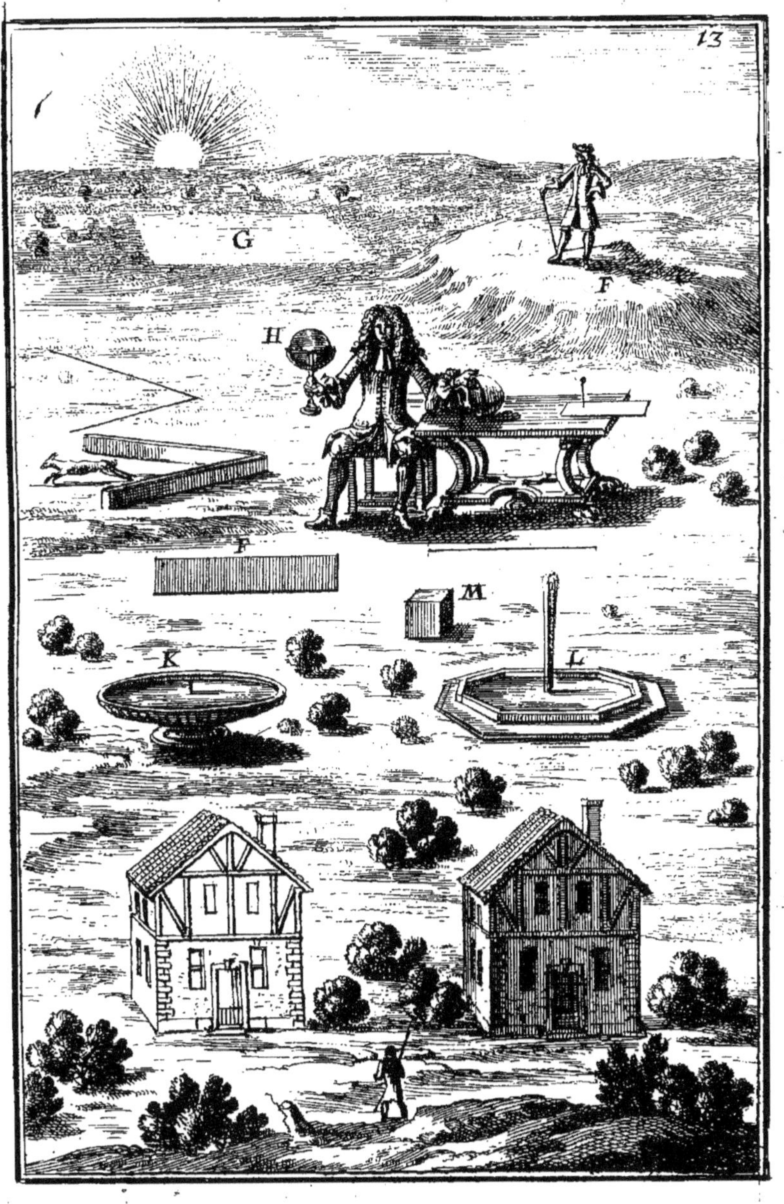

Du Cercle.

CERCLE est une figure plane contenuë sous une ligne courbe, qui est appellée Circonference, & qui en toutes ses parties est également éloignée d'un point pris au milieu du Cercle. Ce point s'appelle Centre. La lettre A. marque la Circonference, tout l'espace qu'elle renferme est le Cercle qui est ici ombragé, & B. est le Centre.

Arc de Cercle C. est une partie indeterminée de la circonference, c'est à dire, tantôt une petite partie, tantôt une grande.

Degré E. est un petit Arc qui fait la trois cent soixantiéme partie d'une circonference. Car, en general, chaque circonference de Cercle, grande ou petite, est divisée en trois cens soixante degrez, & chaque degré est divisé en soixante parties appellées Minutes, &c.

Diametre du Cercle F. est une ligne droite qui passe par le centre & se va terminer aux points opposez de la circonference, divisant le cercle & la circonference chacun en deux parties égales.

Demi-diametre ou Rayon G. est une ligne droite tirée du centre à la circonference du cercle.

Demi-cercle H. est une figure comprise par un Diametre & par un Arc de 180. degrez, qui font la moitié de la circonference.

Quart de cercle I. est une figure comprise par deux demi-diametres, & par un arc de 90. degrez qui font le quart de la circonference.

Corde ou soûtendante du cercle K. est une ligne droite qui, sans passer par le centre, se termine à deux points de la circonference. Ainsi il y a la corde de 20. ou de 30. degrez, lorsqu'elle porte un arc de 20. ou de 30. ou de plus ou de moins de Degrez.

FIGURE VI.

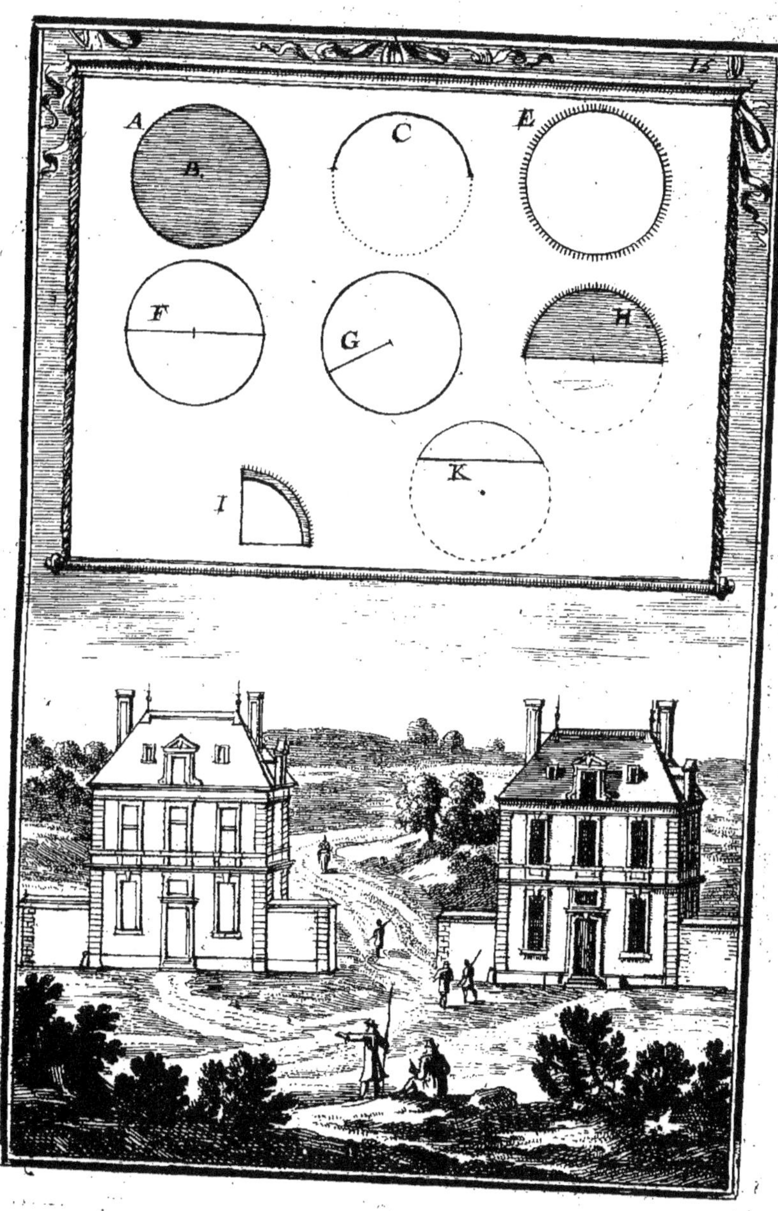

Des Angles.

ANGLE plan est l'inclination de deux lignes qui se rencontrent en un point sur un même plan. Exemple A. Le point où se forme l'Angle est appellée Point Angulaire.

Angle solide est celui qui est formé par la rencontre de deux superficies. Exemple B.

Les definitions suivantes ne regardent point l'angle solide; elles appartiennent aux angles plans.

Angle Rectiligne est celui qui est fait de deux lignes droites. Exemple C.

Angle Spherique ou Circulaire est celui qui est fait par le concours de deux lignes courbes. Exemple D.

Angle mixte est celui qui est fait par la rencontre d'une ligne droite & d'une ligne courbe. Exemple E.

Angle droit est celui qui est fait par une ligne qui tombant sur une autre ligne n'incline & ne panche pas plus d'un côté que d'autre, de sorte que les Angles formez de part & d'autre sont égaux entr'eux. Exemple F. Et quand deux lignes tombent ainsi l'une sur l'autre elles sont appellées Perpendiculaires; & par les Artisans, Lignes à Plomb ou Lignes à l'équerre. Exemple G.

L'ouverture des Angles est mesurée & determinée par des arcs de cercle: Ce qui nous a obligé à definir le cercle, avant que de definir l'angle.

Angle droit est mesuré par un arc de 90. degrez, qui forme un quart de cercle. Exemple H.

Angle obtus est celui qui est plus grand qu'un droit, & qui est mesuré par un arc de plus de 90. degrez. Exemple I.

Angle Aigu est celui qui est plus petit qu'un droit, & qui est mesuré par un Arc moindre que 90. Degrez.

FIGURE VII.

FIGURE VII.

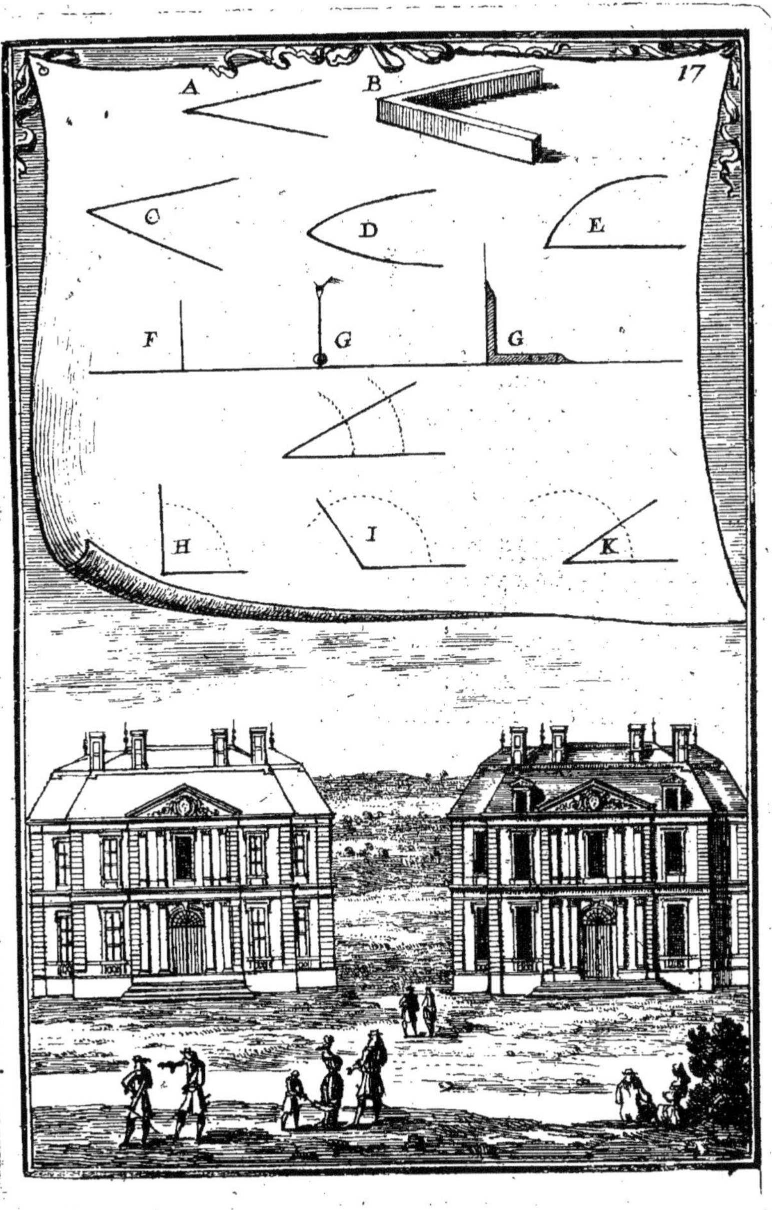

Des Triangles.

TRIANGLE A. eſt une figure qui a trois côtez qui forment trois angles.

Le Triangle ſe conſidere ou ſelon ſes côtez, ou ſelon ſes Angles; & ſur cette diverſité il reçoit ſix noms differens. Les trois premieres definitions le conſiderreront ſelon ſes côtez, & les trois autres ſelon ſes angles.

Triangle Equilateral eſt celui qui eſt formé par trois lignes égales. Exemple B.

Triangle Iſoſcele eſt celui qui a deux côtez égaux. Exemple C.

Triangle Scalene eſt celui qui a les trois côtez inégaux. Exemp. D.

Triangle Rectangle eſt celui qui a un angle droit; & pour lors chacun des deux autres angles eſt aigu. Exemple E.

Triangle Ambligone eſt celui qui a un angle obtus; & pour lors chacun des deux autres angles eſt aigu. Exemple F.

Triangle Oxigone eſt celui qui a les trois angles aigus. Exem. G.

Les trois angles de tout Triangle rectiligne étant pris enſemble, valent deux angles droits, & ſont preciſement meſurez par 180. degrez qui font la moitié de la circonference.

FIGURE VIII.

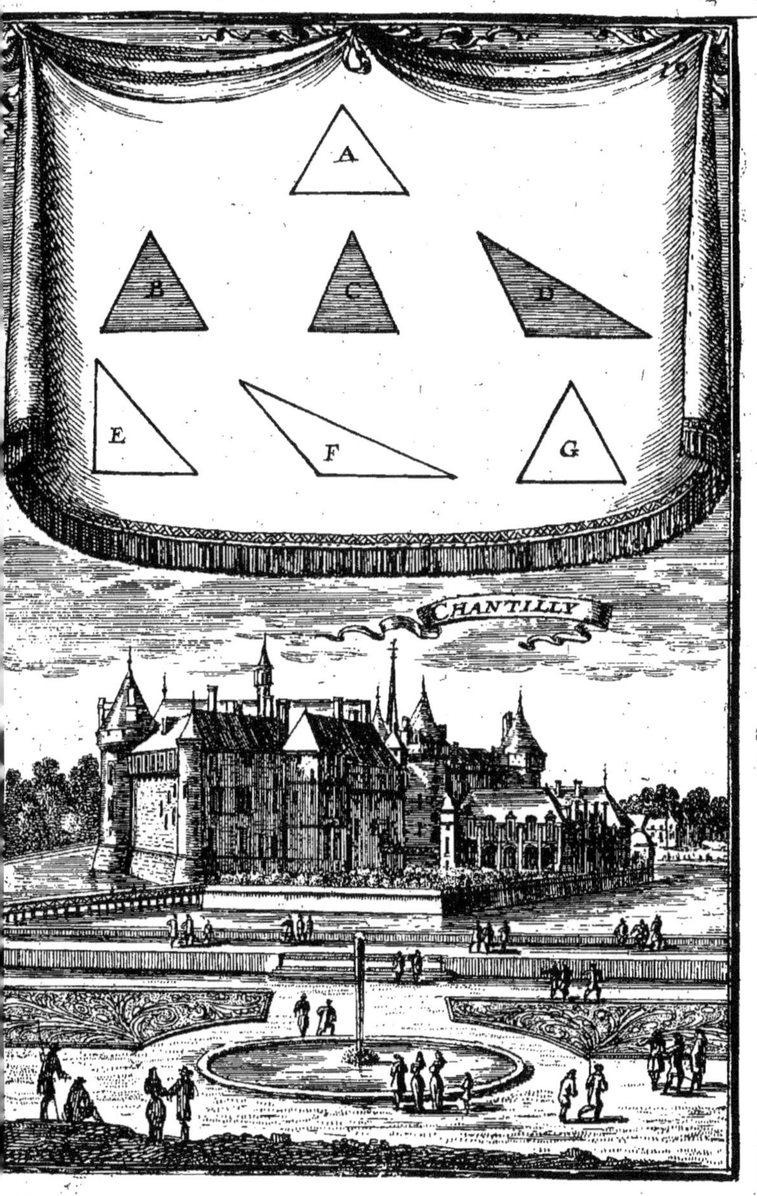

Des figures de quatre côtez.

QUADRILATERES, ou figures Quadrilaterales, sont cel qui sont terminées par quatres côtez. Elles sont consideré selon les six especes suivantes.

Quarré est une figure de quatre côtez égaux, qui forment d angles droits. Exemple A.

Quarré long ou Rectangle que les Artisans appellent *Barlong* est une figure de quatre côtez, qui a deux côtez opposez plus lon que les deux autres, & dont les quatre angles sont droits. Exem.

Rhombe ou Lozange est une figure de quatre côtez égau mais qui a deux angles opposez obtus, & les deux autres angl aigus. Exemple C.

Rhomboïde est une figure de quatre côtez qui en a de opposez plus longs que les deux autres, & qui a deux angles o posez obtus, & deux angles aigus. Exemple D.

Trapese est une figure de quatre côtez qui a seulement de côtez paralleles, mais inégaux. Exemple E.

Trapesoïde est une figure de quatre côtez qui n'a aucun cô parallele. Exemple F.

Diagonale est une ligne tirée au travers d'une Figure pour al d'un angle à l'autre. Exemple G.

Des figures de plusieurs côtez.

POLYGONE est le nom general que les Ingenieurs donnen toutes les figures qu'ils fortifient; nous en parlerons amp ment dans le chapitre quatriéme.

Corps ou Solide est ce qui a longueur, largeur, & épaisseu comme nous avons déja dit. Exemple H.

Cube est un solide, compris sous six superficies égales. Exem.

FIGURE IX.

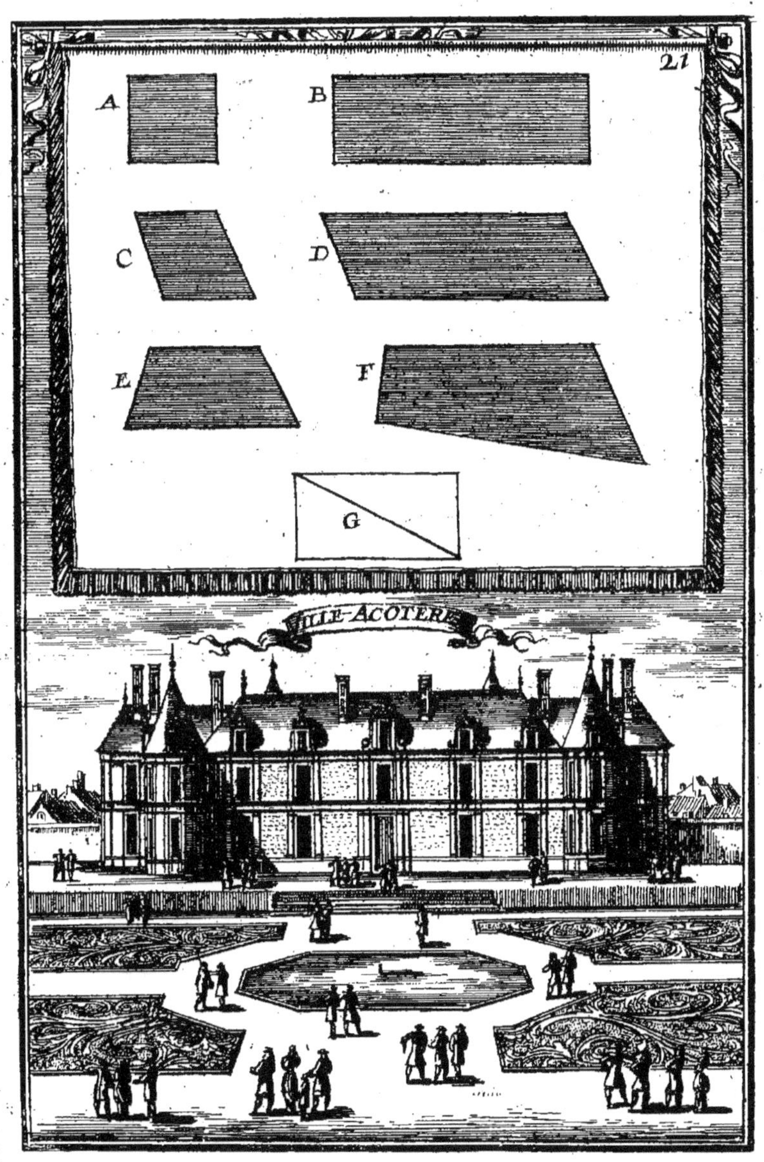

Methode de tracer les Lignes Paralleles.

Les Lignes Paralleles que nous avons dit être celles qui conservent toûjours une distance égale entr'elles, & qui ne se rencontrent jamais, se construisent en la maniere suivante.

Soit la Ligne A B. à laquelle on veut faire une Parallele qui passe par le point donné C. On prend pour ce faire la plus courte distance de C. à la ligne A B. comme en D, & on fait de cette grandeur au point E. pris à volonté sur A B, l'Arc F, afin de conduire par le Sommet F. la Parallele C F. Exemple 1.

Ou par une autre voïe, on met la Regle à l'uni de la Ligne A B, & l'on ouvre le Compas de la largeur de C D, afin de faire couler un pied de Compas à l'uni de la Regle, & l'autre pied marquera en blanc la Parallele requise C F. Exemple 2.

Pour la faire plus Geometriquement, tirez du point C. où vous voudrez sur A B. la Ligne C D, du point C. decrivez l'Arc D E, à volonté, du point D. Tracez aussi l'Arc C F. de la grandeur de l'Arc C F. determinés l'arc D E. au Point G. Tirez ensuite la Ligne G C. de telle longueur qu'il vous plaira, elle sera Parallele à la Ligne A B. Exemple 3.

FIGURE X.

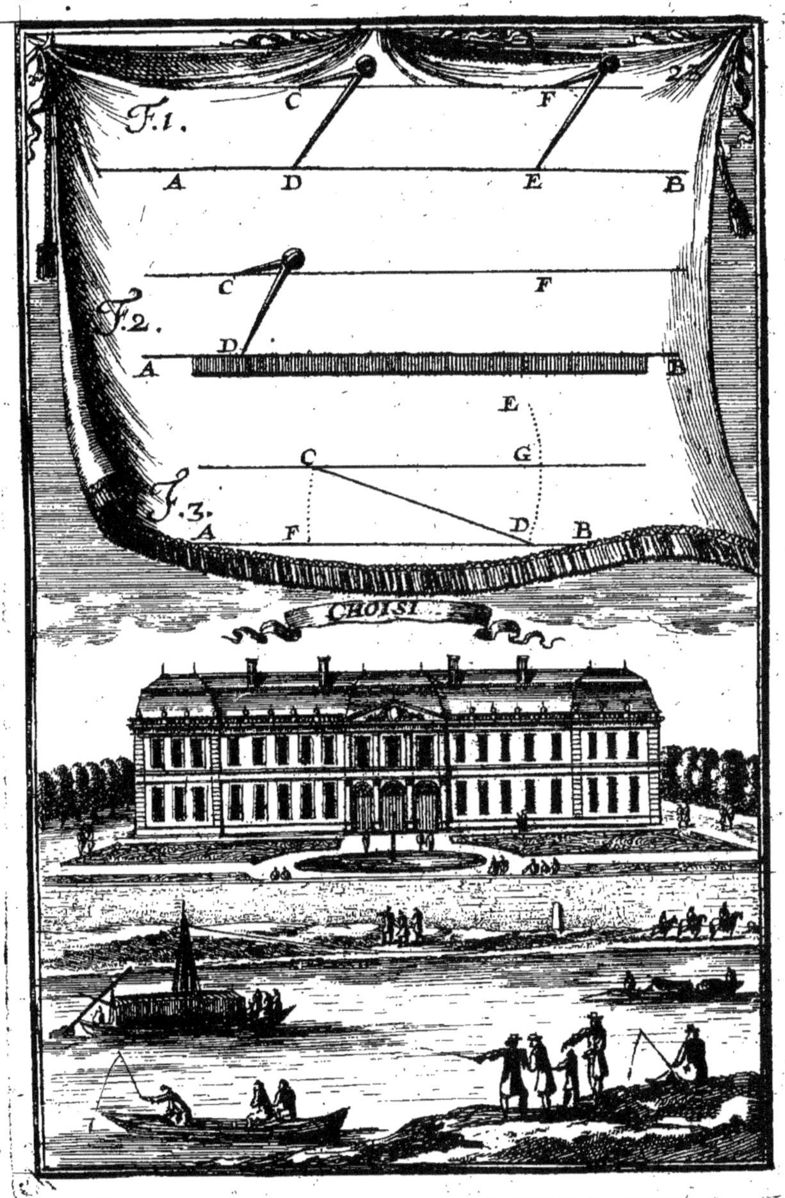

Methode pour tracer les Lignes Perpendiculaires.

POUR faire avec l'Equerre une Ligne Perpendiculaire au point C. dans la Ligne A B, on fera convenir une des branches de l'Equerre sur la Ligne A B, en sorte que le Point Angulaire de la même Equerre réponde precisement au Point C, pour conduire le long de l'autre Branche la Ligne D C. qui sera la Perpendiculaire requise. Figure 1.

Pour faire des Perpendiculaires sans le secours de l'Equerre. Figure 2.

DANS la Ligne E F. on demande au point G. la Perpendiculaire G H, prenez sur E F. de part & d'autre du Point G, les parties égales G I. & G K. puis ouvrant un peu d'avantage le Compas, vous fairez des Points I. & K. deux arcs qui se couperont en L. Tirez L G, vous aurez la Perpendiculaire demandée.

Pour tirer une perpendiculaire d'un Point donné hors d'une Ligne. Figure 3.

SUR la Ligne M N. on demande une Perpendiculaire qui vienne du Point O. située hors de la même Ligne. Du Point O. faites un Arc de Cercle qui coupe la Ligne M N. aux Points P. & Q. De ces Points P. & Q. faites deux Arcs qui se coupent en R. Tirez O R. Perpendiculaire requise.

Sur la Ligne S T *faire une Perpendiculaire* T P. Figure 4.

PRENEZ à discretion le Point X. au dessus de la Ligne S T. de ce Point X. & de l'Intervalle X T. décrivez un grand Arc de Cercle Y T Z. qui coupera la Ligne donnée au Point O. Tirez indeterminement O X. qui coupera le même Arc en P. Tirez T P. vous aurez la Perpendiculaire demandée.

De la Division des Lignes droites, ou de la Construction des Echelles.

ECHELLE est une Ligne droite qui étant divisée en un certain nombre de Parties égales sert à diviser selon le même nombre toute autre Ligne proposée.

L'usage de l'Echelle est absolument necessaire aux Ingenieurs pour designer les Plans de leurs Ouvrages, & en mesurer les Parties.

FIGURE XI.

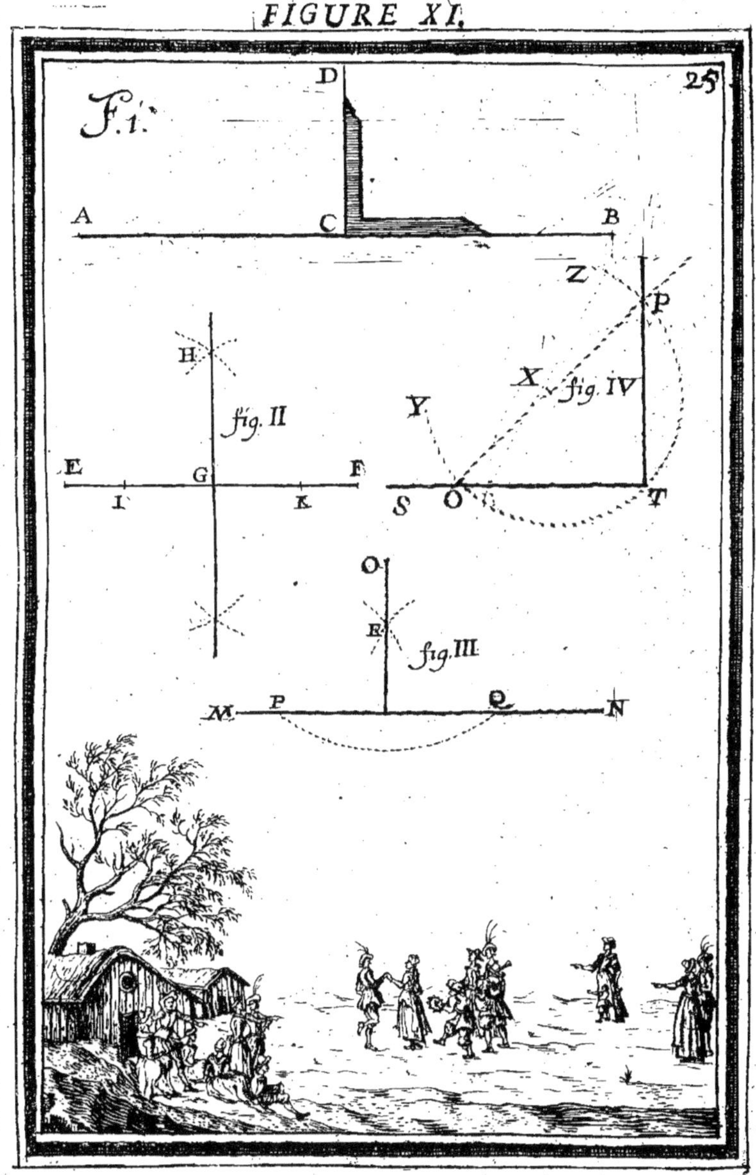

Sa Longueur est arbitraire, mais on remarquera que les plus grandes sont toûjours les plus exactes, parce que les Divisions d'une grande Ligne sont toûjours distinctes, & celles d'une petite toûjours plus confuses.

On propose la Ligne A B, Figure 1. pour en faire une Echelle de 120. Parties égales.

Au Point A, qui est une des extremitez de la Ligne A B, tirez indeterminement la Ligne A C. faisant tel Angle qu'il vous plaira avec la ligne A B. sur A C. prenez cinq Parties arbitraires, qui seront A E, EF, FG, GH, HI. Puis au Point B. qui est l'autre Extremité de la Ligne A B. faites la Ligne B K. Parallele à A C. selon les pratiques de la page 22. Portez sur B K. cinq Parties égales aux cinq Divisions de A C. telles que seront B L, L M, M N, N O, O P. Ensuite par les Points Relatifs & Opposez de ces deux Paralleles, tirez en blanc les Lignes E P, F O, G N, H M, I L. elles couperont la Ligne proposée A B. en six Parties égales: Que si une de ces six Divisions de cette Ligne A B. comme celle de B R. est subdivisée en 20. Parties égales, on aura une Echelle de 120. Parties qui servira aux Pratiques des pages suivantes.

Voicy une autre construction d'Echelle beaucoup plus commode, & qui étant une fois preparée servira pour diviser autant de Lignes qu'on voudra, grandes ou petites. Figure 2.

Tirez la Ligne A B. indefinie, vers l'extremité B. prenez dix petites Parties égales qui se termineront en D. Portez dix fois B D. de D. en A. Ainsi A D. sera divisée en cent Parties. Sur A D. faites un Triangle Equilateral A D C. Du Point C. par chaque Division, tirez les Lignes C A, C 90. C 80. C 70. C 60. &c. Pour l'usage de l'Echelle supposons qu'on veuille diviser la Ligne E F. en dix parties égales, & subdiviser chaque partie en dix autres. On prendra avec le Compas la longueur de E F, & posant une des jambes du Compas au Point C. on coupera de l'autre jambe la Ligne C A. au Point E. & la Ligne C D. au Point F. on tirera E F. qui sera divisée en autant de parties proportionelles que A D. Que si sur la même Ligne on veut avoir les petites parties de D B. on tirera C B. & on produira E F. de F. en G. La Ligne F G. pourra être divisée en autant de petites parties que D B. en tirant des Lignes occultes du Point C. à chaque Division de D B. & ces Lignes occultes diviseront F G. en dix petites parties, qui serviront à determiner toutes les parties de EF.

FIGURE XII.

277
F. 1.
A
B
C
E
F
G
H
I
R
K
P
O
N
M
L
F. 2.
C
E
G
A
B
D
100
90
80
70
60
50
40
30
20
10
E
F
GRONELLE

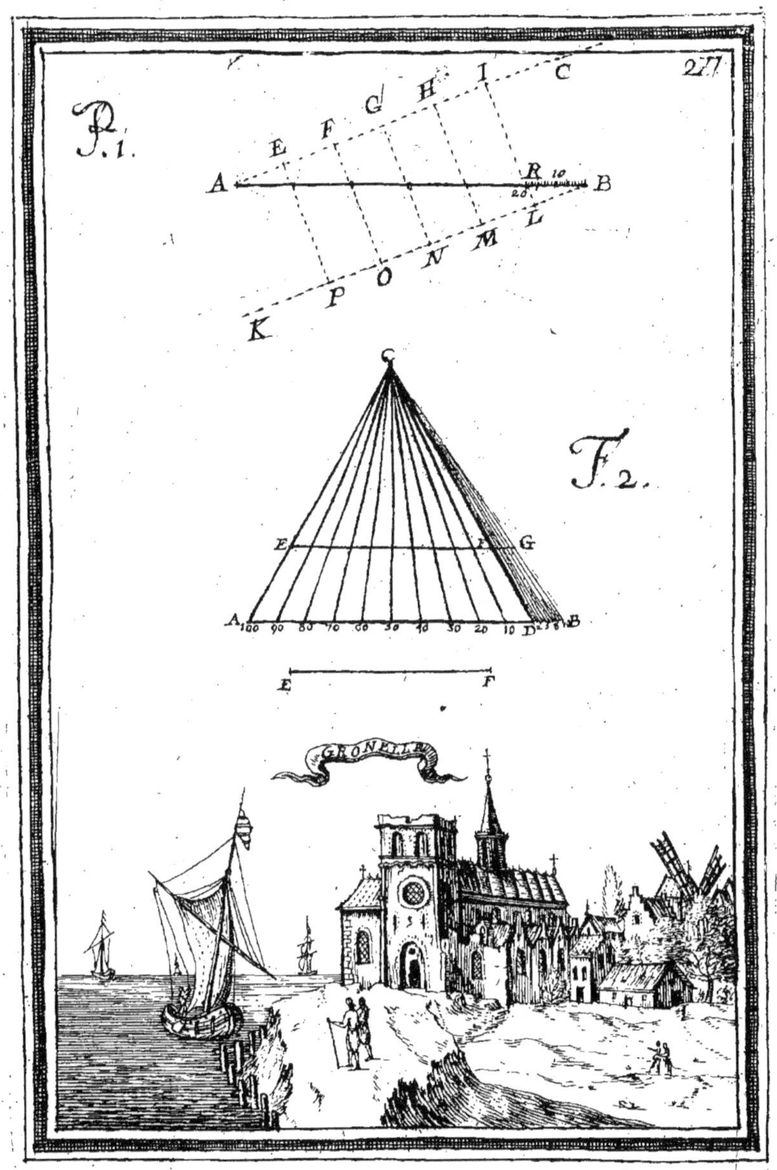

Maniere de diviser les Lignes droites en parties, égales par le moyen du Compas de Proportion.

LE Compas de Proportion A. est l'instrument le plus propre que nous ayons pour diviser des Lignes sur le papier.

Cét instrument composé de deux branches mobiles, a sur ses faces ou côtez plusieurs Lignes destinées à differens usages.

Sur la face où l'on voit écrit *Parties égales*, il y a deux longues Lignes qui partent d'un Centre commun, & se separent pour aller chacune sur sa branche particuliere jusqu'à l'extremité des mêmes branches.

Dans la plûpart des Compas de Proportion chacune de ces Lignes est divisée en 200. parties égales; & c'est de cette Division qu'on se sert pour la division des Echelles & de toutes les Lignes droites qu'on veut diviser en parties égales.

Par exemple, pour diviser la Ligne A B. en trois parties égales, côtez d'un Polygone, imaginez vous un nombre qui puisse être divisé precisement en trois nombres égaux: Comme par exemple 120. dont la troisiéme partie est 40. L'un & l'autre nombre est marqué sur chaque branche du Compas de Proportion. Prenez avec le Compas commun la longueur de la Ligne AB. & ce Compas ainsi ouvert, portez-en les deux pointes sur les nombres 120. marquez sur chaque branche du Compas de Proportion, ouvrant ses branches mobiles jusqu'à ce que la Ligne A B. puisse convenir de part & d'autre aux nombres 120. Ce Compas de Proportion ainsi ouvert, prenez avec le Compas commun l'Ouverture ou Intervalle qu'il y a entre les deux Points marquez 40. Et cét Intervalle porté sur la Ligne A B. la divisera exactement en trois parties égales; parce que le nombre 40. est la troisiéme partie du nombre 120.

On auroit la même operation, si au lieu du nombre 120. on avoit choisi le nombre 90. & que de ce nombre 90. on eut pris 30. pour avoir une troisiéme partie de la Ligne A B. Ainsi du nombre 60. on auroit pris à même fin le nombre 20. pour avoir un tiers de la même Ligne. Mais les grands nombres donnent toûjours, en Mathematiques, les Divisions plus exactes; ainsi nous preferons 120. aux nombres 90. ou 60. Ce qui servira de Regle generale.

FIGURE XIII.

29
A
B
Parties Egales
20
40
60
80
100
120
140
160
180
200
20
40
60
80
100
140
160
180
200

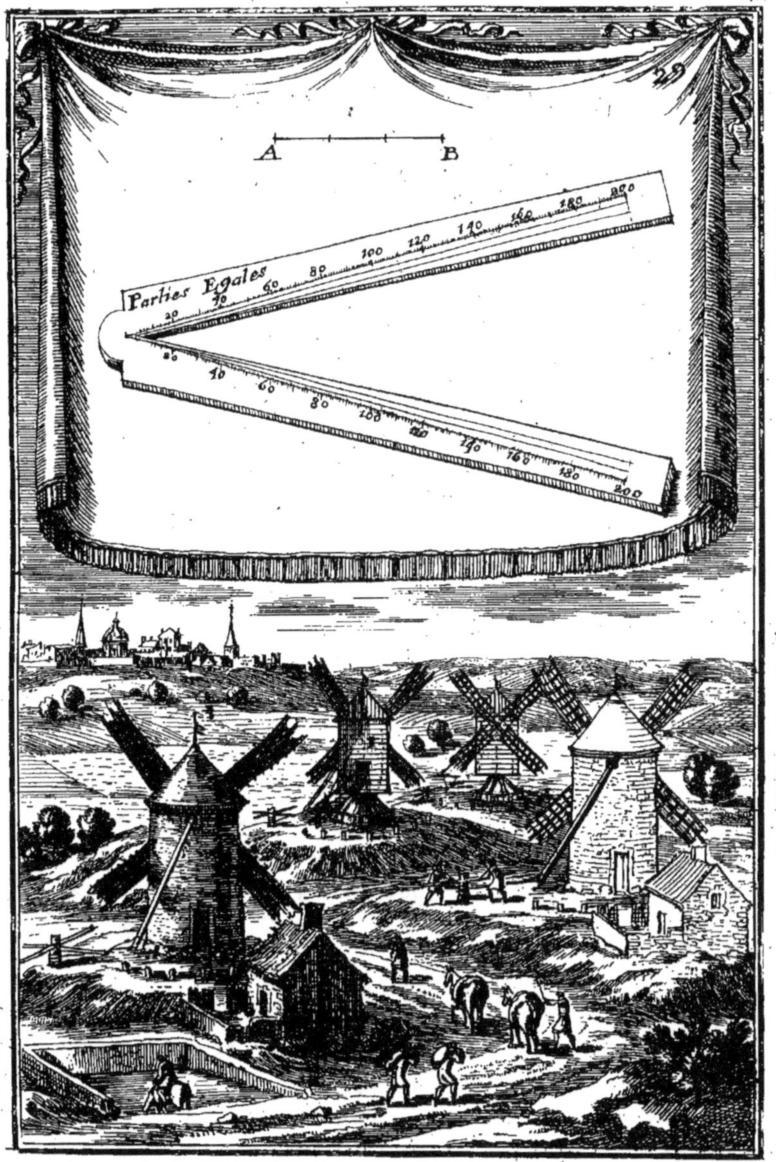

Construction du Rapporteur ou Demi-Cercle.

LE Demi-Cercle ou Rapporteur décrit ou tracé sur du Carton, sur du Cuivre ou sur quelque autre matiere est le plus utile de tous les instrumens de Mathematique, & l'usage en est le plus seur & le plus commun. Il sert à mesurer l'Ouverture des Angles, à lever les Plans, à former l'Enceinte des Figures, & à les reduire du grand au petit, & du petit au grand : Il sert aussi à la Composition de la plûpart des autres Instrumens de Mathematique; & comme il est le plus simple il est le plus exact.

Pour le construire, on tirera la Ligne A B. de la longueur qu'on le veut, on divisera cette Ligne en deux parties égales au Point C. suivant les pratiques precedentes: Sur le Point C. on élevera la Perpendiculaire D C. & on prendra D C. égale à C A. puis le Compas ouvert de la longueur C A. on décrira du Point C. l'Arc A D B. qui sera une moitié de Circonference, & qui determinera le Demi-Cercle, comme il est marqué dans la Figure I.

Pour le Graduer ou y marquer les Degrez, on décrira du Centre C. cinq autres demies Circonferences, en telle sorte que les deux qui sont destinées pour les Divisions des Degrez soyent beaucoup plus proches que celles qui doivent être divisées de cinq en cinq Degrez; ou de dix Degrez en dix Degrez, comme on le voit au Demi-Cercle marqué 2. Puis le Compas estant ouvert du Demi-Diametre C A. on le portera trois fois de A. en E. de E. en F. & de F. en B. Chacune de ces Sections vaudra 60. Degrez. On les divisera chacune en trois qui vaudront 20. Degrez, puis chacune de ces trois en deux qui vaudront dix degrez; & chacune de ces parties aussi en deux pour avoir les cinq degrez; & enfin chacune de ces dernieres parties en quatre, pour avoir en detail la Division des Degrez.

Ces Degrez se marqueront alternativement, en blanc & l'autre en noir. Comme on le voit dans l'exemple de la page-cy à côté; On pourra même vuider ou échancrer la matiere inutile du Demi-Cercle, à l'entour du Centre, pour s'en pouvoir servir plus commodement dans la Construction & Reduction des Plans.

FIGURE XIV.

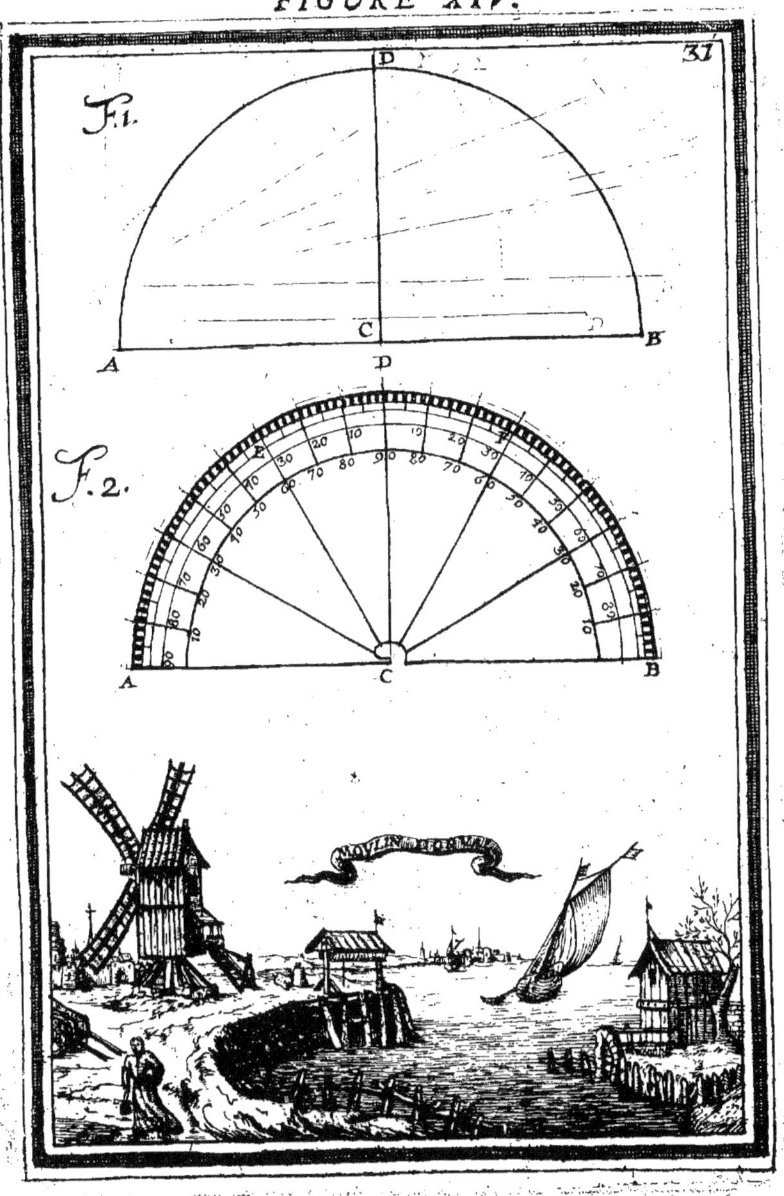

Usage du Rapporteur ou Demi-Cercle pour connoître l'Ouverture d'un Angle Rectiligne.

IL faut premierement remarquer que les Geometres voulant indiquer un Angle se servent de trois Lettres, dont celle du milieu marque le Point Angulaire, & les deux autres lettres jointes à celle du milieu marquent les côtez qui comprennent l'Angle. Ainsi voulant indiquer l'Angle qui est ici ponctué ils l'expliquent par les lettres A B C. ou ce qui est la même chose C B A. S'ils veulent designer celui qui est ombré ils le marqueront par les Lettres C B D. ou D B C, &c. à la Figure 1.

Voulant connoître la grandeur de l'Angle E F G, on pose le Centre du Rapporteur au Point F, & l'on fait convenir son Diametre sur la Ligne F G : Le Degré par où passe l'autre Ligne de l'Angle comme en H. marque l'Ouverture precise de l'Angle. On en verra la pratique dans le Chapitre 4. de ce volume, où nous traitons de la Reduction des Plans. Figure 2.

Pour connoître les Angles avec le Compas commun, on mettra un pied du Compas sur le Point I. du Rapporteur, qui est le Point où le Diametre & la Demi-Circonference se coupent, puis on portera l'autre jambe du Compas au Centre du Rapporteur K; que si le Centre du Rapporteur étoit gâté, on prendra la Corde de soisante Degrez qui est toûjours égale au Demi-Diametre. Ensuite on portera le Compas ainsi ouvert au Point Angulaire L, de ce Point L. on décrira un Arc entre les Lignes L M. & L N. prenant l'Arc M N. & le Rapportant sur la Circonference du Rapporteur, comme de I. en O. les Degrez compris entre I. & O. determineront la valeur de l'Ouverture de l'Angle M L N. Figure 3.

FIGURE XV.

FIGURE XV.

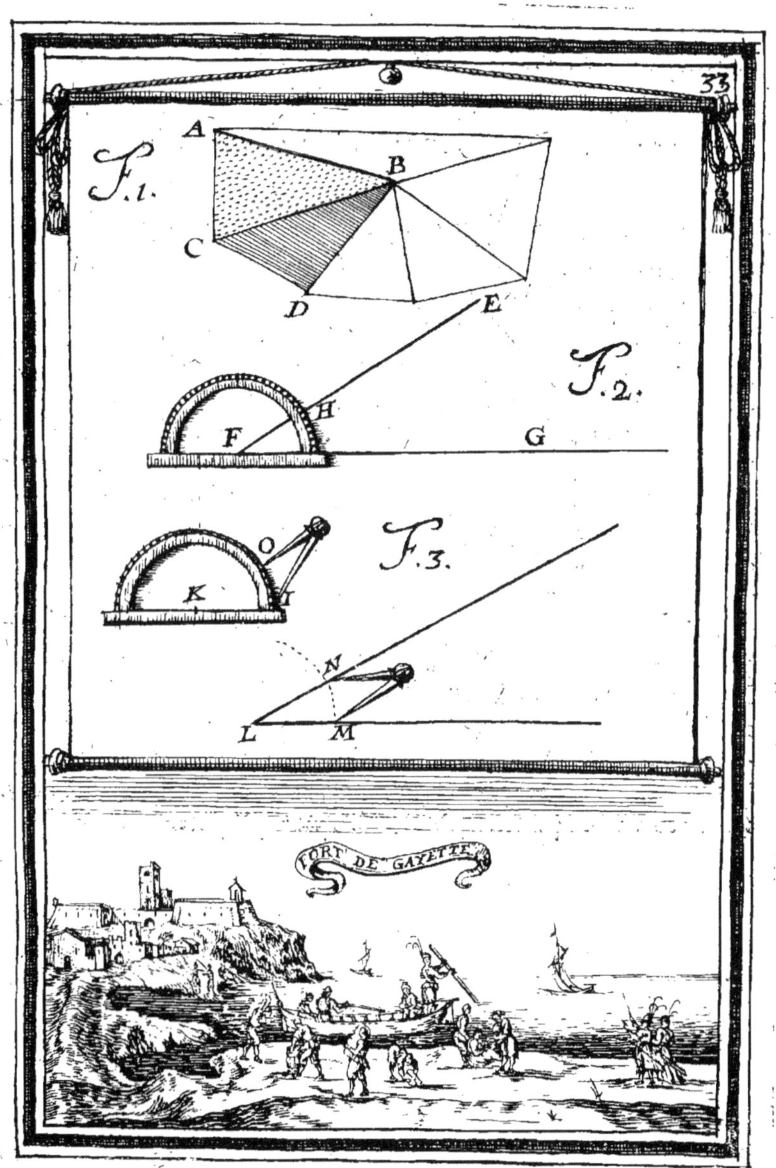

Methode de décrire sur une Ligne determinée ou non determinée, une Circonference pour y inscrire & marquer autant de Polygones Reguliers que l'on desirera.

SI la Ligne est determinée comme A C, on la divisera en autant de parties égales que l'on veut avoir de côtez de Polygones, par la voye des Echelles que nous avons donné dans la page 28. Puis prenant la Distance A C. on fera du Point A. dessus & dessous la Ligne, les deux Arcs D. & E. & du Point C. la même Operation en D. & E. De la Section de ces Arcs, on tirera la droite D E. qui coupera A C. au Point F. Puis de F. & de l'étenduë F A. on décrira la Circonference A C. Ensuite du Point D. on tirera par le Point de la seconde division G. la Ligne D G M; Ensorte que la Distance M A. appliquée sur la Circonference du Cercle, la divisera en cinq parties égales, aux Points A H I K M. De ces Points on tirera les cinq côtez du Polygone A H, H I, I K, K M, & M A.

Mais si la Ligne A C. étoit indefinie, comme est A B, alors on portera de suite sur cette Ligne de A. vers B, autant de parties égales que l'on veut avoir de côtez de Polygone; & ces parties se termineront en C. Puis on prendra la Distance A C. pour faire au dessus & au dessous de la Ligne A B. les Arcs D. & E. & achever l'Operation comme cy-dessus, pour avoir une Circonference divisée en autant de parties que l'on se l'étoit proposé.

FIGURE XVI.

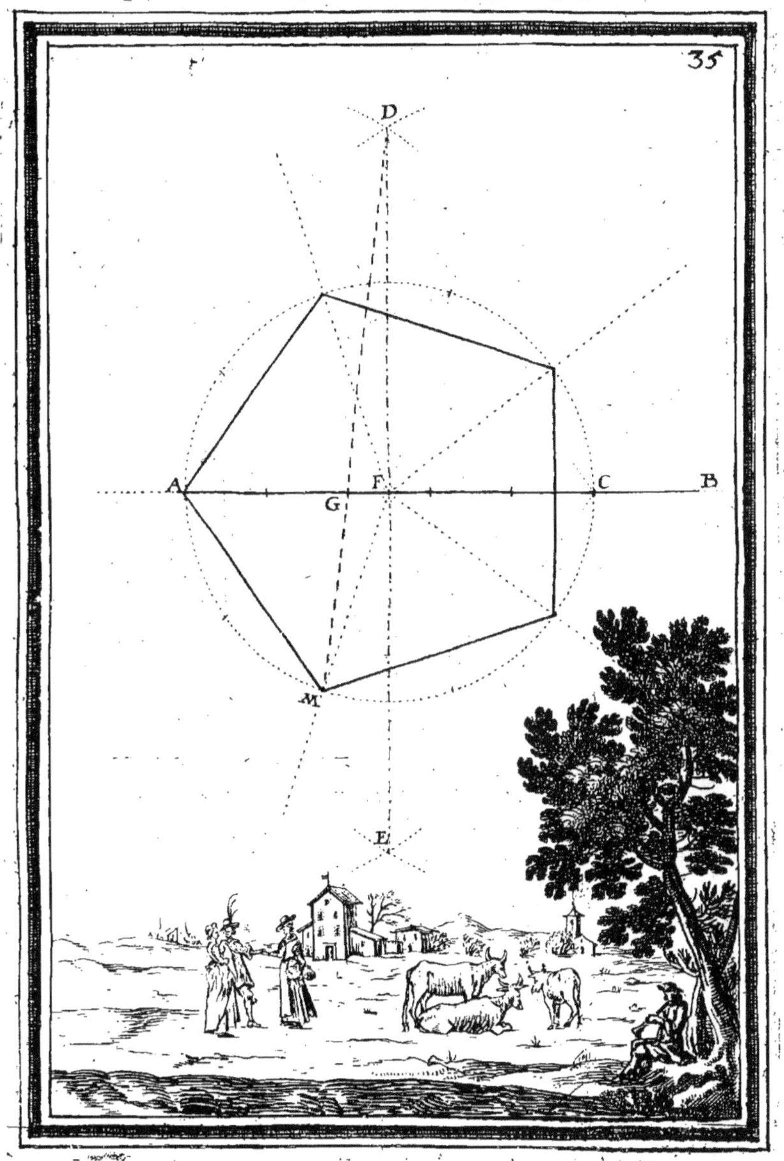

Methode pour faire une Circonference, & y inscrire autant de fois que l'on voudra une Ligne donnée & terminée.

NOUS venons de donner dans les pages precedentes le moyen de faire sur un Diametre une Circonference où l'on poura inscrire autant de côtez de Polygones qu'on voudra; ce qui sert beaucoup pour décrire les Figures Regulieres, quand le Diametre est déterminé; mais comme il arrive souvent & principalement sur le terrain qu'on donne plûtôt un côté que le Diametre d'une Figure; nous expliquerons cette maniere dans l'Exemple suivant.

On demande à faire une Figure Reguliere de cinq Côtez, & l'on souhaite que chaque Côté soit égal au Côté donné A B. On divise d'abord la quantité de 360. (qui est le nombre des Degrez d'une Circonference) par le nombre des Côtez que l'on demande; par exemple, pour la diviser en cinq parties, qui sont le nombre des Côtez d'un Pentagone, il vient au quotient 72. que contient de Degrez l'Angle du Centre du Pentagone; on oste ensuite ces 72. de 180. valeur des trois Angles d'un Triangle, & il vient 108. pour valeur de l'Angle du Polygone; & cette valeur de 108. étant partagée en deux, donne 54. Degrez. pour la valeur de chaque Demi-Angle du Polygone; cela supposé:

Aux deux extremitez de la ligne donnée A B. on fera par le moyen d'un Rapporteur les deux Angles A B C. & B A C. de 54. Degrez, chacun, qui est l'Ouverture du Demi-Angle du Polygone pour une Figure de cinq Côtez: Cette Operation se fait en cette maniere. On pose le Centre du Rapporteur au Point A. de la Ligne donnée A B, faisant convenir le Diametre du Rapporteur sur la même Ligne; Puis de cette Ligne sur la Circonference on comptera 54. Degrez, qui se termineront en D. Du Point A. par le Point D. on tirera la Ligne A D C. On reïterera la même pratique au Point B. qui est l'extremité de la Ligne A B. donnée, & les deux Lignes A C. & B C. formeront le Centre de la Figure au Point C. De ce Point C. & de la Distance C A. on en décrira une Circonference, sur laquelle appliquant de suite la Ligne A B, on formera une Figure de cinq Côtez, qui seront chacun égaux au côté proposé A B, & qui donneront la Figure du Pentagone.

FIGURE XVII.

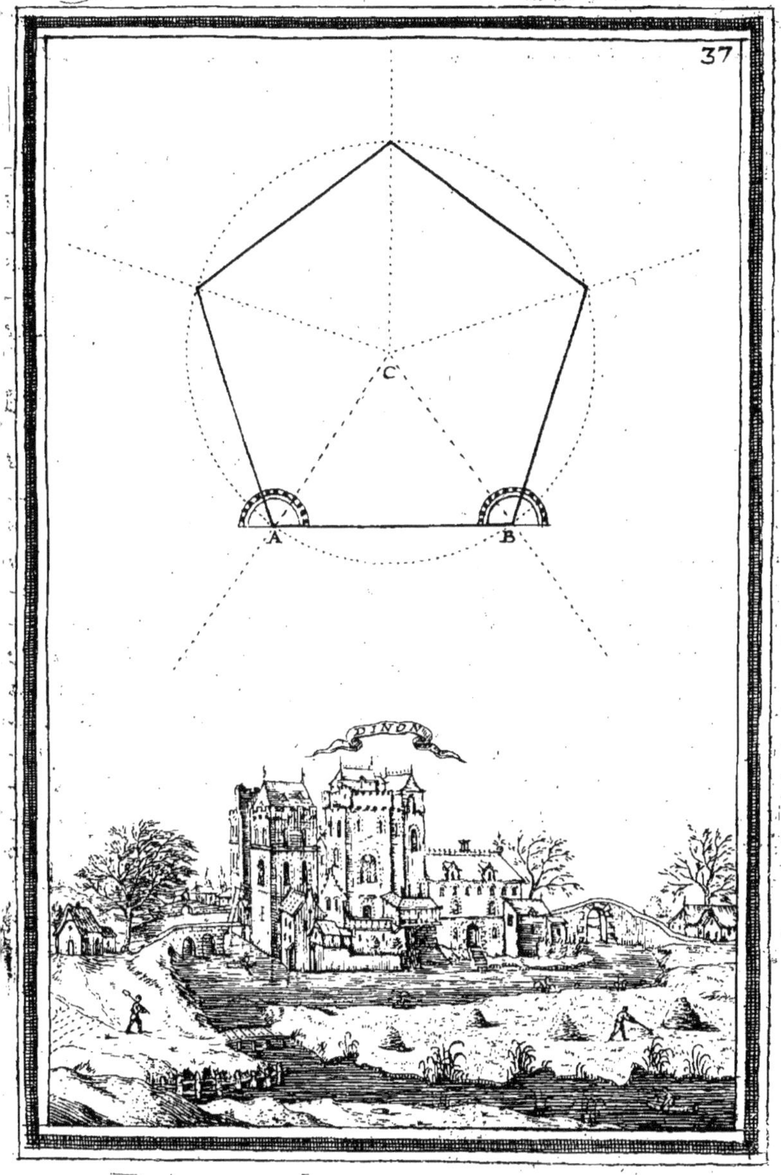

Maniere de diviser une Circonference en Parties égales par le moyen du Compas de Proportion & des Regles de l'Arithmetique.

J'AY dit cy-devant que le Compas de Proportion avoit deux faces : celle où l'on voit écrit *Parties égales*, nous a servi pour la Division des Lignes droites ; l'autre qui s'appelle *les Cordes*, a plusieurs lignes destinées à differens usages ; mais les deux plus grandes qui sont marquées par des Ponctuations jusqu'à 180. & qui répondent à la Division du Demi-Cercle, nous vont servir à diviser une Circonference, en tant de parties égales qu'on voudra.

On propose la Circonference A B C D E. pour être divisée en cinq parties égales.

Il faut premierement par une Regle d'Arithmetique diviser le nombre de 360. par le nombre de 5. Le quotient donnera 72. Que si on vouloit diviser la même Circonference en plus ou moins de parties, on diviseroit aussi le nombre de 360. par un plus grand ou moindre nombre, & l'on retiendroit la valeur du quotient dans la memoire, comme dans nôtre Exemple nous retenons la valeur du quotient 72. Cela supposé, on prend avec le Compas commun le Demi-Diametre A F, que l'on porte sur la Ligne des Cordes du Compas de Proportion, ouvrant les branches plus ou moins jusqu'à ce que ce Demi-Diametre A F. convienne sur les Points marquez 60. dans les deux Lignes des Cordes. Le Compas de Proportion ainsi ouvert & fixe, on prendra avec le Compas commun l'Ouverture des nombres 72. qui sont chiffrez sur les deux Lignes des Cordes ; & cette Ouverture du Compas commun portée sur vôtre Circonference la divisera precisement en cinq parties égales.

FIGURE XVIII.

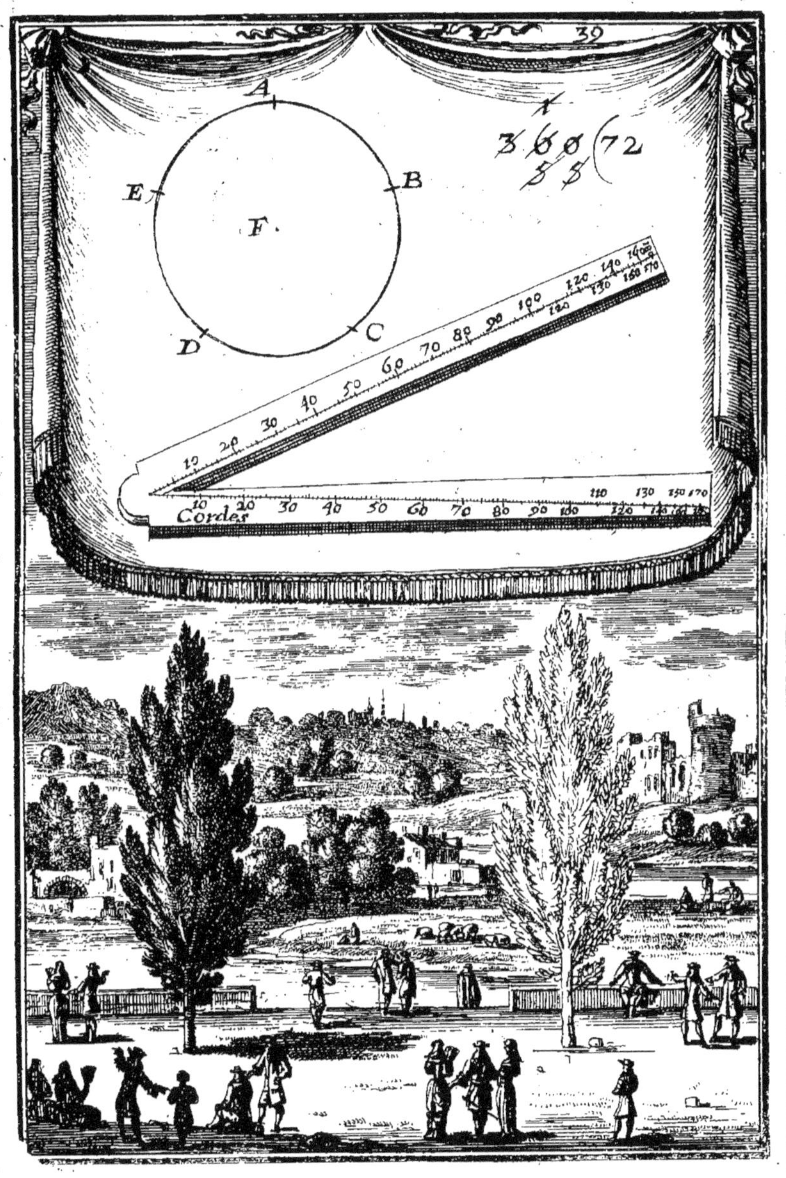

Maniere de diviser une Circonference en Parties égales, par le moyen du Compas de Proportion, sans Arithmetique.

MAIS si on ne vouloit point faire une Regle de Division, voici une Methode pour s'en pouvoir passer, en se servant de la Ligne des *Polygones* marquée sur les parties égales du Compas de Proportion.

Ayant donc décrit la Circonference proposée, on en prendra le Demi-Diametre avec le Compas commun, dont on portera une jambe sur le Point marqué par le chifre 6. dans les Lignes des Polygones du Compas de Proportion, ouvrant & fermant ce Compas de Proportion jusqu'à ce que l'autre jambe du Compas commun tombe sur l'autre Point chifré 6. de l'autre Ligne des Polygones. Les deux branches du Compas de Proportion demeurant alors fixes, on portera les deux jambes du Compas commun sur les nombres qui specifient le Polygone que l'on veut décrire, comme sur les nombres 7. si c'est pour un Heptagone, sur les nombres 8. si c'est pour un Octogone, ou bien selon notre Exemple sur les nombres 5. qui determinent le Pentagone. Car cette derniere Ouverture du Compas commun étant portée sur la Circonference qu'on a décrite, la divisera en autant de parties égales que l'on aura souhaité.

FIGURE XIX.

Methode de décrire une Circonference qui passe par trois Points donnez.

SOYENT les trois Points donnez A B C, prenez une Ouverture de Compas qui excede un peu la moitié de la Distance qui est entre A & B : De cette Ouverture & du Point A. faites les deux Arcs en D. & E, l'un dessus la Ligne imaginaire A B. & l'autre dessous. De la même Ouverture & du Point B, faites deux autres Arcs qui couperont les premiers aux Points D. & E. Par ces deux Points, tirez en blanc la Ligne D E; Puis par la même pratique faites des Points B. & C. deux Arcs qui se couperont aux Points F. & G. tirez aussi en blanc la Ligne F G. par ces deux Sections; elle coupera la Ligne D E. au Point H, qui sera le Centre du Cercle : De sorte que prenant pour Demi-Diametre la Distance H A, H B, ou H C, on décrira une Circonference qui passera par les trois Points donnez. Figure 1.

Pour trouver le Centre inconnu d'une Circonference.

PRENEZ sur la Circonference proposée trois Points à volonté A B C, ouvrez le Compas d'une étenduë qui passe un peu la moitié de la Distance comprise entre A. & B, puis des Points A. & B. faites des Arcs, dessus & dessous, qui se couperont en E. & D. Tirez la Ligne E D. occulte; Faites des Points B. & C. deux autres Arcs qui se couperont aux Points F. & G. Tirez en blanc la Ligne F G. qui coupera la Ligne E. D. au Point H; Ce Point H. sera le Centre que l'on cherche. Figure 2.

FIGURE XX.

CHAPITRE III.

De la Definition & Division de la Fortification; & des Termes Generaux & Particuliers qui servent à la Construction, Deffence & Attaque des Places.

Definition de la Fortification.

A Fortification est un Art qui enseigne la maniere de rendre un lieu plus fort qu'il n'étoit auparavant; afin qu'un petit nombre d'hommes, soûtenus de Munitions, puisse resister à un plus grand.

Division de la Fortification.

ON divise ordinairement la Fortification en Naturelle, Artificielle, Ancienne, Moderne, Reguliere, Irreguliere, Offensive, & Défensive.

La Fortification Naturelle concerne les lieux que la nature a fortifiez, soit par l'avantage de leur situation sur des hauteurs, ou par l'obstacle des eaux qui en défendent l'approche.

L'Artificielle est celle qui regarde les ouvrages inventez pour augmenter les avantages de la situation naturelle, ou pour en reparer les défauts.

L'Ancienne est celle des Premiers Temps, qui défendoit une Place par l'usage des Tours rondes ou quarrées.

La Moderne est celle qui défend une Place par la construction des Bastions & des Dehors.

La Reguliere a pour objet les Figures ou Polygones qui ont leurs côtez & leurs Angles égaux, & qui sont défendus par des Bastions & des Ouvrages dont les parties relatives sont égales & uniformes.

L'Irreguliere considere les Figures qui sont inégales par la diversité de leurs Angles & de leurs côtez; & s'attache à les défendre par des ouvrages convenables à leur défectuosité.

L'Offensive regarde les diverses manieres de nuire à l'Ennemi; & suppose, particulierement un General d'Armée qui tient la Campagne, & qui veut faire un Siege; de sorte qu'elle a pour but principal la Marche des Troupes, leur Campement, les Ordres ou Dispositions des Batailles, & l'Attaque des Places.

La Défensive regarde les precautions & l'industrie que le parti le plus foible oppose au plus fort; & suppose particulierement un Gouverneur de Ville, qui connoissant le fort & le foible de sa Place, tâche de la conserver contre les Surprises ou contre les droites Attaques.

FIGURE XXI.

47
OFFENSIVE
DEFFENSIVE
NATVRELLE
ARTIFI=
CIELLE
ANCIENNE
MODERNE
REGV=
LIERE
IRREGVLIERE

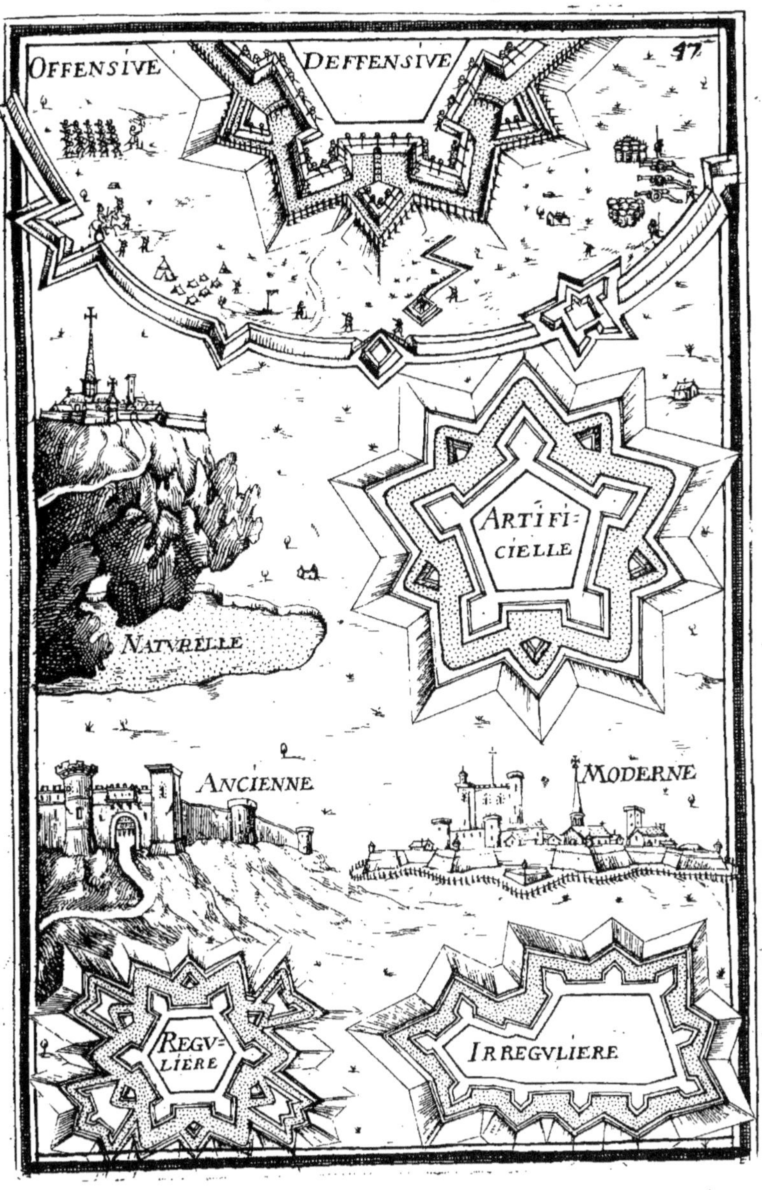

De la Fortification en particulier.

LA Fortification, étant regardée comme l'Art des Ingenieurs, suppose un long détail de fonctions. Elle enseigne à faire des Plans Arbitraires, à lever des Plans Effectifs, à construire differentes Places & differens Ouvrages, à les revestir de Murailles, à creuser leurs Fossez, à conduire tous les Travaux qui servent à l'Attaque & à la Défence des Places; en un mot, elle demande que l'Ingenieur soit Dessinateur, Architecte, Mineur, Machiniste & Bombardier.

Comme il s'agit ici du Dessein ou de la Representation des Places, je dirai, que les Ingenieurs y emploient trois manieres differentes, qu'ils appellent Ichnographie, Orthographie, & Scenographie.

L'Ichnographie me donnera lieu d'expliquer tout ce qui regarde les Plans qu'on dessine sur le papier, & ceux qu'on trace actuellement dans la Campagne. Les premiers sont ici representez par la Figure A. & les autres par la lettre B. Cette Explication sera composée de tous les Termes qui conviennent aux Angles & aux Lignes employez dans la Construction des Places Regulieres & Irregulieres.

Sous l'Orthographie nous comprendrons les Largeurs & Hauteurs des Terrasses de la Place & de ses Dehors; aussi bien que la Largeur & la Profondeur des Fossez, en supposant que cela soit veu de Profil, c'est à dire, par une Section Perpendiculaire sur la Ligne Horizontale, ou rez de chaussée; comme on le voit dans les Sections marquées C.

En traitant de la Scenographie nous parlerons de l'Achevement des Ouvrages de Guerre; comme des Forts, Demi-Lunes & autres Travaux qu'on aura mis en leur perfection, soit qu'ils soient dessinez sur le papier, ou representez en relief.

FIGURE XXII.

FIGURE XXII.

De l'Ichnographie, ou Plan, des Noms, des Lignes & autres Parties qui entrent dans la Description des Places.

A Est la Circonference : Les Ingenieurs la considerent dans leurs Plans Reguliers en Interieure & en Exterieure. La Circonference Interieure est celle, qui passe par les Angles des Murailles de la Place. Exemple A. Et la Circonference Exterieure est celle, qui passe par la Pointe des Angles des Bastions. Exemple A a.

B D. est la Ligne du Centre, ou la Distance qu'il y a du Centre de la Place à un des Angles de la Figure.

D C. est le Côté du Polygone interieur : Il represente la Muraille, qui enferme interieurement une Place depuis un de ses Angles jusqu'à un autre.

V X F G H. est le Trait ou Plan d'un Bastion : Il y en a de plusieurs sortes, que nous specifierons dans le premier Chapitre de la Fortification Irreguliere. Les Bastions achevez sont de grosses masses de terre, quelquefois revétuës de Gazon, de Brique, de Pierre ou d'autres materiaux ; leur usage est de contenir à couvert quantité de Mousquetaires, & de loger de l'Artillerie pour battre la Campagne, défendre les Dehors, nettoyer les Fossez, & flanquer le Corps de la Place. On donne d'ordinaire le nom de *Bastions Royaux* à ceux, qui sont capables de resister aux efforts d'une Armée Royale, qui est celle qui mene un Train d'Artillerie pour l'Attaque des Places. Les Ingenieurs distinguent les Bastions Royaux en Grands, Moyens, & Petits : Les grands sont ceux, qui ont ordinairement leurs Capitales de 40. Thoises, les moyens de 34. & les petits de 26. Dans le second Chapitre de la Fortification Irreguliere nous parlerons amplement de la capacité de leurs Gorges, & de l'étenduë de leurs Flancs.

H V. est la Gorge d'un Bastion ; ou la Distance comprise entre les deux Flancs du Bastion : c'est le Terrain où les Assiegez font d'ordinaire leurs derniers Retranchemens.

C V. est la Demi-Gorge du Bastion ; ou la Distance comprise depuis l'Angle de la Figure jusqu'à l'Angle de la Courtine ou du Flanc. Cette Ligne est d'une grande utilité pour la Construction des Places.

C F. est la Capitale d'un Bastion ; ou l'étenduë qu'il y a depuis l'Angle de la Figure jusqu'à la Pointe du Bastion.

F G. est la Face d'un Bastion ; ou la partie du Bastion, qui s'étend depuis la pointe du Bastion jusqu'au Flanc, c'est la partie la plus foible de l'Enceinte de la Place, à cause que cette partie est la plus exposée aux Batteries des Assiegeans, & la moins flanquée de la Ville, n'estant défenduë que du Flanc qui lui est opposé ; ce qui donne lieu d'ordinaire aux Assiegeans d'y faire leurs Bréches.

H G. est un Flanc ; ou la partie du Bastion qui répond de la face à la Courtine : C'est le Poste d'où les Assiegez défendent la Courtine, le Flanc, & la Face qui lui sont opposez, & d'où ils peuvent nettoyer le Passage des Fossés, battre sur les Contrescarpes, sur les Glacis, & même dans quelques Dehors : Ce qui donne lieu d'ordinaire aux Assiegeans de ruiner ces Flancs à force d'Artillerie dés les premiers jours du Siege.

H. est une Cazemate ; Nous en parlerons en traitant de la Scenographie, aussi bien que de son Orillon & de ses autres parties.

H L. est la Courtine ; ou la partie du Côté du Polygone qui est entre deux Demi-Gorges ; C'est le Poste le mieux défendu de l'Enceinte d'une Place, à cause qu'il est sous la défence des deux Flancs qui sont à ses extremitez : c'est pour cette raison qu'on y fait d'ordinaire la Porte de la Place.

F G H L T E. est une Tenaille ou Face d'une Place Reguliere ; elle consiste en deux Faces, deux Flancs & une Courtine.

P O. est la Baze, ou le Pied du Rempart ou Terrasse de la Ville : Nous parlerons du Rempart & de ses parties ci-aprés, en traitant de l'Orthographie.

P Z. est le Parapet ; ou la Terre qui couvre les Mousquetaires qui sont sur le Sommet du Rempart. Nous parlerons aussi plus amplement du Parapet & de ses parties, en traitant de l'Orthographie.

H I. est le second Flanc : on le nomme aussi quelquefois Flanc Oblique, ou le Feu de la Courtine ; c'est, à proprement parler, toute l'étenduë de la Courtine, d'où l'on peut voir la Face du Bastion opposé. Dans les Plans il semble que le second Flanc soit d'un grand avantage pour la Défence de la Face du Bastion opposé : Mais les Ingenieurs de service le rejettent & le laissent aux Ingenieurs de Cabinet, comme tres-inutile, parce qu'étant ruiné dés les premiers jours du Siege, particulierement quand son Terrain est sablonneux, le second Parapet qu'on fait derriere le premier, ne decouvre & ne défend plus le Bastion opposé. Sur le Papier il semble que cette défence soit excellente, mais la pratique en est méprisable sur le Terrain, outre qu'il diminuë trop le Flanc, d'où depend la veritable défense.

HE. est la Ligne de Défence: Cette Ligne, qui va du Pied du Flanc à la Pointe du Bastion opposé, est longue tout au plus de la Portée ordinaire du Mousquet de but en blanc, qui est environ de 120. Thoises. Cette Ligne est d'un grand usage pour la Construction des Plans, en ce qu'elle determine les Faces & la Longueur du Flanc.

IE. est la Défence Razante ou Flanquante: cette Ligne determine sur la Courtine la Longueur du second Flanc, & va razer la Face du Bastion opposé.

FQN. est le Fossé; ou la Profondeur qui est aux environs de l'Enceinte de la Place. Nous en traiterons particulierement en parlant de l'Orthographie.

RYMS. est la Contrescarpe; ou le Bord du Fossé du côté de la campagne.

1. 2. 3. est le Chemin couvert ou Coridor.

4. 5. 6. est la Base ou Largeur du Glacis ou Esplanade, autrement le Pied ou la Base du Parapet du Chemin couvert. Nous en parlerons particulierement en traitant de l'Orthographie.

FIGURE XXIII.

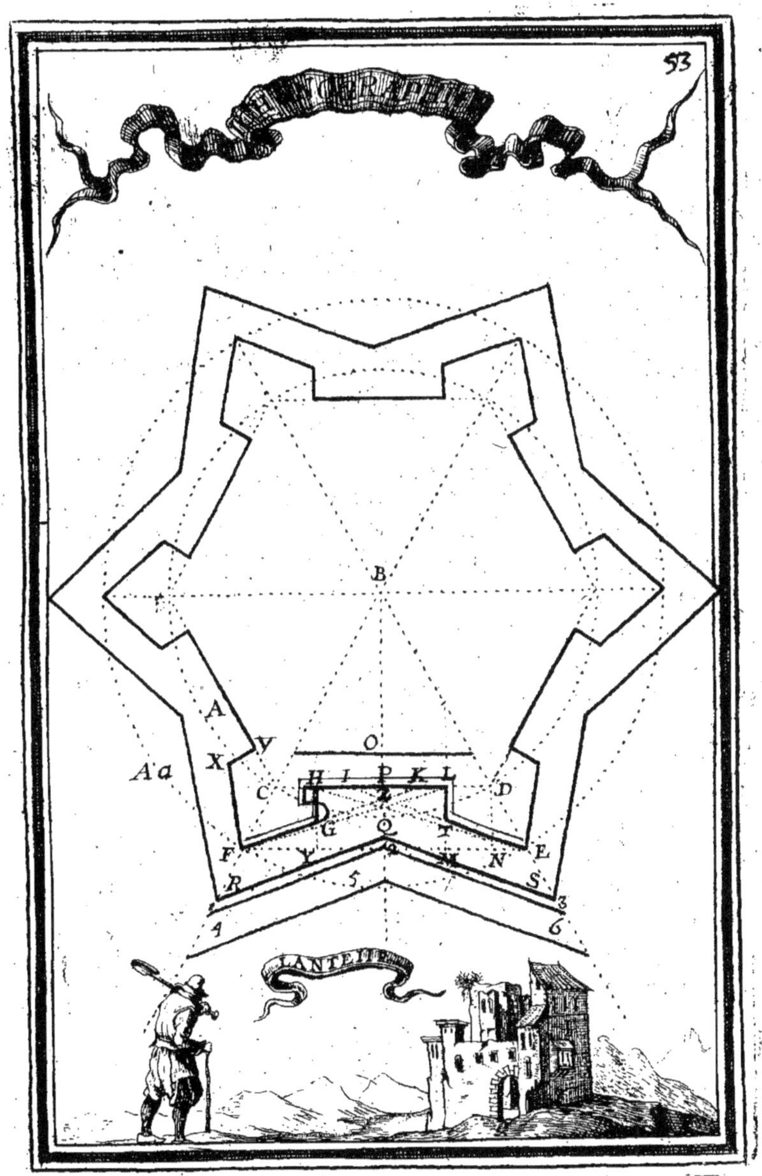

Des Angles qui entrent dans l'Ichnographie ou Description des Places.

J'AY déja dit qu'on marquoit un Angle par trois lettres, & que celle du milieu marquoit toûjours le Point où se faisoit l'Angle.

Angle saillant ou Angle vif est celui, qui porte sa Pointe au dehors de la Figure, comme est l'Angle X F G.

Angle rentrant ou Angle mort est celui, qui porte sa Pointe en dedans, ou vers le Centre de la Figure, comme est le marqué R Q S.

C B D. est l'Angle du Centre, ou du Milieu de la Figure: il est formé par la rencontre de deux Demi-Diametres tirez du Centre aux deux plus prochains Angles de la Figure.

A C D. est l'Angle du Polygone, de la Circonference ou de la Figure: il est formé par la rencontre de deux côtez du Polygone.

X F G. est l'Angle flanqué du Bastion: il est fait par la rencontre des deux Faces du Bastion qui forment sa Pointe. Il y a quelques Ingenieurs qui appellent cet Angle, l'Angle du Bastion.

F G H. est l'Angle de l'Epaule: il est formé par la rencontre d'une Face & d'un Flanc.

G H I. est l'Angle du Flanc ou de la Courtine: il est fait de la rencontre du Flanc & de la Courtine. Comme les Fossez sont secs en Portugal, les Espions & les Deserteurs se servoient de la commodité de cét Angle pour se glisser & descendre du Rempart, en mettant un de leurs coudes contre la Courtine & l'autre contre le Flanc; Ce qui nous obligeoit de donner à cet Angle un Trait Circulaire.

H K G. est l'Angle Flanquant: il est fait d'une partie de la Courtine & de la Ligne de Défense Razante, quand il y en a une, ou de toute la Courtine & de la Ligne de Défense, quand il n'y en a point de Razante.

R Q S. est l'Angle rentrant de la Contrescarpe: il est fait par deux Lignes de la Contrescarpe, qui portent leur Pointe vers le Centre de la Place.

P R Q. est l'Angle saillant de la Contrescarpe: il est formé par la rencontre de deux Lignes de la Contrescarpe, qui portent leur Pointe vers la campagne.

FIGURE XXIV.

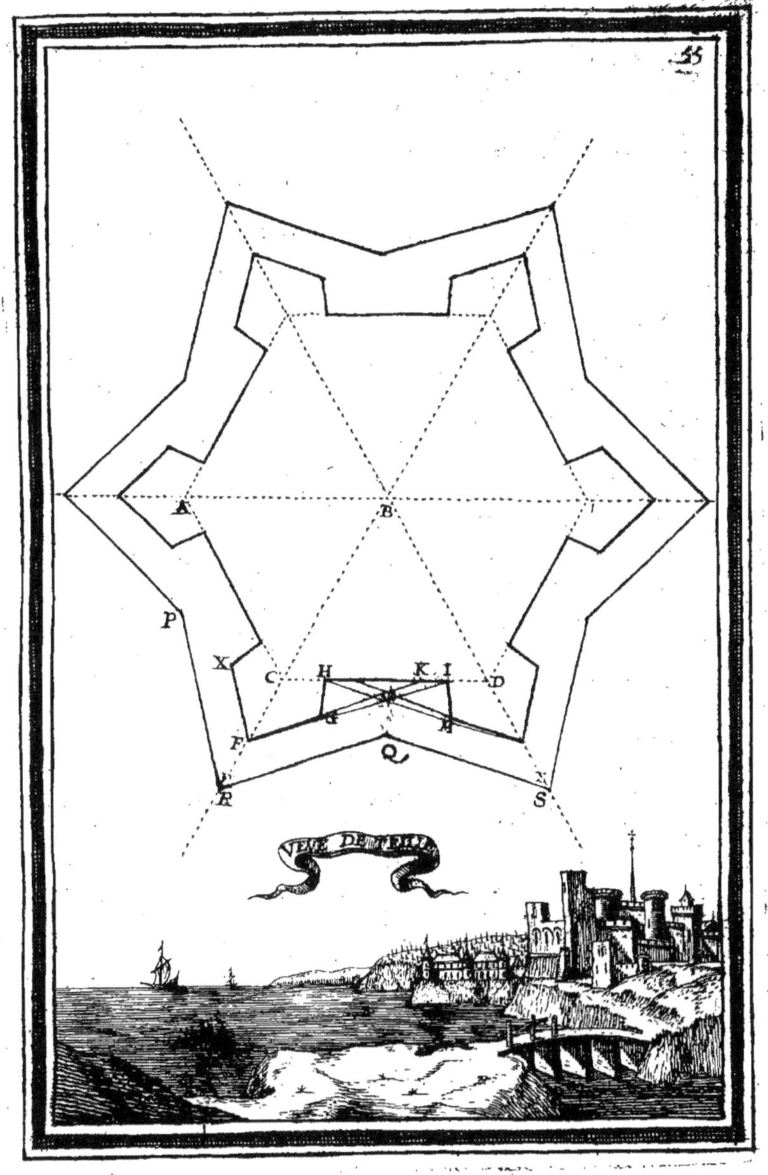

Plan, ou Description Ichnographique d'une Place Reguliere, accompagnée de Dehors.

Les Ingenieurs appellent *Place* ou *Fort* le Terrain qui est enfermé de toutes parts de Fossez, de Remparts, ou de Parapets, & dont la défence ne se tire d'ailleurs que de ceux qui sont commis à sa garde.

Les mêmes Ingenieurs donnent le nom d'Ouvrage au Terrain qui est entierement environné de Fossez; mais qui n'est fortifié ou couvert de Rempart ou Parapet que du côté de la campagne; & dont une partie de la Défence est tirée du Corps de la Place.

Ils ont inventé les Dehors pour couvrir des Chapelles, des Eglises, des Monasteres, des Châteaux, des Maisons de Plaisance, des Hauteurs, des Fontaines, & autres lieux, qui se trouvent hors de l'Enceinte d'une Place, & qu'on a dessein de conserver contre la fureur d'un Assiegeant, parce que la prise en seroit prejudiciable aux Assiegez. Mais comme ces sortes de lieux sont ordinairement de differentes figures, on a aussi inventé differentes Constructions de Dehors, dont nous décrirons ici les plus considerables.

A. est un Ravelin, que le Soldat nomme d'ordinaire *Demilune*: cét ouvrage, que l'on éleve sur la Contrescarpe devant la Courtine, est d'un grand usage pour couvrir le Pont & la Porte d'une Place.

B. est une Demi-lune; cét ouvrage se construit sur la Contrescarpe vis-à-vis de la Pointe du Bastion; Elle n'est plus guere en usage, à cause qu'elle n'est défenduë que des Ravelins.

C. est une Tenaille: cet ouvrage a sa tête ou sa partie plus avancée vers la campagne, formée par deux Faces, qui font un Angle rentrant, & dont les Aîles qui sont Paralleles, vont répondre de la Tête à la Gorge de l'Ouvrage, qui est d'ordinaire une partie de la Contrescarpe.

D. est une Tenaille double, ou un Ouvrage dont la Tête est formée par quatre Faces, qui forment deux Angles rentrans & trois saillans, & dont les Aîles qui sont Paralleles, viennent répondre de sa Tête à sa Gorge.

E. est une Queuë d'Ironde, ou un Ouvrage qui a sa Tête

FIGURE XXV.

formée par deux Faces, qui font un Angle rentrant, & dont les Aîles vont faire Angle au milieu de la Courtine.

F. est un Bonnet de Prêtre, ou un Ouvrage dont la Tête est formée par quatre Faces, qui forment deux Angles rentrans & trois saillans, & dont les Aîles vont faire Angles au milieu de la Courtine.

G. est un Ravelin ou Demi-lune à Contregarde: cét Ouvrage est fort estimé, à cause qu'il n'y a aucun côté qui ne soit sous le feu de la Place; & que la defectuosité de l'Angle Mort ne s'y trouve point comme dans les Ouvrages que nous venons de nommer cy-dessus.

H. est une Corne: cét Ouvrage (que les Ingenieurs preferent à tous les precedens, pour enfermer un grand Terrain, à cause de la bonté de sa défence) a sa Tête fortifiée de deux Demi-Bastions joints par une Courtine, ses Aîles ou longs côtez, qui sont paralleles, vont d'ordinaire se terminer sur la Contrescarpe de la Place.

I. est une Corne à double Flanc: cét Ouvrage a sa Tête fortifiée, comme un Ouvrage à Corne; mais elle a deux Flancs sur ses deux longs côtez, qui, étant prolongez, iroient faire Angle au milieu de la Courtine.

K. est une Corne couronnée: cét Ouvrage, qui n'est qu'une Corne dont la Tête est couverte d'une Couronne, a autrefois été bien plus en usage qu'il n'est maintenant, à cause de sa grande dépense & du peu de Terrain qu'il y a pour s'y retrancher.

L. est une Couronne ou Couronnement: cét Ouvrage est ordinairement composé d'un Bastion qui est à la Tête, & qui se joint à deux Demi-Bastions par deux Courtines, une à la droite, l'autre à la gauche; comme il embrasse beaucoup de Terrain, on s'en sert pour enfermer & fortifier un Fauxbourg, ou quelque autre lieu d'un grand circuit.

Il y a encore quelques autres Ouvrages outre ceux-cy; mais, comme ils appartiennent plus à la Fortification Irreguliere qu'à la Reguliere, on en trouvera la Construction dans le Traité de l'Irreguliere.

FIGURE XXVI.

De l'Orthographie, Profil ou Representation de la Hauteur des Terrasses ; & des Largeurs & Profondeurs des Fossez.

LES Ingenieurs, pour marquer les differentes Largeurs & Hauteurs des Terrasses, & les Profondeurs & Largeurs des Fossez d'une Place, ont accoûtumé de les representer par un Profil, ou Section, qu'ils supposent y être faite vers le milieu d'une Courtine, ainsi qu'il est representé au bas de la Planche suivante, où j'ay écrit Profil.

Mais comme cette Section est tres-difficile à concevoir, n'étant qu'un simple Trait, nous avons representé dans le haut de la Planche, un Bastion accompagné de deux moitiez de Courtines avec leurs Remparts & Fossez, afin que l'on pût facilement raporter les parties d'un Profil à l'autre. Voici les noms de chaque piece en particulier.

A B. est la Ligne de Terre : cette Ligne represente le Rez de chaussée, ou le Niveau de la campagne, sur lequel on éleve les Terrasses, & où l'on creuse les Fossez.

A B. est la Distance des Maisons au Rempart : cette Distance ou Ruë montre, que pour bien fortifier une Place, il ne faut souffrir ni Eglise, ni Monastere, ni Maison proche du Rempart, pour ôter, à ceux qui y logeroient, une facilité de correspondance avec les Ennemis.

B C E D. est le Rempart, ou la Hauteur des Terres qui couvrent une Place, & qui donnent moyen aux Assiegez de commander sur les Travaux des Assiegeans.

B C. est la Baze ou le Pied du Rempart : c'est-à-dire, la Largeur du Pied des Terres qui sont entre le Fossé, & les Maisons de la Place.

D E. est le Sommet du Rempart : c'est, à proprement parler, toute la Largeur superieure du Rempart.

F D. est la Hauteur du Rempart, ou l'élevation de la Terrasse.

B D. est le Talus Interieur du Rempart, ou le penchant de la Terrasse du côté de la Ville. Cette Pente est d'ordinaire si adoucie qu'on y peut monter à cheval.

E C. est le Talus Exterieur du Rempart, ou le penchant de la

Terrasse du côté de la campagne. Ce Talus est souvent revestu de Gazon, de Brique, ou de Pierre.

NOEI. est le Parapet, ou la Terrasse qui est élevée au dessus du Rempart, pour couvrir les Soldats assiegez contre l'effort de l'Artillerie des Assiegeans.

KN. est la Hauteur Interieure du Parapet : cette Hauteur est d'ordinaire de six pieds pour couvrir les Mousquetaires : on donne à cette Hauteur quelque Talus pour se mieux soûtenir.

NO. est le Talus Superieur du Parapet ou Sommet du Parapet : quelques-uns l'appellent Glacis du Parapet : les Assiegez y posent leurs Mousquets pour faire feu dans la campagne, & tirer en plongeant sur le bord exterieur du Fossé, ou Contrescarpe.

LO. est la Hauteur Exterieure du Parapet : elle est toûjours moindre que la Hauteur Interieure, à cause de la Pente que doit avoir le Sommet du Parapet. On donne d'ordinaire à cette Hauteur autant de Talus qu'au revestissement du Rempart ; Mais il y a des Ingenieurs qui veulent, qu'aux Places revestuës, cette partie du Parapet tombe à plomb sur le Cordon.

E. est le Cordon : c'est une Avance de pierre qui regne au tour du Revestissement à l'endroit, où le Parapet porte sur le Rempart du côté des Fossez.

* Garde-fou, est une petite Muraille élevée à plomb sur le Cordon pour couvrir un petit Espace ou Chemin, qui est entre cette Muraille & le Talus exterieur du Parapet. L'usage de ce petit Chemin est, d'empécher que les Terres du Parapet n'éboulent dans le Fossé; Et l'usage de la Muraille est de couvrir ceux qui font les rondes dans ce petit espace.

PHI. est la Banquette : c'est une petite élevation de Terre en forme de degrez, au pied du Parapet, du côté de la Place, pour donner moyen aux Mousquetaires de la Place, de tirer par dessus le Parapet du côté de la campagne.

PD. est le Terre-plain : c'est le dessus du Rempart entre son Talus interieur & la Banquette de son Parapet : Entre autres usages il sert de passage aux Rondes : Il est dangereux d'y planter des Arbres, parce que pendant un Siege, le bruit que le vent excite dans les feüilles, empéche les Assiegez d'entendre les Travailleurs des Assiegeans.

CR. est la Lisiere, Relais, Berme, ou Pas de Souris : c'est une Largeur de Terre au pied du Rempart, du côté de la campagne, destiné à recevoir les débris de la Muraille, ou Terrasse &

pour empécher qu'ils ne comblent le Fossé. Quand cette Largeur est couverte d'un Parapet, on lui donne le nom de Faussebraye, ou de Basse Enceinte.

RST. est le Parapet de la Faussebraye.

TV. est la Lisiere, Relais, &c. *comme ci-devant.*

VYZX. est le Fossé ; ou la Profondeur qui est au tour de la Place. Nous parlerons des Avantages & des Defauts des Fossez secs, & des Fossez pleins d'eau, dans le Livre qui traite de l'Attaque des Places. Mais nous dirons ici que les plus creux & les plus larges sont estimez les meilleurs.

VY. est l'Escarpe ; ou la Pente de la Terre qui est au pied de la Muraille de la Place, ou de la Lisiere.

2. est la Cuvette, d'autres disent Cunette : c'est un petit Fossé, que l'on fait d'ordinaire dans les Fossez secs ; il sert à faire couler les immondices du Fossé ; mais son plus grand usage est de fournir de la terre pour faire un Retranchement qui défend le Passage du Fossé, & qui donne moyen de découvrir où les Assiegeans veulent conduire leurs Attaques.

ZX. est la Contrescarpe ; ou le Talus du Fossé qui regarde la Place ; dans les Fossez de quelques Villes, la Contrescarpe est revestuë & n'a aucun Talus.

X 4. est le Chemin couvert ou Coridor : Le Soldat lui donne d'ordinaire le nom de *Contrescarpe* : Le Parapet du Glacis met ce Chemin hors de la veuë de la campagne ; il n'y a point aux environs de la Place un Poste plus dangereux pour les Assiegeans, à cause du voisinage des Faces, des Flancs & des Courtines de la Place.

6 7 8. est le Glacis ou Parapet du Chemin couvert : Sous ce nom les Ingenieurs entendent parler de toute la masse des Terres qui servent de Parapet au Chemin couvert, & dont le dessus va en pente jusqu'au niveau de la campagne : c'est sur la Tête de ce Glacis où l'on plante d'ordinaire les Palissades.

FIGURE XXVII.

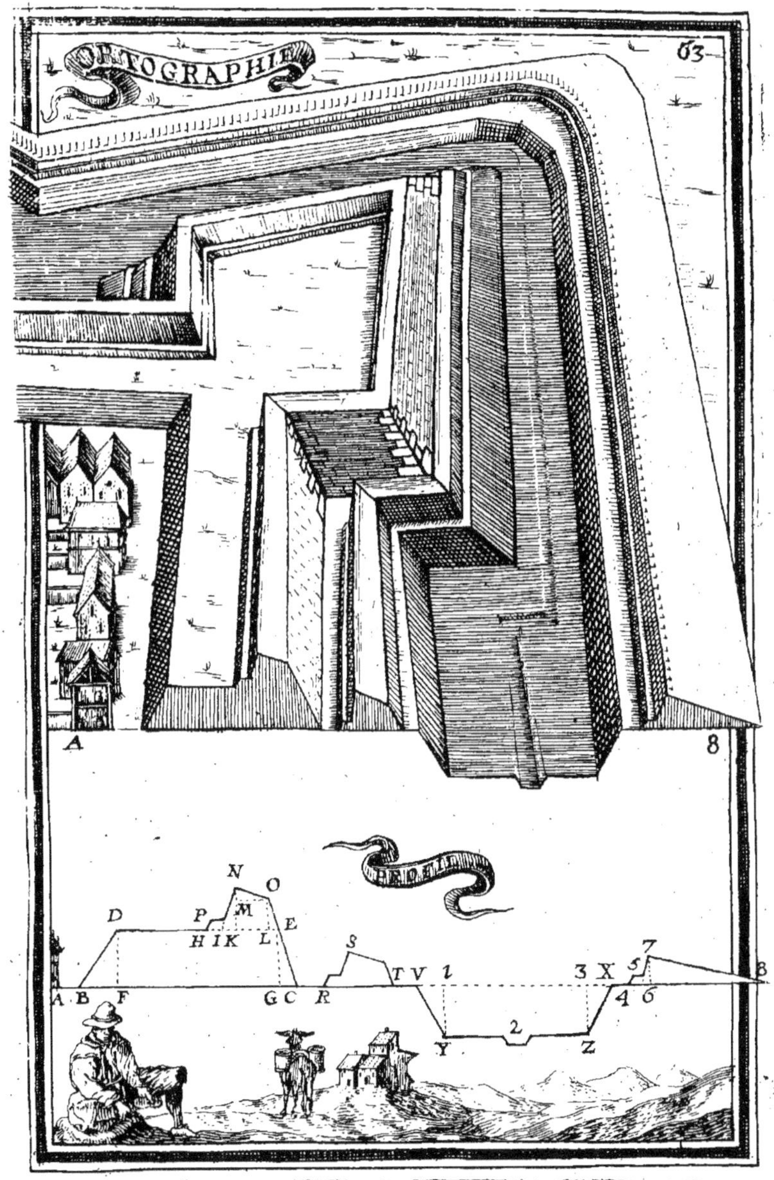

De la Scenographie ou Denombrement des principaux Corps d'Ouvrages parfaits ; & Instrumens achevez, qui servent à la Défence des Places.

A Est une Ville : c'est un amas de Maisons environné de Murailles & de Fossez, qui servent à couvrir & à défendre ses Maisons contre l'insulte des Ennemis.

B. est la place d'Armes. Dans les Villes Regulieres elle occupe le Terrain qui est aux environs du Centre de la Place, & en a la même Figure ; c'est aussi le lieu où l'on pose le principal Corps-de-Garde, & où les Soldats de la Garnison viennent se ranger en Bataille sur le point de monter la Garde, pour être ensuite distribuez chacun dans leur Poste. Ordinairement, dans le temps des Alarmes, les Soldats qui ne sont point de Garde ont ordre de s'y trouver avec leurs Armes.

C. sont les Marchez : qui sont des Places publiques, de differentes Figures, pratiquées en divers endroits de la Ville, pour la vente & distribution des Denrées necessaires à l'usage de la vie.

D & E. sont les Maisons : Sous ce nom les Ingenieurs n'entendent pas parler seulement des Maisons des Particuliers ; mais aussi de tous les Lieux publics, comme sont les Eglises, les Halles, les Prisons, les Arcenaux, &c.

I. est un Bastion : Quelques-uns lui donnent le nom de *Boulevard*, quand il est fort grand.

L. sont des Cazemates : Quelques-uns les nomment *Places-basses*, ou *Flancs-bas*. Les Cazemates sont des enfoncemens à découvert, que l'on pratique dans les Terres du Flanc, en tirant vers la Capitale de leurs Bastions. Il y a plusieurs sortes de Cazemates, mais celles-là sont estimées les meilleures, dont l'Assiegeant ne peut voir ni demonter l'Artillerie. Elles sont destinées à loger plusieurs pieces de Canon, qui étant chargées à Cartouche ou de Férailles, empéchent les Assiegeans de se loger sur la montée des Bréches. L'utilité des Cazemates est si grande, que nous avons été obligez d'en faire un Chapitre exprés, dans le commencement de nôtre second Volume, pour prouver leurs avantages.

R. est

6. est un Orillon ; ou une Avance de Terre, vers l'Angle de l'Epaule d'un Bastion à Cazemate. L'Orillon est quelquefois rond, quelquefois de Figure Quarrée ; & il sert à couvrir l'Artillerie des Cazemates contre les Batteries des Assiegeans.

P. est un Retranchement : c'est le travail que l'on fait derriere un Poste attaqué, pour empécher que l'Assiegeant ne se rende maître d'Emblée, ou de vive force du Terrain qui est derriere.

7. sont des Fraises, ou plusieurs Pieces de bois fichées dans la Muraille, au dessous du Cordon : Aux Places qni ne sont pas revétuës on les met au pied du Parapet. Leur usage est d'empécher la Desertion & les Surprises par Escalade.

M. est une Plateforme ; ou une Elevation de terre sur le Rempart le long d'une Courtine : Elle sert à mettre des Pieces en Batterie. Quelques-uns la confondent avec le Cavalier.

N. est un Cavalier : ou une Hauteur de differentes Figures, élevée dans la capacité d'un Bastion ; Il sert à mettre des Pieces en Batterie, pour commander dans la campagne, & obliger les Assiegeans à s'écarter de la Place ; à commencer leurs Travaux de fort loin ; & à faire ces Travaux plus solides, & plus enfoncez dans les terres.

O. est une Contremine : ou une maniere de Puits que les Assiegez creusent dans la solidité de leurs Terrasses : Dans la partie la plus creuse de ces Puits ils pratiquent plusieurs petits Rameaux ou Conduits soûterrains, qui courent de part & d'autre sous les terres de la Place, pour tâcher de donner jour, & d'eventer les Mines que les Assiégeans y pouroient faire.

S. est une Guerite : c'est un petit Batiment de Pierre ou de Brique fait de differentes Figures, pour mettre à couvert une Sentinelle contre l'injure du temps.

T. est une Echauguette : c'est le nom ordinaire que les Soldats donnent aux Guerites de bois.

V. est une Porte, accompagnée de son Pont de Pierre : ce Pont est appellé par quelques-uns *Pont dormant*, à cause de sa situation solide sur des piles ou jambes de force. Aux Places de Guerre les Ponts de Bois sont preferables à ceux de Pierre, à cause que les premiers peuvent être facilement brulez.

R. est un Pont-levis, ainsi nommé à cause qu'il se leve du côté de la Porte, par le moyen de deux Chaines de fer attachées à des pieces de bois, appellées *Fléches*.

F. est une Citadelle, ou un lieu fortifié de Bastions. Noüs en parlerons amplement dans le Chapitre XII.

G. est le Reduit, le Château, le Donjon ou la Maison du Gouverneur : ce lieu est separé du Terrain de la Citadelle par un Fossé. Il y a d'ordinaire dans ces sortes de lieux une Tour élevée, de laquelle on découvre dans la campagne, & où est le Beffroy, ou la Cloche pour sonner la Retraite & les Alarmes.

H. sont les Cazernes, ou Logemens des Soldats. Elles sont faites de plusieurs manieres ; mais celles qui sont les moins élevées, sont toûjours les meilleures.

K. est un Cofre, ou un Parapet couvert dans un Fossé.

8. est la Citerne de la Citadelle ; ou une maniere de Cave pavée, où se rendent, par divers canaux & ouvertures, les eaux des pluies qui tombent sur les toits des edifices qui en sont les plus proches.

Les Ravelins, les Demi-lunes, les Tenailles, simples & doubles, les Queuës d'Ironde, & les autres Ouvrages, comme la Corne, la Couronne, la Corne couronnée, marquez des lettres X. Y. Z. 1. 2. 3. 4. 5. ont déja été définis dans les pages precedentes.

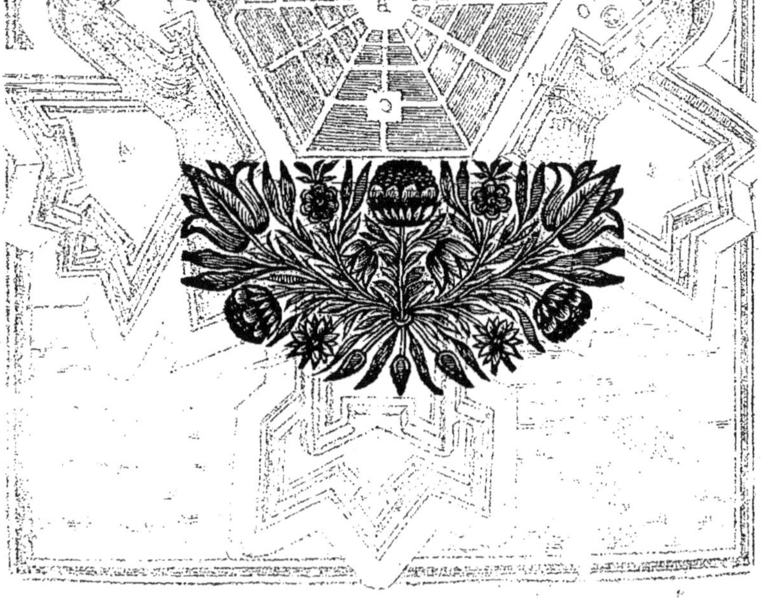

FIGURE XXVIII.

De la Scenographie, ou Denombrement des principaux Corps d'Ouvrages parfaits, & des Instrumens achevez, qui servent à l'Attaque des Places.

A Est le Profil, ou l'Aspect d'une Place, étant veuë par un de ses côtez.

C. est l'Escalade : ou une Entreprise faite contre ceux de la Ville, à la faveur de plusieurs Echelles.

E. est une Mine : c'est, à proprement parler, une Ouverture que l'on fait dans un Corps solide, & que l'on charge de Poudre, pour faire écarter & sauter quelques parties de ce corps. Nous parlerons de leurs differentes manières, dans nôtre troisiéme Volume.

D. est une Bréche : c'est le Débris de quelque Terrasse ou Muraille, ce qui peut arriver par la caducité des Murs, par la violence de l'Artillerie, par l'effort de la Mine, ou par plusieurs autres causes.

G. est la Tête de la Tranchée, ou la partie de la Tranchée la plus avancée vers la Place ; c'est aussi le lieu où l'on commence la Sape, ou l'Ouverture que l'on fait d'ordinaire sous le Terrain du Glacis, pour en faire sauter la Terre, & gagner à couvert la Contrescarpe.

H. est une Attaque : ou une Insulte que l'on fait à un Poste dont on veut se rendre maître.

I. est la Tranchée, ou Ligne d'Approche : c'est un Chemin que les Assiegeans creusent, en jettant la terre du côté de la Place, pour se couvrir contre le feu des Assiegez. Les differens Détours ou Branches des Tranchées sont ordinairement appellez Boyaux.

K. est une Ligne de Communication, ou maniere de Boyaux qui communiquent d'une Tranchée à l'autre. Elle sert à secourir la Tranchée, sans être obligé de passer par le camp.

L. est une Redoute, ou un fort Quarré ; il sert d'ordinaire à favoriser les Pionniers, ou gens qui travaillent aux Tranchées, leur servant de Retraite pour se défendre quand l'Assiegeant les contraint d'abandonner leur travail.

M. est une Batterie : sous ce nom, les Ingenieurs entendent la Disposition de l'Artillerie prête à faire son effet. Le nombre des Pieces d'une Batterie n'est point determiné ; Mais les Soldats appellent d'ordinaire une Batterie Royale, celle qui est dressée vers le quartier du Roy, & qui excede le nombre de huit Pie-

FIGURE XXIX.

CONDE
69
A
B
C
D
E
F
G
H
I
K
L
M
N
O
P
Q
R
S
T
Y
Z
1
2
3
4
5
6
7
8
9
10
11
12
13
14
15
16
17
18
19
20
21

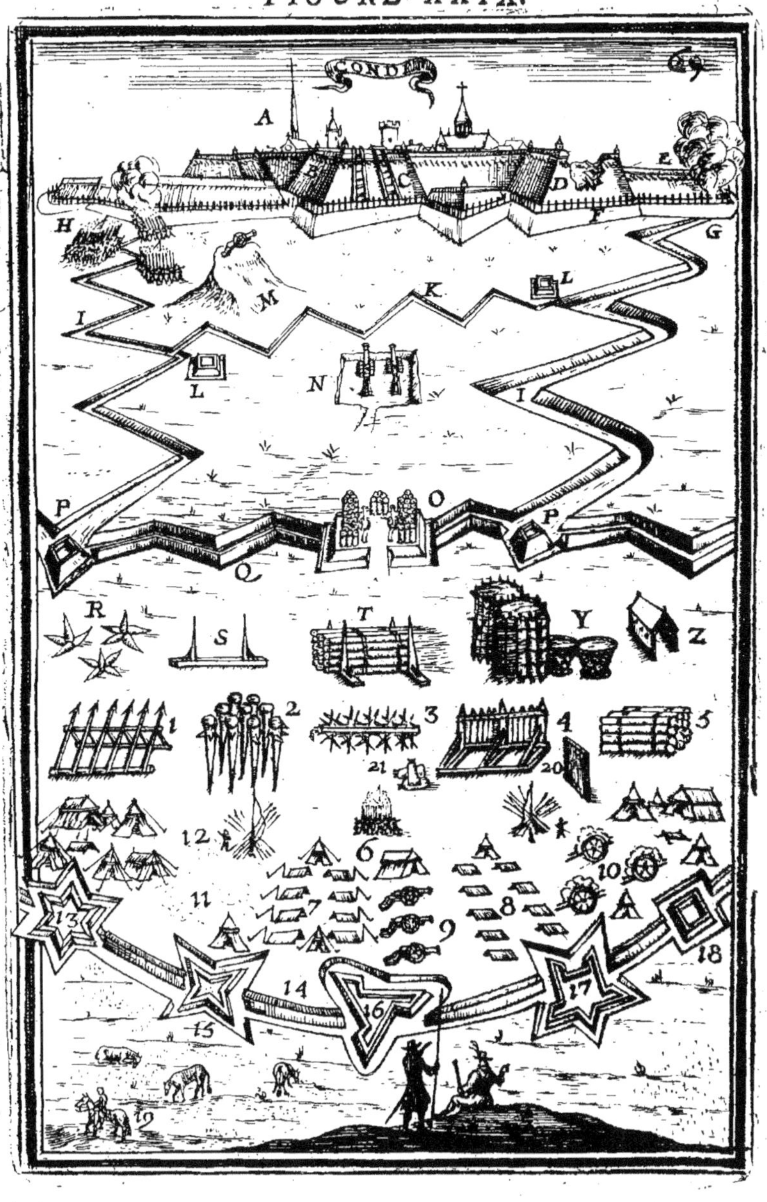

ces. Les Ingenieurs donnent ordinairement le nom de Batterie Foudroiante à celle qui est élevée. Exemple M. d'Enterrée, quand elle est creusée dans la terre. Exemple N. & de Simple, quand elle n'est couverte que de Gabions, comme est la marquée O.

P. est l'Ouverture de la Tranchée, ou le Poste, où les Assiegeans commencent à creuser la terre, pour se couvrir contre le feu de la Place, en y poussant leurs Lignes d'Approches. On appelle aussi ce Poste *Queuë de la Tranchée*.

Q. est une Ligne de Contrevallation. Cette Ligne est un Fossé d'où on jette les terres du côté du Camp : son principal usage est d'empécher les surprises que ceux d'une Place pouroient tenter, par leurs frequentes Sorties, contre ceux du camp.

R. sont des Chausse-trappes : ou des Cloux à plusieurs Pointes, dont il y en a toûjours une qui est tournée en haut : On les seme dans les Chemins, pour empécher le passage de la Cavalerie ; & dans les Bréches, pour aréter l'impetuosité de l'Assiegeant.

S. est un Chandelier : ou plusieurs pieces de bois, attachées ensemble, en maniere d'un Banc renversé. Ils servent de Parapet quand on les remplis de Facines.

T. sont des Facines ou Fagots faits de menus Branchages. Les Facines servent à plusieurs usages ; à faire des Parapets sur des Rochers, en les posant entre des chandeliers, à combler les Fossez, &c.

V. sont des Gabions, ou des grands Paniers, faits d'ordinaire d'Osier ; on les remplit de terre, pour faire les Parapets des simples Batteries.

Y. sont des Corbeilles, ou des petits Paniers, qui sont pl s larges par le haut que par le pied : Les Mousquetaires en mettent d'ordinaire plusieurs l'un contre l'autre, afin de tirer à couvert, par l'intervalle ou vuide qui reste entre le pied de ces Corbeilles.

Z. est une Gallerie, ou une ancienne Machine de Bois, faite en maniere d'Allée couverte, qui servoit autrefois à couvrir le Mineur dans le passage du Fossé.

1. Sont des Palissades de Camp, ou plusieurs pieces de Bois liées ensemble ; on les appelle Palissades de Camp, par distinction, à cause, qu'estans jointes plusieurs ensemble, elles sont en état d'enfermer tout le Terrain destiné au Campement d'une Armée.

2. Sont les Palissades Ferrées : On les plante dans des petites Rivieres, & lieux marecageux, pour empécher qu'on y passe facilement à pied, ou avec des Barques.

3. Eſt un Cheval de Friſe, ou une groſſe piece de Bois à pluſieurs Faces: Elle eſt lardée de gros Piquets ferrez ordinairement par leurs bouts: Les Chevaux de Friſe ſont d'une grande utilité dans les Bréches, pour arreſter l'impetuoſité de ceux qui donnent l'Aſſaut.

4. Eſt une Baricade, ou Machine de Bois portative, pour boucher un paſſage, ou avenuë.

20. Eſt un Mantelet: Ils ſont quelquefois faits d'une ou de pluſieurs Planches jointes enſemble; On les pouſſe, ou on les porte devant ſoi, pour ſe couvrir de la Mouſqueterie de la Place lorſque l'on ne veut point creuſer de Tranchée pour en approcher.

5. Sont des Sauſſiſſons, ou groſſes pieces de Bois; on s'en ſert pour affermir les Chemins gâtez, quand on veut faciliter le paſſage de l'Artillerie.

21. Sont des petits Sacs à terre. Nous en parlerons fort amplement dans nôtre troiſiéme Volume, en parlant des Inſtrumens & Machines qui ſervent à l'Attaque & Défence des Places.

6. Eſt un Camp, ou le Terrain qu'une Armée occupe, quand elle ſejourne & ſe retranche à la Campagne.

10. Eſt le Quartier des Vivres, ou le Logement des Vivandiers.

8. Sont les Huttes, ou les Logemens de l'Infanterie.

9. Eſt le Parc d'Artillerie, ou le lieu où l'on garde le Canon & tout ce qui eſt neceſſaire pour ſon ſervice, auſſi-bien que les Feux d'Artifice.

7. Sont les Barraques, ou les Logemens de la Cavalerie.

11. Eſt la Place d'Armes, ou la grande Place qui eſt proche le Quartier du Roy: C'eſt là où l'on poſte le principal Corps de Garde.

12. Eſt une Sentinelle, ou Factionaire: C'eſt un Fantaſſin armé, pour prendre garde à la ſureté du Camp.

14. Eſt la Ligne de Circonvallation; Elle conſiſte dans un Foſſé, dont on jette la terre du côté du Camp: Son principal uſage étoit autrefois d'empécher le Secours que la Place pouvoit eſperer du côté de la campagne; maintenant elle eſt pour empécher la Deſertion. Nous en parlerons plus particulierement dans l'Attaque des Places.

13. Eſt le Quartier du Roy, ou le Logement du General.

15. Eſt un Fort à Tenaille. 16. Eſt un Fort à Demi-Baſtions.

17. Eſt un Fort à Chemiſe. 18. Eſt une Redoute. 19. Eſt une Vedette, ou un Cavalier armé, pour la même fonction que la Sentinelle.

CHAPITRE IV.

De la Construction des Plans en general, & particulierement du Plan des Places Regulieres.

N ne sçauroit faire de grands progrez dans la Construction des Plans, si on ne possede par la memoire, les differens noms, que les Ingenieurs ont donné à chaque Polygone, ou Figure, que nous allons expliquer à la tête de ce Chapitre. Mais c'est encore une necessité de se bien servir des Maximes que nous donnerons ensuite, pour la Construction des Bastions, qui doivent fortifier ces differentes Figures.

Des Noms que reçoivent les Places Regulieres, à raison de leurs Côtez, & de leurs Angles.

IL y a des Ingenieurs qui proposent le Triangle Equilateral pour la premiere des Figures Regulieres, qui sont capables d'être fortifiées; Mais il y en a plusieurs autres, qui en rejettent l'usage, à moins d'y être obligez par une disposition formelle du Terrain, & par l'impossibilité d'y en construire d'une autre Figure. En effet, si on y construisoit des Bastions ordinaires, ils auroient leur Angle flanqué d'une Ouverture au dessous de soixante Degrez; ce qui repugne à une des Maximes suivantes, qui dit, que, *L'Angle flanqué d'un Bastion Regulier doit être pour le moins ouvert de soixante Degrez.* Sur cette objection, qui paroît incontestable, nous commencerons par le Tetragone ou Quarré.

Tetragone ou Quarré est une Figure ou Polygone qui a quatre Côtez égaux, & quatre Angles droits.

Pentagone est la Figure qui a cinq Côtez égaux, & cinq Angles de pareille Ouverture.

Hexagone a six Côtez égaux, & six Angles de même Ouverture.

Heptagone a sept Côtez égaux, & sept Angles de pareille Ouverture.

Octogone a huit Côtez égaux, & huit Angles de même Ouverture.

Enneagone a neuf Côtez égaux, & neuf Angles de pareille Ouverture.

Decagone a dix Côtez égaux, & dix Angles de même Ouverture.

Endecagone a onze Côtez égaux, & onze Angles de pareille Ouverture.

Dodecagone a douze Côtez égaux, & douze Angles de même Ouverture.

FIGURE XXX.

75
QVAR
PENTA
EXAGON
EXTAGON
OCTOGO
ENNEAGO
DECAGO
ENDECAG

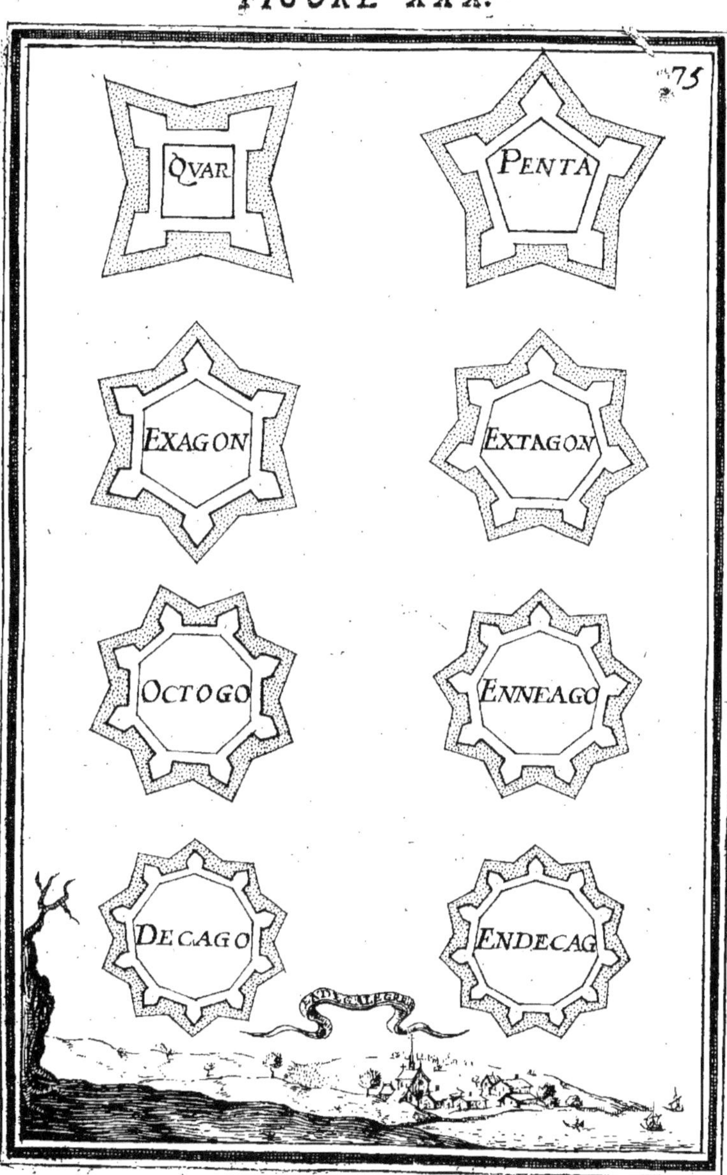

De l'usage des Plans en general.

LES Architectes ne jettent jamais le fondement de leurs Edifices qu'aprés en avoir dessiné plusieurs Plans à simple trait, & representé plusieurs Elevations sur des Modelles reïterez. Par ces moyens là ils corrigent leurs deffauts avec une profonde reflexion ; ils retranchent ce qu'ils voyent inutile ; & augmentent les parties necessaires.

Dans cette même veuë, l'Ingenieur, avant que de rien tracer sur le Terrain, doit faire plusieurs Plans & plusieurs Modelles du Corps & des Ouvrages de sa Place, en general & en particulier afin de ne rien creuser ni élever sans meure deliberation, ces fautes étant bien plus considerables que celles d'une Maison.

Même un Gouverneur, un General d'Armée, ou celui à qui le Prince confie la Conduite d'un Siege, doit toûjours avoir deux ou trois differens Plans de la Ville qu'il défend, ou qu'il assiege; afin que par le Plan Ichnographique A. qui represente les Fortifications de la Place en simple Trait, il puisse juger de la Grandeur des Courtines, de l'Etenduë des Flancs, de la Longueur des Faces, de la Capacité des Bastions, de l'Ouverture des Angles, de la Largeur des Fossez, & de l'Etenduë des Dehors de la Place : Toutes ces choses sont necessaires pour défendre une Place, ou pour l'attaquer ; pour asseoir un Camp, determiner les Attaques, conduire les Tranchées ; ou bien enfin pour examiner les endroits de la Place qui ont besoin d'être fortifiez.

Pour le Plan Topographique marqué B. qui represente le Corps de la Place, & ses Environs, il est d'un grand secours, tant pour ceux qui défendent, que pour ceux qui attaquent une Place ; car on n'y découvre pas seulement la Solidité & Hauteur des Remparts, la Grandeur des Talus, la Largeur & Profondeur des Fossez, avec les Détours des Chemins, l'Estat de chaque Avenuë, & la Situation des Portes de la Place ; mais aussi on y remarque tous les Ruisseaux, Fontaines, Marescages, Estangs, Rivieres, Valons, Montagnes, Bois, Maisons, Eglises & autres particularitez qui se rencontrent autour des Villes, & dont la connoissance est importante aux Assiegez & aux Assiegeans. Il y a quelques Ingenieurs, qui, à l'imitation du Chevalier Antoine de Ville, representent leur Plan en perspective, comme celui qui est marqué C. mais cette Methode est à rejetter, puisque en plusieurs endroits d'un Plan, les petits Côtez sont representez plus longs que les grands ; & les plus grands moindres que les plus petits.

FIGURE XXXI.

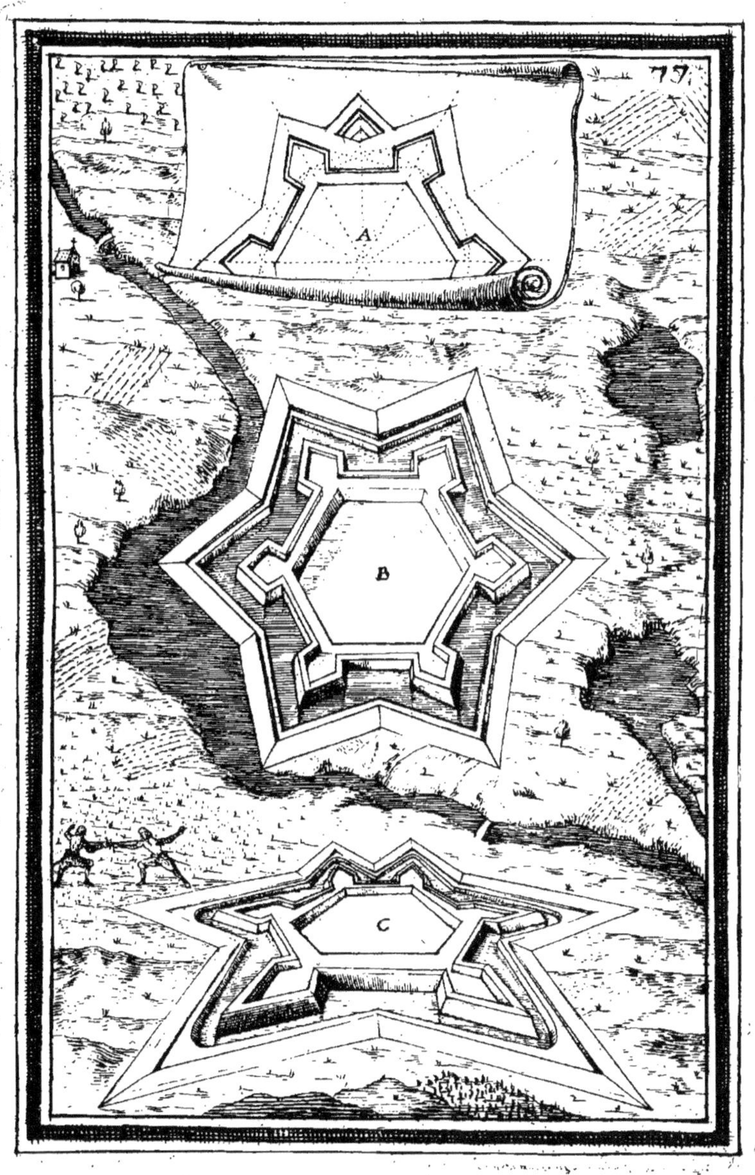

De l'usage particulier des differens Polygones.

LES Ingenieurs se servent du Tetragone A. ou de la Figure quarrée, pour la Construction des Forts qu'ils élevent sur des hauteurs & autres lieux, qui n'ont pas de grandes étenduës; ils s'en servent aussi quelquefois pour la Construction des petites Citadelles:

Le Pentagone B. est d'un grand usage pour les Citadelles, à cause que cette Figure est avantageuse pour commander en même temps à la Campagne & à la Ville, ainsi que nous le demontrerons en parlant des Citadelles.

L'Hexagone C. est employé quelquefois pour les grandes Citadelles, & pour les moyennes Places. C'est aussi la Figure que les Auteurs ont accoûtumé de prendre pour rendre raison de leurs Constructions, comme il se peut remarquer dans ma seconde Partie.

L'Heptagone D. embrasse un Terrain fort avantageux pour la Construction d'une Citadelle, pourveu qu'elle puisse être construite sans gâter l'Enceinte de la Place.

L'Octogone E. comprend un Terrain fort commode pour les grandes Villes, & pour celles qui sont avantagées de quelques Rivieres; principalement quand on peut disposer leurs Bastions d'une telle maniere que l'Entrée & la Sortie de ces Rivieres soit dans quelqu'une de leurs Courtines; afin que des Flancs des Bastions voisins on puisse découvrir & arrêter ceux qui voudroient entrer & sortir de la Place sans permission du Commandant.

L'Enneagone F. Decagone G. &c. se dessinent plûtôt par curiosité, que par necessité; car il n'y a point de Places Regulieres de dix Côtez; il n'y a même que la seule Place de Palma-Nova dans le Frioul, qui soit de neuf Côtez Reguliers: Charleville est un Octogone: Philisbourg, Manheim, & Coëvorden, sont des Heptagones: Perpignan, Cazal, & Milan ont leurs Citadelles de six Bastions; & une infinité d'autres Villes ont les leurs de cinq & de quatre.

Toutes ces Figures se construiront par les mêmes Principes que je donnerai ci-aprés, dans la Construction du Tetragone, selon ma Methode.

FIGURE XXXII.

Maximes Generales de la Fortification Reguliere.

LES Ingenieurs appellent *Bastions Royaux* ceux, qui se construisent par l'authorité des Souverains, sur l'extremité des Polygones de 80. jusqu'à 120. Toises, qui est la Portée ordinaire du Mousquet, dont les Assiegez se servent pour la défense de leurs Bastions.

On donne encore à ces Bastions le nom de *Royaux*, à cause que par l'étenduë de leur Terrain ils sont capables de plusieurs grands Retranchemens, de loger en même temps plusieurs Batteries, & de resister, par leur solidité, aux efforts des Mines, & aux plus vigoureuses Attaques d'une Armée Royale, qui est celle qui conduit avec soi de l'Artillerie. Dans cette veuë les Ingenieurs établissent les Maximes suivantes.

Premiere Maxime.

QUE les plus grands Côtez des Places Regulieres n'excedent pas l'étenduë de la Portée ordinaire du Mousquet, qui est de 120. Toises; afin que les Bastions, qui seront construits à leurs extremitez, ne soient pas hors de défence.

Seconde Maxime.

QUE les plus petits Côtez des Places Regulieres ne soyent jamais au dessous de 80. Toises; crainte qu'étans plus petits leurs Bastions ne soient pas capables des fonctions Militaires.

Troisiéme Maxime.

QUE la hauteur des Bastions soit tellement proportionée entr'eux, que du Flanc d'un Bastion on voye la moitié de la Courtine qui lui est proche, & tout le Pied du Bastion qui lui est opposé.

Quatriéme Maxime.

QUE toutes les parties d'une Place soient flanquées; c'est-à-dire, veuës de Flanc ou de Côté.

Cinquiéme

Cinquième Maxime.

QUE les parties flanquées ne soient pas éloignées des flanquantes au de-là de 120. Toises, portée du Mousquet, qui est l'Arme la plus usitée pour la Défense des Places.

Sixième Maxime.

QUE d'un Flanc on découvre ; sans aucun empéchement, la Courtine, le Flanc, la Face, & le Fossé, qui lui sont opposez, & même le Glacis de la Contrescarpe.

Septième Maxime.

QUE les grandes Gorges des Bastions soient preferables aux petites ; parce qu'on peut faire en divers temps, dans les grandes Gorges, divers Retranchemens, ce qui est impossible dans les petites.

Huitième Maxime.

QUE les Courtines, qui occupent à peu prés les trois parties d'un Côté du Polygone divisé en cinq parties, soient preferables aux plus grandes, qui rendent les Bastions trop petits.

Neufième Maxime.

QUE les Faces, dont l'étenduë approche des deux tiers de la Courtine, soient preferables aux plus grandes ; car les plus petites sont toûjours les meilleures.

Dixième Maxime.

QU'ON tienne encore pour principe essentiel, que la force ou bonté d'un Bastion ne dépend pas de l'Angle flanqué aigu, droit, ou obtus ; mais seulement du grand feu tiré des Flancs opposez à ses Faces.

Onzième Maxime.

QUE l'Angle flanqué d'un Bastion Regulier soit pour le moins ouvert de soixante Degrez.

Dousième Maxime.

QUE les Fossez profonds, ou à fonds de cuve, soient preferables aux Fossez larges, quand les uns & les autres ne fournissent qu'une même quantité de terre, pour l'élevation des Remparts, Parapets, &c.

De la Fortification de l'Hexagone, ou Figure de six Côtez, selon les Regles ordinaires.

QUOY qu'il y ait presque autant de differentes manieres de construire les Bastions, qu'il y a eu de differens Auteurs qui ont traité de la Fortification ; ainsi qu'on le peut remarquer dans nôtre second Volume : Neanmoins, dans ces commencemens nous nous contenterons de donner un Exemple de la maniere du Chevalier Antoine de Ville.

La Circonference A B C D E F. estant tracée de la grandeur que l'on desire faire l'Hexagone, & cette Circonference étant divisée en six parties égales aux Points A B C D E F. on tirera en lignes occultes les six Côtez du Polygone A B. B C. C D. D E. E F. F A. ainsi qu'il a été dit dans le second Chapitre. Puis on prolongera les Lignes du Centre, en blanc, au de-là des Angles du Polygone.

Ensuite on fera les Demi-Gorges A G. & A H. de la sixiéme partie d'un Côté du Polygone, comme A B. à ces Points de Demi-Gorge G. & H. on fera tomber sur les Courtines, les Flancs Perpendiculaires G I. & H K. chacun de la grandeur d'une Demi-Gorge A G. ou A H. Ensuite on tirera la droite K I. observant qu'elle coupera en L. la Ligne du Centre prolongé, qui passe par l'Angle du Polygone A. de ce Point L. comme Centre & de l'Intervalle L K. on décrira la Demi-circonference K M I. remarquant qu'elle coupera la Ligne prolongée du Centre en M. afin de tirer de ce Point M. les Faces M K. & M I. pour achever un Bastion, & continuant la même pratique à tous les autres Angles du Polygone, l'Exagone sera fortifié ainsi qu'il se voit dans cette Figure.

FIGURE XXXIII.

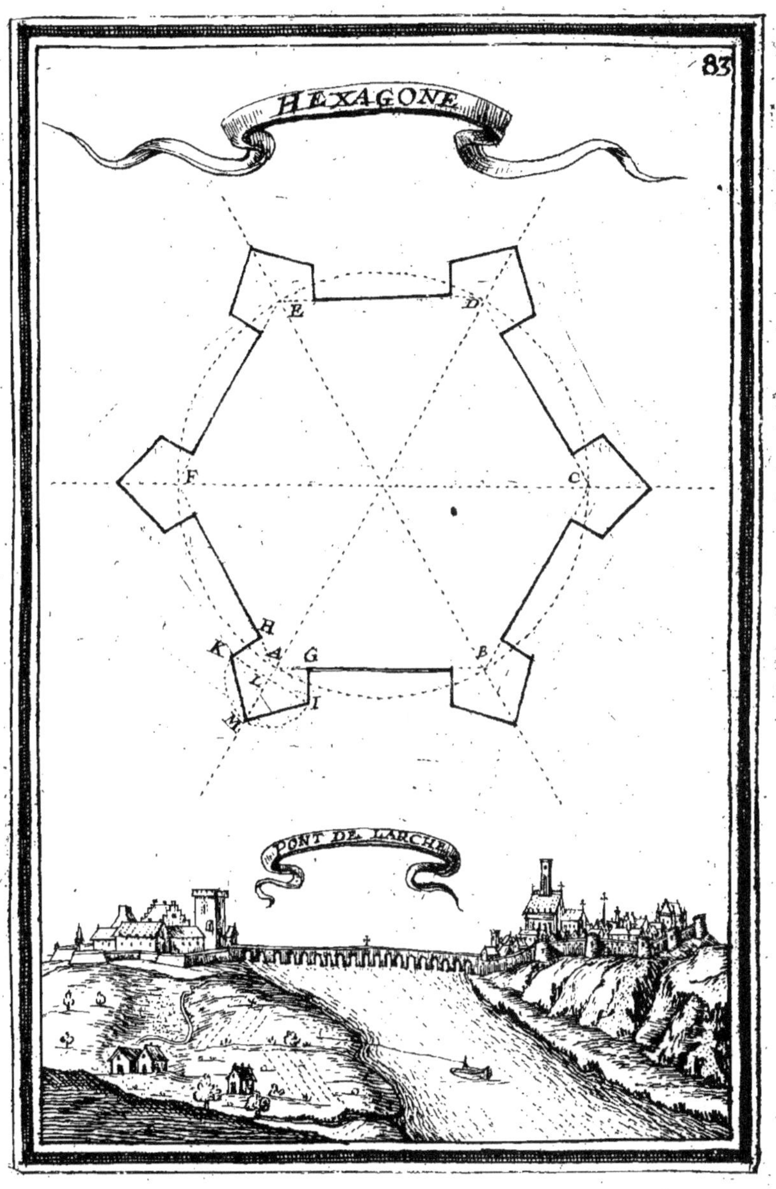

De la Construction de l'Hexagone, ou Figure de six Côtez, selon les Regles de l'Autheur.

NOus avertissons, que les Regles que nous allons donner pour la Construction d'un Hexagone, sont les mêmes qu'il faut observer pour le Pentagone, Hexagone, Heptagone; & generalement pour toutes les autres Constructions des Figures Regulieres.

La Circonference étant faite de l'étenduë qu'on veut donner à l'Hexagone, & divisée en six parties égales, avec les Lignes du Centre, tirées en blanc, & les six Côtez du Polygone AB. BC. &c. on fera les Capitales, divisant un des Côtez du Polygone, comme A B. en trois parties égales; afin de transporter une de ces parties au de-là des Angles du Polygone sur toutes les Lignes du centre, prolongées de A. en E. de B. en F. &c.

Pour les Demi-gorges, on prendra la cinquiéme partie d'un côté du Polygone, comme A B. & des Points A. & B. & des autres Angles du Polygone, on mettra cette partie, pour Demi-gorge, au Point G. H. &c. sur tous les Côtez du Polygone.

Pour faire les Faces, les Flancs, & les Courtines, on tirera en lignes occultes les lignes de Défense HE. GF. & toutes les autres, des Points des Demi-gorges aux extremitez des Capitales; puis au Point d'une Demi-gorge, comme G. on mettra le Centre d'un Rapporteur, ensorte que son Diametre convienne avec A B. Côté du Polygone, pour y faire ensuite l'Angle du Flanc HGI. de 98. Degrez; remarquant que la Ligne G I. coupe la Défense HE. au Point L. afin d'avoir E L. pour la Face L G. pour le Flanc, & G H. pour la Courtine.

Pour achever la Figure, on transportera la Face E L. des extremitez de toutes les Capitales, comme F. &c. sur toutes les Lignes de Défence, comme de F. en M. de F. en K. &c. pour avoir la grandeur des Faces; Et joignant les extremitez de ces Faces, aux Points des Demi-gorges H. & L. &c. on aura les Flancs M H. & K L. & la Courtine sera G H. ce que pratiquant de même au reste de la Figure, l'Hexagone sera achevé, comme il se void dans l'Exemple present.

L'Echelle se fera de la longueur d'un des Côtez du Polygone.

FIGURE XXXIV.

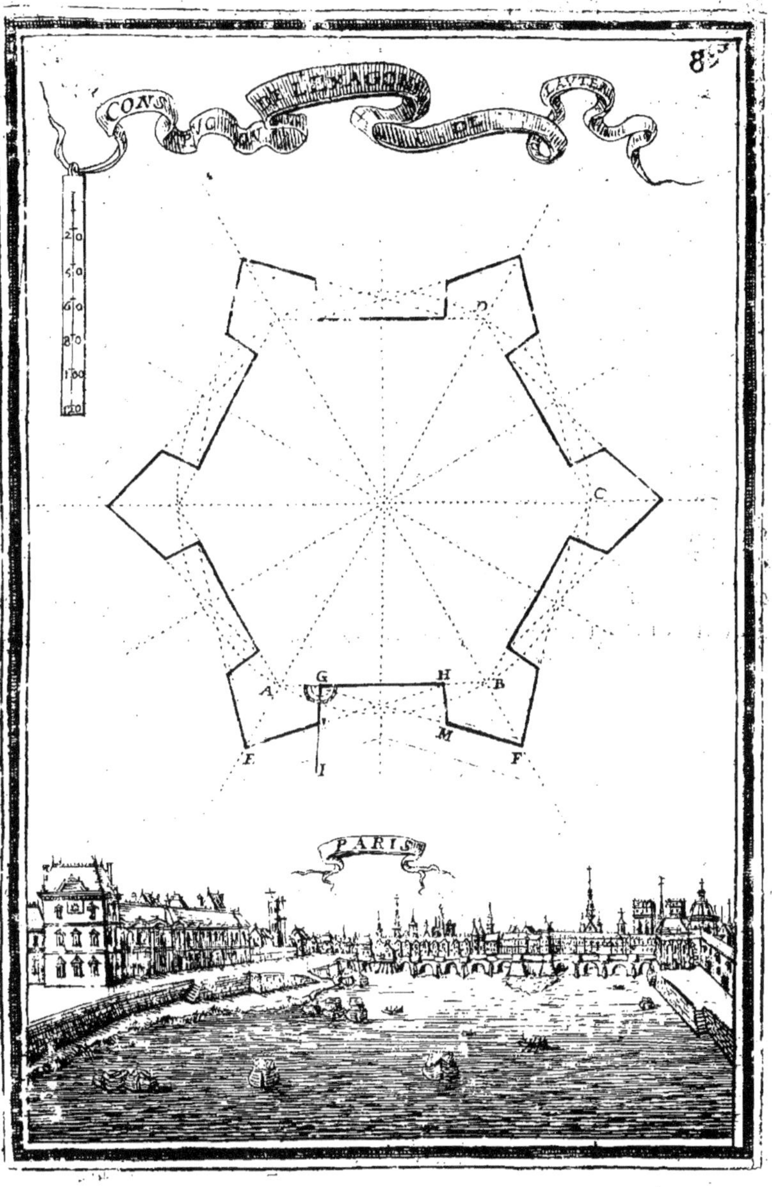

Methode de mesurer les Longueurs des Lignes qui forment un Plan.

POUR cette pratique on suppose que dans le Plan proposé on connoît la longueur d'un des Côtez du Polygone ; Ainsi dans cét Exemple, l'ayant supposé de cent Toises, on mettra cette longueur à part, pour en faire une Echelle divisée en cent parties égales, selon les Preceptes que nous en avons donné dans le second Chapitre de ce Volume.

On mettra les Chiffres convenables aux differens nombres de ces Divisions, comme ils paroissent dans l'Echelle de ce Quarré qui est fortifié selon nôtre Methode.

Pour se servir de cette Echelle, on prendra, avec un Compas l'étenduë de la Ligne qu'on veut mesurer ; puis on appliquera cette longueur sur l'Echelle, qui indiquera sur ses Divisions le nombre des Toises que la Ligne contient. Par exemple, voulant connoître l'étenduë de la Courtine G H. on ouvrira le Compas de cette longueur, & portant une de ses jambes sur le premier Point de l'Echelle, on remarquera où l'autre jambe tombera, comme sur la Division marquée 60. ce qui determine la longueur de la Courtine.

FIGVRE XXXV.

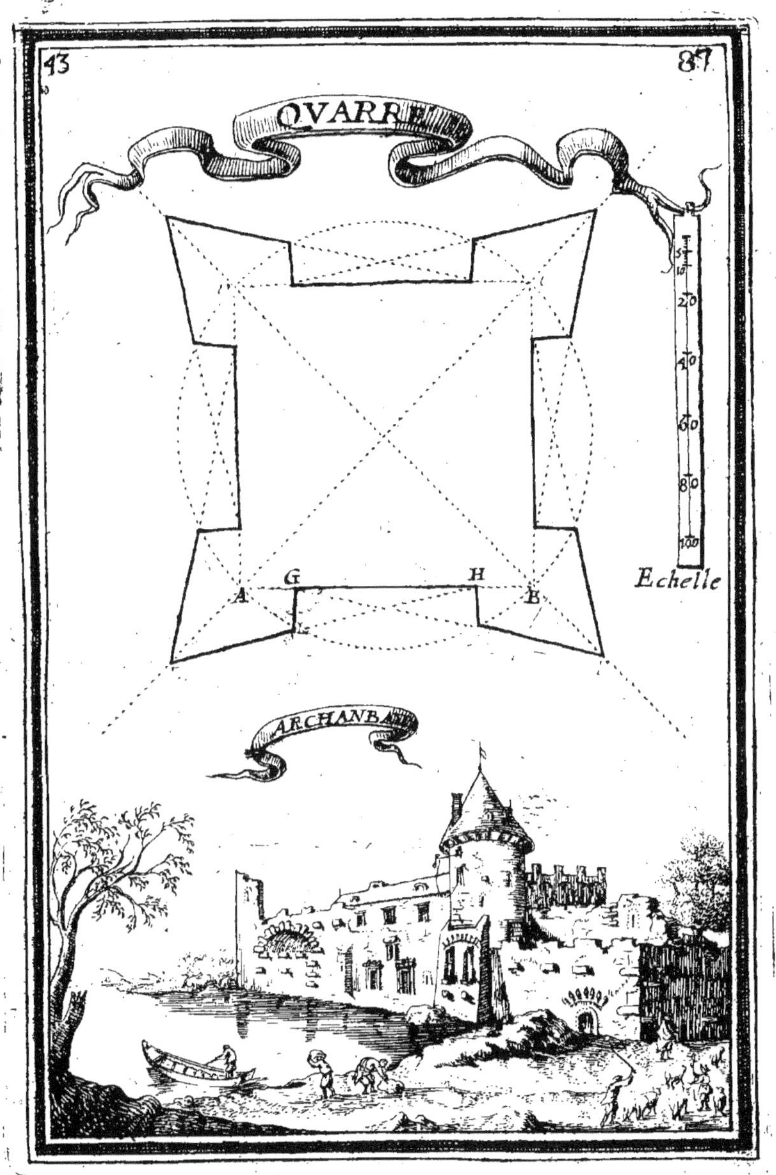

Remarques sur la portée du Mousquet.

On remarquera, que je ne donne que 100. Toises au Côté du Polygone ; & que selon ma Methode il n'en doit jamais avoir plus de 110. principalement aux Places qui n'ont point de Cazemattes. Ce qui est contre la Methode vulgaire ; car ordinairement on donne à chaque Côté du Polygone 120. Toises, qui determinent la portée du Mousquet de but en blanc. Je dis de but en blanc, car on ne doute point que les Mousquets, dont on se sert presentement en France, ne portent plus de 120. Toises ; Mais comme la violence de leur coup se ralentit sensiblement au de-là de 120. Toises, & qu'elle ne peut plus mettre un homme hors de défence, c'est ce qui m'oblige à rejetter les Bastions construits sur des Côtez de 120. Toises. En effet, quand les Assiegeans auront rompu le Flanc A. destiné à défendre la Face opposée B. & qu'ils auront contraint l'Assiegé de faire un nouveau Flanc C. derriere le premier, pour se retrancher plus avant dans le corps du Bastion, alors ce nouveau Flanc C. sera trop éloigné de la pointe de la Face qu'il doit défendre ; car c'étoit tout ce que pouvoit faire le premier, qui n'en étoit éloigné que de 120. Toises. Ainsi les Assiegeans, n'ayant plus à craindre la Mousqueterie de ce second Parapet, pourront passer le Fossé à la faveur d'un simple Mantelet, & seront en seureté sur la Bréche que les Assiegeans auront fait vers l'Angle flanqué, ce qui n'arrivera pas aux Places qui ont la Défence plus courte que de la portée de 120. Toises.

En effet, c'est un deffaut tres-considerable à ceux qui ne veulent point de Cazemate, d'établir precisement leur Ligne de Défense de la portée du Mousquet, quoy qu'ils le fassent pour deux raisons. Premierement, afin que l'Assiegeant, s'étant logé sur les Contrescarpes, ne puisse de cette distance incommoder de sa Mousqueterie, les Assiegez qui sont à la défence du Flanc opposé : Et en second lieu, ils pretendent sous cette étendue de 120. Toises, enfermer beaucoup de Terrain avec un petit nombre de Bastions.

Mais la premiere de ces raisons ne peut être proposée, que par des gens qui n'ont que la Theorie de cette Science, & qui s'imaginent qu'aussi-tôt que les Assiegeans se sont logez sur les

FIGURE XXXVI.

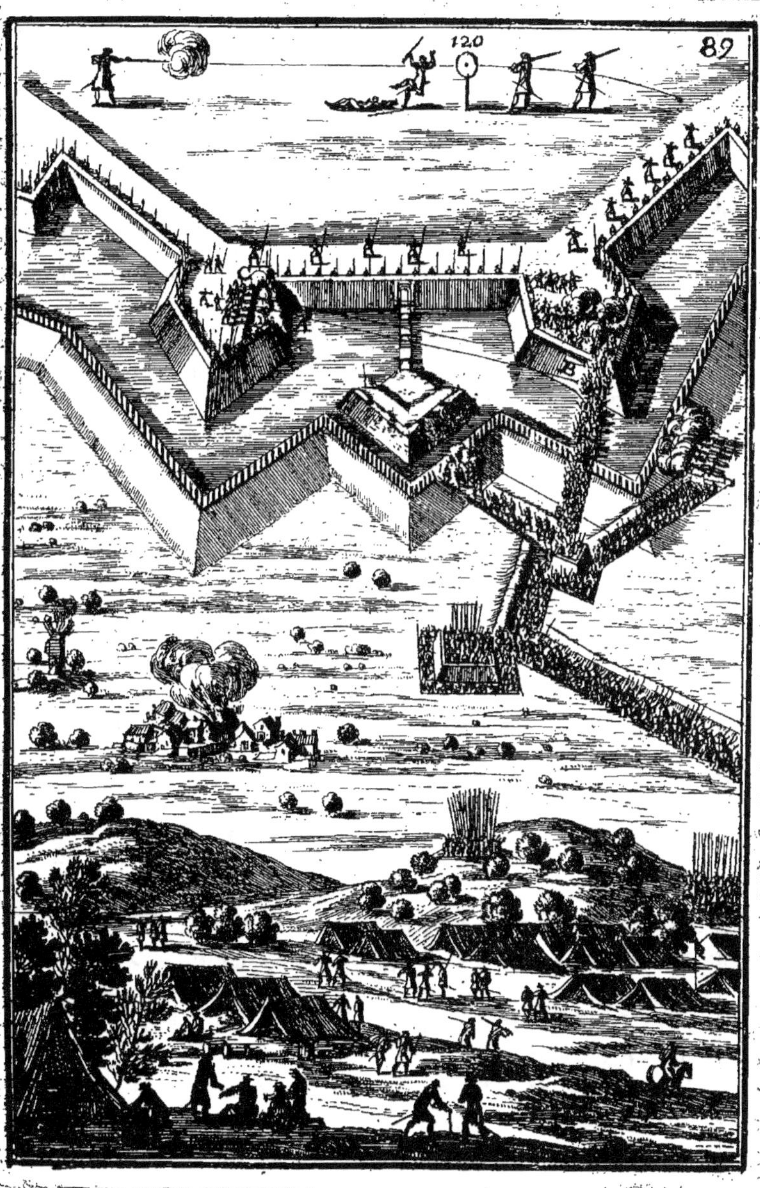

Contrescarpes d'une Place, toute leur étude est de tirer des Coups de Mousquets contre un Flanc qui est éloigné d'eux (selon mon calcul) de plus de 123. Toises, à cause de la largeur du Fossé, & du lieu où ils éleveront leur Parapet. Cependant les Assiegeans dans une si grande distance ne peuvent découvrir que le Sommet de la tête des Soldats Assiegez, qui, selon l'ordre de la Guerre, n'auront pas manqué de mettre des Corbeilles, ou des petits Sacs à terre sur le Talus superieur de leur Parapet; ce qui fait que de deux mille coups que les Assiegeans tirent contre ce Parapet, à peine en trouvera-t'on un, ou deux qui portent: aussi les Assiegeans, au lieu de s'amuser à faire des Décharges de Mousquets sur les Flancs, élevent des Batteries sur la Contrescarpe, pour ruiner & démolir les Parapets de ces Flancs, & obliger ceux qui sont derriere d'en élever d'autres dans la solidité du Bastion, ce qui diminuë leur défence de huit ou dix Toises: Car le premier Parapet qu'on leur a ruiné, est de trois ou quatre Toises d'épaisseur, l'Enfoncement de la Bréche est de deux ou trois Toises pour le moins, & l'Epaisseur de leur nouveau Parapet de deux, ou trois Toises. D'où il arrive que la portée de leurs Mousquets ne va plus jusqu'à l'Angle flanqué du Bastion, & qu'il y a un espace de huit ou dix Toises, pour aller sans peril à l'Assaut, & se loger en toute assûrance dans la Bréche; à cause que la Défence, qui portoit jusqu'à l'Angle flanqué, est retirée dans le corps du Bastion opposé. C'est pour remedier à ces accidens, comme j'ay déja dit, que je ne donne que 100. ou 110. Toises aux Côtez des Polygones qui n'ont point de Cazemates; afin d'avoir toûjours une défence plus raisonnable, pour battre dans la Bréche, qui pourroit être faite vers l'Angle flanqué, nonobstant quelque débris qu'on puisse faire dans le Flanc qui regarde la Bréche.

Quant à la seconde raison, qui pretend, sur des Côtez de 120. Toises, enfermer beaucoup de Terrain avec peu de Bastions; je répons, que l'épargne est toûjours bonne à faire, pourvû qu'elle ne nuise point à la perfection des Ouvrages; mais qu'elle est blâmable quand elle n'a pour fin que l'avarice. La bonté d'une Place ne consiste pas dans le petit nombre des Bastions; mais bien dans la bonté de ses Défences. On ne demande pas, quand on assiege une Place, combien elle a coûté à fortifier; mais on s'informe fort soigneusement, de quelle nature sont les parties qui la flanquent: & l'experience montre assez, que les longues Défences sont toûjours les pires; puisque leurs coups sont à moitié amortis avant qu'ils arrivent au lieu qu'il faut flanquer; ce qui n'arrive pas aux Places qui ont leurs Défences mieux proportionnées. Aussi supposant un même Terrain, j'aime mieux faire un Heptagone, bien défendu sur un Côté de 100. ou 110. Toises, que de faire un Hexagone mal défendu sur un Côté de 120. Toises; & toutes choses bien considerées, on trouvera que les frais seront presque égaux, tant à l'Hexagone, qu'à l'Heptagone; car ce qui se retranche dans le nombre des Bastions, se remet à peu prés, dans l'étenduë des longs Côtez.

En un mot, pour conclure ce Discours, j'aime mieux qu'une Place soit fortifiée avec plusieurs Bastions qui se défendent vigoureusement, que d'en avoir un petit nombre mal défendus, pour épargner quelque argent. Et ma pensée n'est pas si nouvelle qu'elle ne fut déja tenuë pour Maxime essentielle du temps de Frisach, qui a écrit, que plus une Forteresse a de Bastions & plus elle est forte; comme on le peut remarquer dans son premier Livre de la Fortification des Places Regulieres, Chap. IV. pag. 14.

Methode pour connoître l'Ouverture des Angles d'un Plan.

ENTRE les differens Instrumens qui servent à connoître l'Ouverture des Angles, il n'y en a point dont l'usage soit plus simple & plus facile que celui du Rapporteur ou Demi-cercle, sur tout quand l'Instrument est de corne bien transparente.

Quoyque nous ayons expliqué ci-devant la maniere de mesurer les Angles Rectilignes, maintenant qu'il s'agit des Places, il ne sera pas inutile d'en repeter la pratique sur un exemple tiré des Places mêmes.

Supposant qu'on veuille connoître l'Ouverture ou la quantité de l'Angle flanqué M F N. on remarquera que si le Rapporteur est de cuivre, on posera son Diametre le long de la Face M F. mais si l'Instrument est de corne, on appliquera son Diametre sur la Face même, en observant toûjours que le Centre convienne precisement sur le Point où les deux Lignes forment l'Angle flanqué F. Alors l'Arc O P. compris entre les deux Faces, determinera la valeur de l'Angle.

Cette pratique sert generalement à mesurer tous les Angles rentrans & sortans, formez par des Lignes droites.

FIGURE XXXVII.

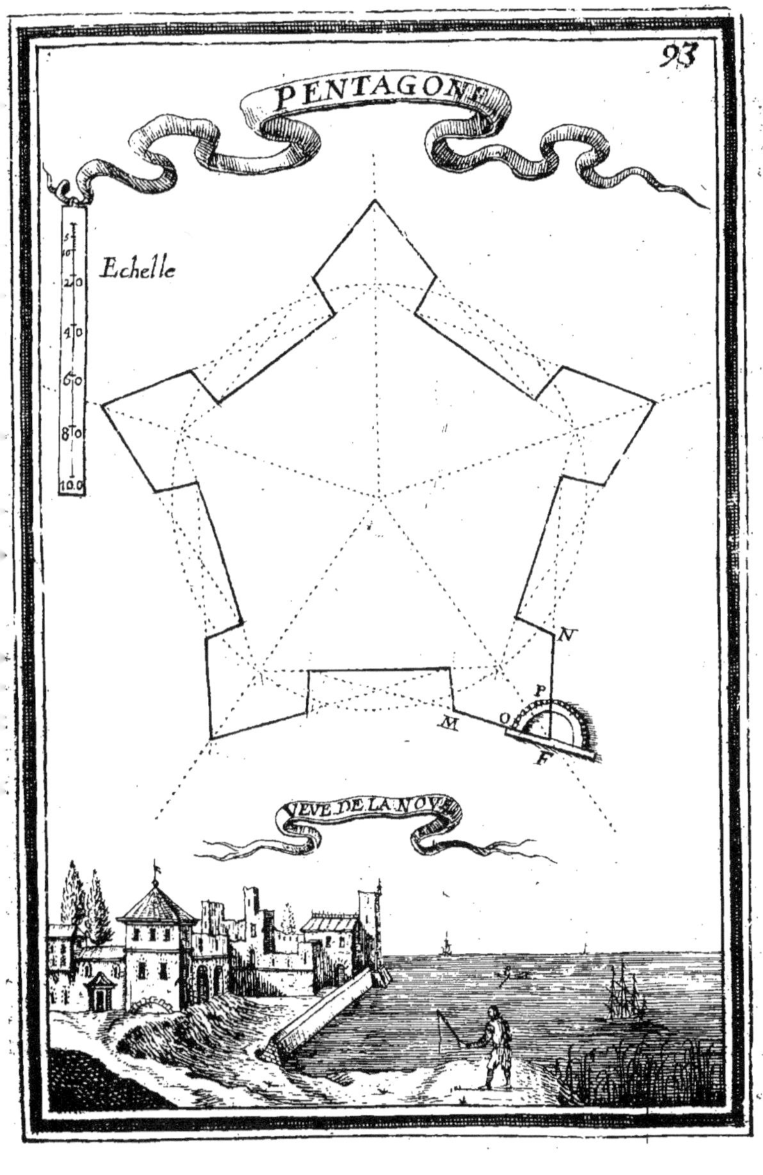

Construction des Fausses-brayes.

LA Fausse-braye est une largeur de Terrain, en façon de Chemin, qui régne entre le Pied du Rempart & le Bord du Fossé; & qui, pour défendre ce même Fossé, est couverte d'un Parapet, tiré parallelement à toute l'Enceinte de la Place.

Les Fausses-brayes ne sont point en usage en France, en Italie, ni dans tous les païs où les Remparts sont revêtus de Pierre; car l'experience à fait remarquer, que ces revêtissemens étans brisez par l'Artillerie des Assiegeans, envoyent des éclats qui font un ravage extraordinaire sur les Soldats destinez à défendre la Fausse-braye; de sorte que l'Assiegé, étant contraint d'abandonner un Poste si dangereux, il se trouve que lui même a preparé un logement à l'Ennemi, qui ne manque pas de l'occuper.

Toutefois pour contenter le goût de tout le monde, & satisfaire aux curieux, j'en donne ici la Construction.

Pour dessiner sur le papier la Fausse-braye des grandes Places, on prend la cinquiéme partie du Flanc; & pour les petites la quatriéme. Sur le Terrain, cette largeur est de trois à quatre Toises. Ayant donc ouvert le Compas de la longueur de la quatriéme ou cinquiéme partie du Flanc; on applique la Regle par le dedans de la Figure sur le Trait qui en marque l'Enceinte; puis faisant couler, au de-là de ce Trait, une des jambes du Compas le long de la Regle, l'autre jambe marquera des Lignes blanches d'un Angle à l'autre, Paralleles à toutes les parties du Trait: Par ce moyen la largeur de la Fausse-braye A. B. C. sera déterminée; & la Ligne blanche sera marquée d'une Ligne noire, dont le Trait sera moins chargé que celui du Corps de la Place, afin d'en faire la distinction.

Le Parapet de la Fausse-braye, qui est ici ombré, se fait Paralele à la Fausse-braye, de la même largeur que celui du Rempart; c'est-à-dire, de la quatriéme ou cinquiéme partie du Flanc; ainsi qu'il sera expliqué plus au long dans le Chapitre suivant.

FIGURE XXXVIII.

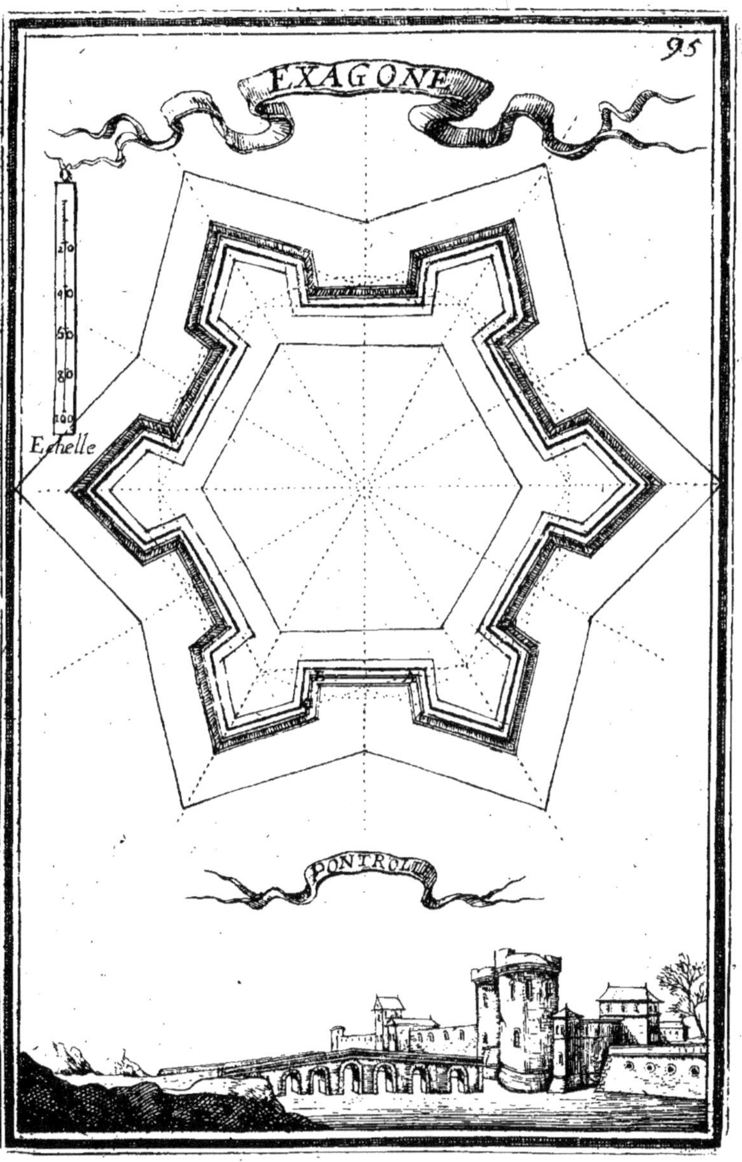

CHAPITRE

CHAPITRE V.

Construction des Remparts, Parapets, Ruës, Places d'Armes, Fossez, Chemins couverts & Glacis.

JE commenceray ce Chapitre en avertissant, que dans les petites Dimensions de mes Plans, il n'a pas été possible de garder les Mesures exactes des Remparts, Parapets, Ruës, Fossez, Chemins couverts, & Glacis. Je ne les represente que pour en donner une Idée generale, & faire distinguer ces differentes parties, avec toute la proportion qui peut entrer dans des Figures de si peu d'étenduë. Mais si on veut les tracer dans toute leur justesse, soit sur le Papier, ou sur le Terrain, on n'a qu'à consulter les Profils que j'en ay donné dans le quatriéme Livre de cét Ouvrage.

Construction des Remparts, Parapets, Portes & Fossez des Places Regulieres.

ON dessine sur le papier le Rempart, des Figures en prenant, avec le Compas, les deux tiers de la Demi-gorge A B. ou la longueur du Flanc B K. afin de determiner au dedans de la Figure le Rempart par la Ligne F G. Parallele au côté du Polygone A S, ce qui se fait en cette maniere : On pose la Regle le long du côté du Polygone A S. & le Compas étant ouvert de la mesure que je viens de dire, on coule une des jambes du Compas le long de la Regle, & l'autre jambe marquera au dedans de la Place la Ligne F G. qui determinera la largeur du Rempart : ce qui étant continué à tous les côtez de la Place, on aura la largeur de la Base du Rempart, ainsi qu'on le peut remarquer dans cet Hexagone.

Pour tracer le Parapet I L. on prend avec un Compas la cinquiéme partie du Flanc aux grandes Places, ou la quatriéme aux petites, afin de faire, au dedans de la Place, des Lignes paralleles aux Faces, Flancs & Courtines.

La Banquette se fait aussi au dedans de la Place, toûjours parallele au Parapet, & le plus prés du même Parapet qu'il sera possible.

Les Portes se marquent au milieu des Courtines par un petit espace blanc. Exemple K.

Pour donner la largeur au Fossé, on produit indeterminément les Lignes du Centre, tant celles, qui passent par le milieu des Courtines, que par les Angles des Polygones. Puis on prend la longueur d'un Flanc, comme B K. dont on fait vers la campagne la Ligne S P. parallele à la Face M K. & cette Ligne parallele sera la Contrescarpe : On remarquera ensuite que cette Contrescarpe coupe au Point P. la Ligne H O. qui passe par le milieu de la Courtine, & l'on portera du Centre H. l'Ouverture H P. de H. en V. de H. en X. &c. sur toutes les Lignes qui passent par le milieu des Courtines. De la même maniere on prendra du Centre H. la Distance H S. qui est le Point où la Contrescarpe coupe la Ligne du Centre, qui passe par l'Angle du Polygone, afin de transporter du Centre H. cette Ligne H S. sur toutes les Lignes relatives tirées du Centre pour avoir les Points Z. D. C. &c. De ces Points on tirera à ceux qui sont vis-à-vis des Courtines les Lignes S P. P Z. Z V. V D. &c. qui formeront la Contrescarpe, ainsi qu'il est representé dans ce Plan.

FIGURE XXXIX.

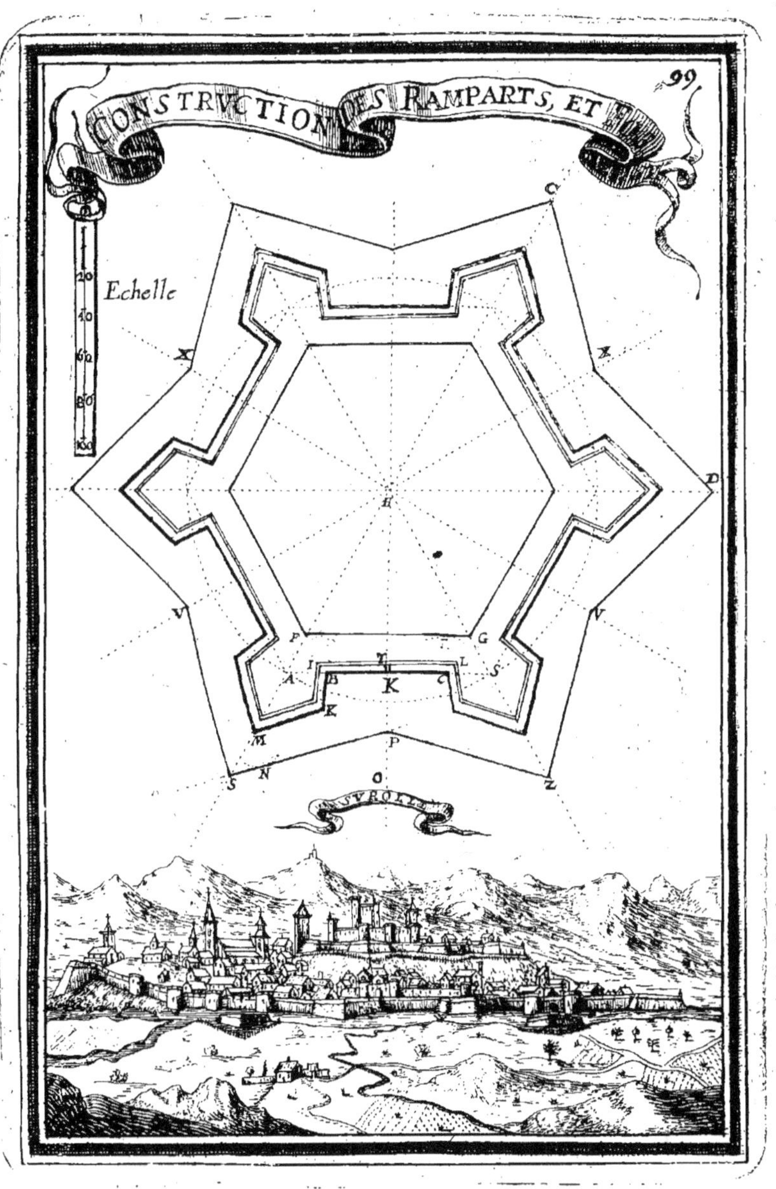

Construction des Chemins couverts & Glacis.

ON dessine le Chemin couvert sur le Papier, en prenant pour les grands Plans la cinquiéme partie du Flanc, & pour les petits, la quatriéme: de cette ouverture de Compas on fera de la Contrescarpe F G. vers la campagne une Ligne, qui lui sera parallele, comme celle de N O. & l'étenduë qui se trouvera entre ces deux Lignes F G. & N O. sera le Chemin couvert.

Le Glacis, qui est proprement la largeur du Terrain, qu'on donne au Parapet du Chemin couvert, se fait parallele à la Ligne qui termine vers la campagne le Chemin couvert. Sur les Plans, on lui donne une largeur égale à la longueur du Flanc: Et on le trace en la maniere suivante.

Le Compas étant ouvert de l'étenduë qu'on veut donner au Glacis, comme, dans nôtre Exemple, de la grandeur d'un Flanc, on posera la Regle à l'uni de la Ligne du Chemin couvert N O. pour faire couler le long de la Regle une des jambes du Compas, dans le même temps que l'autre jambe marquera la Ligne I L. pour avoir la largeur du Glacis. Continuant les mêmes pratiques vis-à-vis des autres côtez de la Contrescarpe, on aura les Chemins couverts & les Glacis proposez.

Proche de la tête du Glacis du côté du Chemin couvert on aura soin d'y marquer une petite ligne pour representer sa Banquette, & sur le Glacis une ponctuation pour les Palissades.

On remarquera que le Chemin couvert, que les Soldats appellent le plus souvent *la Contrescarpe*, n'est dans les Ouvrages achevez qu'un espace qui suit le Fossé du côté de la campagne, large de deux à trois toises, fait au niveau de la campagne; ou creusé un peu plus bas, selon la necessité du terrain, ayant toûjours au devant de soi un Parapet haut de six piés, avec une ou plusieurs Banquettes. Sur le Glacis, & à la distance de 2. à 3. piés du sommet du Parapet, on met d'ordinaire les Palissades les plus serrées que l'on peut, quand elles sont faites de gros branchages; mais on aura soin à celles qui seront faites d'un bois scié, de laisser entr'elles de petits espaces, par lesquels ceux des Chemins couverts tirent par dessus le Glacis, qui se joint insensiblement au niveau de la campagne, le plus loin qu'il est possible.

FIGURE XL.

CONSTRUCTION DES CHEMINS COUVERTS ET GLACIS
100
Echelle
20
40
60
80
120
LA BASSÉE

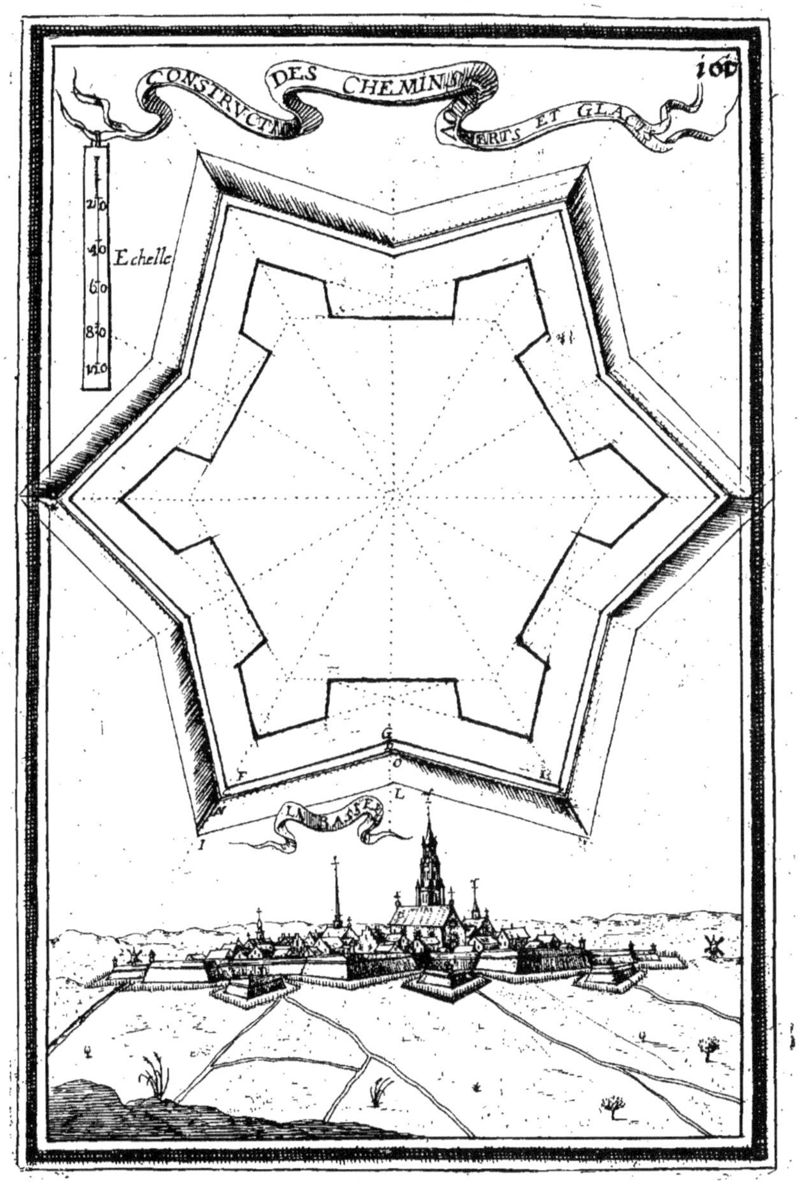

Construction des Places d'Armes, Ruës, & Maisons des Places Regulieres.

LES Ingenieurs dans leurs Plans Reguliers, veulent que la principale Place d'Armes occupe toûjours les environs du Centre de la Place ; & que sa figure particuliere soit semblable à celle du Plan.

Que dans les grandes Villes il y ait d'autres Places d'Armes, où l'on puisse bâtir de grands Corps de Garde, & des Cazernes destinées au Logement des Troupes qui sont en marche pour aller d'une Garnison à l'autre.

Que les petites Places d'Armes, & les Marchez, qui n'ont point de grandeurs, de figures, ni de lieux affectez, soient construites toûjours dans les endroits les mieux peuplez, & proche des grandes ruës.

Pour construire une grande Place d'Armes, on divise en cinq parties égales une des Lignes du Centre, qui va répondre à un des Angles du Polygone, comme celle qui est marquée A B. Le Compas étant ouvert d'une de ces cinq parties, on fera du Centre du Plan A. une Circonference, qui coupera toutes les Lignes du Centre aux Points C. D. E. F. G. H. Tous ces Points étant joints de Lignes blanches donneront la Place d'Armes, semblable à la figure du Corps de la Place.

Pour l'ordonnance & disposition des Ruës, on en fait toûjours une proche & parallele au Rempart, les autres se tirent le long des Lignes du Centre qui vont rendre depuis la Place d'Armes, jusqu'au Rempart vis-à-vis les Angles des Polygones, & vers le milieu des Courtines. On ménage la communication de toutes ces Ruës qui doivent répondre de l'une à l'autre ; Le nombre de celles qui croisent n'est pas déterminé, neanmoins on n'en represente d'ordinaire que trois ou quatre, comme on le peut remarquer dans cét Exemple.

La largeur des Ruës dans les grandes Villes est ordinairement de 3. ou 4. toises. Dans les grands Plans elles ont la cinquiéme partie du Flanc, & dans les petits, la quatriéme. Quand on les tracera sur le papier, on les fera paralleles aux lignes blanches qu'on a tirées du Centre, comme si ces Lignes blanches leur devoient servir de ruisseaux.

Les Intervalles, ou espaces isolez, qui sont renfermez dans les Lignes des Ruës, marquent où l'on bâtit les Eglises, Monasteres, Maisons, & autres Edifices publics.

FIGURE XLI.

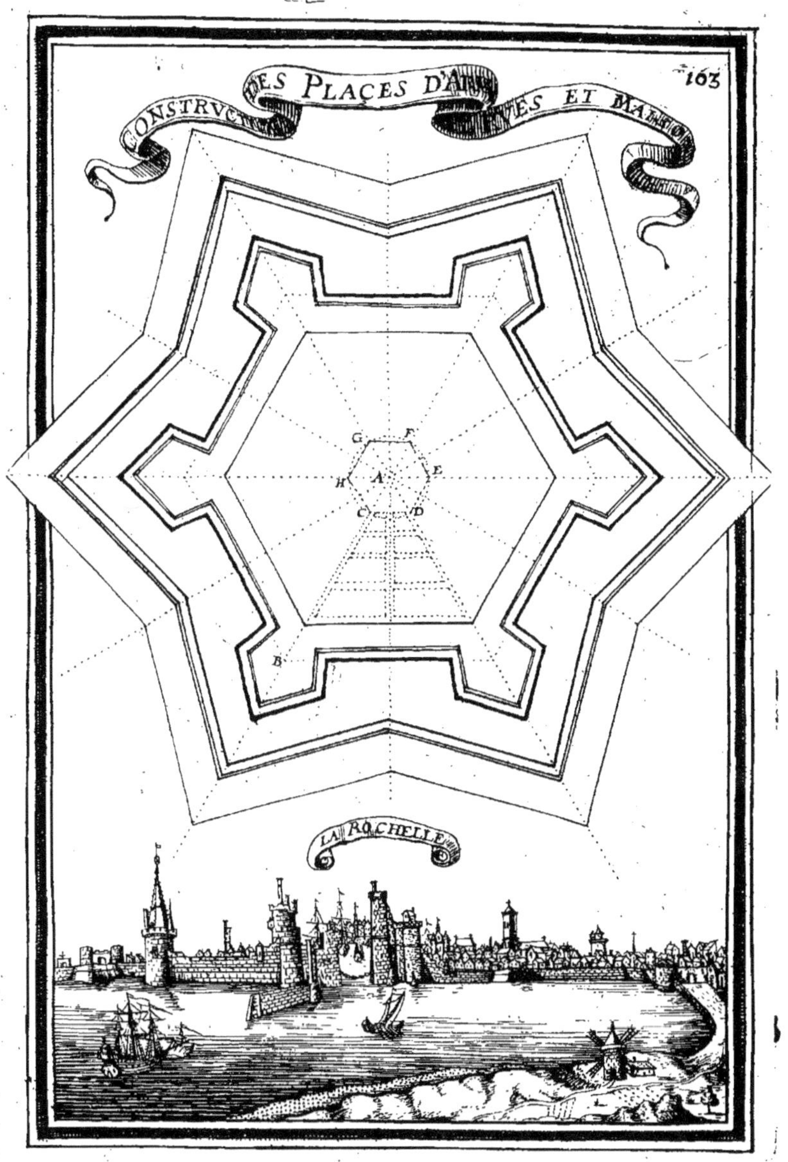

Plan d'une Figure Reguliere achevé selon les Regles precedentes, avec la maniere de representer le Fossé sec ou plein d'eau.

POUR rendre ces commencemens plus familiers à ceux qui ne sont pas accoûtumez à tracer sur le papier, j'ay dessiné ici le Plan d'un Hexagone, fortifié selon les Regles, où ils pourront facilement remarquer les Places d'Armes, les Ruës, les Maisons, les Bastions, les Remparts, les Parapets, les Portes, les Ponts, les Fossez, les Chemins couverts, & les Glacis, disposez dans l'ordre qu'ils doivent être.

On remarquera que j'ai ajoûté à l'entour des Bastions & des Courtines de cette Figure, aussi-bien que des suivantes, une petite Ligne en dehors de la Place, du côté du Fossé, marquée des lettres A B C. Cette Ligne represente la Berme ou le Relais : Son usage est de conserver le Pié des Murailles contre les eaux croupissantes, & d'empécher que les terres en éboulant, ne comblent le Fossé; principalement quand les Places ne sont point revétuës.

Lorsque dans un Plan on voudra representer un Fossé sec, il suffira d'y mettre une Ponctuation, telle qu'on la remarque dans la partie du Fossé où sont les lettres A B C. mais si on vouloit representer un Fossé plein d'eau, on y fera des Hachures selon l'une ou l'autre des trois differentes manieres, que je propose, & qui sont marquées des lettres D E F.

Si l'on desire mettre des Dehors à un Plan, ou à quelques-unes de ses Tenailles, on se contentera de tracer la Contrescarpe en Lignes blanches, sans y mettre le Chemin couvert & le Glacis, qui doivent être representez au de-là de ces Dehors.

FIGURE XLII.

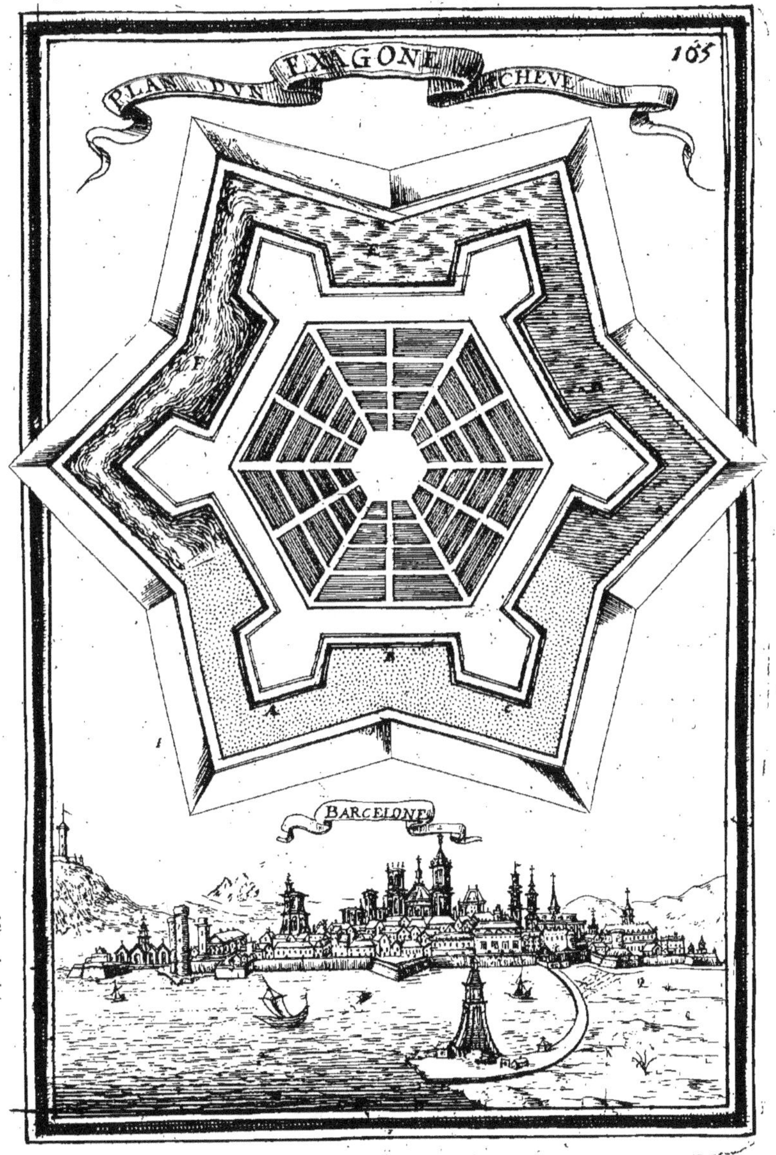

Remarques sur le Fossé que l'on fait au pied du Glacis.

IL y a des Ingenieurs qui veulent couvrir le pied de leurs Glacis d'un Fossé sec, ou plein d'eau, qu'ils fortifient même d'une Palissade. Exemple A.

Ceux qui en condamnent l'usage, disent, que la petitesse de ce Fossé ne peut empêcher l'Assiegeant de le saigner s'il est plein d'eau, ou de le combler facilement s'il est sec, afin de s'en servir de logement, & même d'un terrain tout disposé à faire des Batteries enterrées. Exemple B.

De leur objecter que le feu des Assiegez, qui seront à la défence des Palissades, incommodera beaucoup les Assiegeans quand il sera secondé du feu du Chemin couvert;

Ils rejettent cette objection & disent, que si les Assiegez veulent défendre cette Palissade, il faut necessairement que leurs Mousquetaires qui sont derriere, sur le Chemin couvert, cessent de tirer, sinon qu'ils tueront ceux de leur parti qui sont à la défence de cette Palissade.

De soûtenir encore, que les Soldats que l'on commandera pour défendre cette Palissade, seront tous gens choisis & d'execution;

Ils répondent, que l'on en pourroit peut-être bien trouver quelque nombre pour défendre un lieu d'une petite étenduë, mais qu'ils n'en auront pas assez pour fournir aux differens endroits du pié d'un Glacis, qui a deux fois plus de circuit que le Chemin couvert, où l'Assiegeant peut faire plusieurs fausses Attaques.

Ainsi leurs objections sont sans fondement joint que le Soldat, qui sera à la défence de la Palissade du Fossé, fera bien moins d'effet que s'il étoit derriere la Palissade du Chemin couvert, à cause que dans ce dernier poste sa retraite est seure, sous les défences de la ville; mais à la Palissade du Fossé, il perdra courage au moment qu'elle sera attaquée, parce qu'il n'a aucun refuge assûré, & qu'étant renfermé entre deux Palissades, sur un terrain qui va en montant, il faudra que sa retraite l'expose sans ressource à la veuë & au feu des Assiegeans.

FIGURE XLIII.

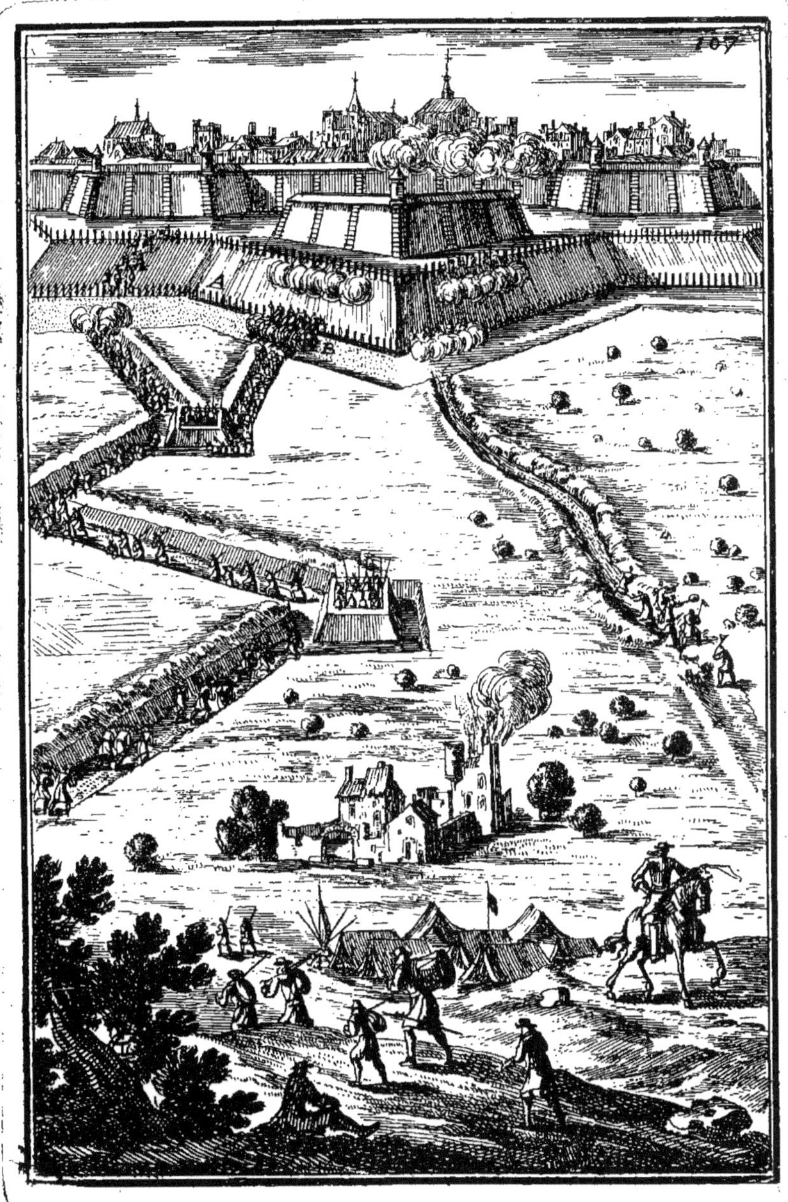

CHAPITRE VI.

De la Construction des Dehors.

COMME c'est un avantage fort considerable à une Place, d'être environnée de bons Fossez, & d'un bon Rempart : c'est aussi un notable défaut quand il se rencontre aux environs de ses Contrescarpes des Concavitez ou Elevations qui peuvent servir de Logemens ou de Rideaux aux Assiegeans, & qui leur facilitent la conduite de leurs Tranchées, & l'élevation de leurs Batteries contre la Ville ; & c'est ce qui a obligé les Ingenieurs d'inventer plusieurs sortes de Dehors, afin que par la diversité de ces Travaux avancez, on puisse remedier à ces défauts ; comme il se voit plus au long dans la suite de ce Chapitre.

Construction des Ravelins.

On fait le Ravelin A. prenant avec un Compas l'étenduë de la Courtine B C. pour faire des Points B. & C. extremitez de la Courtine, deux Arcs qui doivent se couper sur la Ligne qui passe par le milieu de la Courtine en D. puis de ce point D. on tirera deux lignes blanches aux Angles des Epaules E. F. remarquant qu'elles couperont les Contrescarpes en G. & H. afin qu'en tirant en noir D G. D H. I G. I H. on ait les Faces & Demi-gorges du Ravelin I. G. D. H.

Si l'on vouloit faire le Ravelin plus resserré, on tireroit du sommet de sa Capitale D. ses Faces aux points O. & P. qui sont les deux tiers du Flanc, pris depuis la Courtine, comme au Ravelin S. Ou bien à la moitié des Flancs Q. & R. comme au Ravelin T. ou enfin aux Angles des Flancs.

On fait son Fossé, ouvrant le Compas de la moitié de la grandeur du Flanc de la Place, & posant la Regle le long de la Face du Ravelin, en faisant couler une jambe du Compas à l'uni de la Regle, l'autre jambe marque en blanc la Contrescarpe du Ravelin N M. Faisant de même à l'autre côté, on aura la Contrescarpe N M L. qui donnera la largeur du Fossé.

Le Rempart des Ravelins se fait en dedans parallele à ses Faces, de la moitié ou des deux tiers du Flanc; & le Parapet de la quatriéme ou cinquiéme partie du même Flanc.

L'on remarquera que les Ravelins, que quelques Auteurs appellent *Moineaux*, & les Soldats *Demi-lunes*, sont fort en usage, pour couvrir les Courtines, les Portes, & les Ponts des Villes : On leur donne moins de hauteur qu'aux Remparts de la Place, afin qu'ils soient toujours exposez au Feu des Assiegez, en cas que l'ennemi voulût s'y loger. Leurs Parapets, aussi bien que ceux de tous les autres Dehors, doivent être à l'épreuve du Canon, c'est-à-dire, pour le moins de l'épaisseur de dix-huit piés.

FIGURE XLIV.

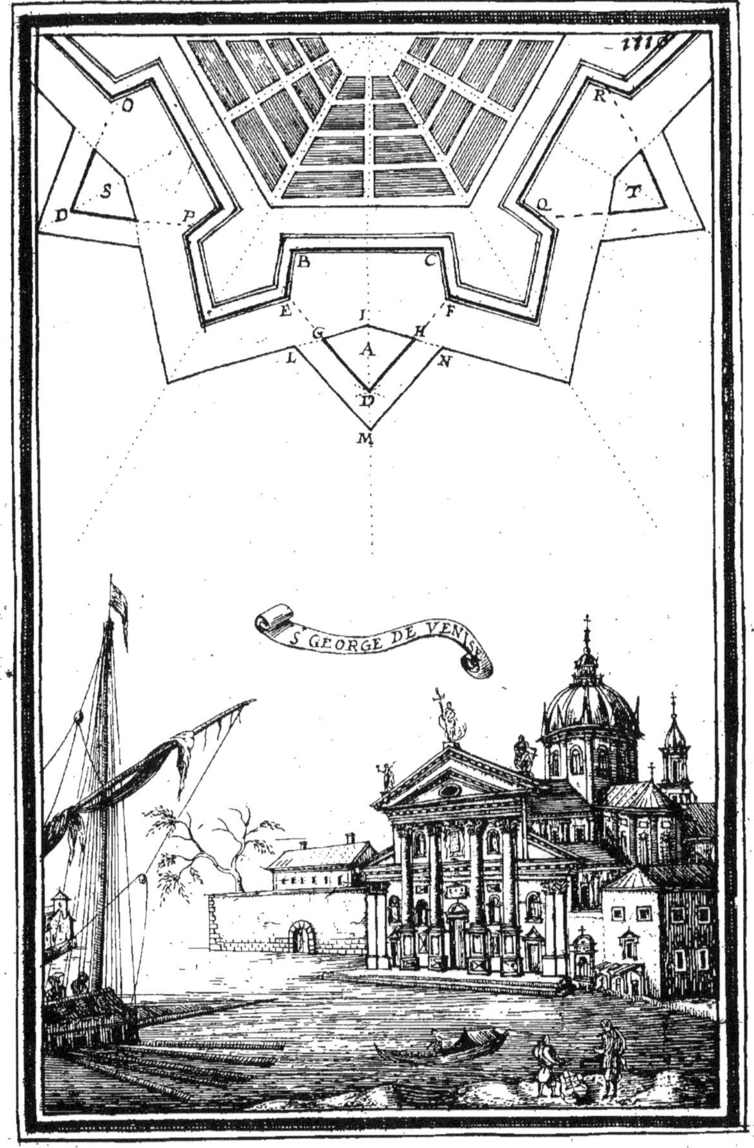

Conſtruction des Demi-lunes.

ON fait la Demi-lune A. prolongeant les deux Faces du Baſtion au de-là de B. Angle flanqué du Baſtion. De ce point P. & de la diſtance B C. on fait l'Arc C D. où les Faces prolongées coupent la Contreſcarpe. Au point E. où l'Arc coupe la Capitale prolongée, on applique de E. en F. les deux tiers de la Face du Baſtion, ou deux cinquiémes de la Courtine, pour determiner la Capitale E F. & conduiſant F. à l'Angle de la Contreſcarpe G. on détermine ſur la Face prolongée en H. la hauteur du Flanc C H. qu'il faut tanſporter de D. en I. ſur l'autre Face prolongée. Puis uniſſant tous ces points, on aura la Demi-lune en noir E. C. H. F. I. D. que l'on pourra tranſporter devant tous les autres Baſtions, pour en avoir de ſemblables.

Son Foſſé ſe fait parallele à ſes Faces & Flancs, de la largeur de la moitié de celui de la Ville; comme ſont ceux de tous les Dehors.

Son Rempart, ſon Parapet, & ſa Liziere, ſe font au deſſus de ſes Faces, de la même épaiſſeur que ceux des Ravelins, avec cette remarque, qu'on ne doit point faire de Parapet à leurs Flancs, de peur que l'Aſſiegeant les ayant emportez, ne s'y épaule contre les défenſes des Ravelins, qui ſont d'ordinaire les derniers attaquez.

L'on remarquera que les Demi-lunes s'élevent toûjours devant la pointe des Baſtions, & ſont aſſez aiſées à connoître d'avec les Ravelins, qui ne ſe font que devant les Courtines, ou les Portes des Villes, & qui ont toûjours leur Demi-gorge en ligne droite; les Demi-lunes l'ont en ligne circulaire, ou en croiſſant: Mais quoyque l'uſage dans les Armées ait donné le nom de Demi-lune à tous les Ouvrages que l'on éleve ſur le bord du Foſſé, l'on doit toutesfois, ſi l'on veut parler juſte, y apporter quelque difference; appellant *Ravelin*, ceux qui s'élevent devant les Courtines, & *Demi-lunes*, ceux qui ſe conſtruiſent au devant des Baſtions; comme il ſe void dans la Figure preſente.

FIGURE XLV.

FIGURE XLV.

Plan d'une Place Reguliere, fortifiée de Ravelins, Demi-lunes, &c.

JE rassemble dans cette Figure la plûpart des Travaux, que j'ai enseignez dans les Pages precedentes, pour exposer tout d'un coup l'ordonnance des Remparts, des Parapets, des Fossez, des Chemins couverts, des Glacis, des Ravelins & des Demi-lunes.

J'espere que cét Exemple sera d'un grand secours à ceux qui commencent à travailler aux desseins des grands Plans, puisqu'ils y remarqueront, comme il faut que toutes les parties s'unissent les unes avec les autres ; & comme les Chemins couverts doivent être continuez paralleles aux Faces des Demi-lunes, pour aller ensuite se communiquer avec ceux des Faces des Ravelins, afin d'avoir les Places d'Armes des Contrescarpes, que nous avons marquées ici des lettres A B C D.

On remarquera que si l'on veut dessiner quelque grand Dehors pour couvrir la tête de ceux-ci, il faut avoir le soin de ne pas marquer en encre les Contrescarpes de la Place, ni celles des Ravelins, & Demi-lunes, qu'aprés que ceux de ces grands Ouvrages seront tracez, afin que tous ces Fossez se communiquent sans interruption, principalement aux Places qui ont leurs Fossez pleins d'eau, comme on le pourra remarquer dans les divers Plans que nous donnerons ci-aprés.

FIGURE XLVI.

Construction des Ouvrages à Tenailles simples & doubles.

ON fera la Tenaille simple R. en mettant la Régle le long de la ligne C D. qui passe par le milieu de la Courtine S T. puis on ouvrira le Compas commun de la moitié de la longueur d'une Courtine, & l'on fera couler une des jambes du Compas le long de la Regle, pendant que l'autre jambe marquera en blanc la longue ligne H V. On fera de même pour celle de G X.

Pour déterminer ces longues lignes ou côtez de l'Ouvrage, on prendra la longueur du côté du Polygone A B ou, ce qui vaudra beaucoup mieux, celle d'une Courtine & d'une Demi-gorge, pour porter une des jambes du Compas ainsi ouvert au point G. Angle de l'Epaule du Bastion voisin, & où l'autre jambe tombera sur la longue ligne G X. comme au point E. le long côté sera déterminé, on le pourra marquer en noir jusqu'à la Contrescarpe de la Place, tel qu'est ici E I. On pratiquera la même chose pour l'autre côté L F.

Pour former la tête de l'Ouvrage, on tracera en blanc des points E. & F. une ligne, qui sera divisée en deux parties égales par la ligne C D. qui passe par le milieu de la Courtine; puis l'on divisera une de ces moitiez E D. en deux parties égales, pour porter une de ces parties de D. vers le côté de la Place en M. sur la ligne qui passe par le milieu de la Courtine: Et si l'on tire en suite en noir les lignes ou Faces E M. & M F. la tête de l'Ouvrage sera formée de deux Angles saillans & d'un rentrant.

Pour la construction de la Tenaille double, il faut d'abord en faire une simple, suivant les preceptes que je viens de donner, avec cette remarque, que les lignes de sa tête ne doivent être marquées qu'en blanc; & cela fait, l'on divisera chaque Face ou Ligne qui forme l'Angle rentrant E M F. en deux parties égales en O. & P. & la distance M D. aussi en deux parties égales, pour porter une de ces parties de D. en Q. sur la ligne qui passe par le milieu de la Courtine.

Enfin si l'on joint de lignes noires les lettres E. O. Q. P. F. la tête de la Tenaille double sera faite, ayant trois Angles saillans & deux rentrans.

Les Remparts, les Parapets, les Fossez, les Chemins couverts, & les Glacis de ces Ouvrages, auront les mêmes mesures que ceux des Ravelins & Demi-lunes ci-devant expliquez.

FIGURE XLVII.

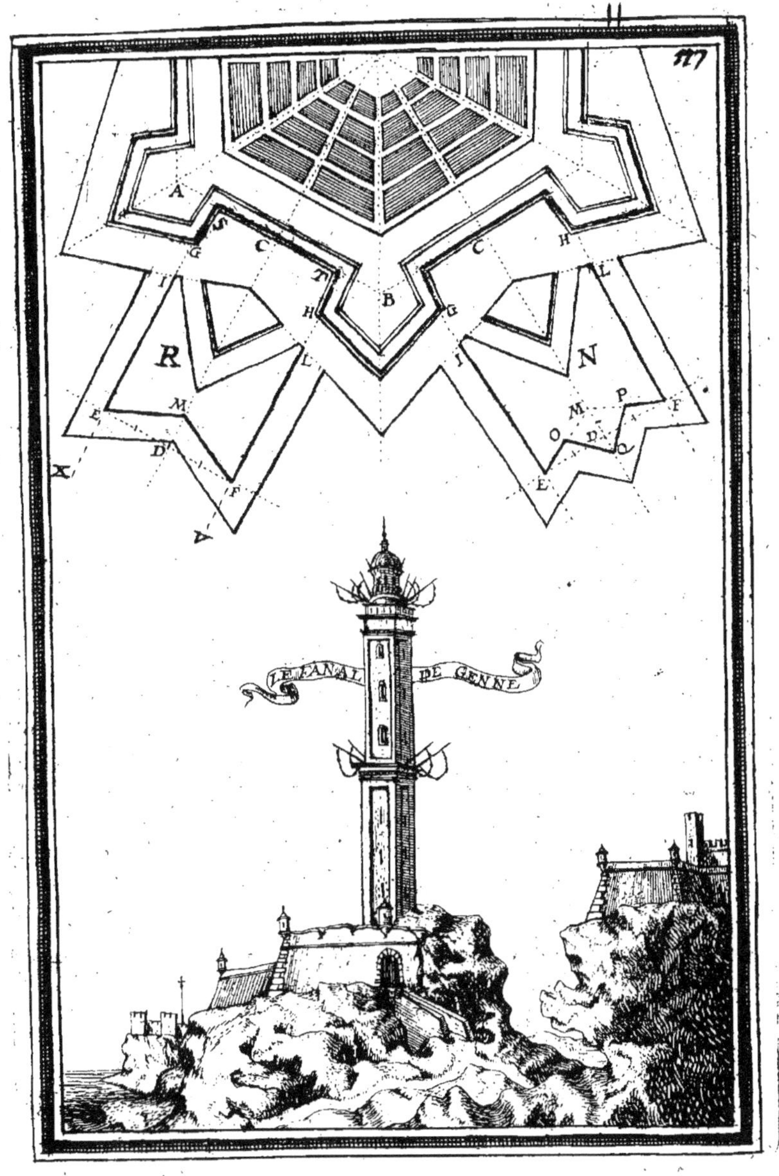

Construction des Queuës d'Ironde, & des Bonnets à Prêtre.

POUR faire la Queuë d'Ironde, on met la longueur du côté du Polygone A B. sur la ligne du Centre qui passe par le milieu de la Courtine de C. en D. & à ce point D. l'on fait passer une ligne en blanc, parallele à la Courtine que l'on termine de D. en E. & de D. & F. par la moitié d'une Courtine de la Place.

Pour faire ces deux longs côtez, on tire en blanc des points E. & F. deux lignes au milieu de la Courtine C. observant où elles coupent la Contrescarpe aux points R. & S. pour tracer en noir ses deux longs côtez E R. & F S.

On tracera sa tête, en divisant la ligne E F. en quatre parties égales; & l'on fera rentrer une de ces parties de D. en M. sur la ligne du milieu de la Courtine, pour tirer en noir du point M. les lignes M E. & M F. qui formeront la tête de la Queuë d'Ironde.

Pour construire un Bonnet à Prêtre, on fera d'abord en blanc une Queuë d'Ironde, comme je viens de l'enseigner; cela supposé, on divisera les lignes M E. & M F. qui forment l'Angle rentrant de la tête de la Queuë d'Ironde en deux parties égales aux points O. & P. & mettant une de ces parties de D. en Q. sur la ligne qui passe par le milieu de la Courtine, on tirera en noir les lignes E O. O Q. Q P. P F. ce qui donnera la tête, & les longs côtez du Bonnet à Prêtre: Mais on remarquera que ces longs côtez E T. & T V. aussi bien que les longs côtez de la Queuë d'Ironde se terminent sur la Contrescarpe du Ravelin, quand il y en a un derriere ces Ouvrages.

Leurs Remparts, Parapets, Lisieres, Fossez, Chemins couverts, & Glacis se feront comme aux Ouvrages precedens.

FIGURE XLVIII.

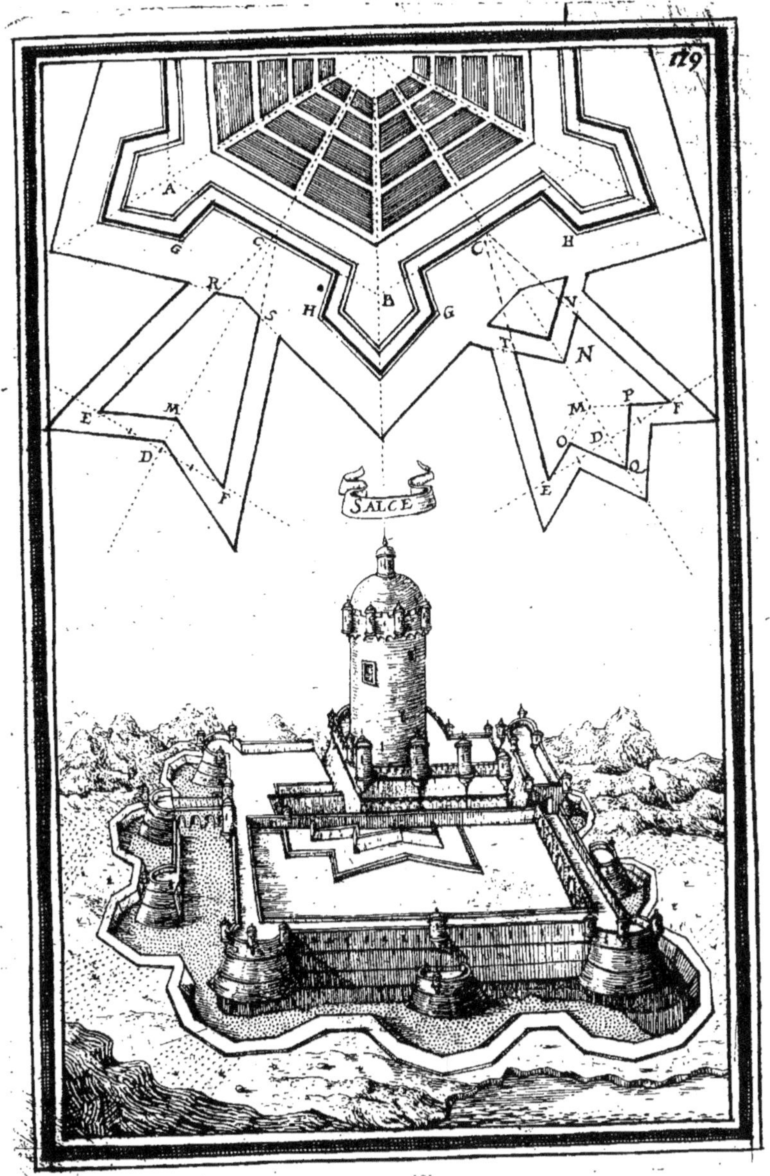

Construction des Ouvrages à Cornes.

ON distingue ces Ouvrages en grande & petite Corne. La grande Corne marquée T. est ainsi nommée à cause que ses Demi-Bastions ont plus de capacité que ceux de la petite V. La construction de leurs longs côtez est toute semblable à celle des Ouvrages à Tenailles. Mais leurs têtes se font en cette maniere.

Pour former la tête de la grande Corne, on tracera en blanc des points E. & F. une ligne, que l'on divisera en trois parties égales aux points Q R F. puis l'on fera rentrer une de ces parties sur les grands côtez de E. en M. & de F. en N. pour tirer en blanc la ligne M N. l'on divisera aussi cette ligne M N. en trois parties égales aux points O P N. puis on tirera des points O Q. & P R. deux lignes blanches, que l'on partagera chacune par la moitié aux points X & Y. & les parties qui seront vers la Courtine, se marqueront en noir pour former les Flancs O X. & P Y. Ayant aussi tiré en noir les Faces E Q. & F R. on aura achevé les deux Demi-Bastions, & le terrain de l'Ouvrage à Corne sera déterminé par les côtez marquez des lettres I. E. X. O. P. Y. F. L.

Pour la tête de la petite Corne, on divisera la ligne E F. en quatre parties égales aux points Q. Z. R. F. puis l'on fera rentrer une de ces parties sur les grands côtez de E. en M. & de F. en N. pour tirer en blanc la ligne M N. laquelle on divisera aussi en quatre parties égales aux points O S P N. puis des points O Q. & P R. on tracera deux lignes blanches, que l'on partagera chacune par la moitié; & les parties qui seront vers la Courtine, se marqueront en noir pour avoir les Flancs O X. & P Y. Ayant aussi tiré en noir les Faces E X. & F Y. on aura achevé ces deux Demi-Bastions, & la Corne.

L'on donnera à ces Ouvrages des Remparts, des Parapets, des Fossez, des Chemins couverts & des Glacis, semblables à ceux des Ouvrages precedens.

Dans la construction des Ravelins ou Demi-lunes qui se mettent ordinairement devant la tête des petites Cornes, on suivra les mêmes regles qui ont été enseignées ci-devant dans la page où il est traité des Ravelins.

FIGURE XLIX.

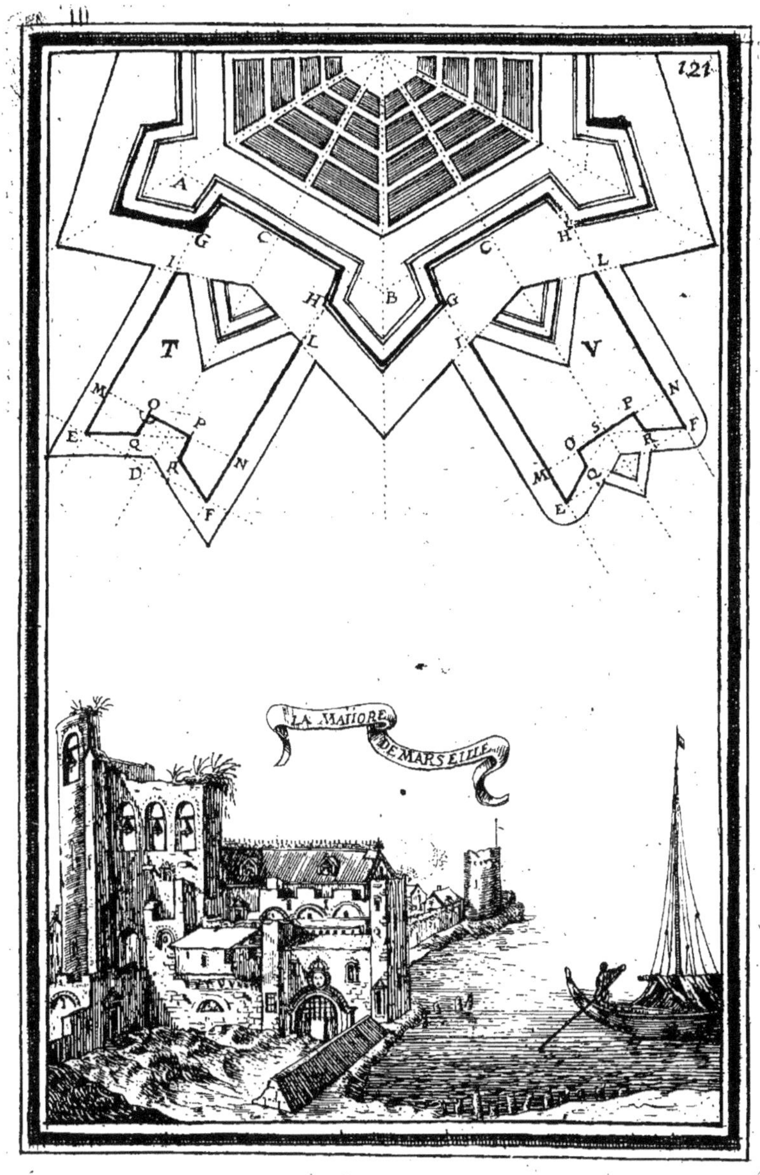

Construction de la Corne à double Flanc.

LA Corne étant dessinée en lignes blanches, on tirera des extremitez de ses Angles flanquez E. & F. deux lignes occultes au point C. qui est le milieu de la Courtine de la Place; comme on a pratiqué aux Queuës d'Ironde. Puis de ce point C. & de l'étenduë C T. extremité de l'Angle saillant de la Contrescarpe du Ravelin, on fera en blanc l'Arc S T O. observant que cét Arc coupera les lignes blanches aux points V X Y Z. afin de joindre de lignes noires les points L V X E. Ce qui déterminera l'Aîle droite de la Corne, dont V X. est le Flanc. Et unissant aussi de pareilles lignes les points I Z Y F. on aura l'Aîle gauche de la Corne, & Y Z. en sera le Flanc.

Le Rempart, le Parapet, le Fossé, &c. se feront comme aux Ouvrages precedens.

FIGURE L.

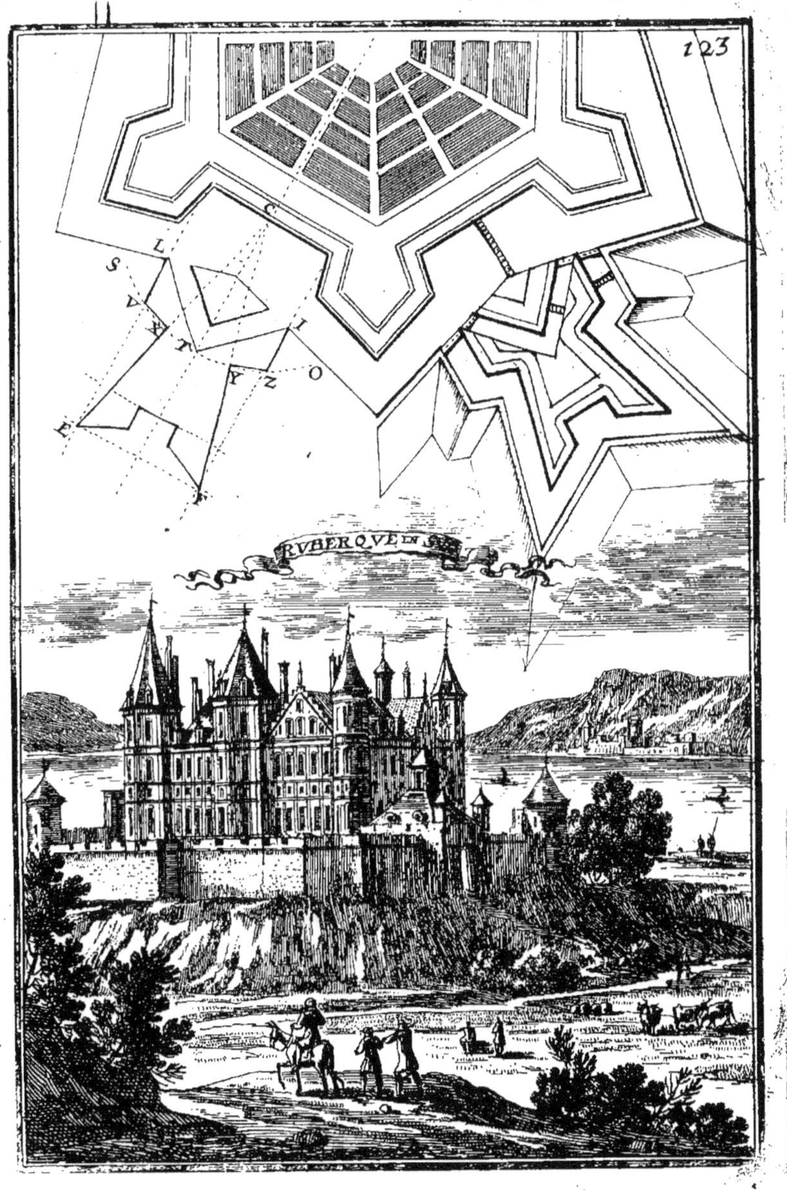

Construction de la Corne couronnée.

LA grande Corne étant dessinée ainsi que je l'ai enseigné dans la page 120. on divisera son Polygone exterieur, ou la ligne de sa tête A C. en trois parties égales; & des points A. & C. & de l'étenduë de deux de ces parties A B. on fera deux Arcs en D. & du point de leur section D. on tirera aux Angles flanquez des deux Demi-Bastions les deux lignes blanches D A. & D C. Puis l'on divisera chacune de ces lignes en trois parties égales; & aux premiers points du côté des Demi-Bastions E. & F. on tirera les deux lignes E G. & F H. paralleles aux Faces des Demi-bastions; & on les déterminera de E. en I. & de F. en L. de la longueur de E D. ou de F D. Puis au point I. & de la distance I E. on fera l'Arc E M. que l'on terminera de la même ouverture du Compas de E. en N. pour tirer les lignes apparentes I N. & I E. Au point N. on tirera en blanc la ligne N 2. au bas de la capitale du Demi-Bastion, pour marquer en noir la ligne N X. jusqu'à la Contrescarpe; & l'on aura un Demi-bastion.

On fait de même pour l'autre Demi-bastion, c'est-à-dire, que du point L. comme Centre, & de la distance L F. on fait l'Arc F O. sur lequel posant l'ouverture du Compas, de F. en P. on tirera en noir les lignes F L. & L P. & faire P 3. comme N X.

Pour faire le Bastion, on donnera à sa Capitale D Q. la moitié de la longueur D E. Et les Demi-gorges D T. & D V. seront chacune de la troisiéme partie de D E. Ses lignes de défence se tireront de l'extremité de la Capitale Q. aux points E. & F. & pour faire les Flancs & déterminer les Faces, on élevera aux points des Demi-gorges T. & V. les perpendiculaires T R. & V S. jusqu'aux lignes de défence, où elles détermineront les Flancs T R. & V S. & les lignes Q R. & Q S. seront les Faces que l'on marquera en noir aussi bien que les Courtines T E. & V F.

Si l'on veut les Angles du Flanc plus ouverts que les droits, ainsi que sont ceux de ma Methode, on n'aura qu'à faire l'Angle E T R. de 98. Degrez d'ouverture, aussi bien que celui de F V S.

FIGURE LI.

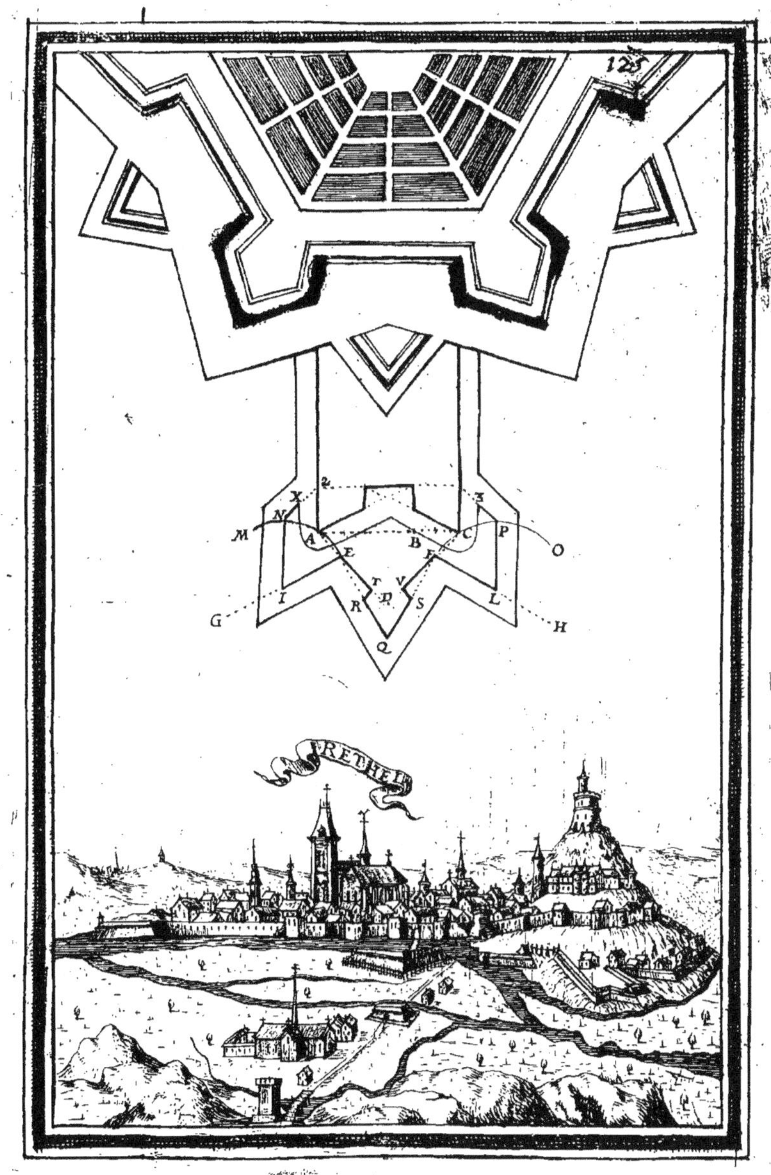

Remarques sur les longs côtez des Ouvrages à Tenailles; des Queuës d'Ironde; des Bonnets à Prêtre; & des Ouvrages à Corne.

LES Ingenieurs ont remarqué, que les longs côtez des Tenailles simples & doubles, des Queuës d'Ironde, des Bonnets à Prêtre, & même des Ouvrages à Corne, ne sont défendus que des Faces des Bastions de la Place: Et que cette défence étant de la portée du Mousquet, est peu assûrée, à cause que les Mousquetaires cachez derriere le Parapet de ces Faces A. & B. ont peine à faire porter leurs coups jusqu'à l'extremité de ces longs côtez C. & D.

Ils ont aussi fait reflexion, que les Parapets de ces mêmes Faces ne demeuroient pas long-temps en défence, les Assiegeans les ruinant facilement de leurs Artilleries.

Pour donc remedier à ces défauts, les mêmes Ingenieurs se sont avisez d'élever, sur les côtez de ces grands Dehors, des Flancs E. & F. dont j'ai donné la Construction sur l'Exemple d'une grande Corne.

Quelques-uns trouvent à redire sur les Angles flanquez des Demi-bastions de cét Ouvrage, à cause que leur Ouverture est au dessous de 60. degrez.

Mais on leur répond, que la Maxime qui regarde ces 60. degrez, n'est proprement que pour les Travaux qui ont beaucoup d'élevation, comme sont les Bastions de la Place, les Ravelins, & les Demi-lunes, qui auroient peine à resister à l'injure du temps, & à la violence de l'Artillerie des Ennemis, si ces Angles avoient une moindre Ouverture. Mais comme les grands Dehors, dont nous parlons, ont fort peu d'élevation, la masse de terre, comprise par ces Angles, peut facilement subsister sur son pié, & resister d'autant mieux à la Batterie des Assiegeans, qu'elle en est fort peu découverte; & leur donne fort peu de prise.

FIGURE LII.

Remarques ſur les Têtes des Ouvrages à Tenailles, des Queuës d'Ironde, des Bonnets à Prêtre, & des Ouvrages à Corne.

LES Ouvrages à Tenaille ſimple & double, les Queuës d'Ironde, & les Bonnets à Prêtres, ſont tres-defectueux du côté de leurs têtes ; & l'on ne s'en doit ſervir que dans une grande neceſſité, qui doit venir du côté du terrain qu'on veut fortifier ; la dépenſe étant preſque égale aux Ouvrages à Corne, qui ſont de meilleure défence.

Il eſt aiſé de montrer le peu de défence qu'ont les Angles rentrans des Ouvrages dont il s'agit : Car, par exemple, ſi l'on attaque la Tenaille A. par l'Angle rentrant de ſa tête, il eſt evident que les Mouſquetaires qui ſont ſur le Rempart B. & derriere le Parapet, ne peuvent découvrir les Aſſiegeans, quand ils ſe ſeront poſtez ſur l'Angle rentrant de la Contreſcarpe C. dans le Foſſé D. ou au pié du revétiſſement de l'Angle rentrant E. à cauſe de la hauteur du Rempart, & de l'épaiſſeur du Parapet de l'Ouvrage.

De repliquer, que les Remparts de ces Ouvrages n'ont pas beaucoup d'élevation ; & que les Mouſquetaires, qui ſont derriere le Parapet, découvriront facilement leur Contreſcarpe, le dedans du Foſſé, & le pié de l'Angle rentrant ; c'eſt juſtement dire, que ces Ouvrages peuvent être facilement commandez de la campagne, ou être emportez d'emblée faute de hauteur : Mais de dire que les Mouſquetaires du dedans découvriront le Foſſé proche de l'Ouvrage, cela peut arriver vers la pointe des Angles ſaillans F. & G. mais nullement devant l'Angle rentrant E. dont il eſt queſtion.

De dire auſſi, que ſi les Aſſiegez ne peuvent incommoder de leur Mouſqueterie les Aſſiegeans dans le Foſſé, au moins ils les brûleront avec des feux d'artifices ; c'eſt répondre obliquement, & ne pas aller au fait ; car on peut auſſi bien jetter du feu d'Artifice dans un Foſſé qui ſera en ligne droite, que dans celui qui ſera en Angle rentrant. Mais pour peu que le Mineur des Aſſiegeans ait d'adreſſe il ſçaura bien-tôt ſe loger en ſeureté dans l'Angle rentrant de l'Ouvrage par le moyen des Mantelets fertez, ou couverts de lames de fer blanc. Ce qui n'arrive pas aux Ouvrages à Cornes qui ont toutes les parties de leur tête flanquées de leurs Flancs.

FIGURE LIII.

FIGURE LIII.

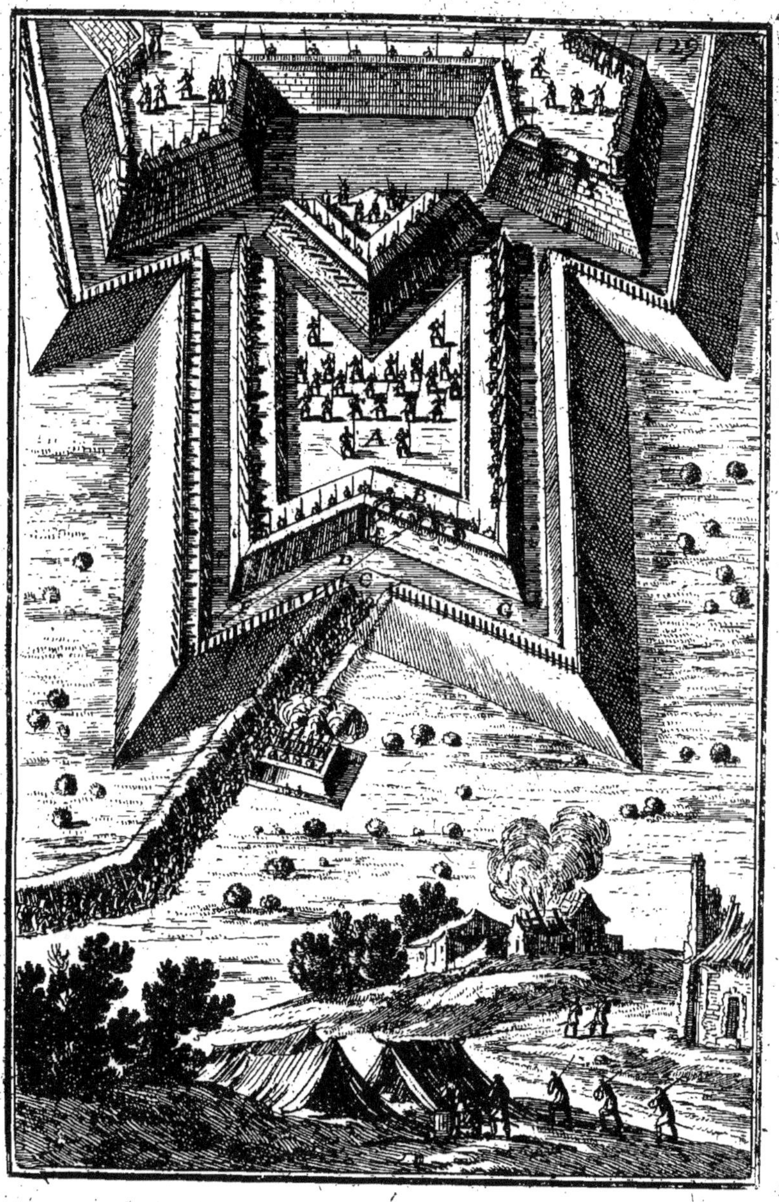

Construction des Ravelins, ou Demi-lunes à Contregardes.

LEs Ingenieurs Modernes ayant remarqué les défauts qui se rencontrent aux Angles rentrans des Ouvrages à Tenailles, des Queuës d'Ironde, & des Bonnets à Prêtre, & voulans neanmoins occuper sur les Contrescarpes vis-à-vis de la Courtine autant de terrain que ces ouvrages en occupent, afin d'opposer aux Assiegeans un front égal de Mousquetaires, ils ont trouvé depuis peu l'invention d'élever deux Contregardes vis-à-vis les Faces du Ravelin, construit sur l'Angle de la Contrescarpe de la Place, & en donnent la Construction en cette maniere.

Le Ravelin ou Demi-lune A. ayant été tracé selon les Regles de la page 110. on prolongera en blanc le trait de ses Faces B C. & D C. au de-là de son Angle flanqué C. vers la campagne en E. & F. On produira aussi en ligne occulte les lignes de ses Contrescarpes G H. & I H. de vers K. & L. observant que toutes ces lignes se couperont aux points M. & N.

On prendra ensuite avec le Compas commun la moitié d'une Courtine de la Place, & posant la regle à l'uni de la ligne A H. qui passe par le milieu de la Courtine, on fera couler une des jambes du Compas le long de la regle, pendant que l'autre marquera en blanc la ligne G P. parallele à celle de A H.

Mais comme l'Angle G P M. est trop aigu & au dessous de 60. degrez, on divisera la Face du Bastion qui est vis-à-vis, en trois parties égales ; & du premier point Q. qui est proche de l'Angle de l'Epaule, on tirera en blanc la ligne Q P. observant où elle coupera la Contrescarpe en R. pour tirer ensuite en noir les lignes R P. & P M. qui seront les Faces d'une Contregarde.

On pratiquera les mêmes regles pour faire l'autre Contregarde. Les Remparts, les Parapets, les Fossez, & le Chemin couvert, se feront aux environs des Faces des Contregardes, selon les mesures que j'ai données à ceux des Ravelins ; & l'on ménagera leur communication, ainsi qu'il est representé dans les Demi-lunes à Contregardes T.

FIGURE LIV.

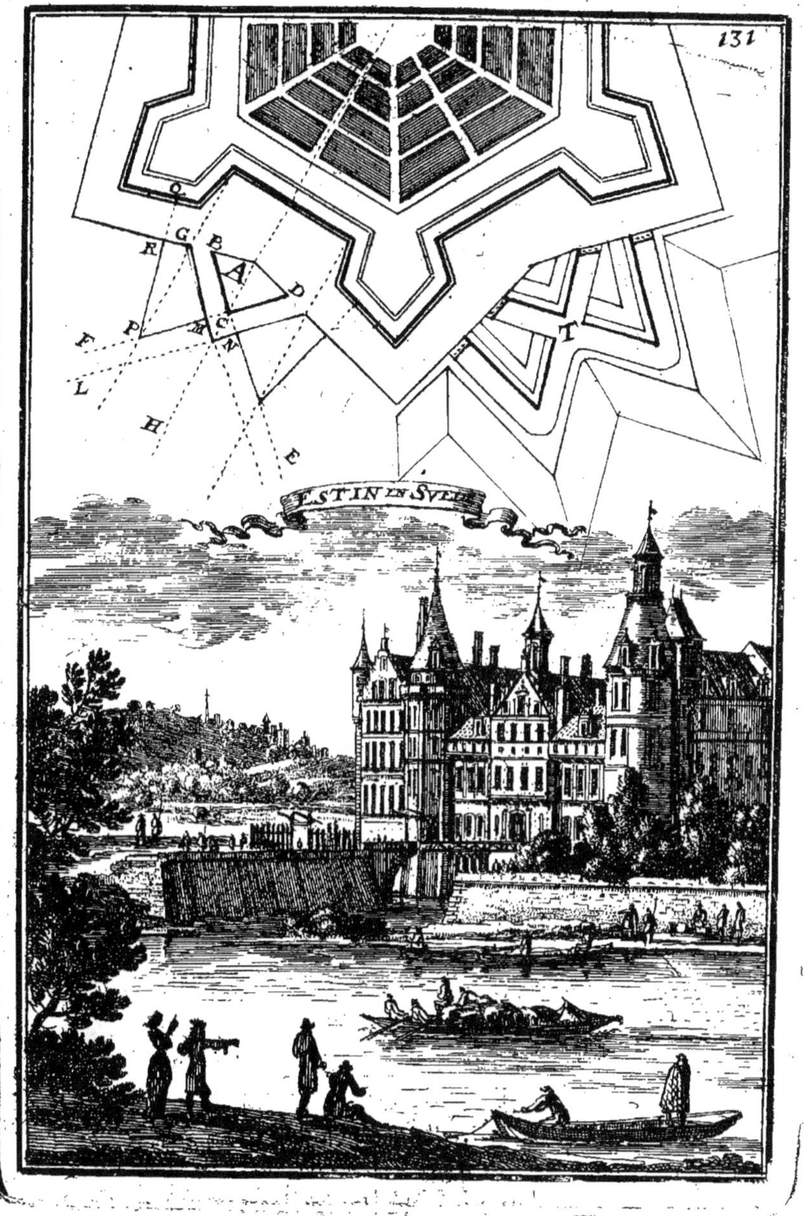

Construction des Ouvrages à Couronnes.

ON fait l'Ouvrage à Couronne, en tirant fort longue la ligne du Centre qui passe par le milieu de la Courtine K Z. puis on termine cette ligne de A. en B. de la longueur d'un côté & demi du Polygone. Ensuite on fait de l'Angle rentrant de la Contrescarpe C. & de la distance C B. l'Arc D B E. pour poser dessus d'une part & d'autre de B. jusqu'aux points F. & G. la longueur d'une Courtine & d'une Demi-gorge de la Place. Puis on tirera les lignes blanches ou occultes F B. B G. qui donneront les Polygones exterieurs de la Couronne.

Pour avoir les Aîles ou longs côtez de la Couronne, on tirera des points F. & G. des lignes aux Angles des Flancs de la Place K. & Z. afin qu'ils se trouvent terminez sur les Contrescarpes aux points H. & I. & les lignes F H. & G I. étant marquées en noir, détermineront ces côtez. On divise aprés la ligne F B. en trois parties égales, & une de ces parties se met de F. en L. de B. en M. & de G. en N. sur la ligne qui passe par le milieu de la Courtine, & sur les longs côtez, pour avoir lieu de tirer les Polygones L M. & M N.

Pour faire les Demi-bastions qui ont toûjours leurs Demi-gorges égales à leurs Capitales, on prend F L. que l'on met de L. en O. & de F. en Q. puis on tire la ligne blanche O Q. que l'on coupe par la moitié au point 2. & tirant en noir le Flanc O. 2. & la Face 2. F. le Demi-bastion sera achevé. On en fera démême pour l'autre Demi-bastion, en mettant G N. de N. en P. & de G. en R. pour tirer en blanc la ligne P R. que l'on coupera par la moitié au point 4. afin que tirant en noir le Flanc P. 4. & la Face G. 6. le Demi-bastion soit achevé. *On y peut aussi faire les Angles du Flanc de 98. Degrez d'ouverture.*

Pour faire le Bastion, on divisera son Polygone L M. en cinq parties égales, & l'on portera une de ces parties de M. en X. & de M. en Y. pour avoir les Demi-gorges. Au point X. on tirera une perpendiculaire, ou bien, selon nôtre methode, on fera un Angle de 98. Degrez pour tirer la ligne X S. observant qu'elle coupera la ligne de défence B O. en S. pour avoir le Flanc X S. & la Face S B. & si l'on transporte la longueur de la Face B S. sur la ligne de défence B T. elle servira de Face : & T Y. en sera le Flanc.

Le Bastion & les Courtines étant marquées en noir, le corps de l'Ouvrage sera achevé, & on y tracera les Remparts, Parapets, & Fossez, comme aux autres Ouvrages ci-devant expliquez.

FIGURE LV.

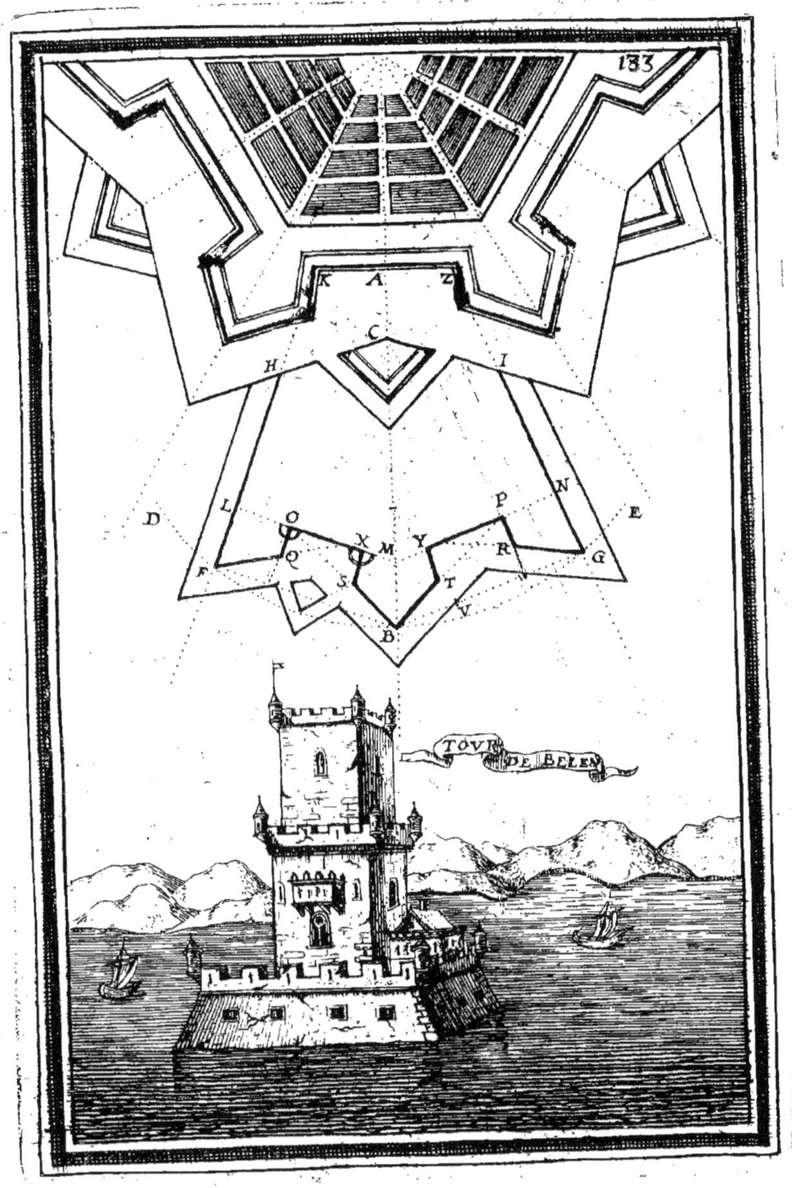

Remarques ſur les Ouvrages à Couronnes.

COMME ces Ouvrages ſont d'une grande garde, il faut, avant que de les conſtruire, remarquer avec ſoin, ſi les Habitans de ces lieux-là ſont en aſſez grand nombre, & d'une profeſſion à les pouvoir défendre en cas qu'ils ſoient attaquez.

Car de faire fond ſur les Soldats de la Garniſon de la Place, ce ſeroit tres-mal prendre ſes meſures; un Gouverneur qui ſçait la guerre, ne laiſſera jamais ſortir de ſa Place un auſſi grand nombre de Soldats qu'il en faut pour défendre des Ouvrages ſi ſpatieux; principalement ſi ſa Garniſon eſt foible, ſi elle ne lui eſt pas bien affectionnée, ce qui n'arrive que trop ſouvent, ou bien enfin s'il en craint la deſertion, par les bruits, & par les billets que les Aſſiegeans font courir, en promettant au ſoldat aſſiegé la liberté, & de l'argent pour ſe retirer ailleurs. Il doit encore apprehender qu'une ſi nombreuſe partie de ſa garniſon venant à être enlevée, ou forcée, il ne ſoit enſuite trop foible pour ſe défendre, & ne ſe trouve contraint de faire une honteuſe Capitulation, en rendant un bon corps de Place, pour en avoir voulu conſerver un bien moindre.

De pretendre qu'au défaut des Soldats on contraindra les Bourgeois à la défenſe de ces Poſtes, c'eſt un projet plus foible que le premier. On ſçait par experience que le Bourgeois n'eſt gueres propre qu'à défendre les maiſons, & les rues, ou qu'à ſe poſter à couvert derriere le Parapet du Rempart: car dés qu'on lui parle de la défenſe des Dehors, il ſe mutine, & croit que l'on en veut à ſon bien, ou à ſa famille. En un mot, la veritable défenſe de ces grands poſtes ſe doit tirer des Habitans qui y ſont.

Il faut encore bien prendre garde ſi ces Habitans-là, que nous ſuppoſons être en grand nombre, ne ſont pas des gens factieux, diviſez entr'eux, ou mal intentionnez pour les Habitans de la Place. Car en ce cas il faudroit y conſtruire un Fort où il y eut un Gouverneur & une bonne Garniſon affectionnée au Prince, de peur que ces Habitans ne ſe fortifiaſſent contre la ville, & que d'un Ouvrage ils n'en fiſſent une Citadelle. Mais ſi l'on ne craint point ce changement, il eſt toûjours bon de demolir dans ces poſtes les maiſons & autres lieux forts qui regardent la ville, afin que les Aſſiegeans ne s'en puiſſent prevaloir contre la Place, s'ils viennent à ſe rendre maîtres de l'Ouvrage.

FIGURE LVI.

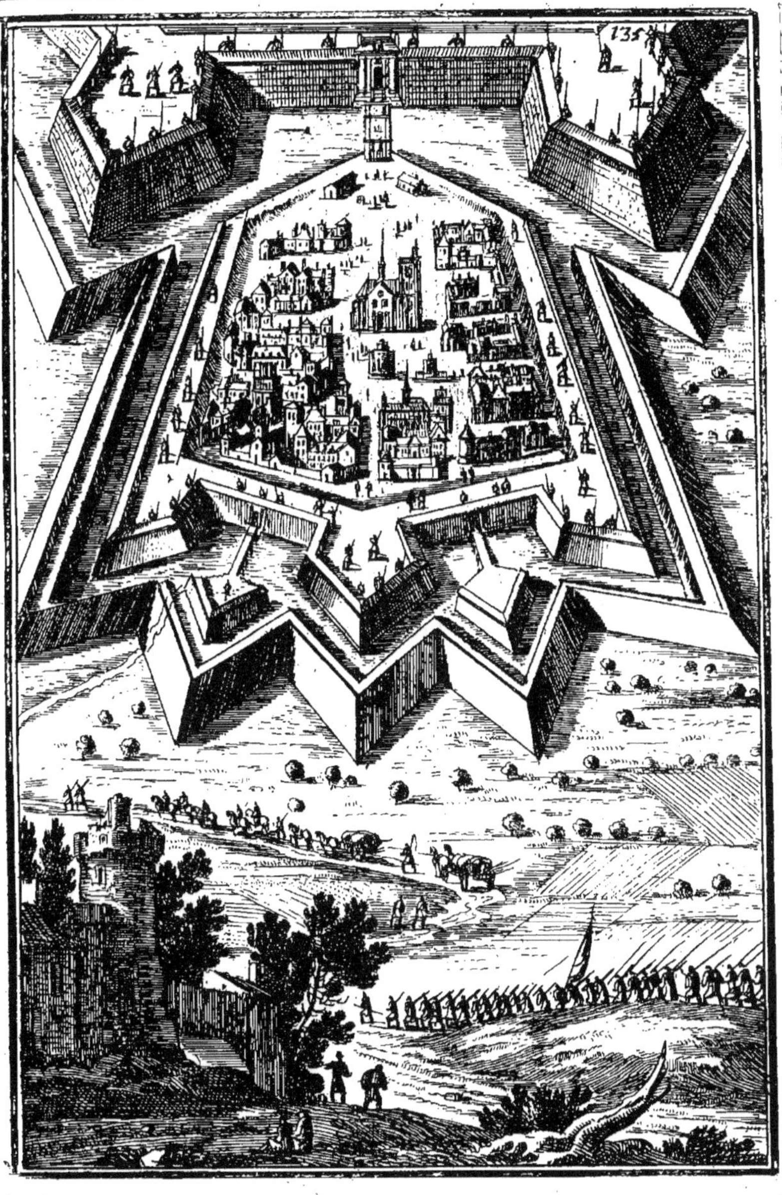

Des Couleurs & Enluminures des Plans.

CEUX qui feront curieux d'enluminer leurs Plans, fe ferviront des Couleurs & des Methodes fuivantes.

Les Ruës fe laiffent d'ordinaire en blanc.

Les places des Maifons s'enluminent de rouge, c'eft-à-dire avec du carmin legerement detrempé, ou à fon défaut, l'on fe fervira de rofette, prenant foin de toucher le dedans des Places plus legerement que fur leurs bords.

Le Terre-plain des Remparts doit être d'une couleur de terre feiche, c'eft-à-dire, d'une couleur qui participe de la jaune & de la verte; on la fait en mettant un peu d'eau de verd-de-gris calciné, avec de l'eau de gomme-gutte; à faute de gomme-gutte, on mélera l'eau de verd-de-gris avec de l'eau où on aura trempé de la graine d'Avignon. Il faut avoir foin quand on enluminera le Terre-plain, de lui donner une teinte un peu plus forte proche de la Banquette, que par tout ailleurs, où elle doit être fort claire.

La Banquette du Parapet du Rempart, & de tous les autres Parapets de la Place fe laiffe toûjours en blanc.

Les Parapets ont d'ordinaire une teinte plus forte que celle de leur Terre-plain: pour le marquer on fe fert d'ancre de la Chine detrempée de telle maniere qu'elle ne foit que grife.

Le Revétiffement de terre eft marqué d'ordinaire par le feul trait noir des Courtines, des Flancs, & des Faces. Mais quand il eft de brique, l'on marque de rouge les Courtines, leurs Flancs, & leurs Faces, en fe fervant de carmin, ou à fon défaut, l'on prend du vermillon. Mais fi le revétiffement étoit de pierre avec des chaînes de pierre de taille, on les marqueroit d'un petit trait noir, fort proche le trait noir des Courtines, des Flancs & des Faces, & dans le petit efpace qu'il y auroit entre ces traits, l'on y marqueroit aux Angles, & le long des Faces, Flancs, & Courtines des ponctuations de diftance en diftance, environ de la moitié du Flanc pour reprefenter les chaînes ou jambes de forces.

Le foffé fec doit être enluminé comme le Terre-plain de la Place, & on lui donnera une petite teinte d'eau de gomme-gutte proche des bords.

Le Foffé d'eau s'enluminera d'eau de verd-de-gris, dont le milieu fera d'une teinte bien plus legere que proche des bords.

Le Chemin couvert aura une teinte fort claire, comme celle dont l'on s'eſt ſervi pour le Terre-plain.

La Banquette du Chemin couvert demeurera en blanc.

Le Glacis ſe marque de la même couleur que le Terre-plain de la Place, en y ajoûtant un peu d'eau de verd-de-gris, pour rendre cette couleur un peu plus verdâtre; au défaut de cette couleur l'on ſe ſert d'ancre de la Chine, avec cette remarque, qu'il faut toûjours ombrer la partie proche des Paliſſades & des Angles plus fort qu'ailleurs, & donner alternativement une teinte plus forte à un côté du Glacis qu'à l'autre.

Quant aux Payſages des environs, les Chemins ſont d'ordinaire laiſſez tout blancs.

Les Ruiſſeaux & Rivieres ſont enluminez comme les Foſſez pleins d'eau.

Les Terres Labourables ont des touches de jaune & de verd-de-gris appliquées legerement, & tirées à peu prés paralleles.

Les Prairies ont plus de touches vertes que de jaunes.

Les Arbres ſont touchez d'eau de verd-de-gris du côté de l'ombre, & fort legerement d'un peu de jaune du côté du jour.

Les Maiſons s'enluminent de la couleur du Terre-plain, mais fort tendrement du côté du jour. Leur toict, quand il eſt de tuille, ſe marque legerement avec du vermeillon detrempé dans de la gomme d'Arabie: ſi elles ſont d'Ardoiſe, on ſe ſert de bleu.

Les Terraſſes les plus proches doivent avoir leur jour plus clair & leurs ombres plus fortes que celles qui ſont repreſentées dans le lointain.

Les Eſpiciers ou les Enlumineurs vendent les couleurs que nous venons de ſpecifier.

CHAPITRE VII.

De la Construction des Citadelles.

CITADELLE est un lieu fortifié de Bastions, qui commande à une ville, & qui a été bati par le Souverain de la Place, (quelques-uns y ajoûtent) & pour en couvrir le Port, si la Place est maritime.

On dit que la Citadelle est fortifiée de Bastions, pour la distinguer d'avec les Châteaux, qui n'ont que des Tours rondes, ou quarrées.

On ajoûte, qu'elle commande à une ville, pour faire voir que la Citadelle differe des Forts, qui ont des Bastions, soit qu'on les construise dans des plaines, sur des Rivieres, ou sur des hauteurs éloignées de la Place.

Enfin on dit, qu'elle est bâtie par le Souverain de la Place, pour montrer que les Forts à Bastions, que les ennemis élevent aux environs d'une ville qu'ils assiegent, & qui même en est commandée, ne doivent pas être considerez comme des Citadelles, & portent simplement le nom de *Forts*, n'étant pas construits par l'ordre du Souverain de la Place.

Il est vrai, qu'aprés la prise de la ville, ou la levée du Siege, quelques-uns de ces Forts peuvent être conservez pour servir de Citadelle; mais ce ne sera que par l'autorité de celui qui est Souverain de la Place, quoi qu'ils ayent été d'abord construits pour une autre fin.

De l'Usage des Citadelles.

QUAND les Ingenieurs veulent exprimer la grandeur ou la petitesse d'une Ville de guerre, ils ne considerent pas la grandeur de son Enceinte, ni celle de ses Travaux, mais seulement la quantité de ses Habitans ordinaires; & dans cette veuë ils distinguent toutes les Villes en Petites, Moyennes & Grandes.

Les Petites Villes ſont celles dont la Garniſon ordinaire ſurpaſſe de beaucoup le nombre des Bourgeois. Celles-là n'ont pas beſoin de Citadelle.

Les Moyennes ſont celles, où la Garniſon eſt à peu prés égale au tiers ou à la moitié du nombre des Habitans. Ces ſortes de Places ne meritent pas encore de Citadelle, à cauſe que les Bourgeois ne ſçauroient faire aiſément des Aſſemblées ſeditieuſes, ſans être découverts par les Soldats de la Garniſon qui logent par billets chez les Bourgeois.

Les Grandes Villes ſont celles, dont la Garniſon auroit peine à faire la cinquiéme ou la ſixiéme partie des Bourgeois ; pour lors, il y faut conſtruire une bonne Citadelle, afin de mettre la Garniſon & le Gouverneur à couvert de l'inſulte des bourgeois; principalement quand c'eſt un peuple factieux, rebelle ou nouvellement conquis, & chez qui l'obeiſſance & la fidelité ſont peu aſſûrées.

Il y a differentes opinions touchant la ſituation des Citadelles, quelques Ingenieurs les veulent au milieu des Villes, afin de commander & d'aſſujettir également toute la Place, & d'empêcher plus facilement les Intelligences, les Aſſemblées, & les Seditions que pourroient faire les Bourgeois contre l'autorité du Prince : Mais ces raiſons paroiſſent foibles, puiſque les Garniſons de ces Citadelles ne peuvent avoir correſpondance ni ſecours de leurs Princes, en un lieu dépendant de la volonté des Bourgeois rebelles, qui s'étant rendus maîtres des Portes de la ville, en empêcheront la communication.

D'autres Ingenieurs, pour éviter judicieuſement ces inconveniens, les détachent du corps de la Place, & les élevent entre la ville & le lieu où l'ennemi pourroit aſſeoir ſon Camp : Mais les bâtir en cette ſituation, ſans avoir des raiſons preſſantes, c'eſt aller, ce me ſemble, contre leurs uſages : puiſque leur principale fin eſt d'aſſujettir les Bourgeois à leur devoir ; d'empêcher l'intelligence qu'ils pourroient entretenir avec les ennemis de l'Etat, ce qu'on auroit peine à executer, ſi elles étoient éloignées des villes, & que la communication de la Place leur fût tout-à-fait interdite.

Les autres me ſemblent avoir plus de raiſon, qui bâtiſſent, quand on le peut, les Citadelles partie dans l'Enceinte de la ville, & partie en dehors, afin que le Gouverneur de la Citadelle ſoit maître & de l'entrée du côté de la Campagne, & de l'entrée du côté de la Ville, ſans dépendre de la volonté des Bourgeois.

FIGURE LVII.

Construction des Citadelles à quatre Bastions.

APRES avoir rejetté les Citadelles qui se font au milieu d'une ville, à cause de leurs trop grands défauts, je donnerai ici la Construction de celles, qui se bâtissent partie dans l'enceinte d'une Place & partie hors de ses Murailles.

On choisira pour leur situation le Poste le plus avantageux qu'il sera possible, c'est-à-dire, l'endroit d'où la Citadelle peut commander à la ville, sans en être commandée ; & pour joüir de l'avantage du terrain & de la commodité des eaux, du moins autant que la Place le requiert.

Quand on est maître du terrain, il la faut faire d'une telle capacité que ses Bastions soient presque aussi grands que ceux de la ville, afin que l'Assiegeant ne trouve pas plus d'avantage dans l'attaque des uns que dans celle des autres. En effet, si les Bastions d'une Citadelle étoient beaucoup plus petits que ceux de la Place, l'Assiegeant ne manqueroit pas d'y conduire d'abord sa Tranchée ; & quoi que les Faces de ces Bastions eussent peu d'étenduë, il trouveroit toûjours moyen d'y faire une Bréche raisonnable, & pourroit monter à l'assaut en toute assûrance, puisqu'il n'auroit pas grand feu à essuier d'un petit Flanc, tel que seroit celui d'un Bastion plus petit qu'un Bastion de la ville.

Si l'on veut donc construire une Citadelle à quatre Bastions d'une raisonnable grandeur : On prendra la longueur d'une des Courtines & moitié d'une Demi-gorge de la Place, un peu plus, ou un peu moins, selon l'étenduë du terrain que l'on desire enfermer. Puis de l'Angle saillant de la Contrescarpe D. (où l'on veut établir le Centre de la Citadelle) on décrira la Circonference E. H. G. F. que l'on divisera en quatre parties égales aux points E. H. G. F. De ces quatre points on tirera en blanc les quatre côtez du Polygone E F. F G. G H. & H E. Ensuite on achevera la Figure selon les Regles que j'ai données dans le Chapitre de la Construction des Places.

Son Rempart, son Parapet, & son Fossé se feront ainsi qu'il est enseigné dans le Chapitre qui traite de la Construction des Remparts, Parapets, &c.

FIGURE LVIII.

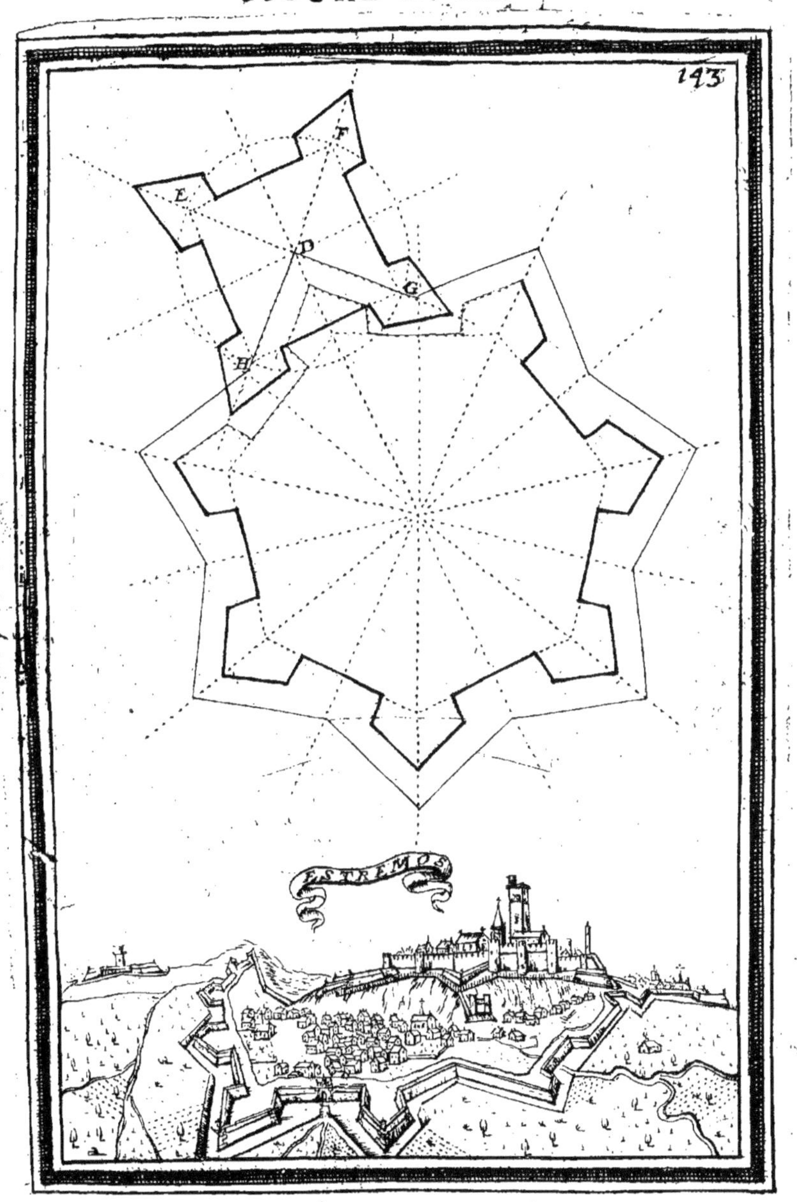

Construction des petites Citadelles à quatre Bastions.

IL arrive souvent que le terrain destiné pour une Citadelle n'est pas au choix de l'Ingenieur, & qu'on lui prescrit de la construire dans un lieu borné par le cours d'une Riviere, par la rencontre d'une Isle trop étroite, ou qu'on la veut situer sur une Montagne dont le sommet n'a pas un espace où l'on se puisse étendre pour faire ses Bastions presque aussi grands que ceux de la Place.

En de semblables occasions l'Ingenieur doit s'accommoder à la nature du Terrain, & donner neanmoins à la Circonference de sa Citadelle le plus grand Diametre qu'il lui sera possible. Sur tout, il employera ses soins à mettre deux Bastions du côté de la Place, afin de défendre la porte de la Citadelle qui fait communication avec la ville.

Il faudra necessairement démolir les Flancs des Bastions de la ville s'il y en a qui regardent la Citadelle, comme il paroît à ceux qui sont ici marquez des lettres L. I.

Les Faces de ces Bastions seront prolongées directement, avec leurs Remparts & leurs Parapets, qui doivent aller insensiblement finir en pente au Fossé de la Citadelle, afin qu'elle leur commande.

Mais pour rendre ce poste plus avantageux, l'Ingenieur fera en sorte que le terrain de la Citadelle ait plus de hauteur que celui de la ville.

FIGURE LIX

FIGURE LIX.

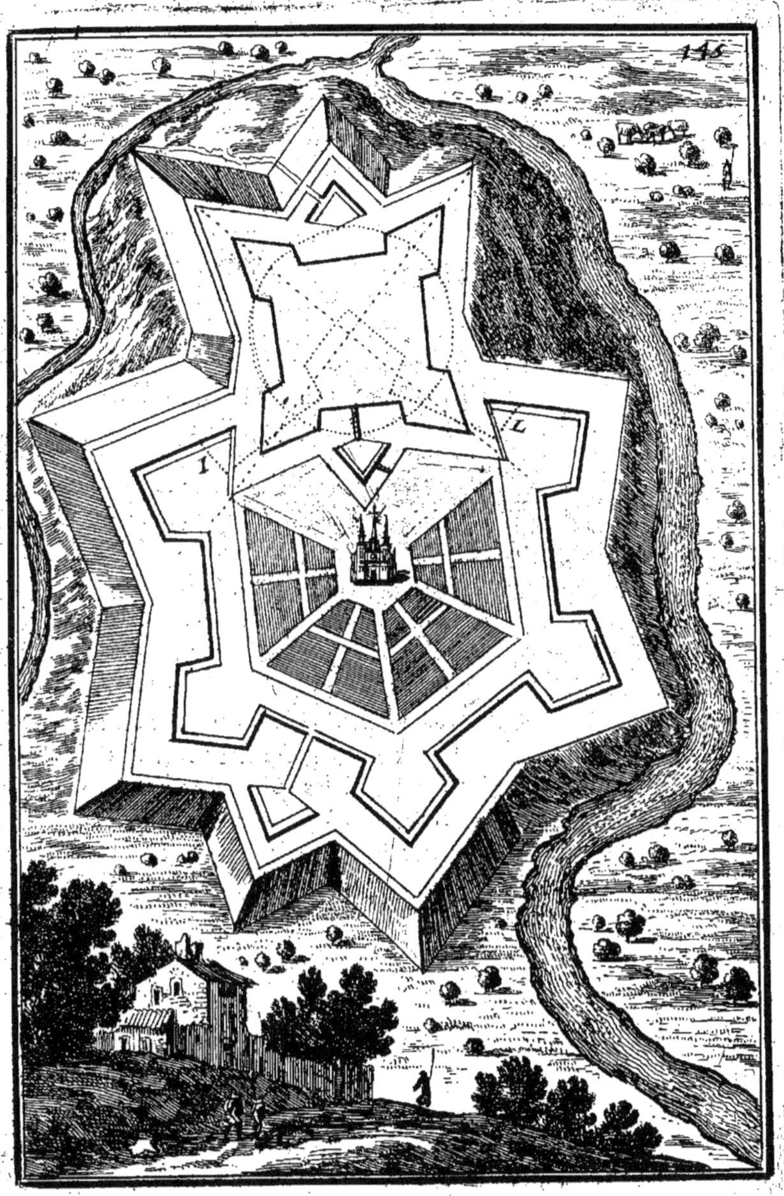

Construction des Citadelles à cinq Bastions.

IL n'y a point de Figure plus avantageuse pour faire le corps d'une bonne Citadelle, que celle d'un Pentagone : sa disposition qui oppose trois Bastions aux Assiegeans & deux aux Habitans, fait qu'elle commande à la campagne & en même temps à la Ville, sans que ces Bastions soient trop engagez dans l'enceinte de la Place, ou que l'on soit obligé d'abattre une partie des maisons bourgeoises pour faire sa Place d'Armes, ainsi qu'il arrive à celles qui ont leur figure quarrée.

Pour les faire avec quelque proportion, eu égard au corps de la Ville & à la grandeur de ses Bastions, on prendra l'étenduë d'une Courtine, ou un peu plus ; & de cette étenduë on décrira une Circonference, dont le Centre A. sera entre l'Angle flanqué d'un Bastion, & l'Angle saillant de la Contrescarpe.

On divisera ensuite cette Circonference en cinq parties égales aux points B C D E F. observant de mettre le point B. du côté de la campagne sur la ligne du Centre, qui étant prolongée, passe par l'Angle flanqué du Bastion, afin que les deux points D. & E. qui sont du côté de la Ville, en soient également éloignez. De ces points l'on tirera en blanc les cinq côtez du Polygone B C. C D. D E. E F. & F B. & aprés avoir aussi tiré en blanc les cinq lignes du Centre A B. A C. A D. A E. & A F. on achevera la figure comme je l'ai enseigné en traitant de la Construction des Places.

Le Rempart, le Parapet, le Fossé, les Chemins couverts, & les Glacis se feront comme aux autres Places Regulieres.

On fait ordinairement deux Portes à la Citadelle, une du côté de la campagne, & l'autre du côté de la Ville ; chacune doit être couverte d'un Ravelin ou Demi-lune, tracez selon les regles que j'en ai donné dans leur Chapitre, avec un Rempart, Parapet, Fossez, Chemin couvert & Glacis.

FIGURE LX.

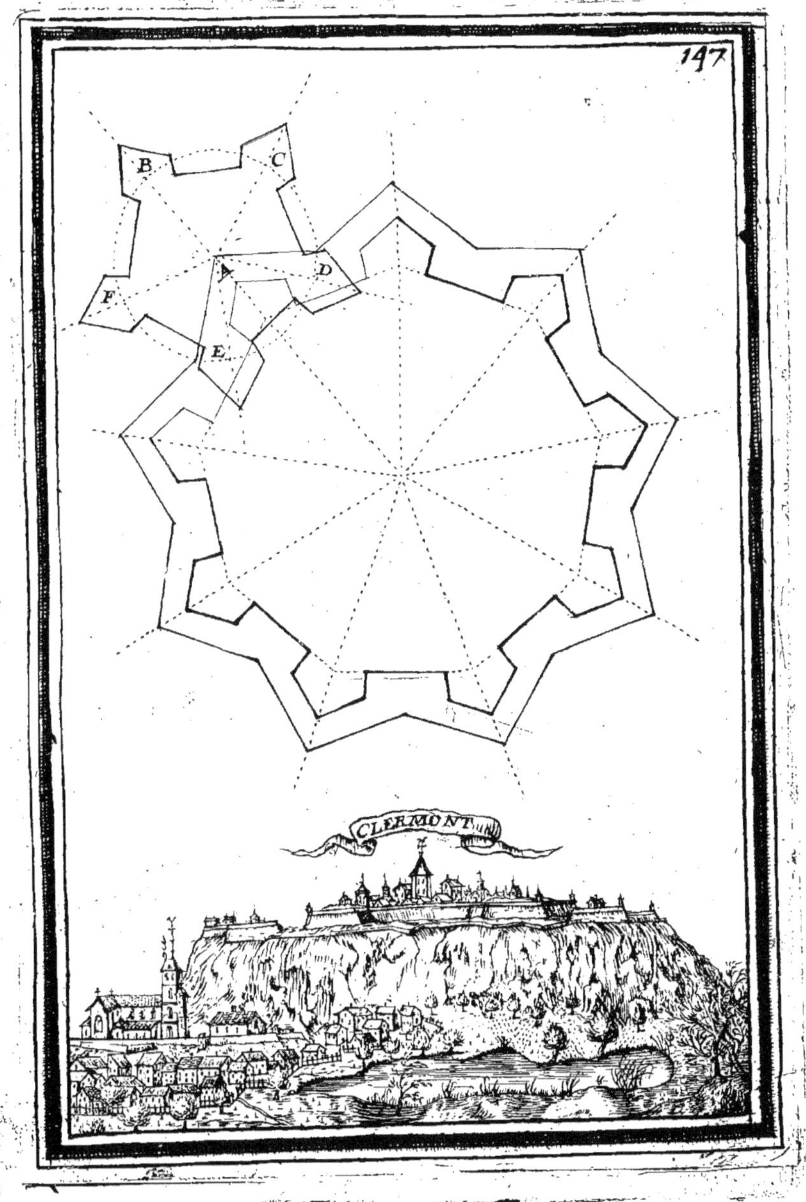

Construction des petites Citadelles à cinq Bastions.

Les mêmes incommoditez de terrain qui ont obligé les Ingenieurs à construire de petites Citadelles à quatre Bastions, leur en pourront faire bâtir à cinq, & ces accidens supposeront aussi la même methode que j'ai expliquée, en recommandant de décrire ces Citadelles avec le plus grand Diametre qu'il sera possible, pour embrasser un plus grand terrain.

S'il se rencontre des Postes qui semblent également avantageux pour la Construction d'une Citadelle, l'Ingenieur mettra en parallele leurs défauts, & leurs avantages; & preferera le terrain qui n'est pas commandé.

Il fera reflexion sur le nombre & sur la qualité des maisons bourgeoises, qu'il faudra démolir pour la construction de la Citadelle, & pour son Esplanade, ménageant, autant qu'il sera possible, le soulagement des habitans & les deniers du Roi, qu'il faudra employer à l'achat de ces bâtimens. Car encore qu'il faille preferer le service du Roi à tout autre interest, il fera ses efforts pour éviter avec prudence le mécontentement des Bourgeois, & pour leur ôter, autant qu'il pourra, les sujets de se plaindre & de murmurer.

Il établira le Centre de la Citadelle à la pointe d'un Bastion, comme dans cét exemple, ou bien à l'endroit qu'il trouvera le plus commode; mais il aura soin que les deux Bastions qui regardent la Ville, ne soient pas enfermez par ceux de la Ville. Même il remarquera qu'il faut toûjours rompre les défenses de la ville du côté de la Citadelle, afin que si les habitans venoient à se revolter, ou les ennemis à s'en rendre maîtres, ils ne pussent en tirer avantage. Sur tout il démolira les Flancs L M. & comme j'ai dit ci-devant, il continuera leurs Faces en ligne droite, & leurs Remparts en pente, pour diminuer insensiblement jusqu'au Fossé de la Citadelle, afin qu'elle commande sur la plus grande partie des défences de la ville qui seront de son côté.

Il observera, autant que faire se pourra, qu'il y ait une Esplanade ou grande Place entre le Glacis de la Citadelle, & les maisons de la ville. Cette place fait un grand obstacle aux entreprises que les Bourgeois pourroient faire contre la Citadelle: car ils n'en pourront approcher qu'à découvert, ou par Tranchées.

FIGURE LXI.

Construction des Citadelles que l'on éleve hors l'enceinte des Villes.

On ne sçauroit repeter trop souvent les differentes raisons qui obligent un Ingenieur à bâtir une Citadelle hors l'enceinte d'une Ville. Par exemple, il faut quelquefois la construire sur une hauteur détachée, que l'Assiegeant ne manqueroit pas d'occuper pour battre la ville ; ou qui du moins lui serviroit à couvrir son camp contre le feu des Assiegez. Quelquefois il s'y rencontre des marais ou des sources d'eau necessaires aux habitans, qui en doivent fortifier le terrain pour les conserver. Bien souvent la ville est tellement bâtie en longueur, qu'une de ses extremitez ne sçauroit commander à l'autre ; ou bien elle est composée de plusieurs quartiers tellement separez par des Fossez & par des Remparts, que ces differentes parties ne peuvent être commandées d'un seul poste de la Place. En semblables occasions l'Ingenieur choisira hors de l'enceinte des murs un terrain propre à bâtir la Citadelle, & fera ce choix avec beaucoup de circonspection.

Soit qu'on donne à ces Citadelles la figure d'un Quarré, d'un Pentagone, ou d'un Hexagone, il faut toujours faire ensorte que leurs Bastions puissent commander à la Ville. C'est pourquoi entre le Centre de la Citadelle & les Angles de l'Epaule des Bastions de la Ville, il ne faut pas que la distance excede la longueur de 160. à 180. toises. Et leur Circonference ne doit guere être plus grande que de 60. à 80. toises, afin que les Bastions de ces Citadelles soient à peu prés de la grandeur de ceux de la Place, ainsi qu'on le peut remarquer à ceux de la Citadelle de la ville de Leuve, située en Brabant sur la petite riviere de Géete.

FIGURE LXII.

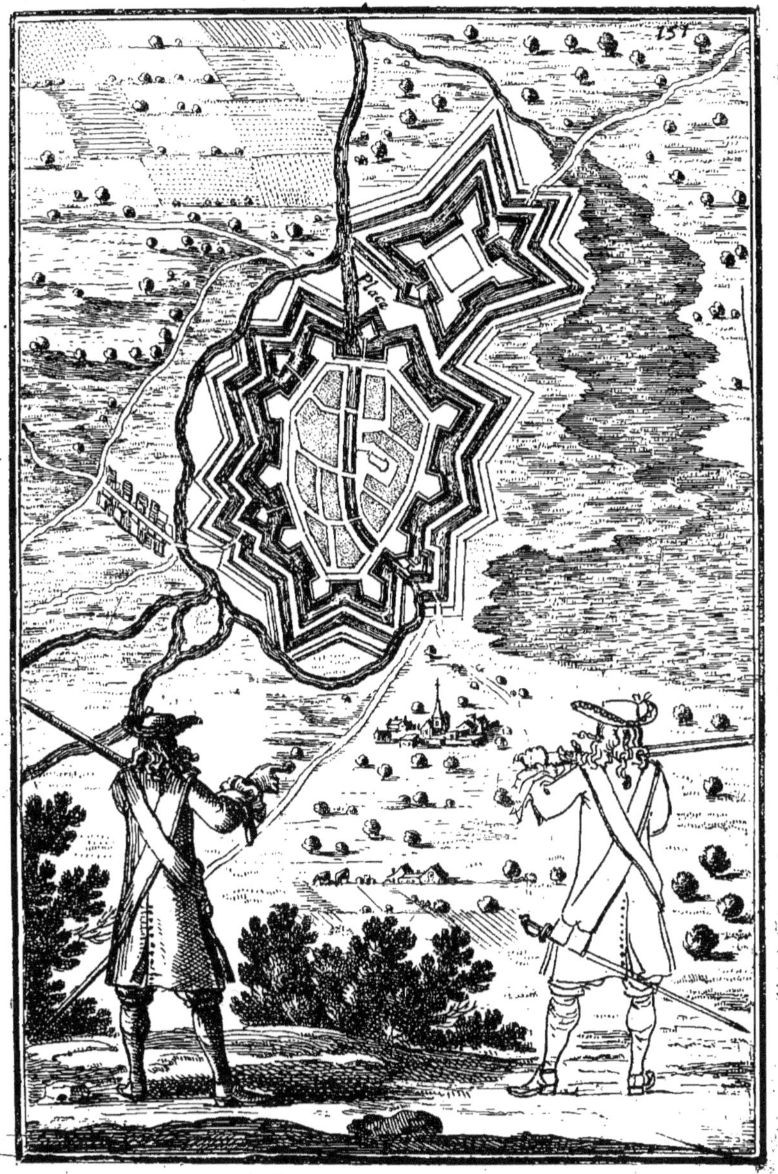

Remarques sur la Construction des Citadelles que l'on éleve hors l'enceinte des Villes.

S'IL arrivoit que le poste choisi pour la construction d'une Citadelle, fût éloigné de la Place au de-là de 110. toises, ou de la portée du Mousquet, il faudroit, aprés que la Citadelle seroit construite, abattre les murailles & combler les Fossez de la Ville qui regardent la Citadelle, & couvrir de deux lignes de communication le terrain qui se rencontreroit entre la Citadelle & la Ville.

Il y faudroit même construire, sur les longues lignes ou côtez, de distance en distance, dans les Postes les plus avantageux, des Redoutes, & de petits Forts, pour flanquer ces lignes, & en assûrer mieux la défence, ainsi que je l'explique plus amplement sur la fin du Traité de la Fortification Irreguliere, en parlant des lignes de communication.

FIGURE LXIII.

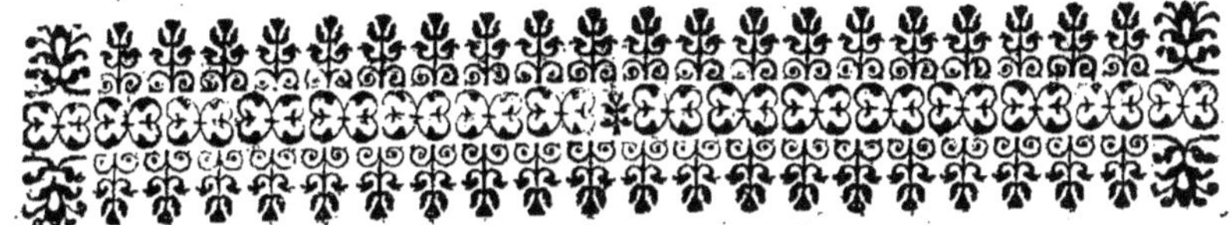

CHAPITRE VIII.

De la Representation des Plans sur le Papier; avec l'élevation, & la maniere de les mettre en Perspective.

APRES avoir amplement expliqué les methodes qu'il faut tenir pour dessiner à simple trait, les Plans des Places Regulieres, je vais donner les moyens de les representer avec quelque élevation, ce qui se fait en deux façons.

La premiere, par de simples lignes qui sont perpendiculaires ou paralleles entr'elles, & que les Ingenieurs appellent Perspective Cavaliere; & les Peintres, à Veuë d'Oiseau.

La seconde, en déterminant un point de veuë selon les regles de la Perspective ordinaire.

Methode pour donner les Hauteurs aux Bastions d'un Plan, selon la Perspective Cavaliere.

POUR en venir à la pratique, il faut que le Plan ne soit dessiné qu'en lignes blanches, & qu'au dessous du Plan on tire une ligne droite A B. qui sera parallele au bas du papier ou du velin; ou bien on la fera parallele à la partie du Plan que l'on veut voir en Face. Cette ligne represente le rez de chaussée, ou le niveau de la campagne.

Puis des Angles rentrans & saillans du Plan, on tirera sur cette ligne, des perpendiculaires en blanc, comme sont ici C D. E F. G H. I K. L M. N O. &c. Mais ce qui doit être soigneusement remarqué, on ne tirera point des Angles du Plan les Perpendiculaires qui tomberoient sur son Rempart, & qui entreroient dans le corps de la Place.

On tirera les Perpendiculaires, en faisant convenir sur la ligne A B. le bout d'une Regle, ou le côté d'une Equerre, jusqu'à ce que l'autre côté, qui fait l'Angle droit, touche les points-Angulaires du Plan, pour tirer ensuite au dessous de ces points & le long de la Regle des lignes blanches C D. E F. G H. &c.

On donnera à ces lignes blanches, la longueur du Flanc de la Place ou un peu moins, que l'on portera de C. en D. de E. en F. de G. en H. de I. en K. de L. en M. de N. en O. &c. que l'on marquera en noir.

On tirera aussi d'un gros trait en noir les lignes de Bases D F. F H &c. Au point H. on fera la ligne H I. Parallele à la Courtine qui sera terminée au Flanc I. *Et ce sera une Regle generale, que d'un point seul on menera une ligne parallele à sa plus proche*: enfin continuant à tirer des lignes des autres points, on aura l'aspect du Plan en élevation; & l'on y pourra donner les ombres, ainsi qu'il sera enseigné dans les pages suivantes.

On remarquera qu'il y a des Angles comme T V X Y Z. &c. dont les Perpendiculaires tombant dans l'enceinte de la Place, ne peuvent servir à montrer l'élevation exterieure des Bastions; Car cette partie exterieure est cachée à l'œil par les hauteurs interieures du Rempart, & du Parapet; ainsi que l'on le pourra remarquer dans la construction que je vais enseigner dans la page suivante.

FIGURE LXIV.

Methode de donner les Hauteurs aux Remparts, Parapets, & Fossez, d'une Place dessinée sur le Papier.

LE Plan étant tracé en lignes blanches, on en viendra à la pratique en cette maniere.

Aprés que l'on aura tiré au dessous du Plan la ligne A B. on donnera l'élevation au Rempart en faisant tomber de ses Angles plus éloignez C D E. des lignes perpendiculaires sur la ligne A B. par le moien de l'Equerre, comme je l'ai expliqué dans la page precedente; Puis on mettra de C. en F. de D. en G. & de E. en H. les deux tiers d'un Flanc de la Place. Ensuite on unira de lignes noires les points F. G. & H. Aux points F. & H. on tirera aussi en noir les lignes F I. & H K. paralleles aux lignes du Rempart C L. & E I. & l'on aura la Base visible du Rempart I F G H K.

On remarquera qu'il n'est pas besoin de faire descendre des Perpendiculaires sur la ligne A B. des Angles du Rempart I M N L. à cause que ces lignes blanches entrent dans la largeur du Rempart, & qu'elles ne peuvent servir à faire voir la hauteur interieure du Rempart O. qui est caché par sa hauteur exterieure P.

Pour donner la hauteur du Parapet, on fera tomber de ses Angles saillans & rentrans des lignes en blanc & perpendiculaires sur la droite A B. & on leur donnera pour hauteur la quatriéme partie du Flanc. Ensuite on les joindra pour avoir le Parapet des Faces, des Flancs, & des Courtines.

On remarquera qu'il n'est pas necessaire de faire tomber les Perpendiculaires dans l'épaisseur des Parapets; car un point suffit pour tirer une ligne parallele à une autre ligne, comme je l'ai enseigné dans la page precedente, en parlant de la Base de la Courtine H I.

Pour le Fossé, on fera aussi tomber de ses Angles saillans & rentrans, des lignes blanches, & perpendiculaires sur la ligne A B. & on les déterminera d'un tiers d'un Flanc de la Place pour representer leur profondeur. On remarquera qu'il est inutile de tirer des Perpendiculaires qui ne tombent pas dans le Fossé, car c'est un indice que du côté d'où elles tombent, on ne peut pas voir la Contrescarpe à cause du niveau de la campagne.

Les Ouvrages exterieurs, comme Ravelins, Demi-lunes, Tenailles, &c. auront leurs hauteurs en tirant de leurs Angles des Perpendiculaires en blanc sur la ligne A B. avec cette remarque, que les Ouvrages qui seront les plus prés du corps de la Place, doivent avoir plus de hauteur que ceux qui en sont plus éloignez.

FIGURE LXV.

159
ENNEAGONE
Echelle
20
40
60
80
100
D
C
G
E
F
H
L
I
T
K
N
M
O
N
M
P
A
B
LIMBOURG

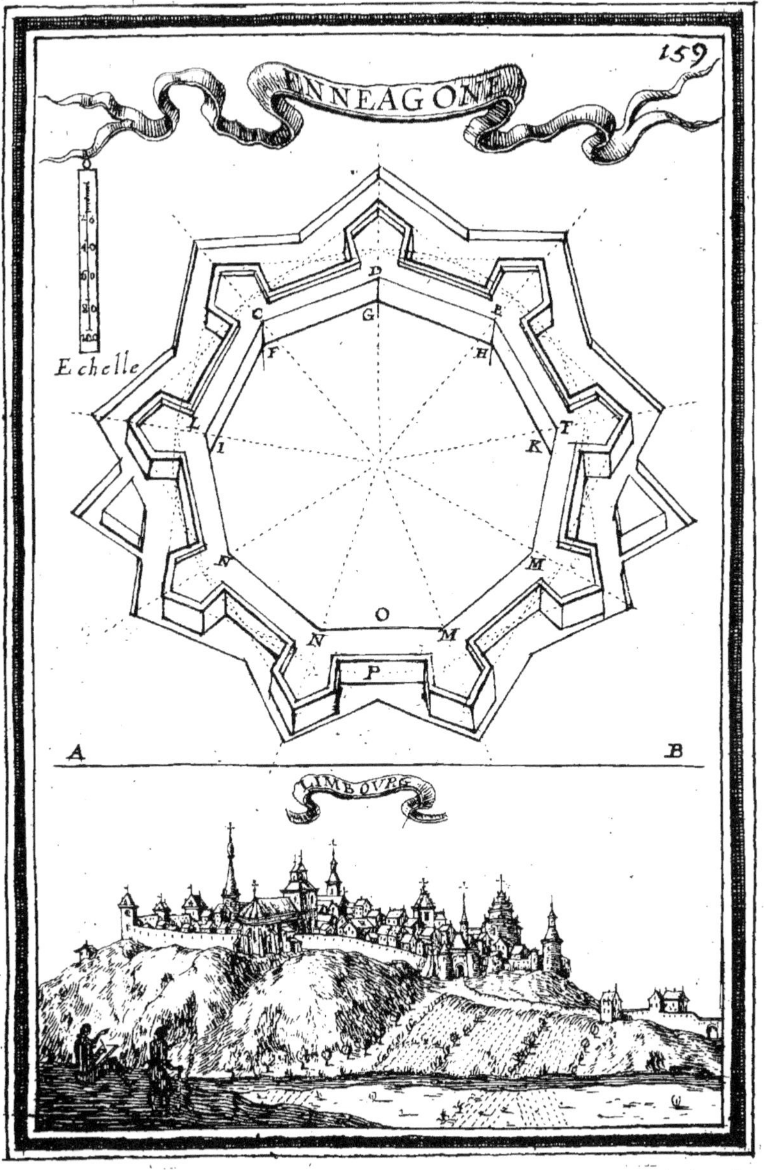

Preceptes pour donner le Talus aux parties d'un Plan élevé selon la Perspective Cavaliere.

On élevera en lignes occultes le Plan, selon les regles de la Perspective Cavaliere, que je viens de donner dans les pages precedentes. Et quoi qu'il n'y ait point de Place fortifiée à la Moderne, avec des revétissemens élevez à plomb ou perpendiculairement sur le rez de chaussée, neanmoins je trouve cette methode d'une grande facilité pour leur donner des Talus sur le papier.

Et je l'affecte d'autant plus, que c'est la veritable maniere que les plus sçavans Architectes pratiquent, quand ils veulent donner le Talus à quelque solide, ayant accoûtumé de le dessiner à plomb pour y marquer ensuite plus facilement les Talus.

Mais quoi qu'il n'y ait point de regles certaines pour donner des Talus aux Plans, à cause que les inclinations ou talus des murailles sont extrémement differens; neanmoins pour contenter ceux qui sont curieux d'en donner à leurs Ouvrages, ils n'auront qu'à se servir des preceptes suivans.

Les lignes qui representent les Vives-arrestes, ou Angles saillans, & celles des murs qui font les Angles rentrans, ne doivent point avoir de talus, en apparence, quand ils sont directement opposez à l'œil qui les regarde. Exemple A. & B.

Les Talus qui sont faits à droit ou à gauche sur les extremitez des Angles flanquez, sont plus sensibles, & paroissent plus incliner à mesure qu'ils s'écartent davantage du milieu du Plan: Ainsi l'Angle C. talute plus en apparence que l'Angle D. & l'Angle E. quoi que dans la nature leurs talus soient égaux.

Les parties saillantes d'un Plan doivent être d'ordinaire representées plus larges par leurs pieds, que vers leur sommet; ainsi la Face F G. est plus large par son pied qu'elle ne l'est à son sommet H I.

Les parties qui viennent de haut vers bas, à l'égard de celui qui les regarde, doivent paroître avec autant de largeur par le pied, que par le haut; ainsi la partie inferieure du Flanc G K. semble n'avoir pas plus de longueur que la superieure I L. ce qui n'est pourtant pas dans la nature.

Les parties qui font face également vers celui qui les regarde, & qui sont accompagnées d'autres parties à leur droite & à leur gauche, ont toûjours leurs pieds de moindre longueur que vers le haut: Ainsi la partie K M. du bas de la Courtine est moins longue que sa partie d'en haut N K. à cause de son Talus.

FIGURE LXVI.

FIGURE LXVI.

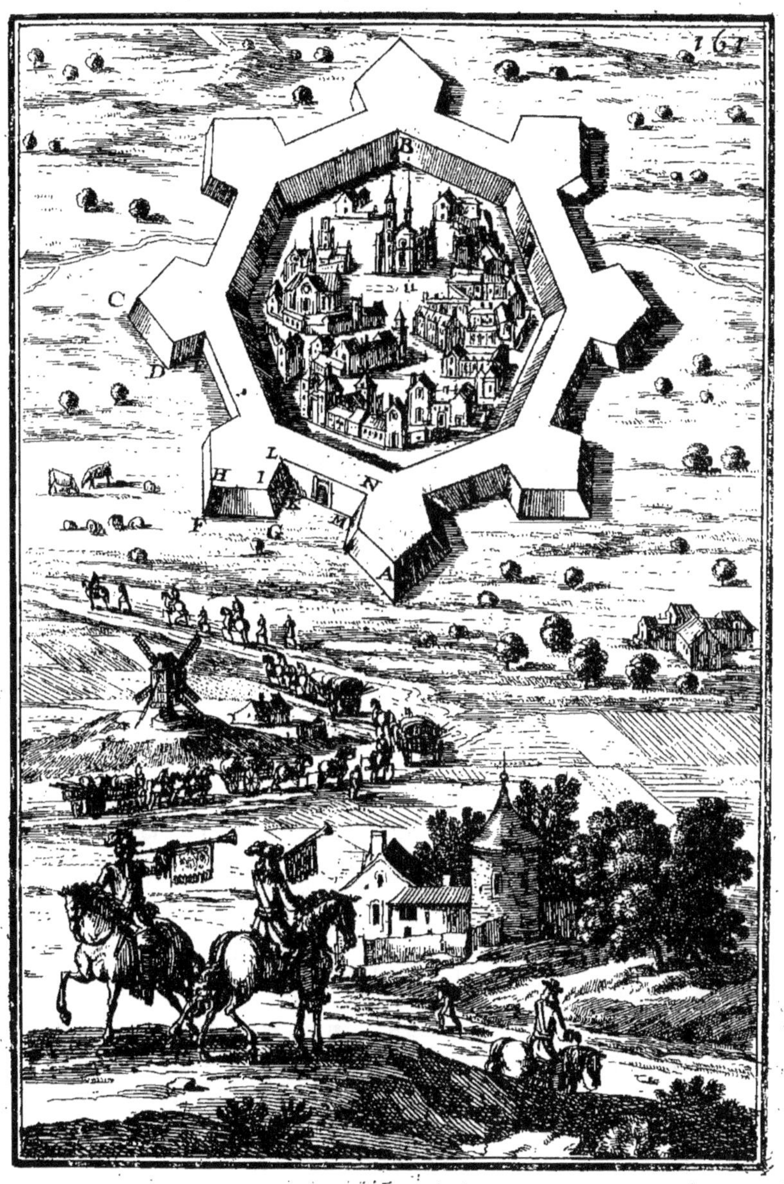

Methode de mettre un Plan en Perspective selon les regles de la Perspective Ordinaire.

LE Plan étant dessiné en lignes blanches, comme on suppose celles du Plan marqué A. on tirera vers le haut du même Plan la ligne droite B C. parallele à une des plus grandes & des plus éloignées du Centre, comme est la Courtine D E.

Ensuite de tous les Angles du Plan, soit saillans ou rentrans, on fera tomber des lignes blanches & perpendiculaires sur cette ligne B C.

Au dessus de la même ligne B C. on en tracera une autre, qui lui sera parallele, & d'une distance prise à volonté, comme est la ligne marquée F G. Ensuite on fixera dessus cette ligne F G. le point H. pris, autant que faire se pourra, vis-à-vis du Centre A. De ce point H. on tirera en blanc des lignes à tous les points où les lignes perpendiculaires du Plan A. viennent tomber sur la ligne B C.

On fera aprés à côté du Plan la ligne I L. parallele à la ligne H A. d'une distance prise à volonté, & sur cette ligne I L. on fera tomber de tous les Angles saillans & rentrans du Plan A. des Perpendiculaires.

Puis on tirera dans un espace particulier la droite M N. portant dessus de M. en O. la distance I L. avec tous les intervalles des points qui s'y rencontrent. Au point O. on élevera la Perpendiculaire O R.

On fera la ligne P Q. parallele à M N. de la distance B F. Puis du point Q. pris à volonté sur cette ligne P Q. on conduira des lignes droites à tous les points marquez sur la ligne M O. qui couperont la Perpendiculaire O R.

On remarquera sur la ligne B C. les points S T. où tombent les Perpendiculaires les plus éloignées du Plan, tant à la droite qu'à la gauche, comme sont ici celles des Angles flanquez B. & G.

A ces points S T. on élevera les deux Perpendiculaires S V. & T X. sur lesquelles on portera de S. & de T. toutes les intersections qui se rencontrent sur la ligne O R. Puis on joindra avec des lignes blanches les mêmes sections de S V. avec celles de T X. & l'on observera où elles coupent les fuiantes de B C. vers le point H. afin qu'unissant toutes les sections avec des lignes noires, selon le rapport de celles du Plan, on ait le Plan en perspective, marqué Z.

FIGURE LXVII.

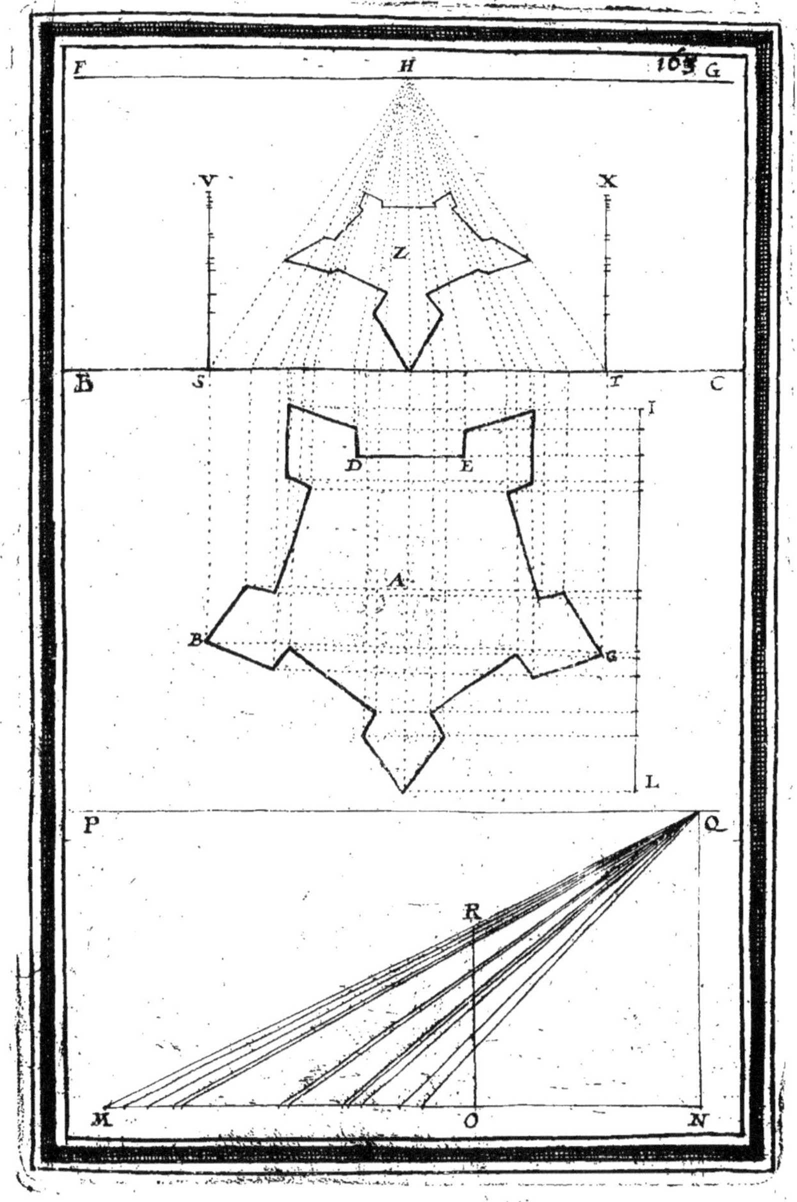

Remarque sur la Methode de mettre les Plans en Perspective Vulgaire.

JE represente ici avec élevation un Pentagone pareil à celui de la page precedente, élevé selon les regles de la Perspective Ordinaire.

On objecte contre cette Methode, qu'elle est fort ennuieuse, principalement à ceux qui sont peu versez dans cette Science, à cause des difficultez qu'ils trouvent à dégager le grand nombre de lignes qu'ils sont obligez d'y tracer.

Ils ajoûtent qu'elle fait ressembler les Places regulieres à des irregulieres, en raccourcissant les lignes, & changeant la proportion de la figure, à mesure que ses parties semblent s'éloigner de l'œil qui la regarde.

A cela on répond, que cette Methode representant les objets comme ils apparoissent dans la nature, est beaucoup plus estimée des Sçavans que la perspective Cavaliere.

Aussi les objections touchant le grand nombre de lignes & la difformité des objets, ne peuvent être faites, que par des gens, qui fuyent le travail, ou qui ne goûtent pas les beautez de l'Optique, & les effets de ses diminutions. Car pour peu que l'on s'applique à mettre quelques Plans en perspective, on sçaura fort bien distinguer les Plans reguliers d'avec les irreguliers; les reguliers ayant toutes les parties de la droite relatives à celles de la gauche, & toûjours d'une même grandeur & d'une même diminution, à mesure qu'elles concourent au point de veuë; ce qui n'arrivera pas dans un Plan irregulier.

FIGURE LXVIII.

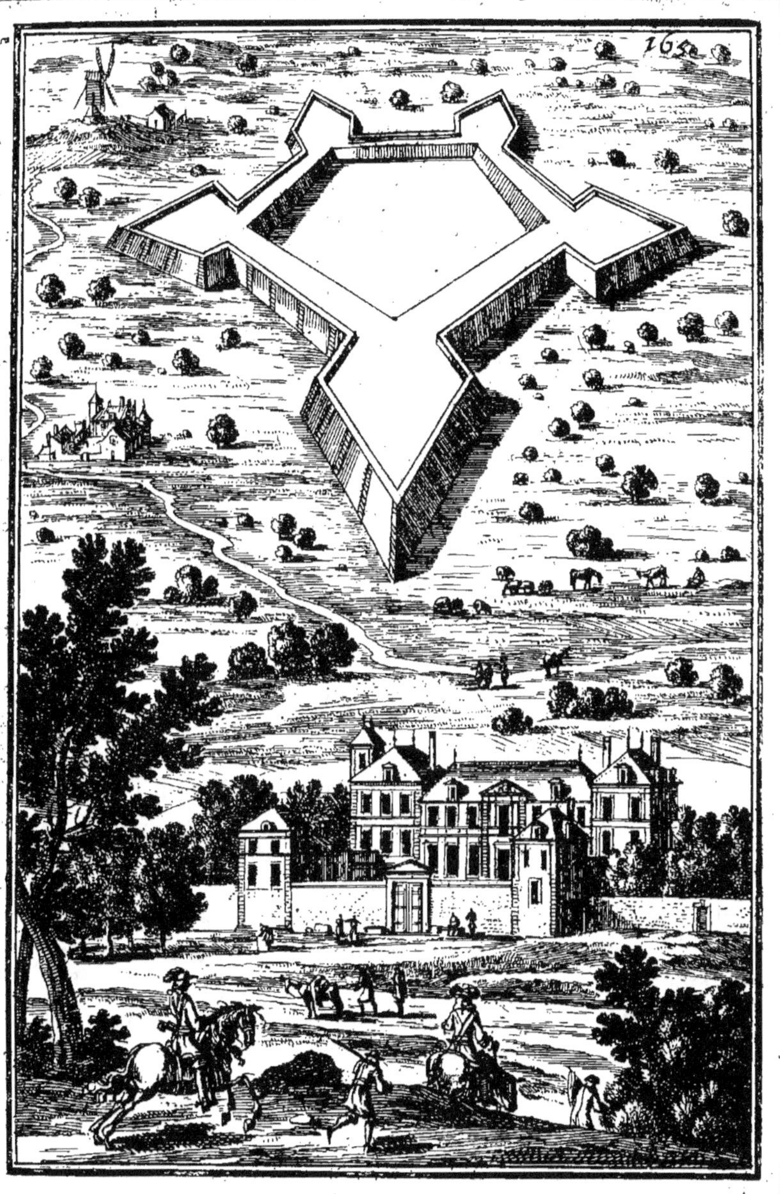

Reflexions sur les Plans élevez, & mis en perspective.

LE Chevalier Antoine de Ville dans son livre de Fortifications imprimé à Lyon en l'année 1628. a donné plusieurs Plans de son invention, dont quelques-uns sont élevez sur les regles de la Perspective Cavaliere, ainsi que je l'ai enseigné dans ce Chapitre.

La plûpart des autres sont élevez & mis selon la fantaisie en maniere de Perspective Vulgaire, comme on le peut remarquer dans les Exemples A. & B. que j'ai tirez du même livre pag. 184.

Ceux qui sont pour cette maniere de representer les Plans sans suivre les regles de la Perspective Vulgaire, disent: Que par cette methode on represente les objets éloignez d'un Plan, ainsi qu'ils apparoissent dans la nature à l'œil qui les voit d'une distance qui n'est ni trop proche ni trop éloignée.

Ils ajoûtent, que, selon leurs regles, les objets éloignez paroissent bien plus sensibles, & se dégagent bien mieux que dans la Perspective Vulgaire, où les parties qui tendent vers le point de veuë, n'ont presque aucune grandeur ni aucune figure.

Pour moi, je me conforme au parti contraire, qui combattant cette methode soûtient, qu'entre les objets égaux, de quelque distance qu'ils puissent être veus, les plus proches paroissent toûjours les plus grands, ou du moins presque égaux, mais jamais plus petits que les éloignez; ce qui est contraire aux pratiques du Chevalier de Ville, puisque la Face C D. est plus grande que celle de E F. dans le Fort B. quoi que la Face E F. soit la plus proche dans le Plan Geometral A. & dans celui mis en Perspective.

Je leur soûtiens aussi, que quand ils font les objets éloignez plus grands, & qu'en même temps ils diminuent ceux des côtez, c'est justement éviter une petite faute pour en faire plusieurs tres-considerables; puisque par cette maniere les côtez des figures n'ont point de longueur, quoi qu'ils soient veus de prés, tandis que les objets veus de front & dans un grand lointain, ont une longueur qui choque les experiences & les effets de la veuë.

Enfin, leur methode n'ayant point de regles certaines, change bien plus la figure d'un Plan regulier que ne fait la Perspective Vulgaire, cette derniere imitant la nature, qui fait diminuer à l'œil & avec ordre toutes les parties d'un Plan selon leur distance, ce que ne font point les Plans de ce Chevalier, en cela contraires à la nature & aux pratiques des meilleurs Peintres & des plus habiles Ingenieurs.

FIGURE LXIX

Methode de donner les Jours & les Ombres aux corps élevez.

AVANT que de traiter en particulier des Jours & des Ombres qu'on donne aux Plans élevez sur le papier, il est bon de sçavoir, que tous les corps opaques, ou non transparans, jettent une ombre toûjours opposée au côté d'où vient le jour; & que quand on veut ombrer, on affecte de marquer les Plans ou Faces qui sont tournées vers la lumiere, par des traits paralleles au côté d'où elle vient; & les parties de ces corps qui sont le plus dans l'ombre, se marquent aussi par des Hachûres qu'on tire de haut en bas.

On appelle en general *Teinte* l'ombre qu'on donne à un corps.

Les Faces les plus exposées à la lumiere ne doivent être ombrées que d'une teinte fort tendre, c'est-à-dire, d'une hachûre qui soit quasi imperceptible, principalement du côté qu'elles paroissent être les plus éclairées. Ainsi qu'il se voit dans les Faces A.

Quand un corps jette de l'ombre sur un autre, on doit remarquer avec soin son rayon de lumiere, afin d'ombrer le dessous plus fortement que le dessus, qui ne doit presque point avoir de teinte. Exemple N.

Quant aux Faces superieures qui ne reçoivent la lumiere qu'en glissant, comme sont les Faces marquées G. elles doivent avoir une hachûre, plus ou moins forte, selon que les Faces seront plus ou moins éclairées les unes que les autres.

Les Faces qui sont opposées à la lumiere doivent être touchées d'une teinte ou trait plus chargé que les autres; principalement quand elles sont fort proches de l'œil qui les regarde. Ce que l'on distingue par le bas du Plan, qui est toûjours pris pour la partie la plus proche de celui qui le regarde; & ainsi le corps Y. est estimé plus proche de l'œil qui les regarde que n'est le corps marqué A.

Quand un corps est élevé sur un autre, son ombre doit diminuer à mesure qu'elle s'éloigne du corps qui est posé dessus l'autre. Exemple Y.

Quand un corps a ses côtez en talus, & qu'il est éclairé de front, son ombre fait la même figure que le corps. Exemple O. Et cette ombre est plus ou moins grande que le corps lumineux est plus ou moins élevé sur l'horison.

FIGURE LXX.

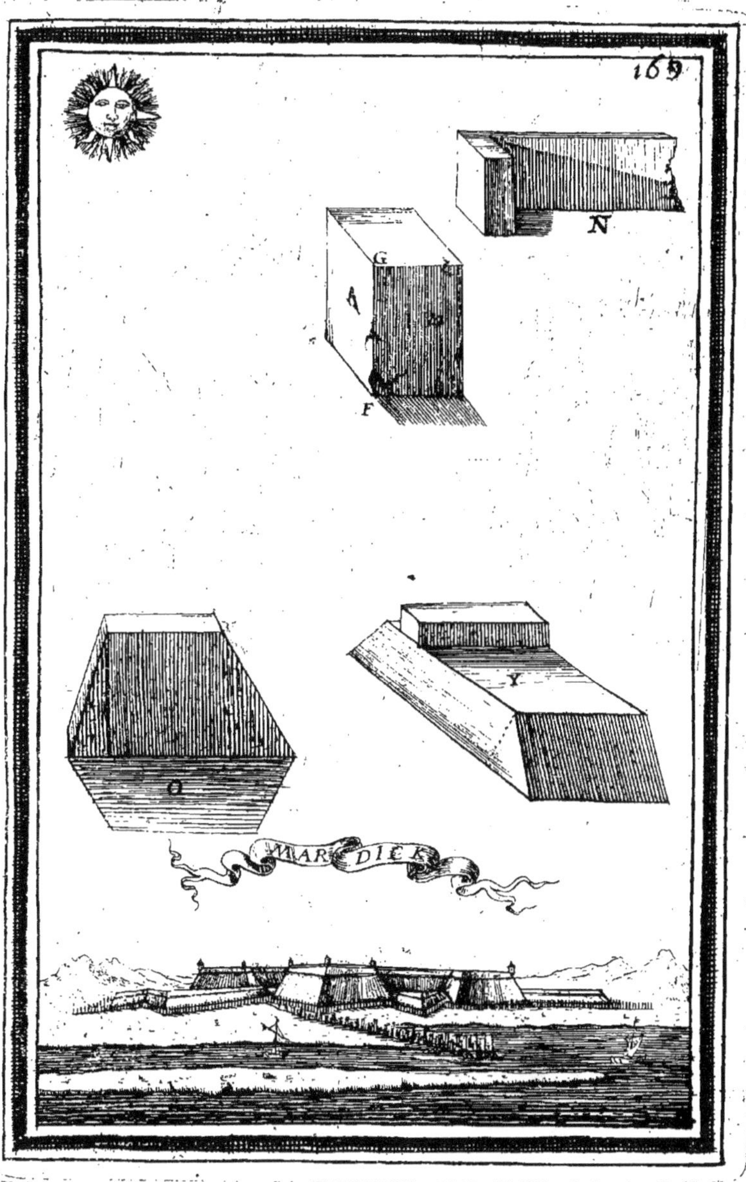

Methode de donner le Jour & les Ombres à un Plan representé avec élevation sur le papier.

POUR donner le jour, & par consequent les ombres, aux Bastions, Remparts, Parapets, Fossez, Ravelins, & autres Ouvrages, que l'on represente d'ordinaire avec quelque élevation sur les Plans que l'on dessine sur le papier, il n'y a qu'à se ressouvenir des Preceptes que j'ai donnez dans la page precedente ; & qu'à pratiquer autant que l'on pourra les Regles suivantes.

Les Ingenieurs, à l'imitation des plus fameux Peintres, feignent presque toûjours que leurs Plans sont éclairez du côté gauche au respect de celui qui les regarde, fondez sur l'habitude que l'on se fait dés le bas âge à regarder les objets de la main gauche vers la droite. Ce n'est pas que cette Regle soit si universelle, que l'on ne les puisse feindre être éclairez d'un autre côté : mais nous nous attacherons à cette maniere, comme étant la plus usitée.

On observera que tout ce qui est élevé ou abaissé vers le côté droit du Plan, qui est la gauche de celui qui le regarde (supposant que le jour vienne de ce côté-la) tout cela, dis-je, doit être touché d'un trait tendre & leger, c'est-à-dire, presque sans aucune hachûre, n'y ayant que les joints des Pierres qui doivent y paroître, si le revétissement en est fait. Exemple A. Au contraire, tout ce qui est vers le côté gauche du Plan, ou vers la droite de celui qui le regarde, doit paroître plus ombragé, selon l'Exemple B. Toutefois avec cette discretion, que ce qui semble être plus proche de celui qui regarde, doit être plus fort, comme C. & finir insensiblement d'une maniere tendre & legere, à proportion que la chose s'éloigne de l'œil, comme D.

Pour les Faces qui ne regardent ni justement la gauche ni precisement la droite, comme E. & F. la touche n'en doit point être ni si forte, ni si tendre, que si elles étoient tout à fait dans l'ombre, ou tout à fait exposées à la lumiere.

Pour celles qui sont paralleles à la Base du Tableau, comme G. elles n'ont qu'une demi-teinte ; avec cette remarque, que l'Angle, qui est du côté d'où vient le jour, doit avoir une teinte forte, & marquée selon le cours de la lumiere. Exemple H.

Si l'on veut feindre que le jour vient éclairer le Plan d'un autre côté, on le pourra supposer, en suivant les mêmes Regles que ci-dessus ; ainsi qu'il se voit dans l'élevation du Fort de S. Lucie, qui sert de Citadelle à la ville d'Elvas en Portugal.

FIGURE LXXI.

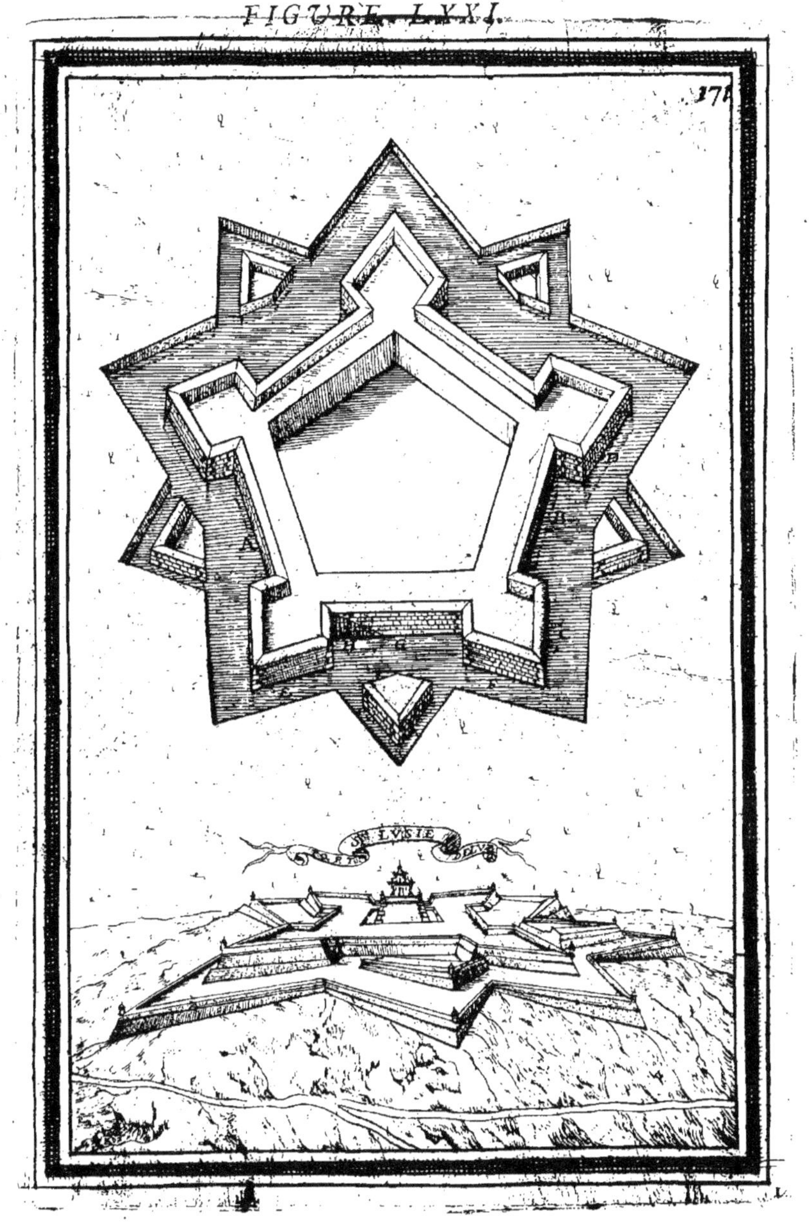

CHAPITRE IX.

De la Methode de Modeler les Plans.

IL n'y a rien qui represente mieux une Place achevée, qu'un Plan élevé en bois ou modelé en terre à Potier, en plâtre, ou de quelque autre matiere solide, & qui puisse obeïr à la main, comme est le plomb.

Il n'y a pas long temps que l'invention de Modeler des Plans est receuë en France, & je croi que celui de Pignerol, que je fis pour le Roi en 1663. devant que je passasse en Portugal, est le premier qui ait été presenté à sa Majesté; je le fis par l'ordre de Mr. le Marquis de Pienne, qui étoit alors Gouverneur de Pignerol, & qui fit ce present au Roi. J'avouë que j'en pris les idées sur l'Ouvrage d'un Ingenieur Italien, mais je puis dire que par là je donnai un Modele en France à beaucoup d'autres, que l'on a fait depuis d'une maniere fort achevée.

Maniere de modeler un Plan avec de la Terre à Potier.

CEUX qui voudront modeler en terre à Potier, feront provision de plusieurs Ebauchoirs ou petits instrumens de bois de differentes grandeurs, quelques-uns seront taillez par un de leurs bouts en lame de couteau, comme on les voit en A. ou taillez en Angle ou en Equerre, comme sont ceux de B. & C. On aura aussi une écuelle ou tasse pleine d'eau, & quelques petits linges ou torchons.

La terre à Potier dont on se servira, doit être nette, & sans petites pierres, à demi-molle & aisée à manier.

Pour faciliter la pratique de modeler à ceux qui n'y ont jamais travaillé, ils commenceront par le dessein d'un Bastion, & le feront le plus grand qu'il leur sera possible, afin d'en mieux distinguer les principales parties & les talus. Sur tout ils ajoûteront la largeur des talus aux environs des Faces des Flancs & des Courtines, comme il est marqué de la lettre D. afin que le Bastion ait sa largeur par en haut quand il sera achevé.

Supposant donc que l'on ait dessiné sur un ais le Plan d'un Bastion, comme celui qui est marqué E. on fichera dans cét ais sur le trait du Rempart & dans sa largeur, quantité de petits cloux ou de grosses épingles, qu'on y fera entrer jusqu'à la moitié de leur longueur, pour arréter & faire tenir la terre à Potier, qui étant seche échapperoit de la planche. Exemple F.

Ensuite il faut applanir & mettre au niveau le dessus de toute la terre à Potier avec un Ebauchoir, que l'on tiendra le plus net qu'il sera possible, en le mouillant & l'essuiant souvent. Exemple F.

L'on fera le talus exterieur de la moitié ou des deux tiers de sa hauteur, en coupant la terre avec un Ebauchoir taillé en lame de couteau, comme il paroît en G. Ensuite sur le dessus de la terre à Potier on marquera l'épaisseur du Parapet. Exemple H. Puis avec les mêmes Ebauchoirs, taillez en lame de couteau & à l'Equerre, on ôtera la terre à Potier du côté de la Place, sans toucher à la largeur du Parapet, & l'on retranchera de cette terre jusqu'à ce que le Parapet paroisse avoir sa hauteur, afin de ménager aprés au pied du Parapet la Banquette I. avec les mêmes instrumens.

Ensuite ayant mis le Terre-plain au niveau, on fera le talus interieur du Rempart L. égal à sa hauteur par le moyen de l'Ebauchoir taillé en lame de couteau. Ainsi le Bastion sera achevé, comme il est marqué en M.

FIGURE LXXII.

De la maniere de modeler les Dehors.

SI l'on se ressouvient de ce que je viens de dire pour modeler un Bastion, il sera fort aisé de modeler en terre à Potier une Place entiere, puisque son enceinte n'est ordinairement formée que de Bastions & de Courtines, principalement aux Places Regulieres. Ce sera même un grand avantage pour modeler les Dehors, en cette maniere.

Supposons que l'on veüille modeler un Ravelin où quelqu'autre Ouvrage, on tracera son Plan sur quelque planche, Exemple A. en ajoûtant à son pied vers la campagne la largeur du talus que l'on lui veut donner.

Puis à l'endroit où doit être le Rempart B. on fichera dans la planche quantité de petits cloux ou épingles, pour tenir la terre plus ferme contre la planche, ainsi que je l'ai dit ci-devant en parlant de la methode de modeler un Bastion.

Ensuite avec un Ebauchoir on unira le dessus de la terre à Potier, en la mettant au niveau ou parallele au dessus de la planche le plus qu'il sera possible. Exemple C. Puis avec l'Ebauchoir taillé en lame de couteau, on coupera la partie exterieure de la terre à Potier pour marquer le talus exterieur du Ravelin, qui talute d'ordinaire de la moitié, quand il est sans revétissement, ou du quart de sa hauteur, quand il est revétu de Brique. Exemple D.

Aprés on marquera proche de ce talus sur le dessus de la terre à Potier la largeur du Parapet, pour ôter avec les Ebauchoirs la terre de dessus le Terre-plain, afin d'avoir la hauteur du Parapet.

On y ménagera aussi la Banquette, & aprés avoir uni le Terre-plain, l'on fera le talus interieur du Ravelin égal à sa hauteur, comme on le peut remarquer dans le Ravelin E. qui est representé veu par sa Gorge.

Le Ravelin F. qui est fraisé, est supposé veu par son Angle flanqué, & le Ravelin G. est veu du côté d'une de ses Faces.

FIGURE LXXIII.

FIGURE LXXIII.

De la methode de jetter en Moule les Bastions & autres Ouvrages modelez.

QUAND on veut modeler une Place Reguliere accompagnée même de ses Dehors, il suffit de modeler un de ses Bastions & les deux moitiez des Courtines qui s'y terminent, y ajoûtant leur Fossé, le Chemin couvert, & le Glacis, ainsi qu'il est figuré par la lettre A. En un mot, des differentes pieces qui composent l'Ouvrage proposé, il suffira de modeler une piece de chaque espece, afin d'en faire des Moules qui serviront aprés à multiplier ces mêmes piéces, & quand elles seront jointes ensemble, elles formeront l'enceinte de la Place que l'on veut representer.

Pour faire les Moules dans leur perfection il faudra que les piéces modelées soient taillées en telle sorte, que les parties les plus élevées soient plus étroites par en haut que par leur pied, & qu'il n'y ait point de concavité plus large par le bas que vers le haut, afin que la piéce jettée en moule puisse plus facilement se déchausser.

La piéce à modeler étant donc taillée selon les precautions que je viens de dire, on la posera à niveau dans un baquet qui aura des bords de tous côtez, comme il est marqué en B. ou bien on la posera sur une planche, où l'on fera un rebord avec de la terre à Potier, ou avec quelqu'autre matiere. Ensuite ou huilera de toutes parts la piéce modelée, principalement dans les Angles rentrans, & dans les autres concavitez, qui pourroient retenir le plâtre dont on veut faire le moule.

Pour faire le Moule, on prendra du plâtre en pierre, que l'on broyera le plus fin qu'il sera possible ; puis ayant mis de l'eau dans une Auge, on y jettera ce plâtre avec la main legerement & par petites pincées : & lorsque le plâtre commencera à se prendre, on le coulera sur la piéce moulée, jusqu'à ce qu'elle en soit raisonnablement couverte, & sans y toucher on le laissera prendre sa consistance.

Enfin lorsque l'on connoîtra qu'il est bien pris, on renversera la planche ou la piéce modelée, & l'ayant tirée l'on trouvera son moule dans le plâtre.

Pour se servir de ce moule, aprés qu'il sera bien sec, on l'huilera de toutes parts, & l'on y jettera le plâtre, ou bien mieux de la pâte de carton, que l'on coulera de la même maniere que je viens de dire. Ainsi on fera facilement autant d'une même piéce que l'on en desirera, ayant soin aprés que l'on les aura retirées du moule, de les reparer, en ôtant ce que le moule y auroit laissé d'imparfait.

FIGURE LXXIV.

Methode de representer avec du bois un Plan en Relief.

LE Plan étant dessiné d'une grandeur prise à volonté sur quelques Planches de bois de sapin, ou d'autre bois aisé à couper, on se servira de bois de tilleau pour faire les Bastions & Dehors; car ce bois ayant fort peu de nœuds, se taille nettement.

Ce tylleau étant scié de la hauteur que l'on veut donner au Rempart du Plan, on le taillera en plusieurs longues parcelles, dont les unes répondront à la longueur des Courtines, & à la largeur du Rempart. Exemple A. Les autres égaleront la capacité des Bastions. Exemple B.

Puis unissant toutes ces piéces ensemble avec de la colle forte, on formera l'enceinte du Rempart de la Place. Exemple C.

Ensuite avec des Fermoirs ou petits ciseaux marquez D. on taillera le talus exterieur & interieur du Rempart, selon la pente que l'on leur veut donner; quand l'exterieur represente de la pierre ou de la brique, on lui donne la quatriéme partie de sa hauteur; pour l'interieur, qui represente la pente du Rempart du côté de la Ville, il est égal à la hauteur du même Rempart, comme nous l'avons déja remarqué dans les pages precedentes.

Pour faire le Parapet du Rempart, on en fera un petit Panau ou Profil, c'est-à-dire, on coupera un petit morceau de carton ou de bois. Exemple E. qui representera la hauteur, la largeur, & le talus du Parapet, sans oublier sa Banquette. On donnera ce petit Profil à un Menuisier, ou plûtôt à un Ebeniste (ce dernier ayant des verlottes plus fines, & lui plus d'adresse à pousser des moulures que le premier) & ils en feront de grands morceaux, en forme de regles. Exemple F. On les taillera ensuite selon les differentes grandeurs des Courtines, des Flancs & des Faces tout à l'entour du bord exterieur ou revétissement du Rempart.

On peint d'ordinaire les Remparts & les Parapets de couleur de terre.

Le revétissement du Rempart se peindra en façon de pierre ou de brique, selon la nature de l'ouvrage que l'on voudra representer. Quand il est de pierre, on peint de blanc tout le talus exterieur, & l'on trace avec une plume les liaisons avec du noir: Et quand il est de brique, on le peint de rouge, & l'on marque les liaisons avec du blanc.

FIGURE LXXV.

Le Fossé se taillera dans la planche selon la largeur que l'on lui aura prescrite en traçant le Plan, & l'on donnera à sa Contrescarpe le talus qu'on aura déterminé.

Quand on veut representer le Fossé sec, on le peint d'une couleur de terre ; mais si on le veut plein d'eau, l'on y coulera au fond & par dessus du talc ou du verre.

Pour faire le Parapet & la Banquette du Chemin couvert, ou ce qu'on appelle du nom general de Glacis, on fera un Profil de carton ou de papier, à peu prés pareil à celui qu'on a fait du Rempart, celui du Glacis ayant son talus superieur bien plus étendu. Exemple G. de la page precedente. On donnera ce Profil à un Ebeniste pour en avoir de longues parcelles, que l'on taillera ensuite selon la disposition du Glacis du Plan.

Les Palissades que l'on pose sur la tête du Glacis, sont faites ordinairement de dents de Peigne.

Pour les Ravelins, les Demi-lunes, & les autres Dehors, on fera leur Rempart de bois de tilleau ; & des pareils morceaux dont on a fait les Parapets & les Glacis de la Place, on en fera aussi leurs Parapets & Glacis.

Si l'on veut representer quelques hauteurs aux environs de la Place, on se servira de carton, que l'on enfoncera ou élevera avec de la colle forte, ou bien mieux d'une plaque de plomb fort mince, qu'on élevera ou enfoncera avec un petit marteau de bois, jusqu'à ce qu'on imite les élevations, ou hauteurs des montagnes proposées. Et pour cacher la couleur du plomb, on le peindra selon celle de la Montagne, ou bien on y collera de la laine, que les Tondeurs tirent de dessus les serges & les draps qu'ils accommodent ; ce qui servira aussi pour representer les campagnes, & leur donner les differentes couleurs que le terrain exige.

Le Tronc des arbres se fait d'un fil de Richard, plus gros que celui dont on se sert pour faire leurs branchages ; On donne à ces arbres la figure de ceux que l'on veut imiter, & on charge leurs branches de laine de Tondeurs, pour y representer leurs feüilles.

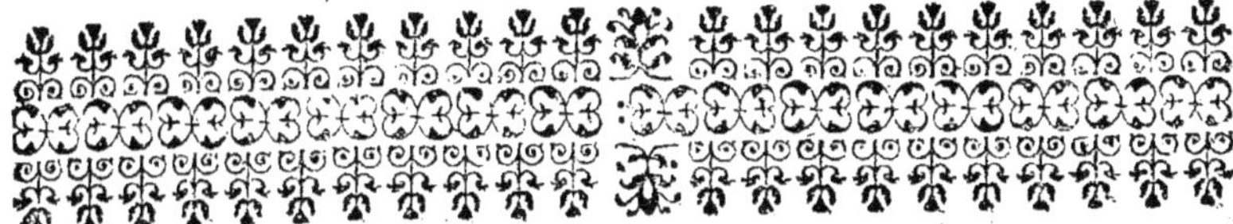

CHAPITRE X.

De la Construction des Places sur le Terrain.

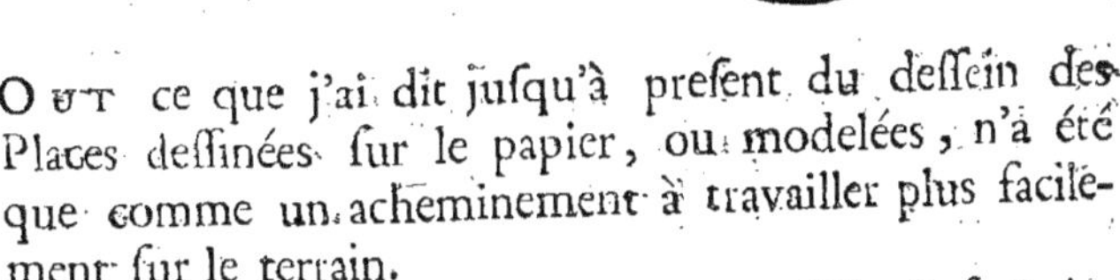

TOUT ce que j'ai dit jusqu'à present du dessein des Places dessinées sur le papier, ou modelées, n'a été que comme un acheminement à travailler plus facilement sur le terrain.

Et c'est ici la pratique la plus necessaire à sçavoir, puis qu'elle contient la fin de tout ce que nous avons dit dans les Chapitres precedens. L'on y reüssira avec d'autant plus de facilité, qu'on aura mieux retenu ces mêmes Regles : car elles sont aussi generales pour tracer les Plans sur le terrain, qu'elles ont été faciles pour les dessiner sur le papier.

Des instrumens qui servent à tracer l'enceinte des Places sur le Terrain.

LEs Instrumens les plus commodes pour tracer les Fortifications sur le Terrain, sont les Piquets & les Cordeaux.

Les Piquets sont de deux manieres, grands & petits.

Les grands ont environ quatre à cinq pieds de longueur, & quelquefois plus : Ils servent pour aligner, ou tirer des lignes droites dans les valons, & autres lieux embarassez de petits Buissons, Brossailles, ou Jardinages.

Les petits Piquets sont d'un pied ou deux de long, & servent pour tendre les Cordeaux contre terre, à l'uni desquels on béche ou seillonne la terre, les uns & les autres sont marquez de la lettre A.

Les Mailloches sont aussi de deux manieres, grandes & petites, & sont marquées de la lettre B. Elles servent à enfoncer les Piquets.

Les Cordeaux C. doivent être de plusieurs sortes. Les gros servent pour aligner aux travers des Buissons, & terres labourables, & les plus déliez, pour faire les Perpendiculaires, & pour tracer les lignes de Défence.

La Béche D. sert à seillonner ou bécher la terre le long des Cordeaux, & cette terre étant levée, montre le dessein de la Place au défaut des Cordeaux.

Le Hoyau F. sert à transporter les terres pour vuider les Fossez & élever les Remparts & les Parapets des Places.

L'Angle de Bois G. qui est formé de deux Regles attachées & mouvantes ensemble par un de leurs bouts, & qui sont arrétées d'une troisiéme, sert à tracer les Angles du Polygone, lors qu'on ne peut avoir le Centre de la Figure.

Le Plan H. dessiné sur le papier, ainsi que l'on le veut dessiner à tracer sur le terrain, sert à donner la grandeur des lignes, & les ouvertures des Angles.

Le Demi-Cercle L. divisé en ses 180. Degrez ou parties égales, donne le nombre des Degrez qui mesurent les Angles.

La Toise M. marquée de ses six pieds, donne les mesures, les pieds & les poûces en lignes, qui servent pour la Construction des Places, & de leurs parties.

FIGURE LXXVI.

Methode de tracer des Circonferences sur le Terrain.

On ne fait guere sur le terrain de Circonference avec le Cordeau, si ce n'est dans les lieux de fort petite étenduë, parce qu'il faudroit souvent abattre les Hayes, Buissons & Brossailles, même applanir ce qui est élevé, ou rehausser ce qui est creux; autrement le Cordeau n'y pourroit pas glisser, ni passer par tout également; neanmoins ces difficultez surmontées, on les pourroit tracer en cette maniere.

On fichera un Piquet au lieu où l'on desire faire le Centre de la Circonference, comme en A. & à ce piquet on attachera un Cordeau de l'étenduë du Demi-diametre, que l'on donne à la Circonference. Au bout de ce Cordeau on mettra un piquet, avec lequel on tracera la Circonference sur le Terrain, en tournant au tour du Centre; Mais avec cette precaution, qu'il faut tenir ce piquet bien à plomb; car si on biaise sa pointe vers le Centre, il diminuë la Circonference, comme en l'Exemple B. Au contraire il l'augmente, comme en C. Mais étant lié vers le haut & le bas de deux Cordeaux, comme en D. ce piquet se conservera toûjours à plomb.

Mais si le lieu se trouvoit rabotteux, ou tellement incommodé, qu'on ne pût pas tout à fait l'applanir, il faudroit alors prendre une gaule, ou plusieurs jointes ensemble, de la longueur du Demi-diametre, comme il est marqué en E. A ses deux extremitez elle sera percée, afin d'être mobile, en la mettant au piquet du Centre F. Et à l'autre trou, qui sera à son extremité G. on passera une Corde chargée d'un plomb; Puis en faisant tourner cette regle à l'entour du Centre, on aura soin de lâcher, ou d'élever le plomb selon l'occasion, & d'observer les points qu'il marquera dans les lieux concaves H. dans ceux qui sont élevez I. ou applanis K. afin qu'en joignant ces differens points les uns avec les autres, on ait le trait de la Circonference aussi bien dans les parties concaves, que dans celles qui sont élevées.

FIGURE LXXVII.

Construction des Places Regulieres sur le Terrain par le moyen de leur Echelle.

LA Circonference étant tracée selon les Regles precedentes, on la divisera en autant de parties égales, que l'on desirera de Bastions, comme dans cét Exemple en cinq parties A B C D E. pour avoir un Pentagone. Puis les côtez du Polygone étant marquez par des Cordeaux, aussi bien que les lignes du Centre, on suivra les mêmes regles que nous avons enseignées dans le Chapitre de la Construction des Places, ou si l'on a un Plan tout fait avec son Echelle, on se servira des pratiques suivantes.

Si les Capitales des Bastions considerées sur le Plan contiennent trente-trois parties de l'Echelle, & un tiers d'une de ces parties, on mettra trente-trois toises, & deux pieds qui sont relatifs aux divisions de l'Echelle, sur tous les Cordeaux prolongez au de-là des Angles des Polygones, vers l'extremité des Cordeaux qui détermineront les Capitales, comme de A. en H. & B. en L. & C. en R. & ainsi des autres, où l'on fichera de longs piquets.

Puis si les Demi-gorges des Bastions du Pentagone dessiné sur le papier ont vingt parties de l'Echelle, on mettra vingt toises d'une part & d'autre des Angles du Polygone du Terrain, sur les côtez du même Polygone, pour y déterminer les Demi-gorges, comme de C. en O. & de C. en N. de B. en T. & de B. en G. ainsi des autres Demi-gorges où l'on plantera des piquets.

Puis de ces piquets on étendra des Cordeaux aux Capitales opposées comme R T. N L. L F. & ainsi des autres lignes de Défense, & regardant sur le Plan combien chaque Face contient de parties sur l'Echelle; comme ici quarante-huit, on mettra quarante-huit toises sur ces Cordeaux, qui representent les lignes de Défense de part & d'autre des Capitales, comme de R. en S. & de L. en V; & ainsi des autres Faces où l'on fichera des Piquets.

Puis on attachera un Cordeau au piquet de la Demi-gorge N. & l'on l'étendra à l'uni du piquet S. de la Face R S. pour avoir le Flanc déterminé N S. ce qui étant pratiqué par tout d'une même façon, on achevera le Pentagone sur le Terrain, ainsi qu'il est dessiné sur le papier.

FIGURE LXXVIII.

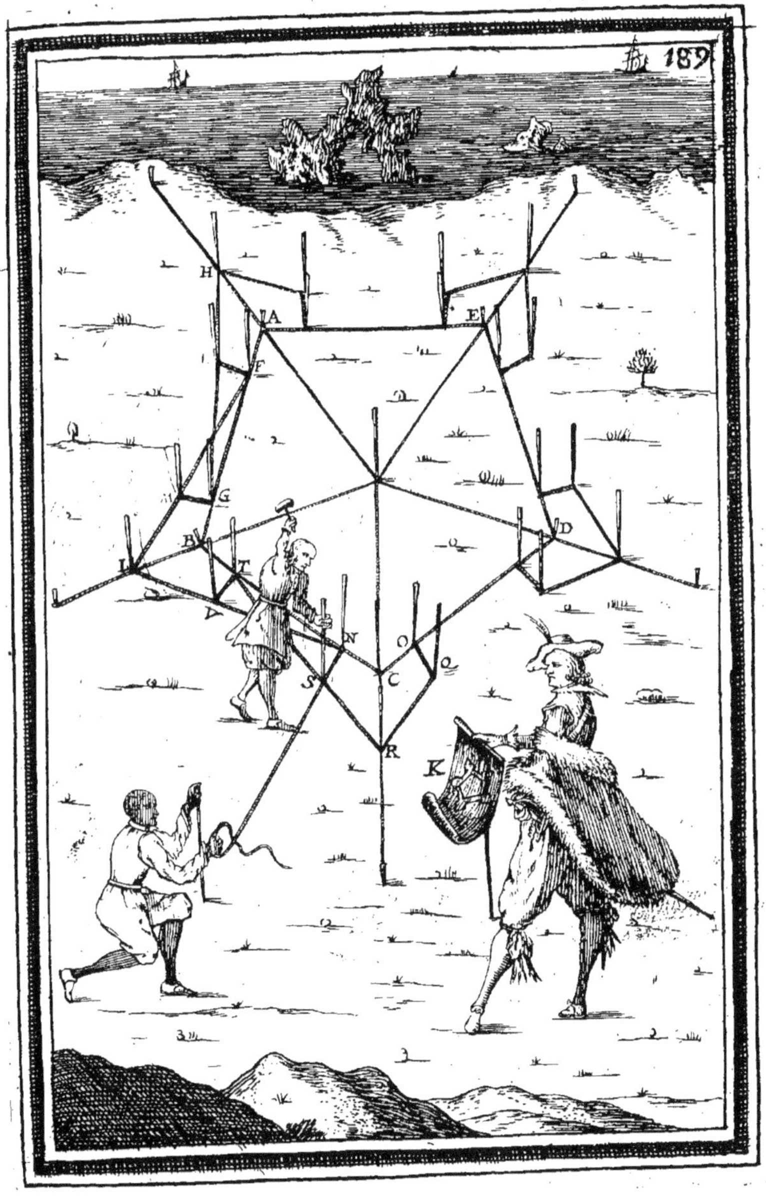

Conſtruction ſur le Terrain des Places Regulieres, deſquelles on ne peut avoir le Centre.

JE ſatisfais ici à la plus grande difficulté qui ſe rencontre dans la Conſtruction des Places ſur le Terrain, qui eſt de pouvoir tracer les côtez du Polygone, ſans être obligé de décrire une Circonference autour des lieux, dont on ne ſçauroit avoir le Centre; j'en donnerai ici la Methode par le moyen de l'Angle de la Figure.

Cét Angle du Polygone ou de la Figure ſe trouve, en diviſant 360. Degrez par le nombre des côtez du Polygone; puis on ôtera le quotient de 180. Degrez, le reſte donnera l'Angle du Polygone. Par exemple, voulant avoir l'Angle de la Figure d'un Pentagone, on diviſe 360. Degrez par cinq, qui eſt le nombre des côtez du Pentagone, le quotient donnera 72. qui étans ôtez de 180. donneront 108. Degrez pour la valeur de l'Angle que l'on cherche.

Soit A. une Place que l'on deſire fortifier en Pentagone, à l'entour de la quelle on ne peut décrire aucune Circonference pour y tracer les côtez du Polygone.

On ſe ſervira de l'Angle de bois B. & l'on poſera le point de l'Angle au Centre du Demi-cercle D. faiſant convenir la branche de l'inſtrument le long du Diametre du Demi-cercle; puis on ouvrira l'autre branche juſqu'à ce que toutes les deux forment l'Angle de la Figure, qui eſt ici de 108. Degrez. On arrêtera alors ſes deux branches avec une regle marquée D. & ces trois piéces étant bien attachées ou cloüées enſemble on s'en ſervira ainſi.

On fichera en terre un grand piquet où l'on deſire faire le Centre d'un Baſtion, comme au point F. & y poſant l'Angle de bois, on étendra un cordeau le long d'une de ſes branches K. ce cordeau ſera déterminé en G. par la longueur de 100. ou 110. toiſes, qui ſeront la longueur du côté du Polygone; on mettra un piquet au point G. On tranſportera enſuite l'Angle de bois au piquet G. & l'on fera convenir le côté de l'Angle de bois avec le côté effectif F G. puis on tendra un cordeau le long de l'autre jambe X. & l'on lui donnera l'étenduë du côté du Polygone juſqu'en H. où l'on fichera un autre piquet.

Au point H on tranſportera encore le même Angle de bois pour appliquer & faire convenir le côté de l'inſtrument avec le cordeau, & étendre de ce même piquet le cordeau le long de l'autre côté pour déterminer de H. en I. la même longueur d'un côté du Polygone.

Et continuant ces pratiques aux points I. & L. l'on formera la figure, & l'on aura les cinq côtez du Polygone que l'on s'étoit propoſé.

FIGURE LXXIX.

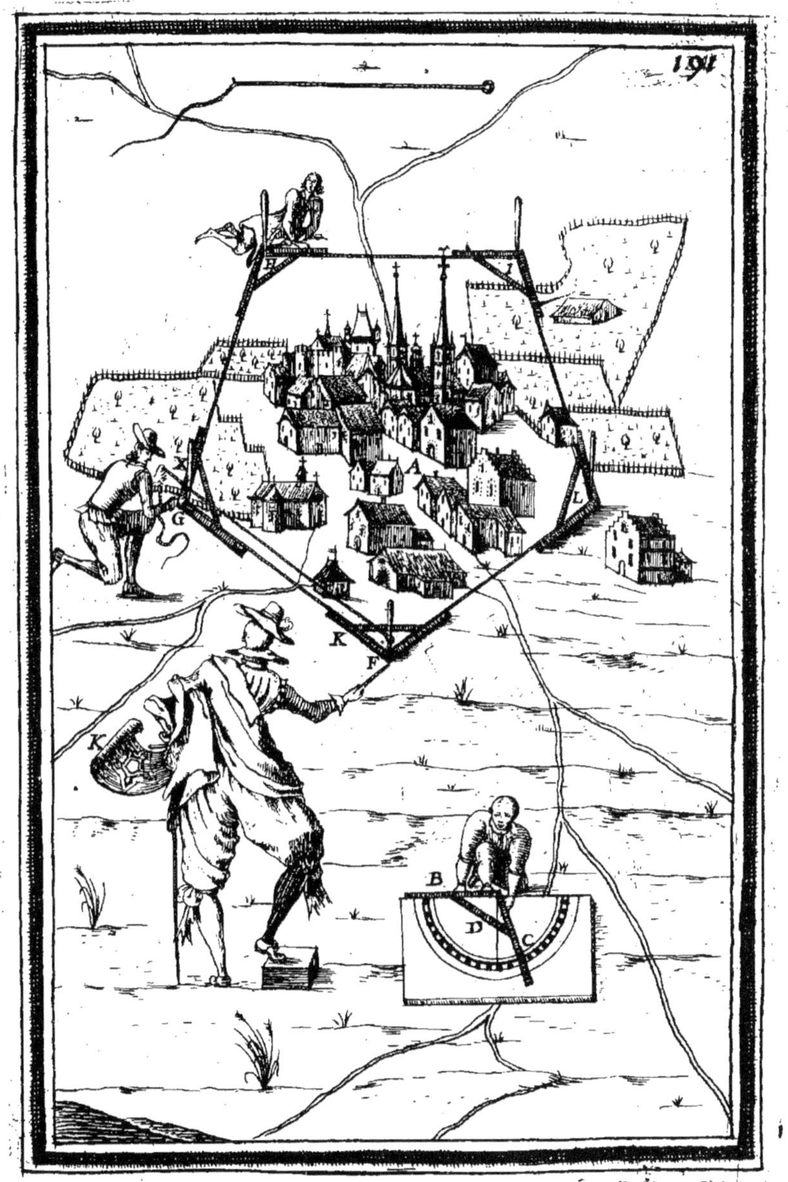

Methode de tracer sur le Terrain les Bastions des Places Regulieres.

LEs côtez du Polygone étant tracez sur le Terrain, par le moyen de l'Angle de bois, ainsi que je l'ai expliqué dans la page precedente, ou par quelqu'autre maniere, on tracera en cette façon les Bastions qui doivent couvrir les Angles des Polygones, supposant que le Plan qu'on s'est proposé, ait été dessiné à part avec son Echelle. Exemple A.

On mesurera sur les côtez du Polygone, d'une part & d'autre des piquets A B C. &c. autant de toises pour former A E. A D. B L. &c. que les Demi-gorges du Plan K. contiennent de parties de leurs Echelles; comme par exemple 20. toises au Pentagone, supposant que l'Echelle qui est toûjours de la longueur d'un côté de Polygone, ait été divisée en 100. parties égales.

Pour les Capitales, on mettra aux piquets de chaque Demi-gorge E. & D. deux cordeaux d'une même grandeur, pour les joindre ensemble en F. afin que le cordeau A F. serve de ligne du Centre prolongé, sur le cordeau A F. On posera pour Capitale autant de toises de A. en G. que la Capitale d'un Bastion du Plan a de parties prises sur l'Echelle.

Pour les Faces & les Flancs, on se servira de deux cordeaux, dont l'un attaché au sommet de la Capitale G. aura autant de toises que la Face d'un Bastion du Plan contient de parties prises sur l'Echelle; l'autre cordeau sera attaché au piquet de la Demi-gorge E. & aura aussi autant de toises, que le Flanc du Bastion dessiné sur le papier a de parties. Ces cordeaux se joignant en H. on aura déterminé sur le Terrain la Face G H. & le Flanc H E.

La pratique étant reïterée par tout ailleurs achevera le Pentagone sur le Terrain, la même chose s'observera en toute autre figure.

FIGURE LXXX.

FIGURE LXXX.

Methode de tracer sur le Terrain, les Remparts & les Fossez.

LES Bastions des Places étant marquez sur le Terrain avec des Cordeaux tendus, on tracera aux environs les Remparts & le Fossé, en cette maniere.

Pour tracer le Rempart, on prendra dans le Plan K. sur la ligne du Centre, la largeur du Rempart, comprise depuis l'Angle du Polygone, jusqu'à l'Angle interieur du même Rempart.

On portera cette largeur sur l'Echelle, pour observer le nombre des parties qu'elle contient, & l'on mesurera autant de toises sur tous les Cordeaux E B. F C. qui representent les lignes du Centre, à commencer au point E. & F. qui marque le Centre du Bastion, tirant vers le Centre de la Place. On plantera des Piquets à chaque extremité de ces mesures B. & C. & tirant des Cordeaux d'une extremité à l'autre. on aura tracé le Rempart.

Mais s'il arrivoit qu'on n'eût point de Cordeaux qui representassent les lignes du Centre, comme il arrive aux Places dont le Centre est inaccessible, alors on attachera un Cordeau au Piquet R. pointe du Bastion, afin de prolonger la Capitale R D. vers le dedans de la Place, comme D A. l'on donnera à D A. le nombre des toises destinées pour l'épaisseur du Rempart, dans le Plan K.

Pour le Fossé, on observera sur une ligne du Centre prolongée au de-là des Bastions du Plan K. combien la largeur du Fossé y contient de parties prises sur l'Echelle, & l'on mettra sur les Cordeaux qui representent les Capitales prolongées F G. & H I. autant de toises de G. en L. & de I. en M. A chaque point on y plantera des Piquets, afin que les Cordeaux tendus des Angles des Epaules N. & O. à ces mêmes Piquets, donnent sur le Terrain la largeur du Fossé. Et L P M. sera la Contrescarpe, & en continuant la même chose, on achevera le Fossé tout autour de la Place.

FIGURE LXXXI.

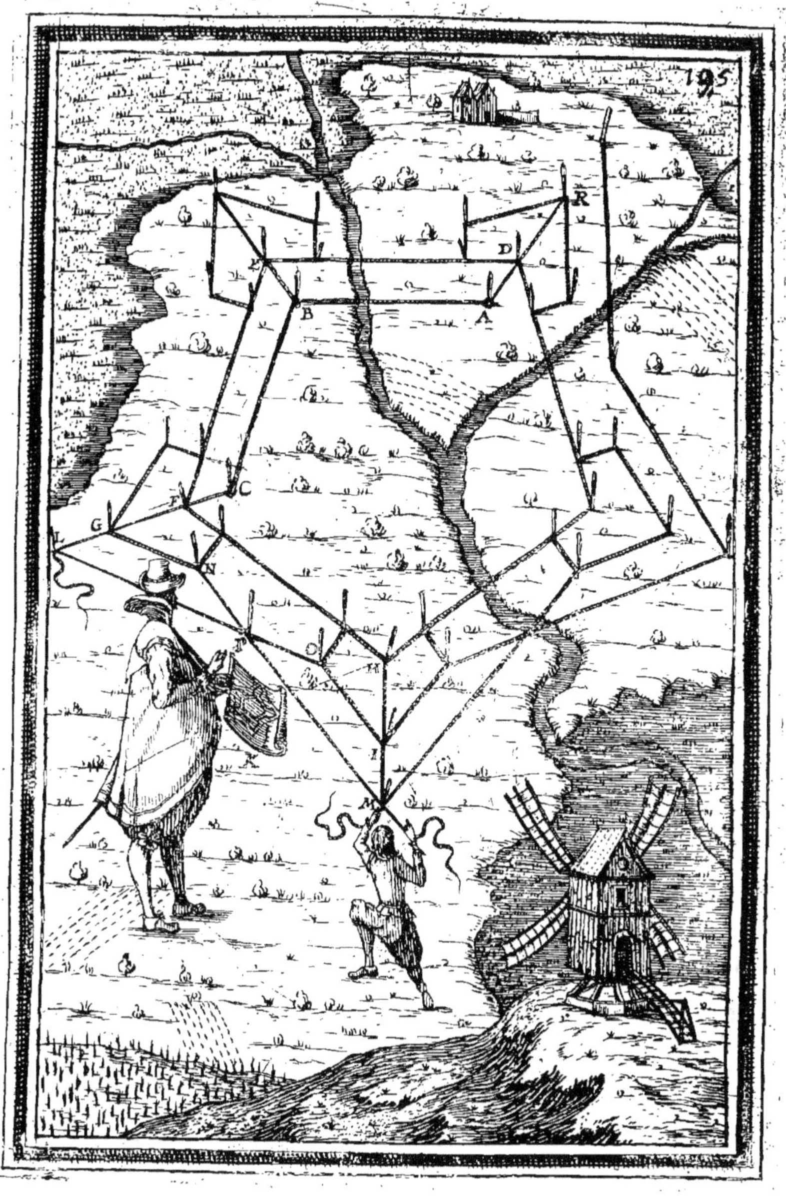

Construction des Ravelins & Demi-lunes sur le Terrain.

LE Corps de la Place & son Fossé étant tracez sur le Terrain avec des Cordeaux tendus, on fera les Ravelins & Demi-lunes en cette maniere.

Pour le Ravelin, on regardera dans le Plan K. dessiné sur le papier, combien les Gorges d'un Ravelin contiennent de parties de l'Echelle, afin de mettre autant de toises sur le Terrain depuis O. qui est l'Angle rentrant de la Contrescarpe jusqu'en P. & R. On plantera les Piquets à tous ces points, puis on attachera deux Cordeaux à ces Piquets, chacun d'autant de toises que les Faces du Ravelin dessiné sur le Plan, contiennent de parties de l'Echelle du Plan. Ensuite on joindra ces deux Cordeaux en X. où l'on plantera un Piquet, & le Cordeau, qui sera tendu le long des Piquets O P X R. donnera le Ravelin, à l'entour duquel on fera un Fossé parallele aux Faces, & large de la moitié du Fossé de la Place. Exemple G.

Pour la Demi-lune A. on la tracera sur le Terrain, en prolongeant avec les Cordeaux les Faces & Capitales du Bastion, au devant duquel on la veut élever. Aprés on prendra la distance comprise depuis la pointe du Bastion D. jusqu'au point où la Contrescarpe coupe les Cordeaux des Faces prolongées, comme en B. & C. De cette distance on tracera la Gorge de la Demi-lune B E C. & l'on plantera des Piquets à ces mêmes points B E C. puis on regardera sur le Plan K. combien la Capitale de la Demi-lune a de parties mesurées sur l'Echelle, afin de mettre sur le Terrain autant de toises de E. en F. pour la Capitale de la Demi-lune E F. Au point F. on mettra un Piquet; puis on regardera sur le Plan K. combien les Flancs de la Demi-lune contiennent de parties de l'Echelle, afin de mettre autant de toises sur les Cordeaux du Terrain des Faces prolongées, comme ici de B. en I. & de C. en L. où l'on plantera des Piquets, & le Cordeau qui tournera autour, donnera sur le Terrain la Demi-lune A. devant laquelle on fera un Fossé de la moitié de celui de la Place, & les Remparts & Parapets, selon les mesures que nous avons déja données.

La même methode servira pour tous les autres Dehors.

FIGURE LXXXII.

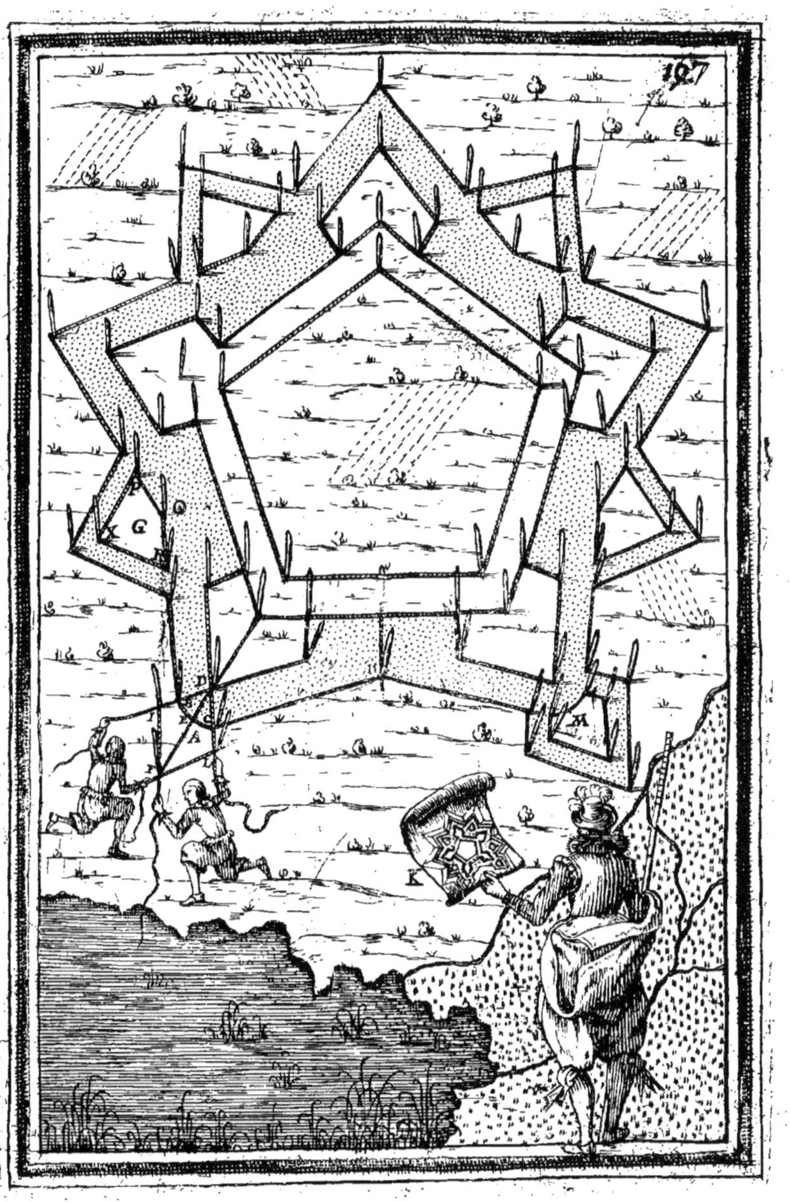

CHAPITRE XI.

De la Maniere de lever les Plans pour les representer sur le papier.

AVANT que de nommer les Instrumens qui servent à lever les Plans, j'avertirai le Lecteur, que les plus simples & les plus grands sont toûjours les meilleurs, & que pour lever les Plans dans leur justesse, il n'y a point de voye plus assûrée que celle de mesurer leurs côtez avec la toise effective, & prendre leurs Angles avec le Mesurangle, & que tous les autres Instrumens, comme la Bussole, le Compas de Proportion, le Graphometre, l'Astrolabe, les Miroirs, la Planchette, & tant d'autres, que les Geometres ont inventé, servent plûtôt à la curiosité, qu'à la pratique, principalement quand c'est pour lever un Plan avec exactitude ; car les Instrumens composez ne donnent jamais les Angles aussi precisement que fait le Demi-cercle.

Des Instrumens qui servent à lever les Plans, & les rapporter sur le papier.

JE represente en cette page les Instrumens que l'experience m'a fait reconnoître être les plus commodes & les plus justes de tous ceux que j'ai plusieurs fois mis en usage dans les Plans que j'ai levez.

Le premier marqué A, que j'appelle Mesurangle, sert à connoître la valeur de toutes sortes d'Angles, rentrans & saillans. Cét Instrument se fait d'ordinaire de cuivre, en cette maniere.

L'on prend deux lames de cuivre, chacune environ de trois poûces de large, & d'un Ecu blanc d'épaisseur. Sur l'extremité d'une de ces lames, on gradura un Demi-cercle, ou 180. Degrez, & à l'extremité de l'autre lame, justement au milieu de sa largeur, comme au point H. on laissera une petite rondeur, afin d'y faire un trou, qui s'appliquera & rivera justement au Centre du Demi-cercle de la premiere lame, pour avoir le mouvement libre.

On peut allonger ces deux lames de cuivre par deux autres de bois, bien dégauchées, & de même largeur, entaillées l'une dans l'autre, comme il se void dans l'Instrument, marqué A.

L'Instrument marqué B. est une Bussole, qui sert aussi à connoître les Angles : mais d'une autre maniere que le Mesurangle, comme je l'expliquerai ci-aprés.

On fait la Bussole d'un ais, que l'on coupe bien à l'Equerre. Un des côtez de cette Bussole, comme CD. doit être plus grand que les autres, le milieu de ce quarré sera creusé en rond pour mettre dans le fond un Cercle divisé en 360. degrez, commençant à compter ces Degrez de B. tirant vers T. continuant toûjours jusqu'à 360. Au Centre de ce Cercle on élevera un Pivot, ou pointe, pour soûtenir une aiguille aimantée, de deux ou trois poûces de longueur.

L'Instrument marqué E. est un Demi-cercle, monté sur son genoüil, pour servir & prendre la distance des lieux inaccessibles. Celui qui est marqué F. est un Rapporteur, ou petit Demi-cercle de cuivre ou d'autre matiere, il sert à tracer & connoître les Angles sur le papier. L'Instrument G. est une Chaîne de fer, ou de cuivre, divisée en plusieurs toises, pieds, poûces, servant à mesurer toutes sortes de longueurs.

FIGURE LXXXIII.

Methode de connoître la longueur des côtez & les ouvertures des Angles, soit par le dehors, ou par le dedans d'un lieu proposé.

POUR entrer par un Exemple facile dans la pratique de lever les Plans, je commencerai par celle d'une Maison.

On mesurera d'abord avec la Chaîne un côté de la Maison, comme A B. & on observera le nombre des toises, des pieds & des poûces, & même jusqu'aux lignes. Aprés on tirera à la main, & sans regle, une ligne sur un papier, qui servira comme d'un broüillon memorial pour le dessein du Plan, écrivant en chiffres le long de cette ligne autant de toises, de pieds, de poûces, &c. que contient le côté de la Maison AB. On écrira même aux extremitez de cette ligne les lettres A B. pour distinguer les pratiques l'une de l'autre, ce qu'on marquera de même à tous les autres côtez de la Maison, dont on pretend lever le Plan.

Pour les Angles, on aura l'ouverture de l'Angle saillant ABC. si on enferme cét Angle avec les jambes du Mesurangle, & qu'on observe sur le Demi-cercle, combien il y a de degrez couverts par la branche superieure. Ce nombre de degrez cachez est la precise valeur de cét Angle saillant B. Puis on marquera au bout de la ligne tracée sur le papier au point B. la valeur de l'Angle ; on fera de même pour tous les autres Angles saillans de la Maison.

Pour les Angles rentrans, on posera la Tête du Mesurangle dans l'Angle A B C. ensorte qu'étendant les jambes ou regles du Mesurangle à l'uni des deux Murailles qui forment l'Angle. On observera les degrez cachez sur le Demi-cercle de l'Instrument, qui donneront la juste valeur de l'Angle rentrant ; à mesure qu'on travaillera on figurera confusément sur le papier les pratiques qu'on aura faites, marquant à chacun des côtez la longueur de leurs mesures actuelles, aussi bien que la quantité des Angles formez par ces mêmes côtez. On continuëra de la même sorte la representation confuse, & la mesure effective des côtez & des Angles, tant saillans que rentrans, soit par le dedans ou le dehors de la Maison, on aura sur son papier la valeur de tous les côtez & Angles, pour en faire un Plan au juste ; comme il se verra dans la page suivante.

FIGURE LXXXIV.

Methode de mettre au net sur un papier le Plan d'une Maison, dont on connoît les côtez & les Angles.

SUIVANT l'exemple precedent, & supposant qu'on ait écrit sur un papier, qui sert de broüillon memorial, les mesures prises au juste des côtez, & des Angles des murailles de la Maison, & qu'on veüille avoir le Plan au net, on le fera en cette maniere.

On tracera au haut du papier une Echelle, divisée en grandes ou petites parties, selon qu'on veut faire le Plan grand ou petit.

Ensuite, on tracera au bas du papier du Plan une ligne, que l'on déterminera de A. en B. d'autant de parties prises sur l'Echelle qu'on aura trouvé de toises, de pieds, & de poûces, sur la ligne A B. du Broüillon, pour specifier la valeur du premier côté mesuré de la Maison.

Puis au point B. on fera l'Angle A B C. de la quantité de l'Angle ABC. du Broüillon memorial. Cét Angle se fera en cette façon.

On posera le Centre d'un Rapporteur au point B. ensorte que le Diametre convienne avec la ligne A B. Puis on contera sur la Circonference du Rapporteur, de gauche à droit, la quantité des Degrez marquez à l'Angle relatif du Broüillon memorial A B C. pour tirer à ce point déterminé une ligne droite, qui represente le second côté mesuré de la Maison.

On déterminera ensuite le côté B C. d'autant de parties prises sur l'Echelle que l'on a écrit de toises, de pieds & de poûces au côté B C. du Broüillon memorial.

Au point C. on fera l'Angle B C D. égal à l'Angle B C D. du Broüillon memorial, en cette façon.

On posera le Centre du Demi-cercle au point C. & le Diametre le long de B C. pour y compter de droit à gauche la quantité des Degrez trouvez à l'Angle B C D. du Broüillon, & l'on tirera le troisiéme côté de la Maison.

Ainsi déterminant tous les côtez & tous les Angles du Plan, conformément aux côtez & aux Angles du Broüillon memorial, on mettra au net un Plan semblable à celui de la Maison, comme il se void dans cette Figure.

FIGURE LXXXV.

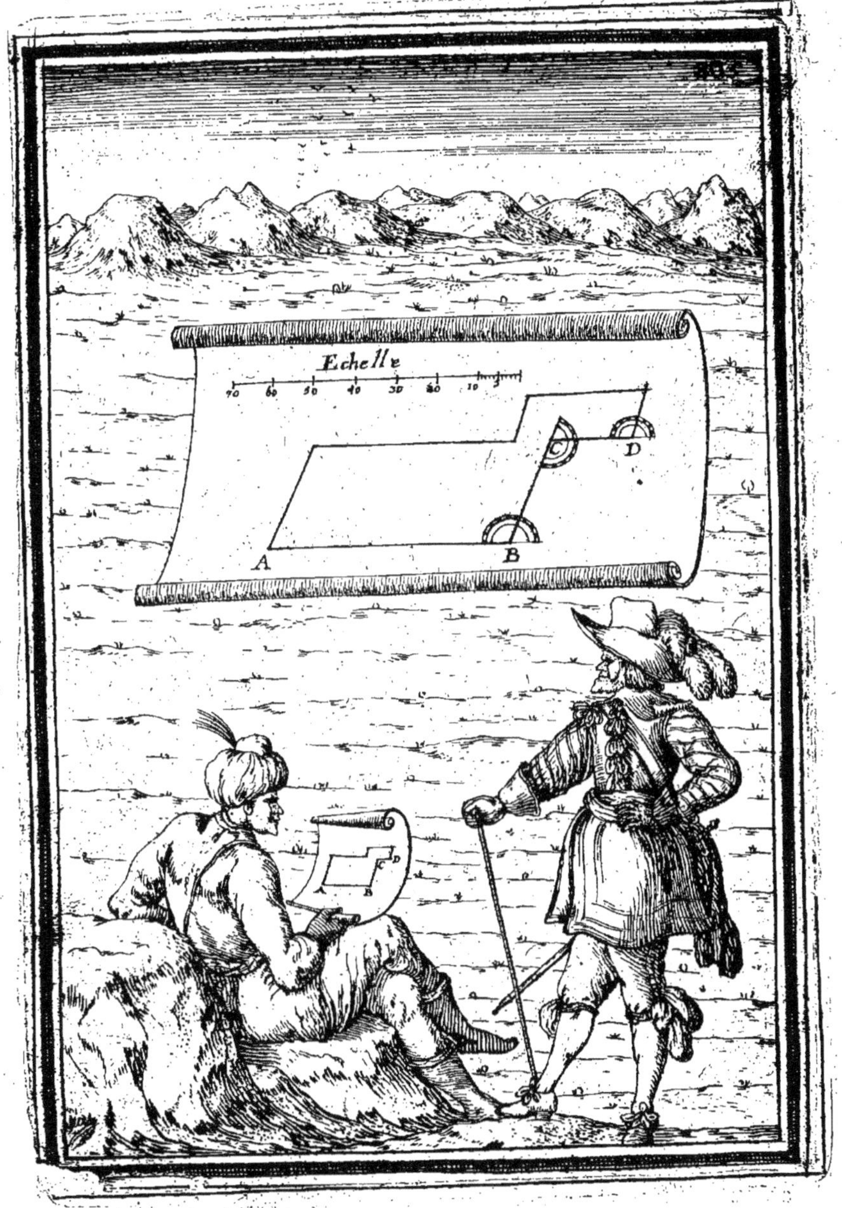

Maniere de lever le Plan des Hameaux, Villages & autres Habitations qui n'ont point d'enceinte.

SOUS ce titre je comprens toutes sortes de postes ou d'habitations qui ne sont pas enfermées par une seule Clôture, comme sont plusieurs Fermes, Métairies, Hameaux, Villages, &c.

Cette proposition est d'autant plus curieuse qu'elle est d'une grande utilité aux Geometres & aux Ingenieurs, à qui on fait souvent de semblables questions, ou qui par de pressantes raisons se trouvent obligez à lever le Plan d'un lieu de cette nature.

Selon nôtre supposition ces sortes de Postes n'ont point d'enceinte limitée, quelques-unes de leurs maisons sont entierement détachées & sans clos ou jardins, quelques autres en sont accompagnées & même enfermées de Murailles ou de Hayes, qui leur servent de Clôtures.

L'Ingenieur qui entreprendra de lever le Plan de ces lieux, doit exactement s'informer quelle étenduë de Terrain on desire qu'il comprenne dans son Plan, afin d'éviter la faute que font la plû-part de ceux, qui levent des Plans, en n'y representant que la juste étenduë du lieu qui leur est proposé, sans y faire voir les avenuës & les autres lieux circonvoisins, dont la connoissance est tres-necessaire.

S'il arrivoit donc qu'on laissât au choix de l'Ingenieur l'étenduë de son Plan, comme cela arrive presque toûjours, je lui conseillerois de le faire d'une grandeur où il pût remarquer toutes les avenuës, les hauteurs, les fontaines, & non seulement les lieux publics, mais encore les particuliers qui se rencontrent aux environs jusqu'à la portée du Canon, & même plus loin, si cela se peut.

L'Ingenieur ayant donc déterminé son Terrain avec prudence, fera tendre des Ficelles ou petits Cordeaux le long des Murailles, des Clos, ou des Jardins, des Hayes ou des Fossez de ce Terrain, jusqu'à ce que ces Cordeaux se rencontrent, & forment des Angles soit rentrans, ou saillans, comme les Angles A B C D E. puis ayant planté des Piquets à chaque Point Angulaire, on y attachera des Cordeaux qui formeront une maniere d'enceinte autour du Hameau ou Village.

Mais s'il arrivoit que de quelque côté ces lieux n'eussent aucune Muraille qui pût faciliter l'étenduë des Cordeaux, l'Ingenieur feroit une maniere de nouvelle enceinte, en plantant plusieurs Piquets éloignez, à peu prés, les uns des autres de cent toises, ou de la portée du mousquet, comme ici aux points F G H I. &c. Puis d'un Piquet à l'autre il tirera des Cordeaux, & sur cette pratique il levera le Plan qu'il se propose.

FIGURE LXXXVI.

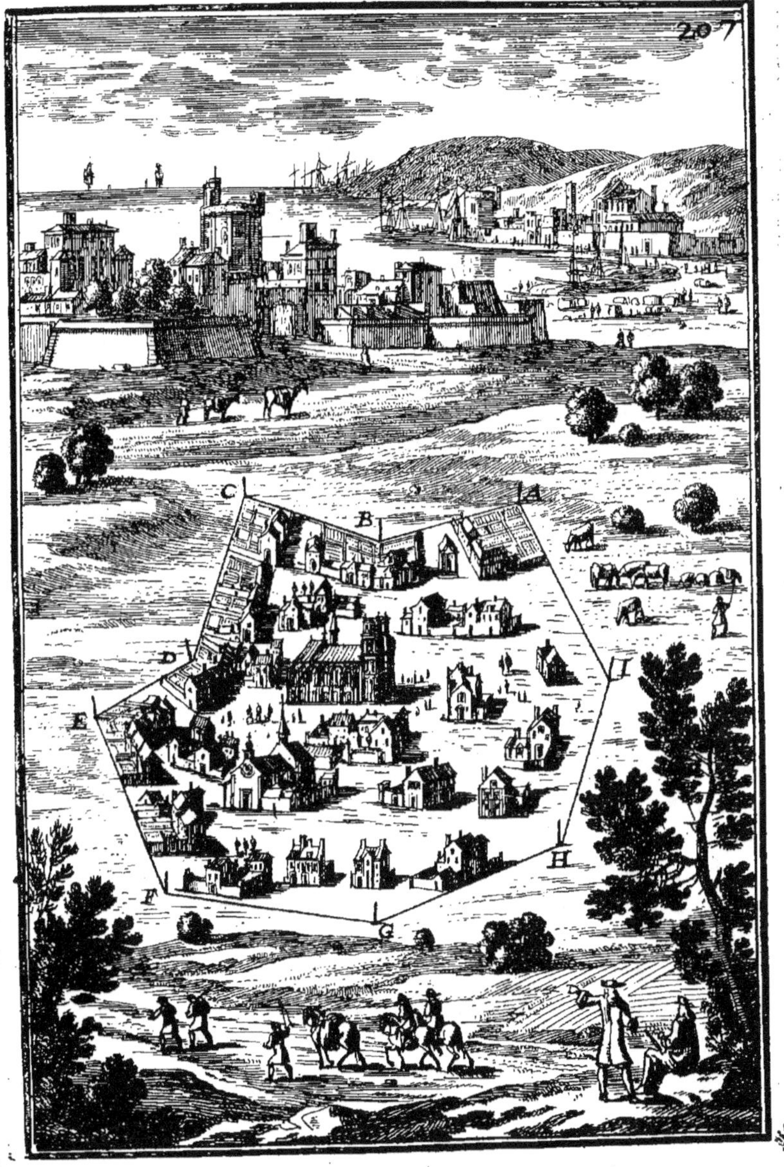

Il eſt à remarquer, que ſi le Plan qu'on veut lever n'eſt que pour repreſenter la diſpoſition que les maiſons peuvent avoir les unes à l'égard des autres, & quelle figure elles forment toutes enſemble; alors il eſt libre à l'Ingenieur de planter ſes Piquets où bon lui ſemblera, c'eſt-à-dire, proche ou loin des Maiſons de l'habitation; car l'enceinte que les Cordeaux formeront en paſſant par ces Piquets ſera une enceinte imaginaire, & qui ne ſervira que d'un moyen à poſer les maiſons chacune dans ſa propre ſituation, cette enceinte ne paroiſſant plus quand le Plan ſera mis au net ſur le papier, comme je le dirai ci-aprés.

Mais ſi l'Ingenieur deſire ſe ſervir de l'enceinte qu'il veut former avec ſes Piquets, pour lors il les doit poſer avec une grande circonſpection, c'eſt-à-dire, ni trop prés, ni trop loin de l'habitation. Comme par exemple, les Piquets A B C D. ſont trop prés de l'habitation; car quand on aura tendu les Cordeaux A B. B C. C D. il y aura ſi peu d'eſpace entre les Maiſons & les Cordeaux, qui repreſentent l'enceinte de la Place, qu'on ne pourra faire de Rempart dans un ſi petit intervalle.

Si on objecte que l'on démolira ces maiſons pour donner au Rempart les proportions neceſſaires, c'eſt juſtement chercher à faire une double dépenſe, & s'attirer la haine des Habitans du lieu & de ſon Prince, pour avoir manqué de prévoyance.

Auſſi de vouloir écarter trop loin l'enceinte de la Place, comme on voit aux Piquets E F G. ce qui ſe fait ſouvent pour n'être pas obligé d'acheter quelque maiſon, c'eſt tomber dans une extremité encore plus condamnable que la premiere; puiſque les grandes enceintes demandent une plus grande Garde, une plus forte Garniſon, & plus de Vivres & de Munitions; ce qui cauſe ordinairement la reddition des Places.

Pour garder en cette rencontre quelque methode raiſonnable, on doit planter les Piquets aux endroits deſtinez à la Conſtruction des Baſtions.

Dans cette veuë l'Ingenieur doit les poſer dans les lieux les plus élevez ou les moins commandez, & laiſſer juſqu'aux plus prochaines maiſons une diſtance de 20. ou de 25. toiſes, ce qui eſt à peu prés l'épaiſſeur que l'on donne au Rempart qui couvre les Angles des Polygones, & à la ruë qui eſt du côté de la Place.

FIGURE LXXXVII.

FIGURE LXXXVII.

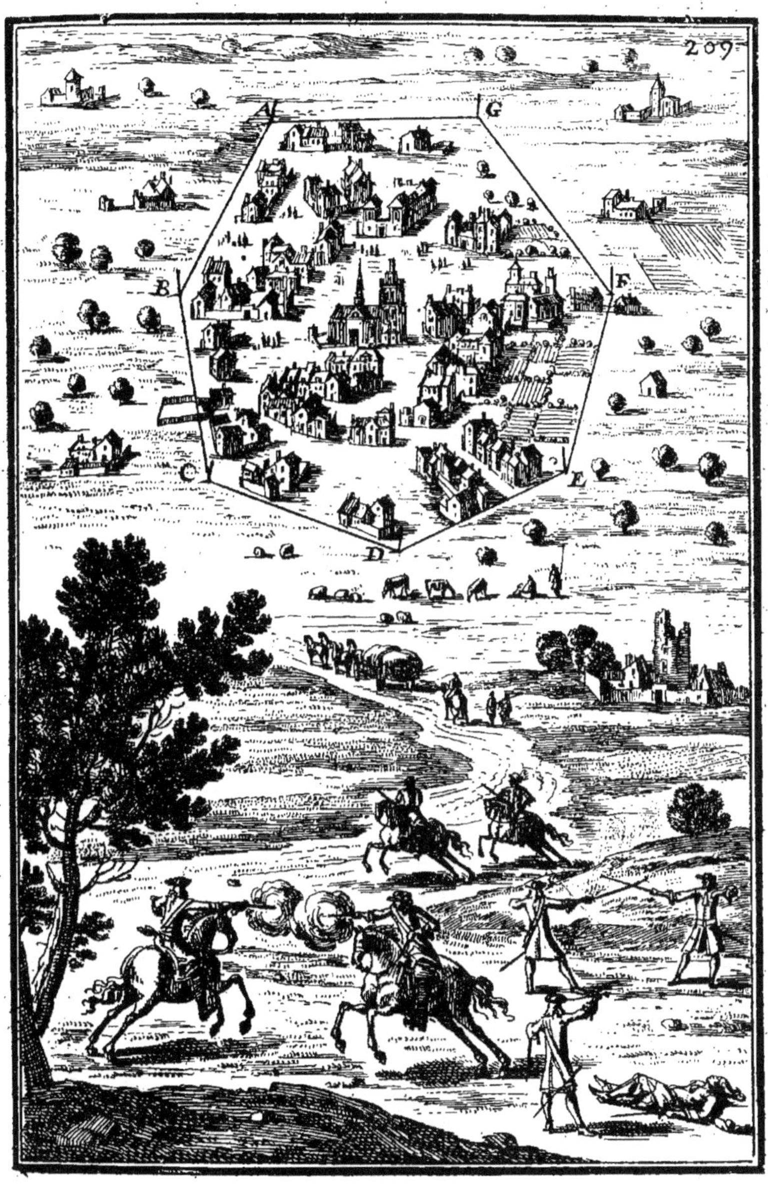

Methode de tracer sur le papier le Plan des lieux qui n'ont point d'enceinte.

AYANT formé à la faveur des Piquets & des Cordeaux, une enceinte aux environs des lieux qui n'en ont point, on se servira, selon les regles precedentes, de la Toise & du Mesurangle, pour prendre la longueur & les Angles de ces nouveaux côtez, que l'on écrira precisément sur un Plan grossierement dessiné à peu prés selon la Figure du lieu à representer, comme est ici le dessein marqué A. ainsi que je l'ai déja dit dans les pages precedentes, dont on suivra les methodes.

On fera donc une Echelle, soit au milieu, soit à l'extremité du papier où l'on veut representer le Plan.

Puis on tracera vers le bas ou vers le haut du papier une ligne, que l'on déterminera d'autant de parties prises sur l'Echelle, qu'on aura trouvé de toises, de pieds & de poûces sur la ligne du Broüillon memorial qui representera la Face A B. puis au point B. on fera l'Angle de l'Epaule A B C. conforme à l'Angle relatif du Broüillon memorial, ce qui se fera en cette façon.

On mettra le Centre du Rapporteur au point B. le Diametre à l'uni de AB. puis on comptera sur la Circonference du Rapporteur, de gauche à droit, la quantité des Degrez marquez à l'Angle du Broüillon A B C. pour passer à ce point déterminé la ligne droite B C. qui represente le second côté mesuré, qui est le Flanc.

On déterminera ensuite ce côté ou Flanc BC. d'autant de parties prises sur l'Echelle, que l'on a écrit de toises, de pieds, & de poûces, au côté B C. du Broüillon ; puis pour faire au point C. l'Angle B C D. égal à l'Angle du Flanc B C D. du Broüillon memorial.

On posera le Centre du Rapporteur au point C. le Diametre le long de B C. pour y compter, de droit à gauche, la quantité des Degrez trouvez à l'Angle B C D. du Broüillon, pour tirer le troisiéme côté, ou Courtine.

Ensorte que déterminant ainsi tous les côtez & les Angles du Plan, conformément aux côtez & aux Angles marquez au Broüillon memorial, on fera le Plan du lieu qu'on desire.

FIGURE LXXXVIII.

Methode de lever le Plan d'une Place fortifiée.

ON commencera, si l'on veut, à mesurer les côtez par la Face A B. en étendant la Chaîne le long de la même Face, afin de remarquer la quantité des toises, des pieds, & des poûces, qu'elle contient dans son étenduë. On marquera tout cela sur le papier du Broüillon memorial, pour avoir, comme ci-devant, la longueur des Flancs & des Courtines. La pratique en est tout à fait semblable; mais on écrira toûjours avec soin, sur le papier du Broüillon memorial, le nombre de leurs mesures, & l'ordre des pratiques.

Pour les Angles saillans, comme est l'Angle flanqué E C F. on enfermera cét Angle avec les jambes du Mesurangle, pour remarquer sur son Demi-cercle, la quantité des Degrez qui seront couverts par la branche superieure de l'Instrument; cette quantité des Degrez donnera la juste grandeur de l'Angle Flanqué. Puis on specifiera sa quantité ou ouverture sur le Broüillon memorial, avec le quantiéme de son operation. De cette maniere on viendra à la connoissance des Angles de l'Epaule, & de tous les Angles saillans.

Pour avoir les Angles rentrans, comme sont ceux des Flancs G D H. on met la tête du Mesurangle dans l'Angle, & on pose une de ses jambes le long de la Courtine, & l'autre le long du Flanc, & on remarquera la quantité des Degrez couverts par la branche superieure. Cette quantité est la juste valeur de l'Angle du Flanc, qu'il faut écrire sur le Broüillon memorial, avec la quantiéme operation, pour mettre ensuite le Plan au net, comme il est enseigné dans la page 204. & dans la precedente.

FIGURE LXXXIX.

Methode de connoître la longueur des Côtez, & l'Ouverture des Angles, des lieux dont on leve les Plans, lorsque leurs Côtez & leurs Angles se trouvent rompus.

QUAND les Murailles sont éboulées, ou les Angles rompus, ou que les lieux dont on veut lever le Plan, ne sont pas tout à fait clos de murailles, comme sont d'ordinaire ceux qui sont proches des Rivieres, des Etangs, des Fossez, & autres lieux à demi-fermez; ou bien ceux qui sont seulement environnez de Hayes, ou de Palissades; on en doit lever le Plan en cette maniere.

L'on mesure avec la Chaîne les parties de la Muraille qui sont éboulées, en appliquant la même Chaîne le long des parties qui restent entieres, passant par dessus les ruines, comme s'il n'y avoit rien de renversé, comme dans l'exemple A.

Mais si l'Angle de la Muraille, c'est-à-dire, l'endroit où deux Pans des Murailles se touchent, étoit rompu, on tendra à l'uni du reste des Murailles deux Cordeaux, observant où ils se joindront ensemble, pour y planter un Piquet. Il sera pour lors libre de mesurer l'étenduë de la Muraille, comme il se void en l'Exemple B.

S'il se rencontroit quelque lieu sans élevation, où l'on ne reconnût seulement que les anciens vestiges, il n'y auroit qu'à planter des Piquets aux Angles, pour y tendre des Cordeaux, comme il est marqué dans l'Exemple C. De cette maniere on peut lever le Plan de toutes sortes de lieux, environnez d'Estangs, de Rivieres, de Precipices, &c.

Pour les lieux dont le Circuit a quelque rondeur, on les décrira dans quelque Figure quarrée, la déterminant par des Perpendiculaires, qui limiteront leur grandeur.

Pour les Angles rompus, on les connoîtra par le moyen des Cordeaux, & du Mesurangle, selon les Preceptes de la page precedente. Parce que ces Cordeaux tiennent lieu de Murailles effectives, qui auroient été élevées, ou que l'on pourroit élever sur ces Angles.

FIGURE XC.

Methode de lever les Plans avec la Bussole.

LA pratique de la Bussole se fera ainsi. Aprés avoir mesuré les côtez qui forment l'Angle avec une Chaîne, divisée en toises, en pieds & en poûces, on l'écrira sur un Broüillon memorial, comme nous avons dit en la page 132. & pour connoître, par exemple, l'Angle flanqué F R S. on appliquera le long côté de la Bussole à l'uni du côté F R. en observant le nombre des Degrez que marquera la pointe du Nort de l'éguille, comme dans cét Exemple, trois Degrez. Puis on transportera la Bussole, mettant son grand côté à l'uni de l'autre côté qui forme l'Angle, comme R S. afin de remarquer le nombre des Degrez qui coupera la pointe du Nort de l'éguille, comme dans cét Exemple, 45. Degrez. Alors on ôtera le petit nombre 3. Degrez, du plus grand 45. & restera 42. Degrez, qui ôtez de 180. Degrez, donneront 138. Degrez, pour la valeur de l'Angle F R S. Cette Regle est generale pour toutes sortes d'Angles saillans & rentrans.

On remarquera, que si en ôtant le petit Angle du plus grand, comme par exemple, ôtant 45. Degrez de 270. & que le reste fût 225. Degrez, alors ne pouvant ôter les 225. Degrez de 180. Degrez, on pratiqueroit le contraire, c'est-à-dire, qu'il faudroit ôter 180. Degrez des 225. & le reste 45. Degrez seroit la valeur de l'Angle requis.

Tous les côtez & les Angles étant connus, tant des lieux incommodez que de ceux qui sont sur pied, & toutes ces mesures écrites sur le Broüillon memorial, selon l'ordre & le temps de chaque pratique, on en fera un Plan au net, comme il est enseigné dans la page 204.

FIGURE XCI.

Methode de lever le Plan des Villes ennemies.

JE ne m'arréterai point ici à la pratique de lever le Plan par dehors avec des Instrumens, comme sont le Bâton de Jacob, le Quarré Geometrique, le Demi-cercle, le Compas de Proportion, la Planchette, & une infinité d'autres Instrumens, que les Geometres ont inventez pour venir à la connoissance des lieux inaccessibles: Car quoique ces Instrumens soient fort ingenieux dans la Theorie, & même quelquefois tres-juste dans quelque pratique faite en lieu seur; l'on peut dire avec verité, que si l'on pretend s'en servir à lever le Plan des Villes ennemies, sans la permission de ceux qui y commandent, il faut être dépourvû de tout jugement, & donner aveuglement dans les vaines & creuses speculations des Geometres pacifiques, & des Ingenieurs de cabinet, qui s'imaginent que pour lever le Plan d'une Ville ennemie, ou assiegée, il n'y a qu'à venir se presenter devant ses Travaux avec un grand appareil d'Instrumens & de Piquets, avec autant de tranquillité que s'ils travailloient sur le papier. Mais pour venir au fait, il faudroit avoir lettre, que le Canon de la Place respecteroit ce fracas d'Instrument, pendant les diverses stations que l'on y doit faire, ou que les Bateurs d'Estrade ne viendroient point se saisir de l'Ingenieur, & le regaler de quelque chaîne.

Un Ingenieur adroit reserve sa vie pour une meilleure occasion, outre qu'un Plan levé de la sorte est imparfait; car par le moyen de ces stations éloignées on peut bien faire des Cartes Topographiques, & representer les Profils des Villes; mais ce n'est pas de quoi il s'agit. Quand on ne peut donc pas appliquer actuellement la Toise & le Receveur d'Angle, il faut que l'Ingenieur se glisse dans la Place sous le titre d'un Marchand ou d'un Transfuge; & que s'étant fait une longue habitude de connoître les Angles à la veüe, & de mesurer de son pas les longueurs des lignes ou des côtez, il leve le Plan de chaque Ouvrage & même du corps de la Place, avec le plus de prudence qu'il pourra, en déguisant leurs veritables figures sous differentes grotesques d'animaux, dont les parties lui serviront de memorial, pour mettre son Plan au net lorsqu'il sera hors de la Place.

Fin de la Fortification Reguliere.

FIGURE XCII.

LES
TRAVAUX DE MARS,
OU
L'ART DE LA GUERRE.

PREFACE.

Usqu'a present j'ai travaillé à enseigner la methode de fortifier les Villes & les Citadelles, supposant que leur Terrain puisse être enfermé dans l'étenduë de quelque Figure Reguliere.

Mais comme il se trouve des Assiettes si bizarres, ou plûtôt des Villes avec des Enceintes si Irregulieres, qu'il est presque impossible de les fortifier Regulierement, tant pour la diversité de leurs côtez, dont les uns sont trop longs, & les autres trop petits, que pour être environnez de Precipices, de Vallons, d'Etangs, de Rivieres, de Collines, ou de Montagnes. Dans cette situation il est bien difficile, & même comme impossible, de leur faire prendre une autre Figure que celle que la Nature leur a prescrite. De cette nature sont les Villes bâties proche des Mers, dans les Isles, ou sur le penchant & le sommet des Montagnes, avec de grandes ou petites Murailles, des Tours

Rondes ou Quarrées, environnées de Fossez, ou sans Dehors. Tous ces lieux-là ne pouvant être reduits sous des Figures Regulieres, se fortifieront neanmoins à la Moderne, c'est-à-dire, autant que le Terrain le pourra permettre, & que l'Ingenieur se pourra conformer aux Maximes de la Fortification Reguliere, ci-devant expliquées; & à celles qui sont particulieres à la Fortification Irreguliere, que nous allons donner ci-aprés, avec des Regles courtes & faciles pour reparer les défauts des côtez trop longs ou trop petits, & rectifier les Angles d'une trop grande ou trop petite Ouverture.

FIGURE XCII.

Methode de lever le Plan d'un Païs, en mesurant la distance d'un lieu à l'autre.

QUAND on voudra lever le Plan d'un païs, on remarquera si l'on peut parcourir librement son étenduë, ou si l'accés en est défendu, comme il arrive quand le païs est occupé des ennemis; desorte que tout ce qu'on peut faire, c'est de le découvrir de loin.

Si on peut entrer dans le païs, & parcourir la distance des lieux, on la mesurera avec une corde longue de cent ou de deux-cent toises, plus ou moins, formant des lignes droites autant qu'il sera possible, sans avoir égard à l'obliquité des chemins qui conduisent d'un lieu à l'autre. Ces distances, & le nom des Villages & des autres lieux seront soigneusement écrits sur le Broüillon memorial K.

Pour mesurer en ligne droite d'un lieu à un autre, on fera comme les Geometres, on fichera en terre un Piquet proche de chaque lieu, & au bout des Piquets on mettra du papier, ou quelque morceau de linge, ou si ce sont des branches de chicomor, on en ôtera l'écorce vers la partie de haut, pour les distinguer de loin; puis regardant du Piquet A. le Piquet B. on fera ficher en terre dans leur intervalle plusieurs autres Piquets, en telle sorte que tous ensemble ne fassent qu'une même ligne, ce qu'on verifiera en borneyant; en sorte que le second Piquet C. couvre le troisiéme D. & le troisiéme couvre le quatriéme E. & ainsi des autres, s'il y en a, qui se doivent confondre tous en un seul. C'est ainsi qu'on déterminera le plus court chemin qu'il y a du Moulin de *Fourviere* au village de *Quenel* dans l'Exemple que je propose.

Ayant donc marqué sur le Broüillon memorial tous les noms des Villages, & la distance qu'il y a entr'eux, on fera à part sur le papier, où l'on veut representer la Carte, une Echelle à volonté. Puis tirant sur ce papier une ligne droite, comme celle qui est marquée E G. on prendra sur l'Echelle la distance qu'il y a entre le Moulin de *Fourviere* & le village de *Blaines*, on la posera de H. en I. puis ouvrant le Compas, & le portant sur l'Echelle, on prendra la distance qu'il y a du village de *Blaines* à celui de *Ville-Dieu*, on fera du point I. l'Arc P. ensuite on prendra sur l'Echelle la distance comprise du Moulin de *Fourviere* au village de *Ville-Dieu*, pour faire du point H. un Arc, qui se coupera en P. Ce qui marquera la position du village de *Ville-Dieu*. Ainsi reïterant la même pratique, on aura le Plan, ou la Carte du lieu proposé, & l'on y ajoûtera les noms de chaque lieu.

FIGURE XCIII.

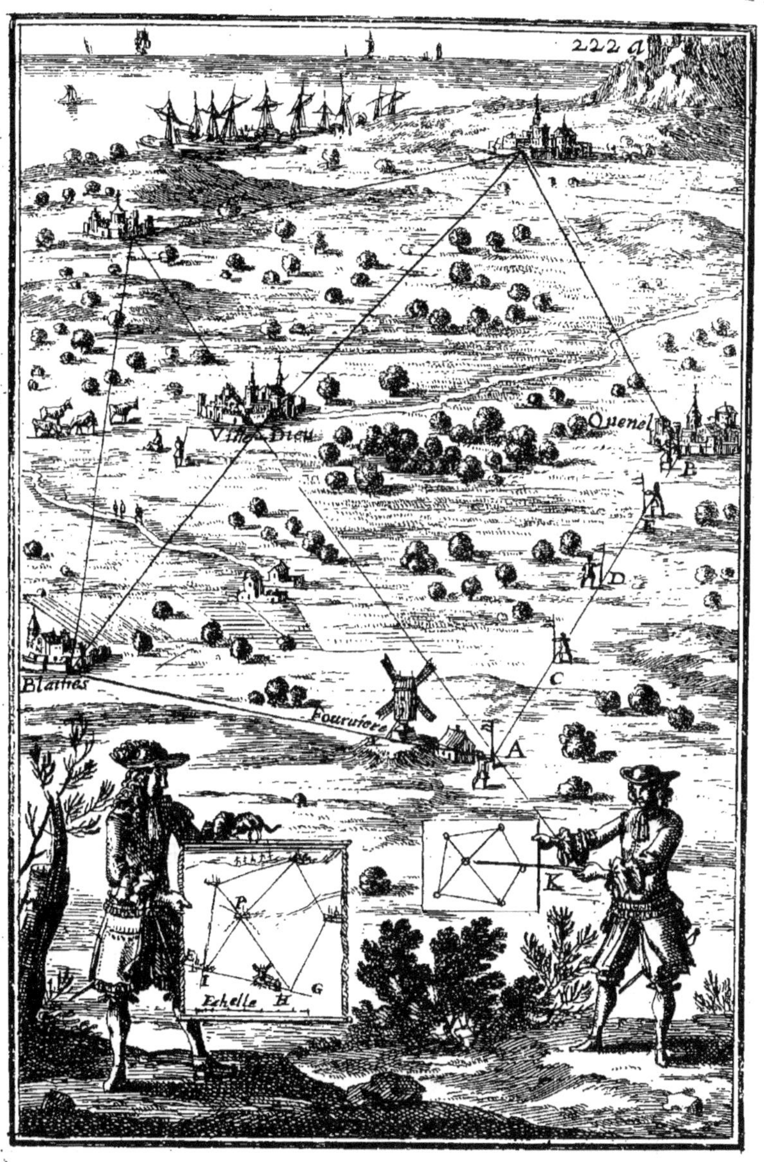

Methode de lever le Plan d'un païs dont l'entrée n'est pas libre, & de mesurer les distances d'un lieu à un autre.

A L'IMITATION des Geometres je me servirai de la Planchette, dont ils se servent quand ils veulent lever le Plan des lieux accessibles ou non.

La Planchette A. n'est autre chose qu'un ais bien applani, long à peu prés de 12. à 15. poûces, & large de 8. ou 10. & dont les côtez sont en Angles droits; elle est garnie d'une Genoüilliere, qui sert à la tenir sur un pied à trois branches, & qui donne lieu à la tourner librement. Ensuite il faut appliquer uniment sur cette Planchette la feüille de papier sur laquelle on veut representer le Plan, la faisant tenir par dessous la Planche avec de la cire ou quelqu'autre matiere gluante; Puis en quelqu'endroit de cette feüille de papier on y tracera une Echelle marquée B. enfin on fera provision d'une regle & de plusieurs grandes épingles avec deux Piquets, chacun d'une toise de haut ou environ.

Ces choses ainsi préparées, supposant que l'on veüille avoir la position des lieux CDEFGHI. sans aller actuellement d'un lieu à l'autre, on choisira dans un Terrain uni deux stations, d'où l'on puisse découvrir les lieux proposez. On fichera à ces stations des Piquets AI. On mesurera la distance des Piquets, que l'on suppose dans cet Exemple de 80. toises; que si elle est moindre ou plus grande, on fera l'Echelle B. de plus ou de moins de parties; Puis l'on tirera parallelement vers un des côtez de la Planchette la ligne KL. de la longueur de quatre-vingt toises prises sur l'Echelle B. Aux points K. & L. on fichera deux grandes épingles: La Planchette étant ainsi préparée, au Piquet A. qui sera la premiere station; on la tournera jusqu'à ce que des deux épingles K. & L. en borneyant on voye le Piquet I. Ensuite on posera sur la Planchette la regle contre l'épingle K. & l'on tournera la regle (en tenant toûjours la Planchette dans sa premiere disposition) jusqu'à ce qu'on voye un des objets proposez, comme est le marqué H. pour tirer avec un crayon, ou avec de l'encre, une ligne le long de la regle sur le papier de la Planchette.

Ensuite aprés avoir fiché en terre au point A. un Piquet, on portera sa Planchette au Piquet I. seconde station. A ce Piquet I. on

FIGURE XCIV.

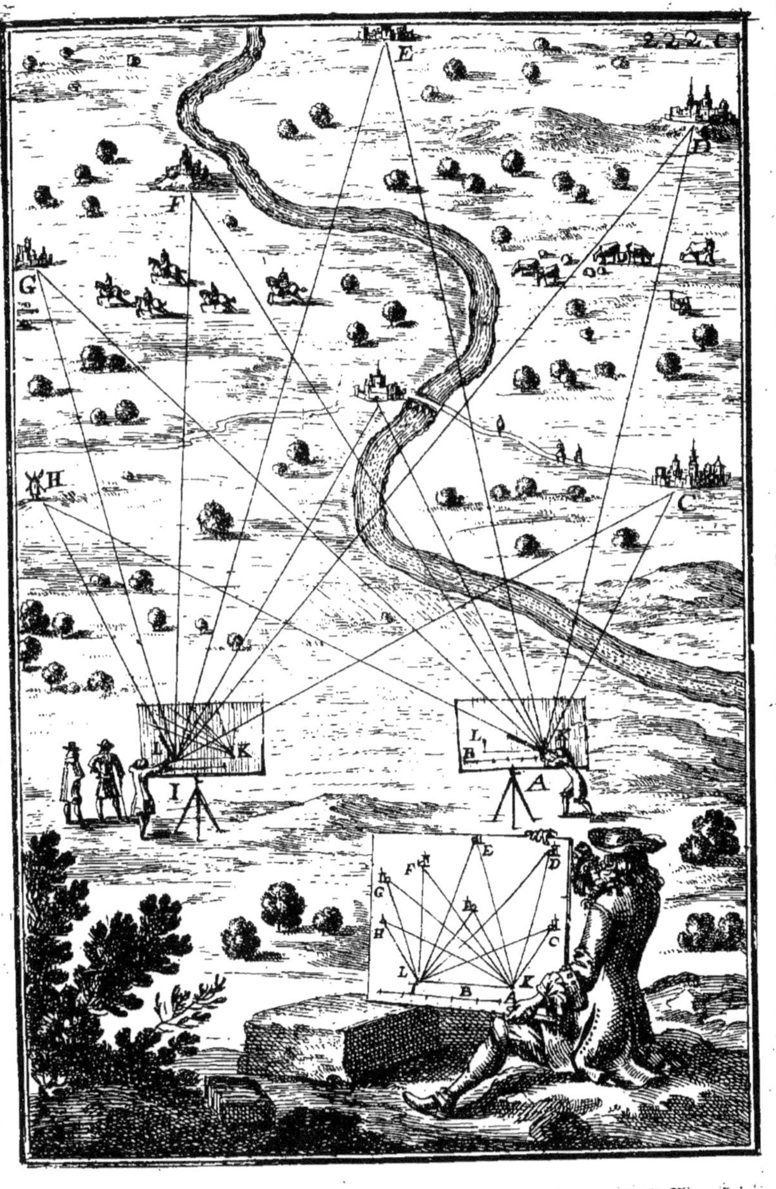

diſpoſera ſa Planchette comme on a fait au point A. la tournant de côté & d'autre juſqu'à ce que des épingles LK. de la Planchette on voye le Piquet A. Pour lors mettant la regle contre l'épingle L. & la tournant vers les differens objets, comme vers le marqué H. & ſucceſſivement vers les autres, on tirera ſur le papier de la Planchette le long de la regle, autant de lignes qu'il y a de lieux obſervez. Par cette pratique on trouvera ſur ce papier que les lignes de ces obſervations ſe couperont avec la même proportion que les rayons de vûë ſe ſont coupez ; & chaque point de ſection marquera la poſition des objets propoſez ; comme on le peut remarquer dans la Carte ou Plan qui eſt au bas de la page précedente.

CHAPITRE XII

Des Methodes qu'il faut tenir pour copier les Plans, & les reduire proportionellement de grand en petit & de petit en grand.

VANT que de finir le Traité de la Fortification Reguliere, où j'ai expliqué amplement les differens moyens de faire & de lever les Plans ; il me semble qu'il est avantageux de donner ici plusieurs Methodes pour les copier, soit qu'ils soient dessinez sur du papier ou sur du velin, ou qu'ils soient peints en huile, ou en détrempe. J'y ajoûterai aussi les regles qu'il faut observer pour les reduire de grand en petit, & de petit en grand ; parce que l'usage en est tres-frequent & tres-utile.

Methode de copier les Plans par le moyen du Treillis.

ON appelle Treillis une certaine disposition de lignes droites, qui étant tracées d'une distance égale entr'elles, de haut en bas & de droit à gauche se coupent & forment des Carreaux d'une même grandeur, ainsi que ceux d'un Damier. Exemple A.

Pour faire le Treillis, on tracera sur les bords superieur & inferieur du Plan que l'on veut copier deux lignes droites B C. D E. paralleles entr'elles. On les divisera chacune en un même nombre de parties égales, & dont les points relatifs, du haut & du bas, soient à l'équerre les uns au respect des autres; Puis on tirera avec du crayon, ou avec du fusin, des lignes droites de chacun de ces points à son relatif & opposé.

On fera la même pratique sur les côtez du Plan, en tirant de la droite à la gauche les deux lignes F G. & H I. paralleles entr'elles & perpendiculaires sur les deux premieres lignes B C. D E. formant toutes quatre un quarré ou un quarré long. On divisera ensuite ces deux lignes F G. & H I. en un même nombre de parties égales; mais de la même largeur que celles des lignes B C. D E. Puis des points relatifs & opposez on tirera au crayon ou au fusin des lignes qui formeront avec les premieres des quarrez égaux entr'eux. Ensuite on marquera chacun de ces quarrez d'une lettre ou d'un chifre 1. 2. 3. 4. &c. ainsi que l'on le peut remarquer au Treillis, qui est dessiné sur le Plan A.

Pour copier le Plan A. dans sa precise grandeur, on fera un semblable Treillis sur le papier K. pour le dessiner, & l'on marquera sur les Carreaux relatifs les chifres 1. 2. 3. 4. 5. &c. afin qu'en rapportant au crayon ou au fusin dans chaque Carreau du Treillis du papier, tout ce qu'il y a dans chaque Carreau chifré des mêmes lettres sur le Treillis du Plan, on ait sur le papier une fidelle copie de ce Plan, que l'on mettra plus au net en passant de l'encre sur les traits, que l'on aura marquez au crayon ou au fusin, puis ensuite on effacera avec de la mie de pain les Treillis marquez sur le Plan & sur la copie.

Mais si on vouloit que la copie fût plus petite, ou en plus grand volume que le Plan que l'on veut copier; il n'y auroit qu'à faire sur le papier un plus petit ou un plus grand Treillis, avec cette remarque, que les Carreaux du Treillis de la copie doivent toûjours être égaux entr'eux, & en pareil nombre que les Carreaux du Treillis du Plan. Il faut aussi que les Carreaux relatifs à ceux du Plan soient chifrez des mêmes lettres, pour copier comme je viens de dire.

FIGURE XCV.

C'est par le moyen de ces Treillis, ou petits Carreaux dessinez au crayon ou au fusin, que les Peintres, les Ingenieurs, & les Graveurs imitent & contrefont les Stampes ou Plans, dont ils veulent avoir une fidelle copie.

On remarquera toutefois qu'aprés la copie faite ils ne sçauroient effacer nettement les traits du crayon ou du fusin, qui ont servi à marquer les Treillis, y restant toûjours, malgré leurs soins, quelque marque qui montre que le Plan a été copié sur un autre, & qu'il ne doit point être regardé comme Original, & même que l'Original a été copié ; pour prevenir ces soupçons & ces defauts on fera le Treillis en cette maniere.

Aprés que le Plan que l'on veut copier sera bien étendu sur une table, au lieu de tracer sur le Plan les deux lignes BC. DE. on les tracera sur la table, & aprés qu'elles seront divisées en parties égales, comme il a été dit ci-devant, on fichera dans la table aux points des divisions des épingles, ou des petits cloux, pour attacher des fils, ou des soyes qui répondront aux épingles ou aux cloux opposez & relatifs. Ces fils qui passeront par dessus le Plan sans le gâter tiendront lieu des lignes marquées au crayon ou au fusin qui sont tirées des lignes BC. DE. representées dans le Plan A. de la page précedente.

On pratiquera la même chose pour les deux lignes FG. & HI. car au lieu de les tracer sur les deux côtez du Plan, on les marquera sur la table avec les mêmes précisions que si on les traçoit dessus le Plan ; puis aux points de leurs divisions on fichera des épingles ou petits cloux, où l'on attachera des fils que l'on conduira aux épingles ou aux cloux relatifs opposez : Ainsi ces derniers fils formeront avec les premiers des Carreaux égaux, & on aura un Treillis sur le Plan aussi juste que s'il étoit marqué au crayon ou au fusin.

Si l'on veut copier le Plan dans sa juste grandeur, on fera un Treillis de la même maniere, c'est-à-dire, avec des fils bandez sur le papier dessiné à cette copie, afin qu'en observant ce qu'il y a dans chaque Carreau du Plan, on le rapporte dans chaque Carreau relatif du papier : ce qui étant exactement observé, on levera les fils ou les soyes de l'un & de l'autre Treillis, sans qu'il reste aucune marque sur l'Original ni sur la Copie.

Si l'on veut faire la copie plus grande ou plus petite que le Plan, il n'y a qu'à faire sur le papier de la copie un Treillis plus grand ou plus petit que celui du Plan ; mais le nombre des Carreaux doit toûjours être égal sur l'un & l'autre.

Methode de copier un Plan en le calquant par le moyen d'un papier huilé.

L'Huile d'Aſpic a cette proprieté, qu'en rendant un papier tranſparent, on ne laiſſe pas d'écrire & de deſſiner deſſus avec de l'encre commune, ce qui ne ſe peut faire ſi commodement ſur un papier imbu d'un autre huile, à cauſe de la graiſſe des autres huiles qui empêche l'encre de s'y attacher, & d'y faire impreſſion.

Quand on voudra donc copier ou contretirer quelque Plan qui eſt deſſiné ſur du papier, on préparera un autre papier qu'on frottera d'huile d'Aſpic, & qu'on laiſſera ſécher durant quelque temps, même on le frottera deſſus & deſſous avec de la mie de pain, en le preſſant un peu pour ôter & ſécher l'huile qui y reſteroit, & qui ſeroit capable d'imbiber & de gâter le Plan que l'on veut copier.

Enſuite on étendra le Plan le plus uniment qu'il ſera poſſible, & le papier huilé étant appliqué deſſus en laiſſera voir exactement tous les traits.

Alors ayant taillé une plume fine, dont le bec ſera fort long, on la trempera dans de l'encre commune, & parcourant tous les traits du Plan, on les marquera exactement ſur ce papier huilé qui donnera la copie fidelle du Plan propoſé.

Ce même uſage ſervira pour copier toute ſorte de tableaux, peints en huile ou en détrempe. On en fera aprés une copie au net par le moyen de la vitre, comme il ſera dit cy-aprés.

Methode de copier un Plan par le moyen d'une feüille de Colle de poiſſon.

QUAND on craint de gâter un Plan, ou de donner quelque indice qu'on l'ait copié, je conſeille de quiter l'uſage du papier huilé, qui laiſſe toûjours ſur l'Original l'odeur de l'huile d'Aſpic, & qui même en rend les traits jaunes par la ſuite du temps.

Ainſi pour copier un Plan ſans aucun de ces accidens, on ſe ſervira d'une feüille de colle de poiſſon, comme le pratiquent les Peintres & les Graveurs quand ils veulent copier quelques ſtampes ou tableaux, ſans qu'on s'en apperçoive.

Ils font les feüilles de colle de poiſſon en cette maniere: Ils prennent un rouleau de cette colle, & choiſiſſent de la plus blanche; puis ils ſeparent & détachent une maniere de petites feüilles qui composent le rouleau, & les mettent toutes enſemble dans un chauderon bien net, où il y a deux ou trois fois autant d'eau claire que le rouleau a de groſſeur: Enſuite ils font chauffer cette eau inſenſiblement ſur un feu lent & ſans flâme, pour amollir la colle, qu'ils font enſuite boüillir deux ou trois boüillons pour lui faire jetter ſon écume.

Pour faire les feüilles ils prennent des Planches de cuivre de la grandeur qu'ils veulent donner à ces feüilles, & aprés avoir appliqué de la cire ſur un côté de la Planche, qu'ils mettent exactement de niveau, ils font couler ſur cette cire la colle à demi froide, qu'ils étendent & rendent mince le plus qu'ils peuvent, en gliſſant deſſus les barbes d'une plume, puis laiſſant quelque temps refroidir cette colle, ils la levent de deſſus la Planche en maniere d'une toile de ſoye fort mince, tranſparente & propre à copier un Plan, comme ſi c'étoit une feüille de papier frottée de l'huile d'Aſpic, mais qui n'en a point les defauts.

Enſuite ils contretirent ce deſſein par le moyen de la vitre, comme il ſera dit cy-aprés.

Maniere de copier les Plans par le moyen de la vitre.

QUAND on est pressé de copier un Plan dans sa juste grandeur, je ne trouve point d'expedient plus court & plus sûr que de se servir de la vitre.

Si le Plan est petit on se servira des vitres ordinaires, principalement de celles où il n'y a pas beaucoup de plomb; mais si le Plan est grand, les glaces de carosse sont d'un grand secours.

Pour le copier, on choisira une feüille de papier blanc & fin, que l'on attachera par ses extremitez avec plusieurs épingles sur le Plan que l'on veut contretirer : Ensuite on posera le Plan sur la vitre, que l'on suppose être garnie d'une bordure, & l'ayant arrété à cette bordure avec des épingles qu'on aura fichées dedans, alors on verra au travers du papier tous les traits du Plan, que l'on copiera avec facilité soit au crayon ou à l'encre.

Methode de copier un Plan en le picquant.

QUAND on n'a point de vitre propre pour copier un Plan, on le peut toutefois contretirer dans toute son étenduë, en le picquant comme je vais dire.

On étend sur une table la feüille de papier blanc, sur laquelle on veut copier le Plan; puis on met sur cette feüille le Plan à copier, que l'on attache par les extremitez de l'un & de l'autre, de crainte qu'ils ne se separent.

Puis l'on prend une éguille, ou une longue épingle bien fine, avec laquelle on picque jusqu'à la feüille de papier tous les Angles du Plan que l'on veut copier.

Enfin en détachant & levant le Plan de dessus la feüille de papier on y verra les mêmes points que l'on a piquez au Plan, & ces points étant joints de lignes conformes à celles du Plan, on aura sur le papier blanc la copie qu'on s'est proposée.

Il faut avoir soin de faire couler l'ongle derriere le Plan & la copie afin de boucher les troux que l'éguille ou l'épingle y auroient pû laisser.

Methode de copier un Plan ſelon ſa veritable grandeur, ou bien en plus grand ou plus petit volume, ſelon les Principes de la Geometrie.

LES Geometres entre un tres-grand nombre de moyens qu'ils ont cherchez pour copier leurs Figures & leurs Plans, n'en ont point trouvé de plus exact que celui du Rapporteur & de l'Echelle du Plan.

Quand ils veulent donc copier dans ſa préciſe grandeur un Plan propoſé, ils tracent ſur le papier deſtiné pour cette copie une Echelle de la même étenduë que celle du Plan.

Puis meſurant la grandeur des lignes & l'ouverture des Angles du Plan par le moyen de ſon Echelle, & d'un Rapporteur, ils tracent par le même ſecours de ſemblables lignes, & forment les mêmes Angles ſur leur papier, & s'ils ont été corrects, ils y trouvent la veritable figure du Plan qu'ils s'étoient propoſé.

Si on veut que la Copie d'un Plan ſoit plus petite que ſon Original, il n'y a qu'à faire l'Echelle de la copie plus petite que celle du Plan, & au contraire, ſi l'on veut une copie plus grande, il n'y a qu'à faire l'Echelle de la copie plus grande que celle du Plan.

LES

TRAVAUX DE MARS,

OU

L'ART DE LA GUERRE.

LIVRE SECOND.

DE LA FORTIFICATION IRREGULIERE.

AVERTISSEMENT.

JUSQU'A present j'ai travaillé à enseigner la methode de fortifier les Villes & les Citadelles, supposant que leur Terrain puisse être enfermé dans l'étenduë de quelque Figure Reguliere.

Mais comme il se trouve des Assiettes si bizarres, ou plûtôt des Villes avec des Enceintes si Irregulieres, qu'il est presque impossible de les fortifier Regulierement, tant pour la diversité de leurs côtez, dont les uns sont trop longs, & les autres trop petits, que pour être environnées de Precipices, de Vallons, d'Etangs, de Rivieres, de Collines, ou de Montagnes.

Dans cette situation il est bien difficile, & même comme impossible, de leur faire prendre une autre Figure que celle que la Nature leur a prescrite.

De cette nature sont les Villes bâties proche des Mers, dans les Isles, ou sur le penchant & le sommet des Montagnes, avec de grandes ou petites Murailles, des Tours Rondes ou Quarrées, environnées de Fossez, ou sans Dehors.

Tous ces lieux-là ne pouvant être reduits sous des Figures Regulieres, se fortifieront neanmoins à la Moderne, c'est-à-dire, autant que le Terrain le pourra permettre, & que l'Ingenieur se pourra conformer aux Maximes de la Fortification Reguliere, ci-devant expliquées; & à celles qui sont particulieres à la Fortification Irreguliere, que nous allons donner ci-aprés, avec des Regles courtes & faciles pour reparer les defauts des côtez trop longs ou trop petits, & rectifier les Angles d'une trop grande ou trop petite Ouverture.

LES

LES TRAVAUX DE MARS, OU L'ART DE LA GUERRE.

LIVRE SECOND.

De la Fortification Irreguliere.

CHAPITRE PREMIER.

Des Avantages & Desavantages des Places Fortifiées, ou à Fortifier avec les Maximes & les Noms des principaux Ouvrages qui sont particuliers à la Fortification Irreguliere.

LE principal objet de la Fortification Irreguliére est de corriger le défaut des Places, tant celui qui peut venir de la nature & de l'Irregularité du Terrain, que celuï qui auroit déja pû se glisser dans la Construction de leurs anciens Travaux. Dans cette vûë j'ai jugé qu'il seroit tres-necessaire d'expliquer les Avantages & les Desavantages que les Places peuvent tirer de la diversité de leurs situations, afin qu'on n'entreprenne pas d'y travailler de nouveau sans connoissance de cause: Mais comme Errard, Stevin, Fritach & le Chevalier de Ville sont les plus fameux Auteurs qui ayent traité de cét Art, j'ai tiré les reflexions suivantes en partie de leurs écrits, & en partie de mes experiences.

Avantages des Places situées sur les Rochers ou Montagnes.

CEs sortes de Places peuvent être aisément fortifiées, n'étant pas necessaire d'y creuser de fort grands Fossez, ni d'y élever de grands Remparts, pour se mettre à couvert des lieux circonvoisins; Leur Terrain ne peut être facilement miné, à cause de la dureté de la Roche, & du grand talus qui est ordinairement au pied de ces sortes de lieux; d'où vient que les Mines y peuvent être éventées aisément. L'Assiegeant n'y peut conduire ses Approches, tant à cause du manquement de terre, que parce que ses Travaux sont toûjours vûs & commandez des Assiegez; Le Canon des Assiegeans n'y sçauroit être conduit qu'avec peine, à cause du trop grand talus de ces lieux-là, outre qu'il ne peut pas y faire grand service, étant trop exposé aux Batteries des Assiegez. Enfin ces Places joüissent ordinairement d'un air si pur & si salutaire, que les maladies n'y sont pas à craindre.

Desavantages des Places situées sur les Rochers & Montagnes.

LEs Places élevées sur les Hauteurs ne peuvent pas toûjours être fortifiées selon les Maximes de l'Art, à cause de la Figure bizarre de leur Terrain, ou de celle des Rochers, & souvent il s'y trouve des Postes qui sont sans défence. Le Terrain des Montagnes est d'ordinaire sec ou sablonneux, & peu propre à la Construction des Travaux de Guerre: Il est ordinairement peu spacieux, & le plus souvent dépourvû d'eau; s'il y a des Fontaines ou des Puits, ils tarissent d'ordinaire l'Esté, & l'eau des pluies qu'on y conserve dans des Cisternes, peut être aisément corrompuë. La Garnison n'y peut être composée que d'Infanterie, la Cavalerie étant inutile sur ces hauteurs, d'où elle ne peut descendre, & où elle ne peut monter que par des défilez, dont l'Assiegeant sera toûjours le maître. Il est tres-difficile de ravitailler les Places de cette nature, à cause de la difficulté d'y conduire des Charois, ou d'y faire monter des Bestes de somme; si la hauteur est excessive les Approches de l'Assiegeant sont faciles, parce que l'Artillerie des Assiegez n'y sçauroit tirer en plongeant.

FIGURE XCIII.

P ii

Avantages des Places ſituées ſur la pente des Montagnes.

CEs ſortes de Places n'ont beſoin que d'une ou de deux avenuës du côté de la Vallée, le derriere de leur Montagne étant d'ordinaire inacceſſible. Le Circuit de ces Poſtes, quoi que grand, n'a pas beſoin d'une forte Garniſon, encore qu'il puiſſe contenir beaucoup de Troupes. La Cavalerie en peut ſortir commodement pour faire des courſes aux environs, & ſe retirer en diligence ſous l'abri de l'Artillerie de la Place. Les eaux vives y ſont communes.

Deſavantages des Places ſituées ſur la Pente des Montagnes.

IL ſe trouve peu de ces ſituations qui ne ſoient commandées de front ou de revers: Leurs Fontaines ſont ordinairement au pied de leurs Montagnes, & hors de l'Enceinte de la Place: Le retour de la Cavalerie peut être facilement empêché par les troncs d'arbres dont on ferme les Paſſages, outre que ces ſortes d'avenuës étant le plus ſouvent bordées de Hayes, ſont propres à dreſſer des Embûches.

Avantages des Places ſituées dans les Valées, ou environnées de Montagnes.

LE Terrain de ces Places étant d'ordinaire gras, eſt tres-propre pour toutes ſortes d'Ouvrages: l'eau s'y trouve en abondance, & elles peuvent être ſecouruës facilement.

Deſavantages des Places ſituées dans les Valées, ou environnées de Montagnes.

COMME ces Places ſont commandées de toutes parts, & que les Aſſiegez ne peuvent paroître à la défenſe de leurs Remparts ſans s'expoſer au feu des Aſſiegeans, les Ingenieurs les trouvent incapables d'être fortifiées, & n'y veulent pas conſumer inutilement les deniers du Prince.

FIGURE XCIV.

Avantages des Places situées en pleine Campagne.

DANS cette sorte de situation le Terroir est fertile & avantageux pour la subsistance de la Garnison; Le Terrain est favorable à l'Ingenieur, qui peut donner aux Places Irregulieres une Figure qui approchera des Regulieres: Il est propre à la Construction des Bastions & à l'élevation des Remparts: En toutes saisons les eaux y sont en abondance par la facilité d'y creuser des puits. On s'y peut retrancher avantageusement: Les Sorties de la Garnison sont faciles aussi bien que les Ravitaillemens.

Desavantages des Places situées en pleine Campagne.

LES Assiegeans donnent peu d'étenduë à leur Circonvallation, & leur Camp n'est commandé d'aucune part; ils jouïssent de la fertilité du païs qui est derriere eux; ils peuvent facilement détourner le cours des Ruisseaux & des petites Rivieres qui passent dans ces Places, ce qui donne moyen de saigner leurs Fossez: On y conduit aisément les Lignes d'Approches, & il est facile de faire des Mines dans les Bastions des Assiegez.

Avantages des Places situées dans des Marais.

CES sortes de Places ont peu d'avenuës, & par consequent ne demandent pas de grande Garde, même la Garnison n'y fatigue pas beaucoup. Leur Terrain est tres-propre à l'élevation des Ouvrages de Guerre. Les Cavaliers élevez sur les Remparts obligent les Assiegeans à camper fort loin des Murs de la Place. L'Ennemi n'a pas de Terrain pour faire des Contre-batteries, & ne peut creuser une Tranchée sans trouver des eaux qui la remplissent.

Desavantages des Places situées dans les Marais.

CES Places sont sujettes au mauvais air; l'eau n'y est pas saine ni bonne à boire, à moins qu'on ne la porte de dehors. Les Marais en peuvent être saignez durant l'Esté, & dans l'Hyver on les peut franchir à la faveur des Glaces. Elles sont difficiles à être secouruës, à cause qu'elles ont peu d'Avenuës.

FIGURE XCV.

Avantages des Places situées proche des grandes Rivieres.

CEs Places sont riches à cause du Commerce, & peuvent être bien fortifiées, & avoir dans leurs Magasins tout ce qui est necessaire pour une bonne défence. Quelquefois on y peut faire des Retenuës pour inonder le plat païs.

Desavantages des Places situées proche des grandes Rivieres.

CEs grandes Villes sont sujettes aux Factions & aux Ligues, un Assiegeant se prevaudra du Cours de la Riviere pour conduire dans son Camp tout ce qui lui sera necessaire pendant qu'il en ôtera la commodité aux Assiegez.

Avantage des Places Maritimes.

CEs sortes de Places n'ont pas besoin de grandes Fortifications du côtez de la Mer, un seul Parapet bordé d'Artillerie suffit pour leur défence : Quand on les veut assieger, il faut avoir deux Armées, une de Terre, & une de Mer. Elles peuvent être secouruës du côté de la Mer, principalement dans le gros temps, lorsque les vaisseaux sont obligez de prendre le large.

Desavantage des Places Maritimes.

CEs Places demandent une grande Garde, tant par Terre que par Mer : Elles sont fort sujettes aux émotions, & à faire ligue avec les Ennemis de l'Estat : Leur perte ouvre l'entrée du pais à l'Ennemi, lui sert de retraite assûrée, & cause d'autant plus de mal qu'il est difficile de les reprendre.

FIGURE XCVI.

Maximes de la Fortification Irreguliere.

Premiere Maxime.

UNE Place eſt dite Irreguliere, lorſque ſes côtez correſpondans ne ſont pas d'une même longueur, ni ſes Angles correſpondans d'une même Ouverture.

Seconde Maxime.

ON reduira, autant qu'il ſera poſſible, le Corps d'une Place Irreguliere à celui d'une Reguliere, afin de tâcher de rendre ſa force par tout égale.

Troiſiéme Maxime.

LES Baſtions entiers quoique difformes ſeront preferez aux Demi-baſtions, & les Demi-baſtions aux Redents.

Quatriéme Maxime.

ON preferera les Baſtions pleins de terre aux Baſtions vuides, ces derniers n'ayant de Terrain pour s'y retrancher.

Cinquiéme Maxime.

LES Baſtions de grande étenduë, & dont le Terrain eſt beaucoup découvert, doivent être rejettez du nombre des bons Baſtions, puiſque les moindres Cavaliers ou Hauteurs des Aſſiegeans peuvent aiſément découvrir & battre dedans.

Sixiéme Maxime.

LES Baſtions fort proches les uns des autres, & trop élevez, ſeront auſſi rejettez de la bonne Fortification, puiſque par leur hauteur les Aſſiegeans ſont à couvert des coups de la Place, dés qu'ils ſe ſont avancez ſur les Contreſcarpes & vers le milieu du Foſſé.

Septiéme Maxime.

QUE les Flancs qui ont des Cazemates ſans empêcher l'uſage de la Mouſqueterie, ſoient preferables aux Flancs où l'on ne ſe ſert que du ſeul Mouſquet pour défendre le Foſſé, &c.

Huitiéme Maxime.

QUE les Cazemates, & principalement celles qui ſont garnies de Canons cachez, ſoient preferables aux Fauſſe-brayes qui ſont entierement expoſées aux Batteries des Aſſiegeans, conſtruites ſur les Contreſcarpes & dans les Foſſez.

Neuviéme Maxime.

QUE les Faces des Baſtions, comme les parties les plus foibles de la Place, ſoient défenduës de la Mouſqueterie & du Canon des Flancs oppoſez.

Noms des principales Piéces qui servent dans la Construction des Places Irregulieres.

A Est un Bastion Regulier ; Il est ainsi nommé à cause que ses Flancs sont égaux entr'eux, & que ses Faces sont aussi d'une égale longueur.

B. est un double Bastion, ou un Bastion qui est chargé d'un autre.

C. est un Bastion composé, ou un Bastion qui a ses deux Demi-gorges de differente grandeur.

D. est un Bastion difforme, ou un Bastion qui n'a pour toute Gorge qu'une ligne droite.

E. est un Bastion plat, ou un Bastion élevé sur le côté d'un Polygone.

F. est un Bastion à Tenaille, ou un Bastion qui a son Angle flanqué coupé en Angle rentrant.

G. est un Bastion détaché, ou un Bastion qui ne communique à la Place que par le moien d'un Pont.

H. est un Demi-Bastion, ou une Avance ou Rempart avec deux Flancs & une Face.

I. est un Bastion camus, ou un Bastion construit sur un Angle rentrant, quand ses deux Faces ne font qu'une ligne droite, on lui donne seulement le nom de Plate-forme.

L. est un Fer-à-cheval, que quelques-uns nomment *Paté*, c'est un Terrain de figure ronde, situé dans un Fossé, ou dans un Marais.

M. sont des Redents ou des Flancs disposez les uns aprés les autres, en maniere de scie.

N. est une Contregarde, ou maniere de Bastion ou de Demi-bastion élevé dans le Fossé vis-à-vis l'Angle flanqué, pour couvrir les Faces d'un Bastion.

O. est un Sillon, ou Chemin de Terre qui coupe un Fossé en deux parties.

P. est une Bonnette, que l'on nomme aussi une Fléche, c'est une maniere de Parapet fait en Angle saillant, que l'on construit à la tête de l'Avant-Fossé, ou devant le pied du Glacis.

Pour les Ravelins, les Demi-lunes, les Ouvrages à Tenaille simple & double, les Queuës d'Yronde, & les autres qui servent à couvrir les lieux incommodez, ils ont été expliquez assez amplement dans le livre de la Fortification Reguliere, pour s'en pouvoir servir dans celui-ci, lorsqu'il en sera besoin.

FIGURE XCVII.

CHAPITRE II.

Des Principes generaux, & de la Construction des Places Irregulieres, tant avec Enceinte que sans Enceinte, & premierement des moiens Côtez.

UOIQUE le sujet de la Fortification Irreguliere soit fort vaste, neanmoins je dirai, que tous les côtez qui composent l'Enceinte d'une Place Irreguliere, soit qu'ils forment des lignes droites ou courbes, peuvent être considerez en Petits, Moyens, & Grands.

Les petits côtez sont ceux, dont la longueur s'étend depuis une seule toise jusqu'à quatre-vingt; ces sortes de côtez, à cause de leur peu d'étenduë, ne peuvent avoir de Bastions sur leurs Angles, & ne sont d'ordinaire fortifiez que par des Bastions & Ouvrages détachez. Exemple A.

Les moyens Côtez sont ceux, qui s'étendent depuis quatre-vingt toises jusqu'à cent vingt. Ceux-là sont toûjours fortifiez de Bastions sur leurs Angles. Exemple B.

Les longs Côtez sont ceux, qui depuis cent vingt toises s'étendent indéterminement. Ceux-là sont ordinairement fortifiez d'un Bastion plat dans leur milieu, ou de plusieurs Bastions Plats, de distance en distance, selon leur étenduë. Exemple C.

Les moyens Côtez se trouvent le plus souvent dans l'Enceinte des Places Irregulieres, & chacun d'eux en particulier se subdivise en Petit, Moyen & grand Côté. Tous les Bastions que l'on fait sur leurs Angles, sont nommez generalement *Bastions Royaux*.

On remarquera soigneusement, qu'à ces Bastions Royaux les Flancs construits sur l'extremité des Côtez, doivent augmenter de longueur à mesure que ces mêmes Côtez augmentent d'étenduë; de sorte que les Bastions, qui sont faits à l'extremité d'un Côté du Polygone de 80. toises, ont 16. toises de Flanc; Ceux qui ont le Côté du Polygone de 90. toises, ont 17. toises de Flanc; Ceux qui ont le Côté du Polygone de 100. toises, ont 18. toises de Flanc; Ceux qui ont le Côté du Polygone de 110. toises, ont 19. toises de Flanc; Et ceux qui ont le Côté du Polygone de 120. toises, ont 20. toises de Flanc, & à proportion dans les fractions.

Tous ces Flancs étant construits sur un Angle de 98. Degrez, selon nôtre methode, deviendront encore plus grands qu'ils ne sont selon les mesures ci-dessus données.

Il y a quelques Ingenieurs qui appellent les Bastions *Petits Royaux*, quand leurs Flancs ne s'étendent que depuis quatre-vingt jusqu'à quatre-vingt-dix toises; & donnent le nom de *Moyens Royaux* à ceux, dont les Flancs sont depuis nonante jusqu'à cent dix toises; & enfin ils appellent *Grands Royaux* les Bastions, dont les Flancs s'étendent depuis cent dix jusqu'à cent vingt toises.

FIGURE XCVIII.

FIGURE XCVIII.

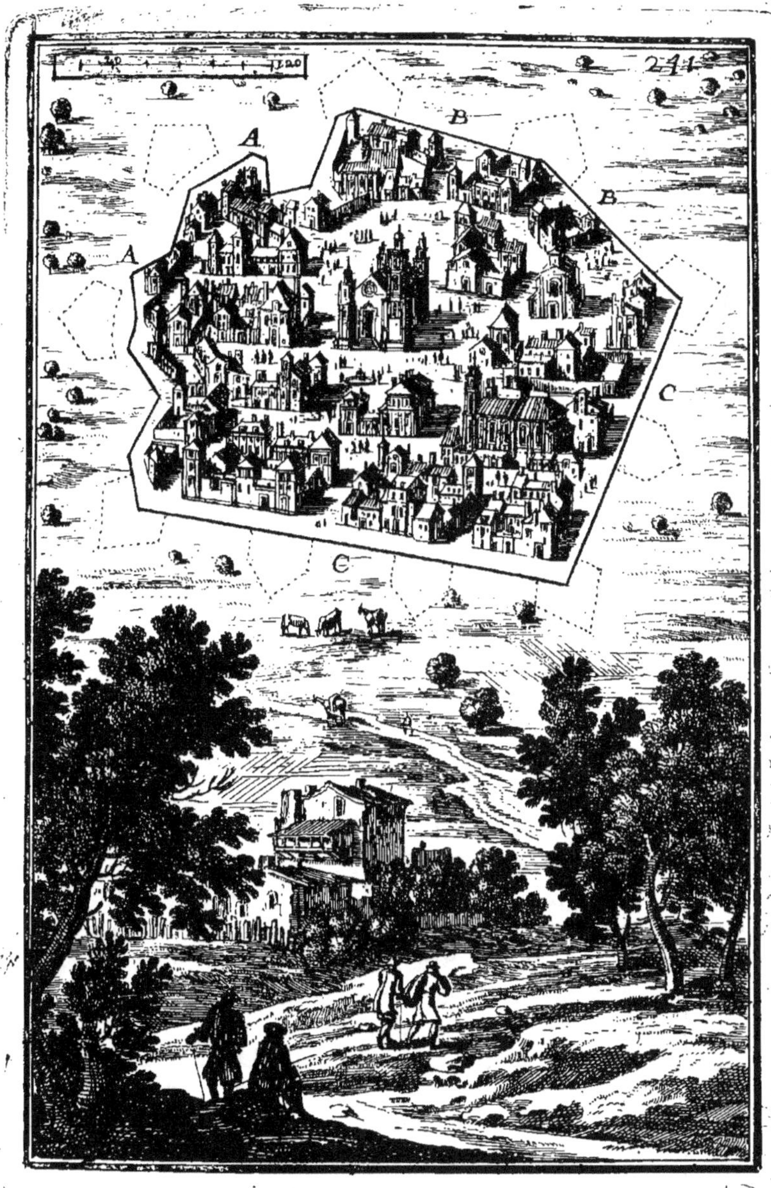

Methode pour fortifier une Place Irreguliere.

JE commencerai à fortifier les Places Irregulieres par celles qui sont capables d'être fortifiées de Bastions Royaux, c'est-à-dire, dont les côtez du Polygone s'étendent depuis 80. jusqu'à 120. toises. Ensuite je donnerai le moyen de fortifier les longs & les petits côtez.

Soit une Ville Irreguliere ceinte de Murs A B. B C. C D. D E. & E A. que l'on desire fortifier à la Moderne.

On prendra la longueur d'un des plus grands côtez de la Place, ou de son Plan, comme est le côté A B. que nous supposons dans cét Exemple être de 120. toises, sur cette longueur on fera à part l'Echelle T V. de 120. parties égales, pour exprimer la portée du Mousquet.

Ensuite ayant mesuré avec l'Echelle tous les côtez de la figure, on verra s'il y en a qui soient moindres de 80. toises, ou qui en contiennent plus de 120. car en ces cas il faudroit fortifier ces côtez selon les regles dont on se servira pour les petits & grands côtez, ce qui n'est pas maintenant de nôtre Exemple.

On fera les Demi-gorges A F. B G. B H. C I. C K. D L. &c. de la cinquiéme partie des côtez de leur Polygone, comme on a fait aux Places Regulieres.

Pour avoir les Flancs, on fera à ces points des Demi-gorges les Angles des Flancs de 98. Degrez d'ouverture G F M. F G N. I H O. H I P. &c. Et pour déterminer la longueur precise des Flancs, on remarquera combien a de longueur chaque côté du Polygone, qui porte ces mêmes Flancs. Par exemple, ayant remarqué que le côté du Polygone A B. est de 120. toises, on donnera à chacun de ses Flancs F M. & G N. 20 toises de hauteur, selon le precepte qui a été donné dans la page précedente. Si le côté étoit de 110. toises, comme celui de B C. on donnera à chacun de ses Flancs H O. & I P. 19. toises, & ainsi pour les Flancs des autres côtez.

Pour faire les Faces des Bastions, on tirera les Lignes de Défences depuis les points des Demi-gorges jusqu'au sommet des Flancs, & où ces lignes se couperont, elles formeront la pointe des Bastions, comme on le peut remarquer par les Défences F N. & I O. qui forment l'Angle flanqué du Bastion Q. Et de même celles de H P. & L R. détermineront l'Angle flanqué S. ce que pratiquant par tout de la même maniere, les Bastions & la Place ou le Plan seront achevez, les lignes Q N. & Q O. étant les Faces du Bastion B. & les lignes S P. & S R. étant les Faces du Bastion C.

FIGURE XCIX.

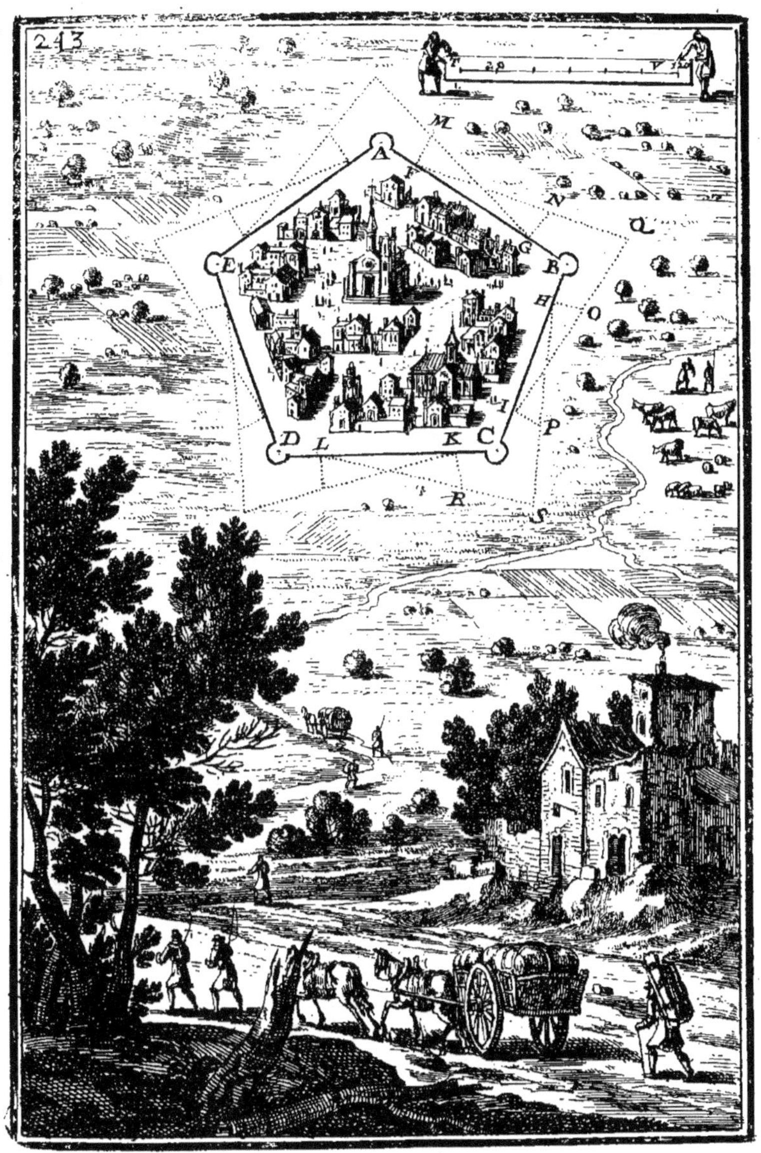

Methode pour fortifier une Place Irreguliere qui n'a point encore d'Enceinte.

SI l'on vouloit fortifier quelque Poste qui ne fût point enfermé, Exemple A. l'Ingenieur en leveroit le Plan, ainsi que je l'ai enseigné ci-devant, en parlant des lieux qui n'ont point d'Enceinte.

Sur son Plan il traceroit une Enceinte avec toute la prudence necessaire. Si tous les côtez ne passoient pas 120. toises, ou n'étoient pas au dessous de 80. il les fortifieroit selon les Regles de la page précedente.

Mais si l'on obligeoit l'Ingenieur à fortifier ce Poste sans en lever le Plan, il le pourroit facilement en plantant à sa volonté aux environs les Piquets B C D E F G. toutefois avec cette précaution, de ne les planter que dans les lieux les plus élevez, autant qu'il lui seroit possible, à cause que les Bastions occupent d'ordinaire le terrain qui est aux environs de ces Piquets.

Il auroit même grand soin de ne pas trop éloigner ses Piquets du lieu à fortifier, de peur d'enfermer trop de Terrain, & d'y faire plus de Bastions qu'il ne faudroit. Il doit aussi prendre bien garde de ne les pas approcher trop prés des maisons, & de laisser assez de Terrain pour faire le Rempart. La mesure qu'il pourra donc tenir pour éviter ces défauts est, de ne pas écarter ni approcher (comme j'ai déja dit ci-dessus) les Piquets de plus de 20. à 25. toises des maisons qui sont vis-à-vis les Angles des Polygones B C D. C D E. &c. ainsi qu'on le peut remarquer dans le Plan.

Aprés que ces Piquets seront plantez selon ces précautions, il fera regner un Cordeau le long de ces Piquets pour former l'Enceinte B C D E F G. qu'il fortifiera selon les regles précedentes, & ses Bastions se trouveront conformes à ceux que j'ai ponctuez autour de l'Enceinte supposée de la Place A.

FIGURE C.

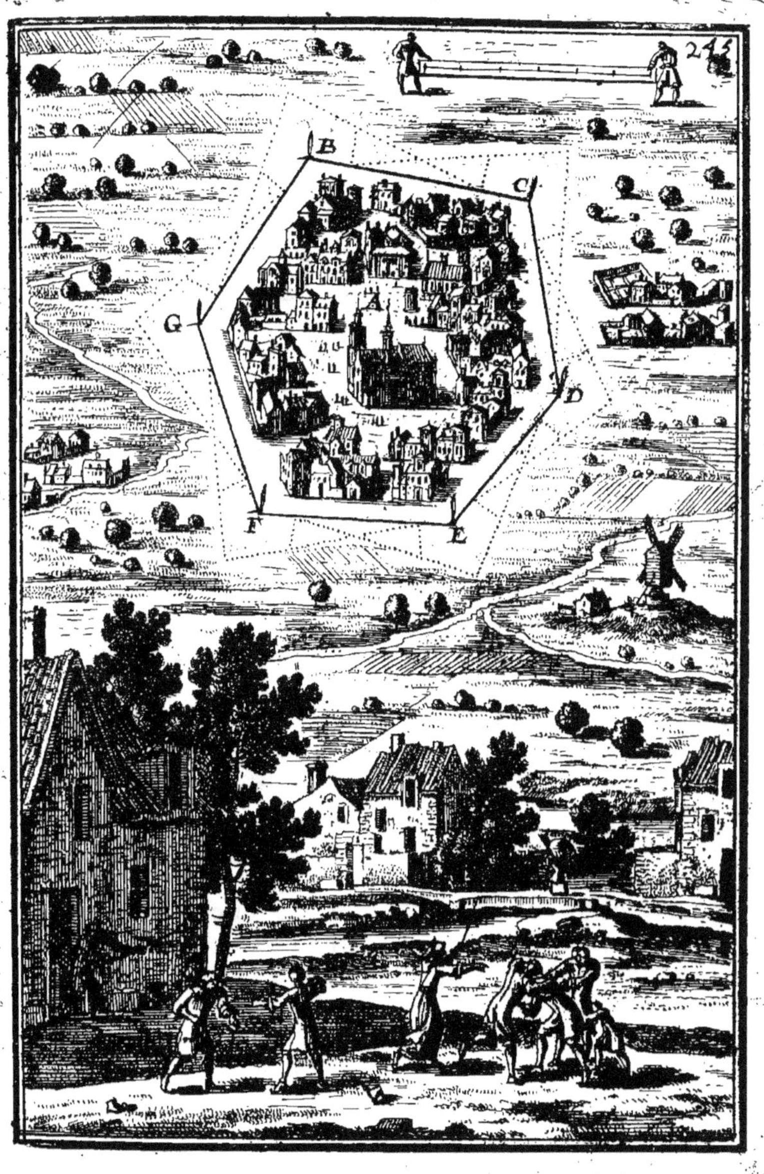

Construction des Remparts, des Parapets, des Fossez, des Chemins couverts, & des Glacis, des Places Irregulieres.

SUIVANT la Maxime qui dit, que l'on reduira autant qu'il sera possible le Corps d'une Place Irreguliere à celui d'une Reguliere, afin de tâcher de rendre sa force par tout égale, il faut tenir les Bastions les plus égaux entr'eux que l'on pourra, & se souvenir aussi que les Remparts d'une Place Irreguliere doivent être tous d'une même épaisseur, & les Fossez d'une même largeur, afin que l'Assiegeant trouve par tout les mêmes obstacles.

Si l'on veut donc donner au Rempart des Places Irregulieres, une épaisseur qui soit proportionnée, on prendra sur leur Echelle l'étenduë de 18. toises, qui sont les parties proportionnelles entre la longueur des petits & des grands Flancs : De cette étenduë de 18. toises on le tracera parallele aux petits, aux moyens, & aux grands côtez de la figure. Exemple A.

La largeur du Parapet se marquera aux grands Plans de l'étenduë de la cinquiéme partie du Rempart, & aux petits de la quatriéme. Exemple B.

La Banquette marquée C. est dessinée par un petit trait que l'on fait fort prés du Parapet.

La largeur des Fossez se fera parallele aux Faces des Bastions de l'étenduë de 18. toises prises sur l'Echelle du Plan. Exemple D.

Le Chemin couvert sera de la même largeur que le Parapet, & sera parallele à la Contrescarpe. Exemple E.

Le Glacis se fait de l'étenduë du Rempart parallele aussi au Chemin couvert. Exemple F.

La Banquette du Chemin couvert marquée G. se fait parallele & le plus proche de la tête du Glacis qu'il est possible. Exemple G.

L'Avant-fossé ou le Fossé du Glacis se fait autour du pied du Glacis de la largeur du Parapet. Exemple H.

FIGURE CI.

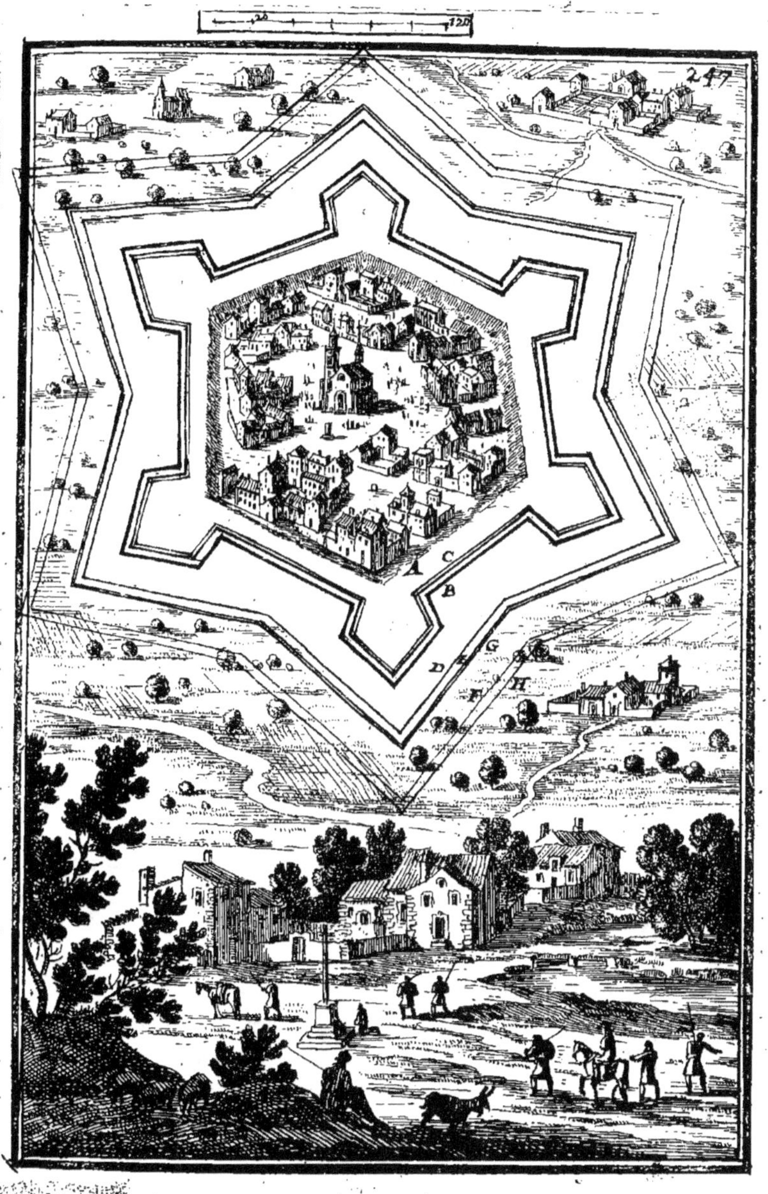

Methode d'ordonner les Places-d'Armes, les Marchez, & les Ruës des Villes Irregulieres.

LORSQUE j'ai traité des Places-d'Armes, des Ruës & des Marchez des Villes Regulieres, j'ai fait remarquer, que leurs grandes Ruës, tant celles qui vont aux Bastions, que celles qui aboutissent aux Courtines, doivent toûjours répondre à la Place-d'Armes, & que cette Place-d'Armes doit être faite justement au milieu de la Ville, afin que les Troupes qu'on y tient sous les Armes pendant un Siege, puissent secourir plus commodément les lieux attaquez.

Mais dans les Villes Irregulieres, ces Places-d'Armes ne se peuvent pas toûjours faire dans leur milieu, qui est bien souvent l'endroit de la Ville le plus peuplé, & où sont les Eglises, les Palais, & les autres lieux qu'on desire conserver; Alors on fait ailleurs ces Places-d'Armes, ces Ruës & ces Marchez, selon les précautions & les Maximes suivantes.

I. On choisit pour les Places-d'Armes le lieu de la Ville le moins élevé, & le plus caché aux élevations & hauteurs de la Campagne, afin que les Troupes qui s'y assembleront, ne puissent être découvertes des Assiegeans.

II. On tâchera de faire ces Places-d'Armes entre la Ville & le Château ou la Citadelle, s'il y en a: Toutefois en telle maniere que de tous côtez elle soit couverte de Maisons, pour en ôter la vûë aux Ennemis.

III. Pour les Ruës, on fera ensorte que les plus grandes aillent se rendre en ligne droite à la Place-d'Armes, & qu'elles répondent à toutes les autres, débouchant & démolissant les Culs-de-Sacs qui empêchent les Soldats de secourir le lieu attaqué.

IV. Les Marchez de ces Villes Irregulieres, aussi bien que ceux des Places Regulieres, n'ont point de lieu déterminé: mais ils doivent toûjours être éloignez le plus qu'on pourra de la Place-d'Armes. Et c'est ainsi que sont les Places-d'Armes, les Ruës & les Marchez de la ville de Graveline.

FIGURE CII.

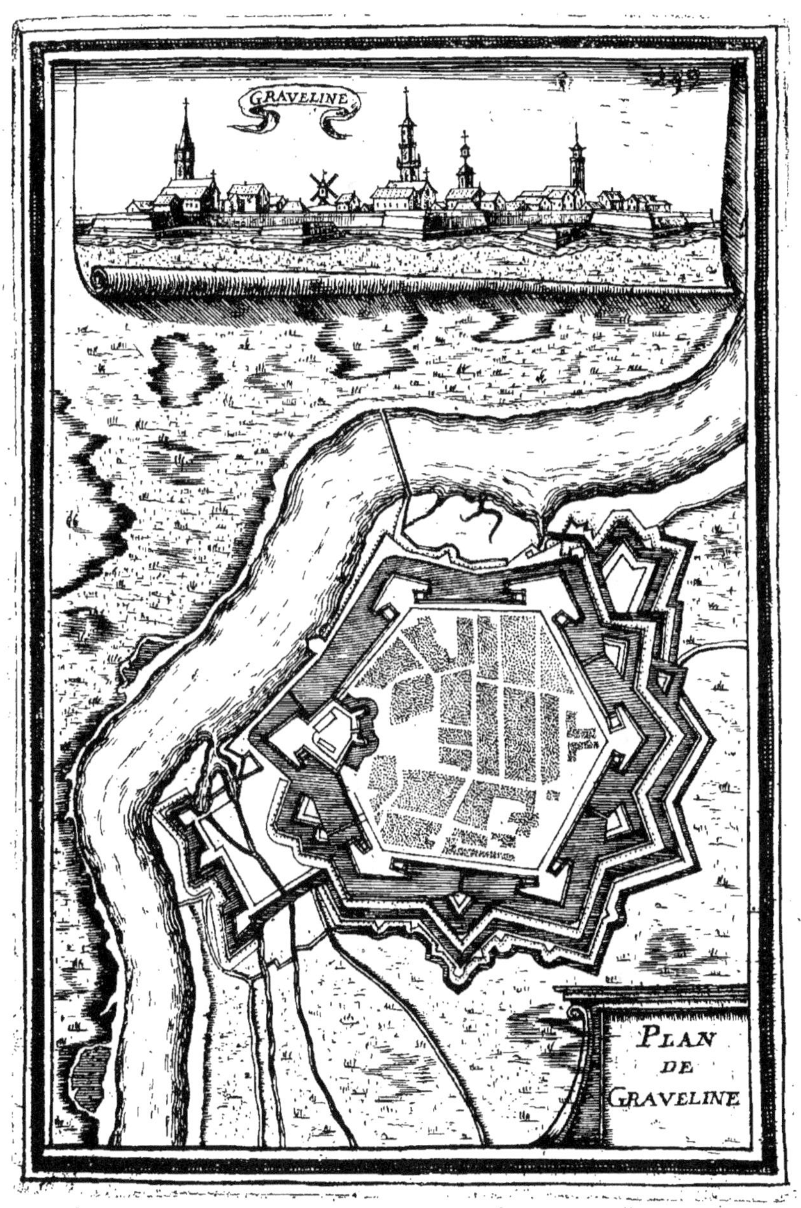

Methode de construire ou placer les Portes des Villes Irregulieres.

IL y a fort peu de Villes Anciennes qui n'ayent encore leurs Portes défenduës d'un grand nombre de Tours, qu'on élevoit autrefois au devant, pour empêcher à coups de traits les Assiegeans d'en approcher avec leurs Beliers : mais presentement que l'usage des Tours est changé en celui des Bastions, on observe de placer les Portes au milieu des Courtines, principalement aux Places Regulieres, où l'on est d'ordinaire maître de l'Ordonnance des Ruës: Mais aux Places Irregulieres, où l'on est obligé de suivre l'incommodité du Terrain, & la disposition des Ruës Anciennes, il faut, pour bien placer leurs Portes, suivre, autant qu'il est possible, les Regles & les Maximes suivantes.

I. On fera le moins de Portes qu'il sera possible à une Ville, & ce sera toûjours le meilleur.

II. Elles seront d'autant mieux placées, qu'elles approcheront de plus prés du milieu des Courtines, parce qu'elles sont également défenduës des deux Flancs. Celles qui sont bâties dans les Flancs sont pires que celles des Courtines; car dans un Flanc elles sont embaras, & empêchent que la Face du Bastion opposé n'en soit défenduë; celles qui se percent dans les Faces sont les plus défectueuses de toutes, puisqu'elles ne sont défenduës que d'un seul Flanc, & qu'en cette situation la Porte est dans le lieu le plus foible, & le plus exposé de toute l'Enceinte de la Place; ce qui rend même les sorties des Assiegez plus aisées à découvrir.

III. Les Portes doivent être toûjours couvertes de quelque Ouvrage, comme d'un Ravelin, d'une Tenaille, &c.

IV. Le dessous des Portes, ou l'épaisseur du Rempart, doit aller en tournant, non seulement pour empêcher l'effet du Petard; mais encore afin que la Porte étant rompuë, les Assiegeans n'enfilent de leurs Batteries la Ruë qui y répondroit en droite ligne. J'ai remarqué étant à Anvers, que les Portes de la Ville sont ainsi construites.

FIGURE CIII.

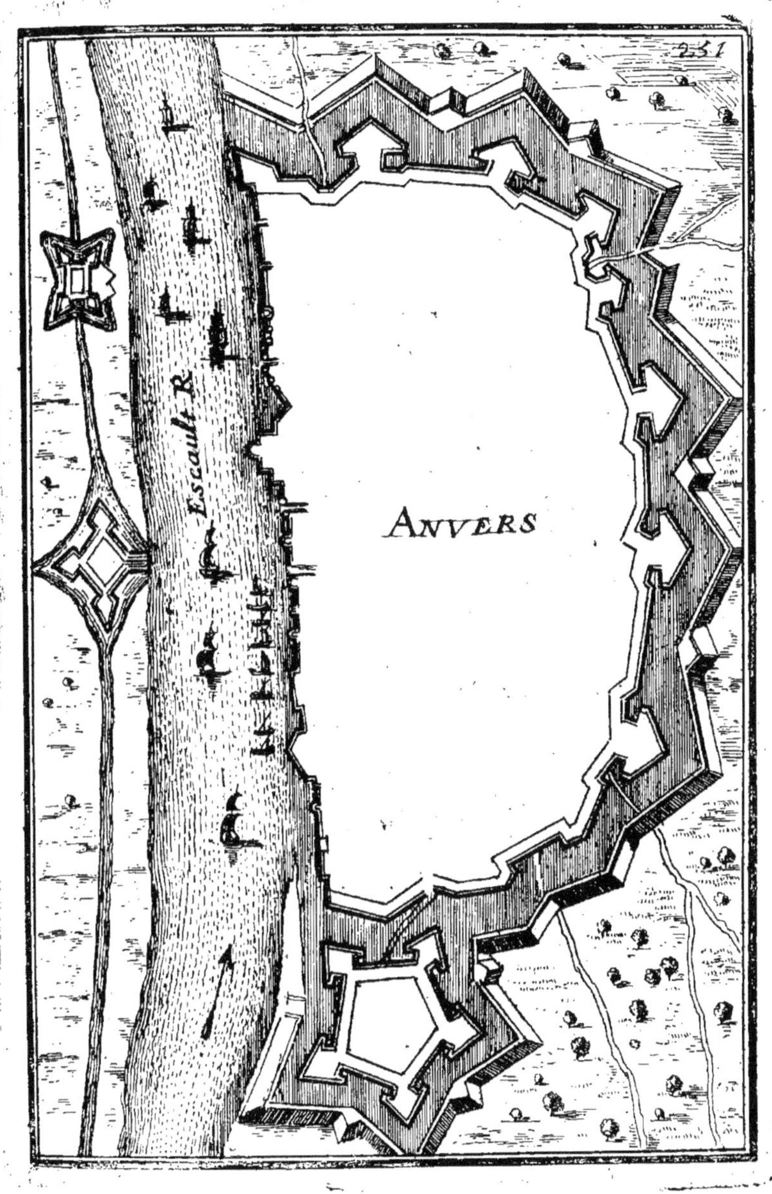

Methode d'élargir ou de diminuër les Angles d'un Polygone.

AVANT que de traiter de la Fortification des longs côtez, il est necessaire que l'on remarque, qu'il y a des Angles qu'on peut ouvrir quand ils sont fort aigus, d'autres qu'on peut diminuer, quand ils sont extrémement obtus. Il y en a aussi quelques autres, où l'on ne peut ni ajoûter, ni retrancher aucune chose, comme on remarquera dans la suite de ce Livre.

Ceux dont on peut corriger l'excés ou le défaut, se rectifieront en cette maniere.

Le Plan étant levé & mis au net, on élargira l'Angle A B C. de l'ouverture qu'on desirera ; comme par exemple, si l'Angle A B C. étoit de 80. Degrez, on le fera de 120. comme à l'Hexagone, en mettant le Diametre du Rapporteur, ou petit Demi-cercle, à l'uni de la ligne A B. & le Centre au point B. pour compter sur la Circonference de la ligne A B. 120. Degrez, afin de tirer par ce point déterminé la ligne B D. & cette même ligne sera déterminée de la longueur d'un côté ou deux du Polygone, jusqu'au concours de l'autre côté, s'il paroît sur le Plan que le Terrain le puisse permettre.

Pour corriger l'Angle obtus E F G. & le rendre moins ouvert, on mettra le Diametre du Rapporteur le long de la ligne E F. & le Centre au point F. pour compter sur la Circonference le nombre des Degrez que l'on demande, comme ici 120. afin de tirer la ligne F H. qui rendra la Figure capable d'être fortifiée plus regulierement qu'auparavant.

On corrige de cette maniere les défauts des Angles, pour rendre les Figures plus approchantes des Regulieres.

FIGURE CIV.

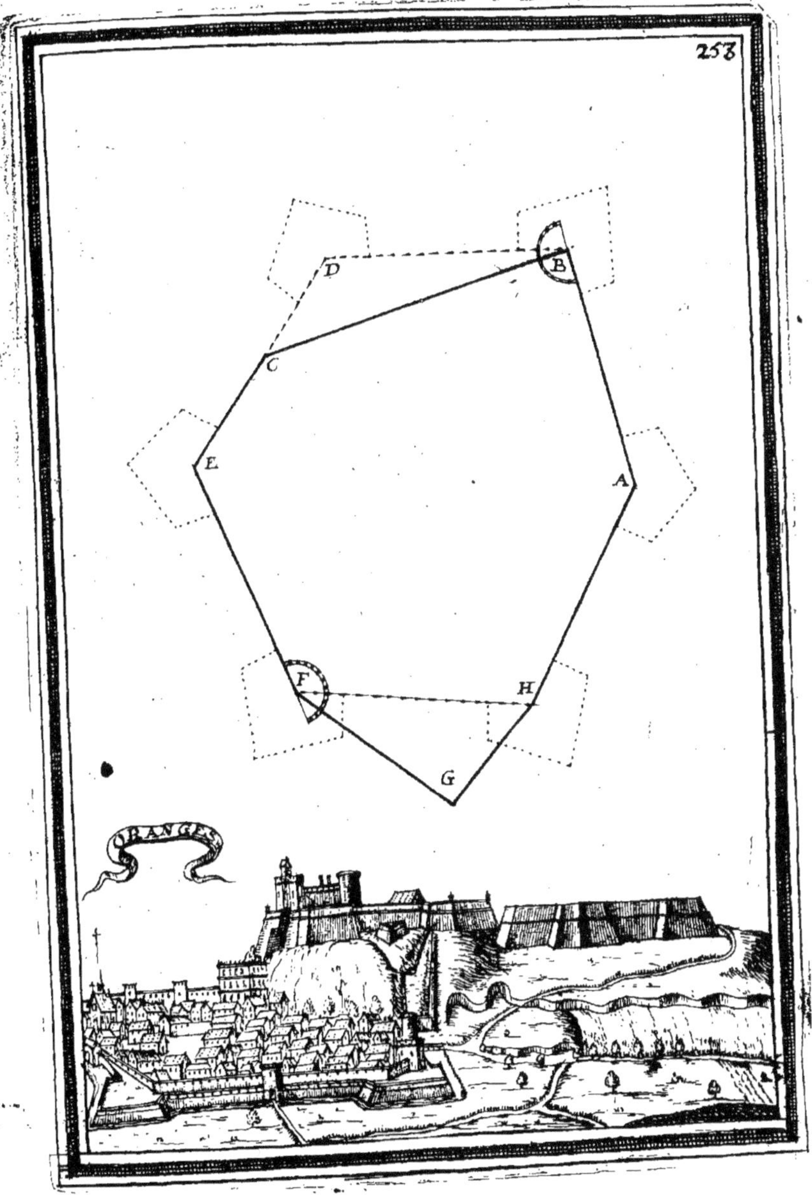

CHAPITRE III.

De la Methode de Fortifier les Places Irregulieres qui ont de longs côtez & un grand Circuit.

IL est important de rappeller ici en memoire ce que j'ai dit au commencement du second Chapitre de cette Fortification Irreguliere, que les Ingenieurs sous le nom de grands côtez comprenoient tous les côtez qui excedoient l'étenduë de 120. toises, & qu'ils fortifioient d'ordinaire ces longs côtez avec un Bastion plat, ou avec plusieurs de la même espece.

J'avertirai encore, que trois ou quatre toises, de plus ou de moins sur la longueur du côté d'une Figure Irreguliere, ne sont pas assez considerables pour faire changer les regles & les mesures que je donne pour l'Ordonnance des Bastions Plats, à cause que les Faces de ces sortes de Bastions sont courtes, & leurs Flancs fort longs.

Methode de fortifier les Places Irregulieres, qui ont quelques côtez capables de recevoir un Bastion plat.

SOIT à fortifier la Place marquée A. ou un Plan, dont le côté BC. soit supposé contenir cent toises, & duquel on veut se servir pour faire l'Echelle, on tirera en quelque lieu vers les bords du Plan la ligne blanche DP. sur laquelle on prendra DF. égale au côté donné BC. Cette partie DF. sera divisée en cent parties égales, selon les differentes Methodes de faire les Echelles, expliquées dans le Chapitre second de la Fortification Reguliere.

Mais comme la portée du Mousquet est ordinairement limitée à 120. toises, & que cette distance doit être necessairement comprise entre la pointe du Bastion, & les Flancs opposez qui la doivent défendre, on ajoûtera au cent parties de la ligne DF. vingt autres parties, qui se termineront en E. pour representer 120. toises.

On feroit une pareille Echelle de 120. parties, s'il se trouvoit un côté de 60. 80. 90. 200. 220. toises, soit en augmentant la ligne, qui ne contiendroit pas les 120. parties, ou en retranchant de la ligne ce qui excederoit les 120. toises. Ce qui servira d'une Remarque generale pour la Construction des Echelles des Places Irregulieres.

Ensuite on examinera avec l'Echelle la longueur de chaque côté de la Place; & tous les côtez compris depuis 80. toises jusqu'à 120. seront fortifiez selon les regles des moyens côtez expliquées dans le Chapitre précedent.

Mais s'il arrivoit que les côtez excedassent 120. toises, comme dans nôtre Exemple, où nous supposons le côté CG. de 160. le côté HI. de 200. & le côté KB. de 240. toises, alors selon la Methode suivante il faudroit construire un Bastion plat au milieu de chaque côté.

On divisera donc le côté CG. en deux parties égales au point L. pour avoir CL. LG. qui seront considerées comme les deux côtez d'un Polygone.

FIGURE CV.

FIGURE CV.

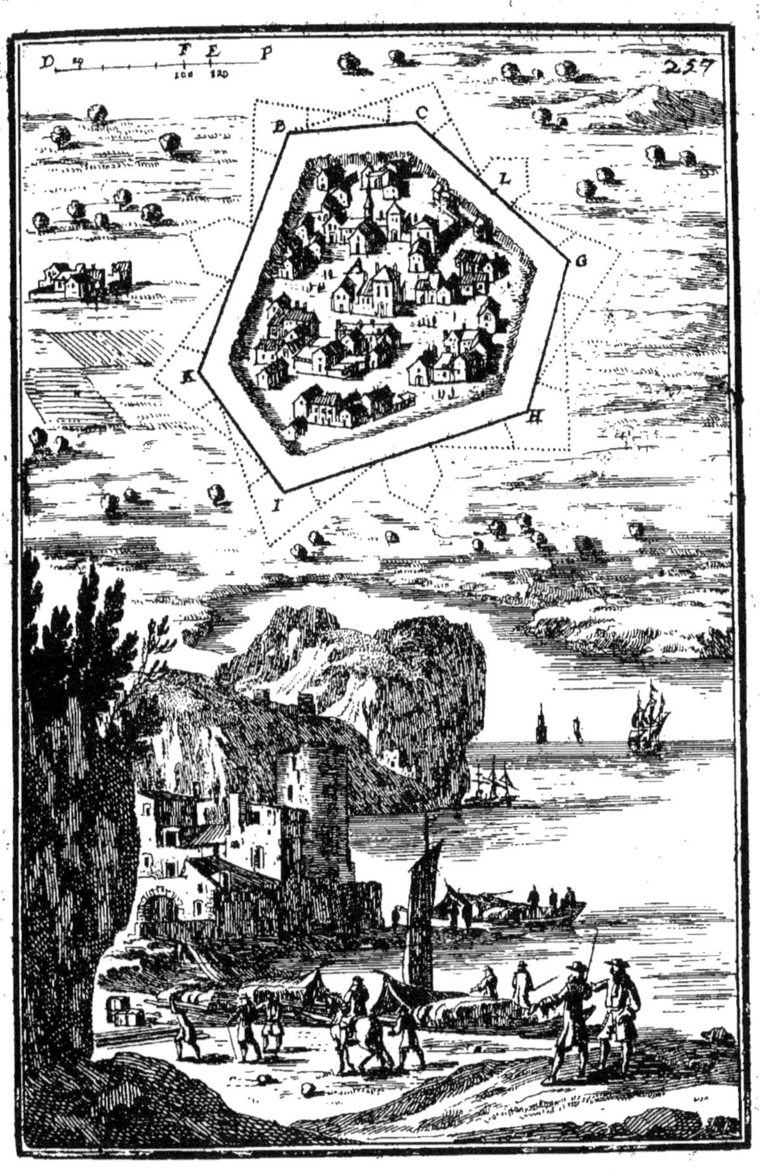

On divisera aussi la longueur C L. en cinq parties égales, afin que la partie la plus proche de L. qui est L M. serve de Demi-gorge au Bastion plat, & que la plus proche de C. qui est C N. soit aussi une Demi-gorge du Bastion C.

On divisera de même en cinq parties l'autre côté L G. pour avoir les Demi-gorges L O. & G P.

Puis aux points N M O P. on fera sur un Angle de 98. degrez la longueur des Flancs qui sera déterminée par la longueur d'une Demi-gorge, comme de N. en Q. de M. en R. de O. en S. & de P. en T. Ensuite on fera tomber au point L. la Perpendiculaire L V. pour y déterminer la capitale L X. qui sera égale à deux Demi-gorges.

Puis du point X. on tirera aux points R. & S. les Faces X R. & X S. qui acheveront le Bastion plat M R X S O.

Il arrive souvent qu'au lieu de faire un seul Bastion plat sur un côté de 160. toises, on en construit deux petits, dont les Centres sont à 80. toises l'un de l'autre. Mais les bons Ingenieurs ne se servent que rarement de ces petits Bastions, & ils leur en preferent de moyens ou de grands, parce que le Terrain des petits n'a pas assez d'étenduë pour faire des Retranchemens capables de resister aux efforts des Assiegeans.

FIGURE CVI.

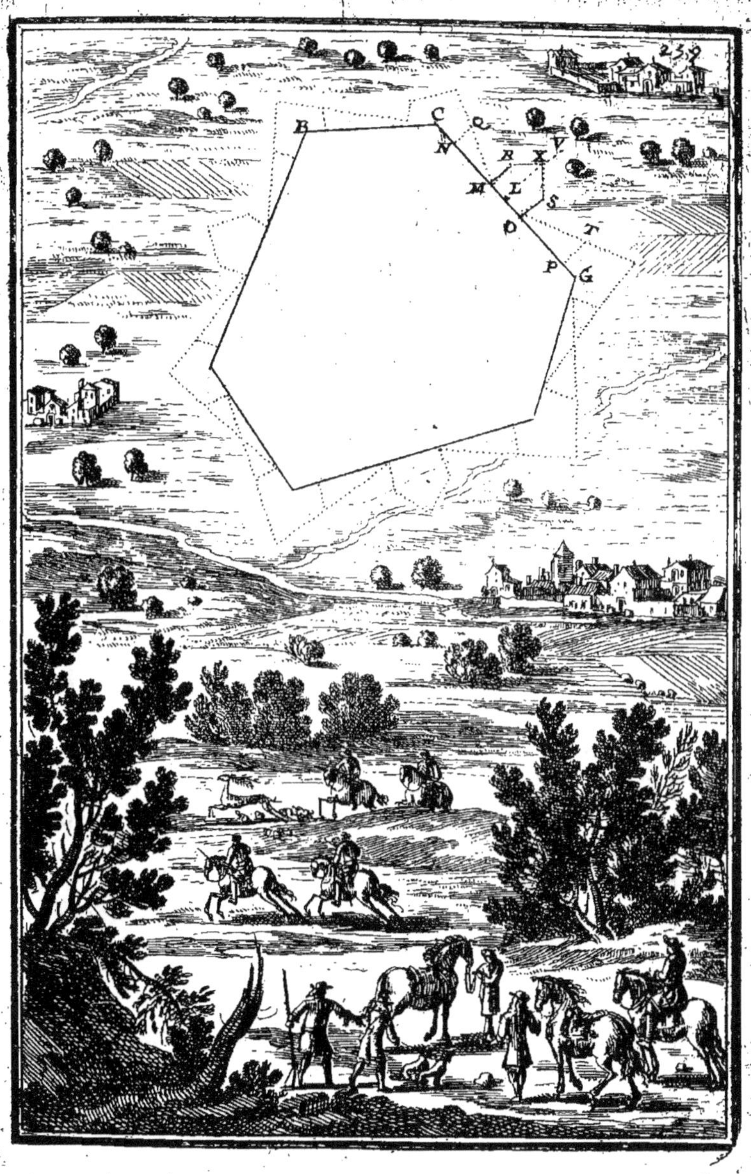

Methode de fortifier les Places Irregulieres, qui ont quelques côtez capables de recevoir plusieurs Bastions plats.

DANS l'Exemple précedent j'ai supposé, que le plus grand côté de la Place ou du Plan fût de 140. toises. Mais s'il arrivoit qu'on en trouvât de plus grands, comme dans l'Exemple que je donne en cette page, alors il faudroit diviser chaque côté de la figure en plusieurs parties égales, neanmoins avec cette précaution, que les plus petites parties ne fussent pas moindres que de 80. toises, & que les plus longues n'excedassent pas 120.

Par exemple, que le Plan A. soit celui qu'on desire fortifier, s'il y a de moyens côtez, comme ceux qui sont marquez des lettres A B. C D. E F. on les fortifiera selon les regles précedentes. A l'égard des longs côtez, comme est celui qui est marqué BC. que je suppose plus long que 240. toises, il faut considerer que le Bastion plat X. qui seroit construit dans son milieu, seroit hors de défence. Ainsi on divisera ce côté en trois parties égales, pour voir si ces distances peuvent recevoir deux Bastions, & comme dans l'Exemple de cette ligne B C. qui est supposée de 264. toises, ces distances étant de 88. toises, ne seront pas au dessous de 80. & ne passeront pas 120. alors on y construira deux Bastions plats, selon qu'il a été enseigné dans la page précedente.

Mais si le côté étoit d'une si grande étenduë, qu'en y construisant deux Bastions plats ils se trouvassent hors de défence, comme il arriveroit au côté D E. qui est supposé de 376. toises. Pour lors il faudroit diviser cette ligne D E. en quatre parties égales, dont chacune mesurée sur l'Echelle seroit de 94. toises, qui seroit une distance raisonnable pour faire des Bastions plats, puisque les plus estimez sont ceux qui ne sont éloignez qu'environ de 100. toises.

Enfin on suivra ces mêmes regles pour le côté F A. & même pour tous ceux qui seroient plus grands, en se ressouvenant qu'en divisant ces longs côtez en autant de parties que l'on voudra, ces parties ne soient pas moindres que de 80. toises, ni plus longues que de 120. pour les raisons que je viens de dire.

FIGURE CVII.

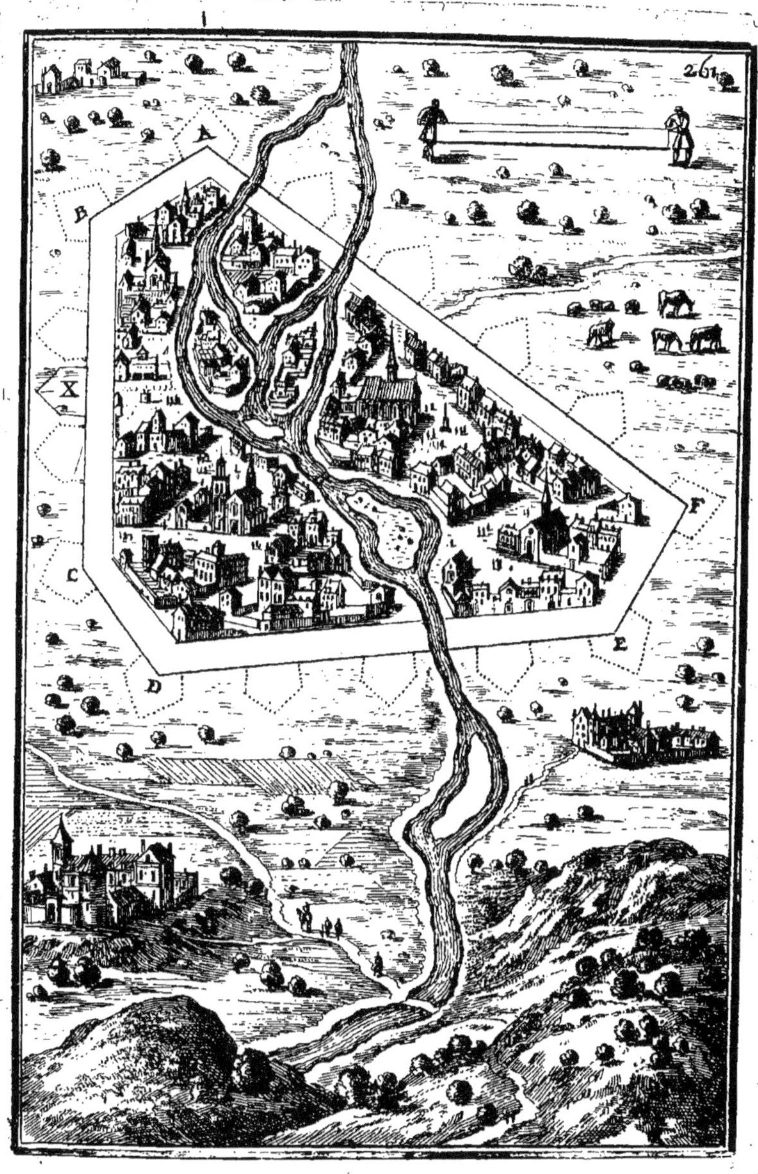

Remarques sur la Fortification des longs côtez, qui peuvent être prolongez ou retranchez.

IL arrive souvent dans les Places Irregulieres que quelques-uns de leurs longs côtez ayant plus de 120. toises, ont leurs extremitez trop éloignées pour pouvoir être défenduës par des Bastions Royaux ; Mais il arrive aussi que ces mémes côtez n'ayant pas 160. toises, sont incapables d'avoir un Bastion sur le milieu de leur longueur, parce que ce Bastion seroit trop proche des autres.

Cette difficulté se rencontre dans le Plan A. Car le côté CD. étant de 140. toises, est trop long pour avoir des Bastions à ses extremitez, & trop court pour être capable d'un Bastion plat à son milieu. En ces occasions l'on observera les regles suivantes autant qu'il sera possible.

On examinera si le terrain permet que ce côté puisse être prolongé vers l'une ou l'autre de ses extremitez, comme vers le point C. en y ajoûtant 20. toises de C. en F. ce qui rendra ce côté de 160. toises, & donnera moyen de construire un Bastion plat sur son milieu. Neanmoins avec cette précaution, que le côté BF. qui tiendra lieu du côté BC. ne soit pas au dessous de 80. toises, ni au dessus de 120.

Mais si ce côté CD. ne peut être prolongé, il en faut retrancher une certaine étenduë, dont le reste puisse être fortifié de Bastions selon les regles ordinaires. Ainsi dans le méme Exemple du côté CD. on retranchera 40. toises de C. en G. & le reste GD. n'étant plus que de 120. toises, aura un Bastion Royal sur chacune de ses extremitez. Mais on tiendra toûjours pour Maxime que le côté BG. qui tiendra lieu de BC. ne passe pas 120. toises, & ne soit pas au dessous de 80.

FIGURE CVIII.

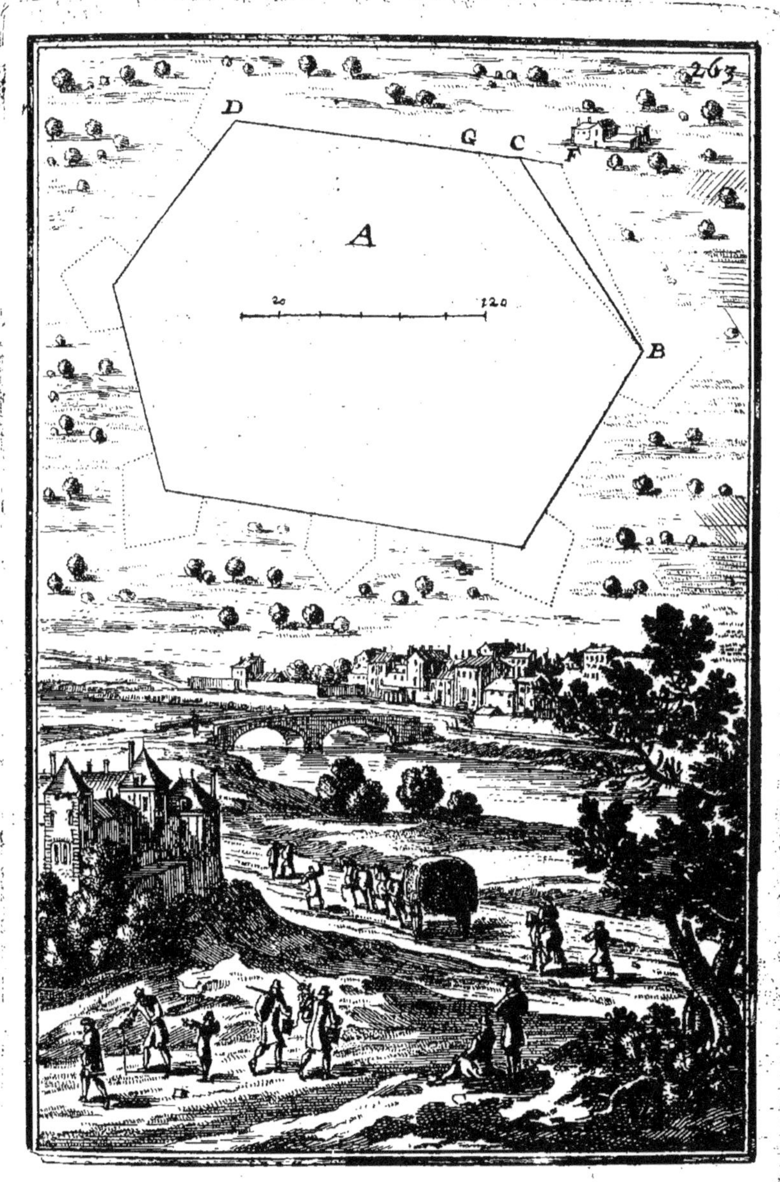

Methode de fortifier les Villes, en se servant de leurs anciennes Enceintes, supposant qu'il soit libre de les aggrandir, ou retressir en quelque partie.

DANS les pages précedentes nous avons dit, comme on prolonge ou retranche les longs & les petits côtez; mais dans celle-ci nous parlerons de ce qu'il faut éviter en fortifiant les Villes sur leurs anciennes Murailles, supposant qu'il soit libre d'augmenter ou retrancher ce qui en seroit défectueux.

I. Le Plan des vieilles Murailles étant levé, avec leurs Tours, rondes ou quarrées, s'il y en a, on prendra sur l'Echelle du Plan la longueur de 100. ou 120. toises, & de cette ouverture l'on marquera sur les lignes du même Plan le lieu, où doivent être construits les Bastions, en s'accommodant le plus qu'on pourra à la vieille Enceinte.

II. Mais on s'écartera de ces vieilles Enceintes, comme dans l'Exemple A. quand les vieux côtez seront rentrans, afin d'éviter d'y faire des Plate-formes; car les Bastions plats sont d'une meilleure défense.

III. Ou bien l'on fera rentrer les côtez en dedans, comme dans l'Exemple B. pour éviter les Angles aigus saillans, qui sont les Angles les plus imparfaits de la Fortification; à cause qu'on n'y peut faire que des Bastions coupez, ou des Ouvrages à Cornes.

IV. Ou bien enfin on suivra la nature des côtez, avec cette condition, que la distance des Bastions qui y seront élevez, n'excedera point 120. toises, depuis l'Angle du Flanc, jusqu'à l'Angle flanqué du Bastion opposé. Ce qui est la ligne de Défense.

La ville d'Olivença, en Portugal, est fortifiée de cette maniere.

FIGURE CIX.

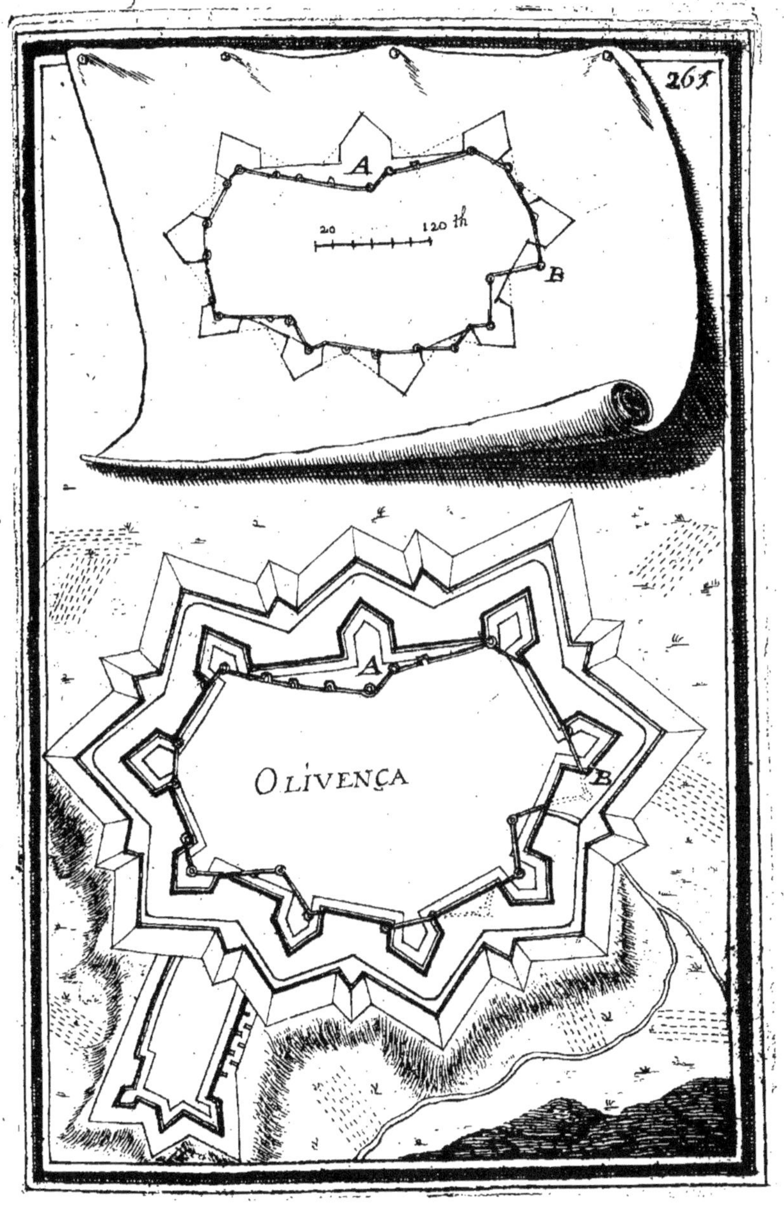

Methode de fortifier les Villes sur l'Enceinte des vieilles Murailles.

S'IL arrivoit qu'on voulût fortifier une Ville qui fût raisonnablement peuplée, & dont l'Enceinte n'enfermât que la juste étenduë du Terrain qu'il faut pour faire une bonne Place, ou bien que cette Enceinte ou Muraille fût d'une épaisseur capable de servir de Chemise pour la nouvelle Fortification, alors on la fortifieroit en suivant ces Regles.

Premierement, Si tous les Angles saillans de la Muraille étoient éloignez les uns des autres environ la portée du Mousquet, on feroit à chaque Angle, des Bastions les plus égaux entr'eux qu'il seroit possible, tant pour la grandeur, que pour la hauteur, tenant pour principale Maxime, que de chaque Flanc on puisse défendre l'Angle flanqué, le Fossé, & même la Contrescarpe & le Chemin couvert du Bastion opposé.

II. On conservera les Tours & vieilles Murailles, qui se pourront rencontrer dans les Gorges des Bastions; car c'est autant de Retranchemens tous faits, en cas que les Assiegeans vueillent emporter la Place d'Assaut.

III. On conservera aussi les Tours, les Chasteaux, & les autres piéces élevées proche des Murailles, supposant qu'on ne puisse changer leur Figure, & que de-là on puisse incommoder les Assiegeans : car alors on élevera devant ces Tours quelques Ravelins ou Demi-lunes.

IV. Il faut encore conserver les Tours qui se rencontrent dans le milieu des Courtines, quand elles n'y font pas une grande saillie, parce qu'étant remplies de terre, elles serviront de Cavalier, pour foudroyer dans les Travaux des Ennemis. On élevera au dessus de ces Tours les Flancs des Bastions de leur grandeur ordinaire, afin de nettoyer les Fossez, & défendre les Faces; C'est ainsi qu'est fortifié Nieuport.

FIGURE CX.

Remarques sur les Bastions plats.

QUAND dans une Place, comme celle qui est ici marquée A. on rencontre de longs côtez B C. E F. qui ne peuvent être retranchez ni prolongez, & qu'au milieu on n'y sçauroit faire un Bastion plat, à cause qu'ils n'ont pas l'étenduë de 160. toises, alors il sera bon de construire à leurs extremitez des Bastions composez B. ou des Bastions difformes. C. ou bien enfin de faire dans leur milieu un Moineau G.

Les Bastions composez & difformes doivent garder dans leur Construction les Maximes generales de la Fortification, c'est-à-dire, qu'ils soient toûjours sous la portée du Mousquet, que leurs Faces n'excedent jamais la longueur des deux tiers de leurs Courtines, & que l'ouverture de leur Angle flanqué ne soit jamais au dessous de 60. degrez.

Les Moineaux sont proprement de petits Bastions plats, qui semblent entretenir une défense commune entre deux Bastions trop éloignez. Leur Gorge doit être égale à la difference qu'il y a entre 120. toises, où finissent les grands Bastions Royaux, & 160. toises, où l'on commence à établir un Bastion plat. Leur Capitale doit être égale à leur Gorge, & chaque Flanc à la moitié de la Capitale.

Le Rempart des Moineaux a moins de hauteur que celui de la Place, afin que les Mousquetaires logez dans les Flancs des Bastions opposez, puissent tirer par dessus le Moineau, & défendre une partie de la Face de ces Bastions opposez.

Il y a un Moineau de cette maniere qui couvre les murs de l'Arcenal de Paris, & qui est situé entre deux Bastions si éloignez, qu'ils sont hors de la défence du Mousquet. On verra encore de ces Moineaux dans le Plan de Breda, que je donnerai à la fin de ce livre, en parlant des Citadelles Irregulieres.

On remarquera que les Bastions E. & F. proche du Moineau ne doivent point avoir leur Flanc, ni leur Demi-gorge plus grands que de 16. ou 18. toises, de crainte que dans quelques Figures chaque Face H. & I. ne devienne égale aux deux tiers de la Courtine: Ce qui arriveroit particulierement aux côtez qui n'ont point de Bastion plat, si ces Demi-gorges & ces Flancs passoient 16. ou 18. toises.

FIGURE CXI.

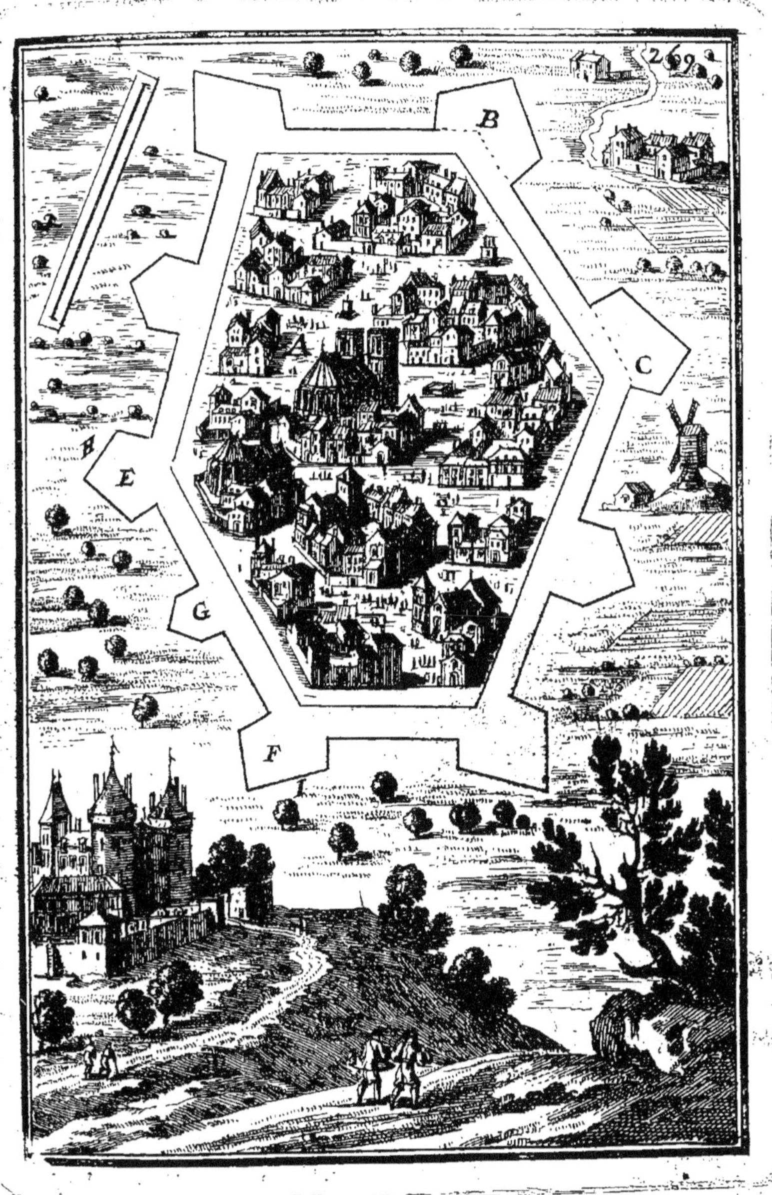

Methode de fortifier les longs côtez qui forment des Angles aigus.

ON suppose dans cette Question que ces Angles soient situez d'une telle maniere qu'on n'ait pas la liberté d'en rien retrancher, soit parce qu'ils enferment quelques Eglises, ou quelque magnifique Palais, qu'on ne veut pas démolir, ou bien que le Terrain ne permette pas qu'on leur donne une autre Figure.

Cette Question paroît si épineuse chez les Ingenieurs, que c'est ordinairement celle qu'ils proposent à leurs Eleves quand ils veulent juger de leur merite.

Pour fortifier ces Angles aigus, on fortifiera d'abord les côtez qui les forment selon les Regles ordinaires, par des Bastions simples ou plats. Puis on remarquera quelle Figure font les lignes de défence des Bastions qui seroient construits sur ces Angles aigus. Car si ces Lignes de défence se vont joindre fort loin, en formant un Angle fort aigu, comme est celui qui est marqué E. du Bastion A. pour lors on le fortifiera d'un Bastion à Tenaille, construit sur les Regles suivantes. Mais si ces Lignes de défence, au lieu de former un Angle, viennent à s'élargir, à mesure qu'elles sont continuées vers la campagne, comme sont celles de l'Angle B. c'est une marque que cet Angle aigu ne peut être fortifié que par un Ouvrage à Corne.

Pour faire le Bastion à Tenaille A. ses Flancs C D. & G F. étant déterminez selon les Regles ordinaires, on fera ses Faces en mettant tout au plus trente à quarante toises de D. en H. & de F. en I. sur ses longues Faces D E. & F E. Des points H. & I. on tirera en blanc la ligne H I. que l'on divisera également au point K. de ce point K. on tirera une ligne au point L. qui est l'Angle aigu à fortifier ; ensuite on divisera la ligne H I. en quatre parties égales, pour faire rentrer une de ces parties de K. en M. sur la ligne K L. de ce point M. on tirera les lignes M H. & M I. qui formeront un Angle rentrant ; & le trait du Bastion à Tenaille C D H M I F G. sera achevé. On y fera le Parapet selon les Regles ordinaires. Il y a un Bastion de cette maniere à Grave, comme l'on le peut remarquer dans le Plan qui est ci-aprés, en traitant des Redoutes.

FIGURE CXII.

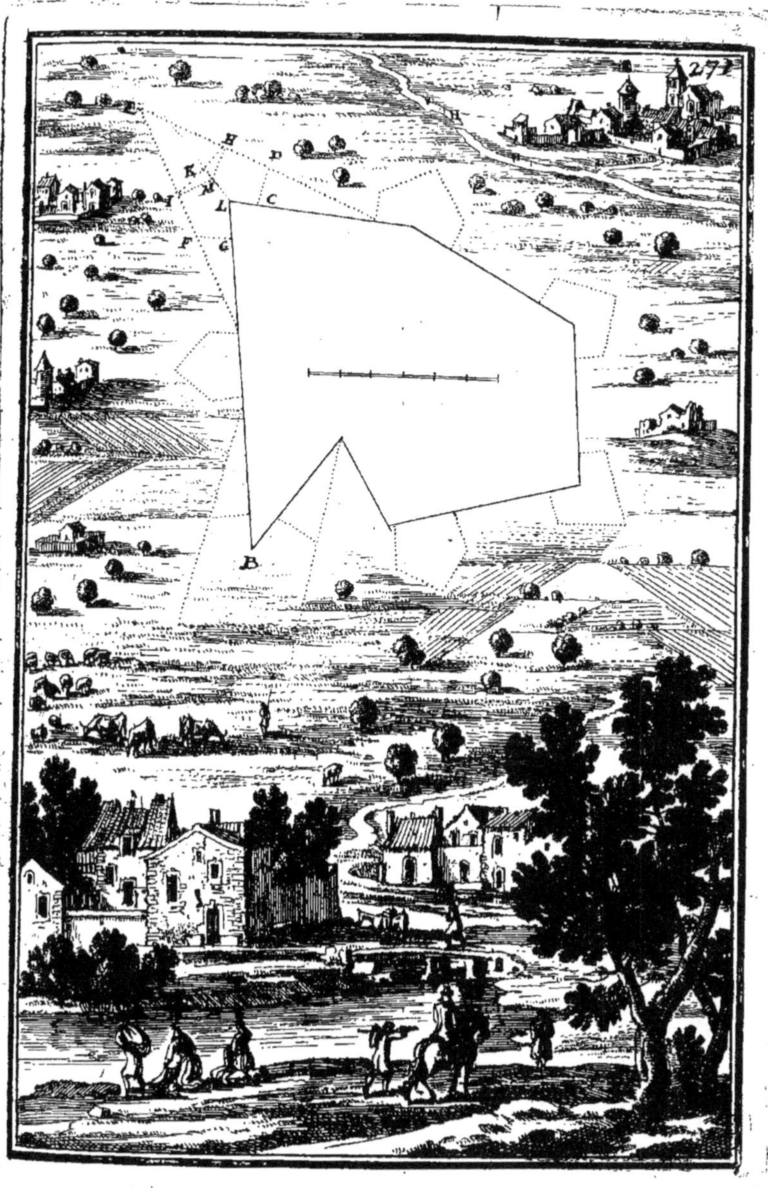

Ceux qui voudront fortifier ce Bastion d'un Retranchement, comme je le represente au Bastion N. traceront deux fois la largeur du Parapet dans la capacité du Bastion, & la largeur la plus avancée vers le Centre du Bastion servira de Base au Parapet du Retranchement.

On remarquera que le Terrain qui forme l'Angle rentrant, doit être plus bas que celui du Retranchement, afin de faciliter la découverte du Fossé, & donner moins de prise à l'Assiegeant.

Ceux qui voudront encore mieux s'assûrer de l'Angle rentrant de ce Bastion, le pourront couvrir d'une petite Demi-lune marquée O.

Elle doit être éloignée de cinq ou six toises de l'Angle rentrant, sa grandeur est arbitraire; mais elle ne doit pas être vûë de la campagne, & son Parapet doit être fort haut avec des Embrasures, pour couvrir ceux qui sont dedans, du feu des Contrescarpes.

Ces sortes de Demi-lunes, qui font l'office de Caponnieres, servent beaucoup pour empêcher la descente du Fossé.

Mais s'il arrivoit, comme j'ai dit en parlant du Bastion B. que les Lignes de défence, au lieu de s'approcher, s'écartassent considerablement, pour lors au lieu d'un Bastion à Tenaille on y feroit un Ouvrage à Corne en cette maniere.

On coupera l'Angle aigu C L G. en deux parties égales par la ligne K L. que l'on produira vers la campagne. Puis du point L. & de l'étenduë tout au plus de 40. à 50. toises on fera l'Arc H I. l'on portera dessus cét Arc trente toises de K. en H. & de K. en I. & l'on tirera en blanc la ligne H I. Puis sans avoir égard aux lignes de défence, on conduira des Points H. & I. au sommet des Flancs D. & F. les lignes H D. & I F. pour les grands côtez de l'Ouvrage à Corne, dont la tête se fortifiera, comme il a été dit dans la page 49. en parlant de la Construction des grandes Cornes.

FIGURE CXIII.

FIGURE CXIII.

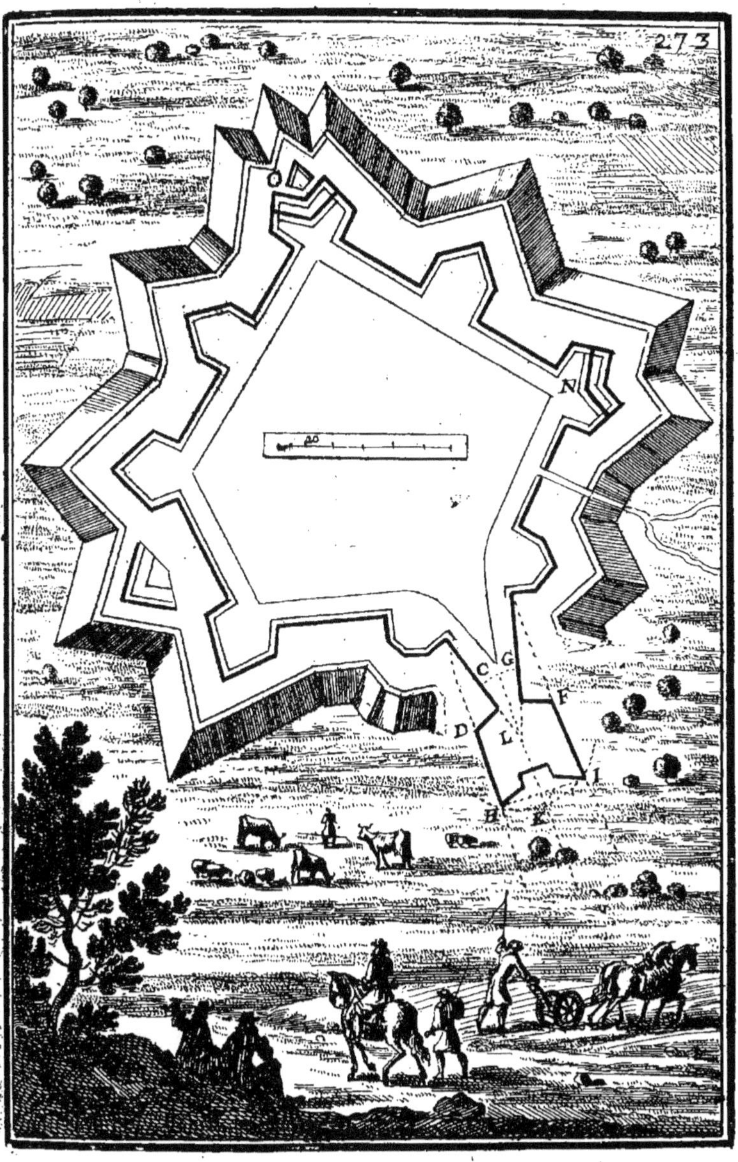

Methode de fortifier les longs côtez qui forment des Angles rentrans.

COMME il n'y a rien de si frequent ni de si dissemblable dans les Places Irregulieres que les Angles rentrans, je donnerai la facilité de les fortifier, en les reduisant sous les trois especes d'Angles aigus, droits & obtus.

Pour l'Angle aigu qui se rencontrera dans quelque partie saillante de la Place, comme il est marqué par la lettre A. ce sera une Regle generale de le couvrir d'un Bastion: Mais s'il se rencontre dans quelque partie de la Courtine, comme celui qui est marqué B. il n'a besoin d'aucune Fortification, son ouverture étant assez défenduë par le feu des Flancs qui en sont proches. D'ailleurs, il n'est pas à présumer que les Assiegeans attaquent un Angle situé de la sorte; car ils auroient à traverser toute la largeur du Fossé qui regne devant la Courtine, & à essuyer tout le feu de la Place; outre le danger d'être ensuite battus de revers de la partie C. quand ils voudroient monter à l'assaut sur le côté D.

A l'égard des Angles droits, si les côtez qui les forment n'excedent pas 120. toises, ils n'ont besoin d'aucune Fortification, parce que ces mêmes côtez leur servent de Flanc. Exemple E. mais pour les Angles droits, qui auroient quelque côté plus long que 120. toises, comme l'Angle F. on fera sur ces côtez un Bastion plat, ou quelque Redent, comme il sera enseigné ci-aprés. Exemple G.

Pour les Angles obtus, quand les Bastions qui sont à leur extrémité se peuvent défendre, il n'est pas necessaire d'y rien construire. Exemple H. Mais si ces Bastions ne se défendent pas reciproquement, on élevera sur cét Angle un Bastion camus en cette maniere.

L'Angle obtus I K L. ayant le côté de 100. toises, on le fortifiera à l'ordinaire, & au point de la Demi-gorge N. on élevera la Perpendiculaire N M. de 18. toises. Pour le côté K L. qui est supposé de 160. toises, ou de plus, on le divisera également en O. ou en autant de parties qu'il sera capable de recevoir de Bastions plats.

Au point O. on fera un Bastion plat, sur le point de la Demi-gorge P. on élevera la Perpendiculaire P Q. de la grandeur d'un des Flancs du Bastion plat. Ensuite on tirera la ligne M Q. que l'on divisera en deux parties égales au point R. pour tirer la ligne K R. puis de R. on mettra R M. de R. en S. pour tirer les Faces R M, & R Q. qui acheveront le Bastions camus N M S Q P.

FIGURE CXIV.

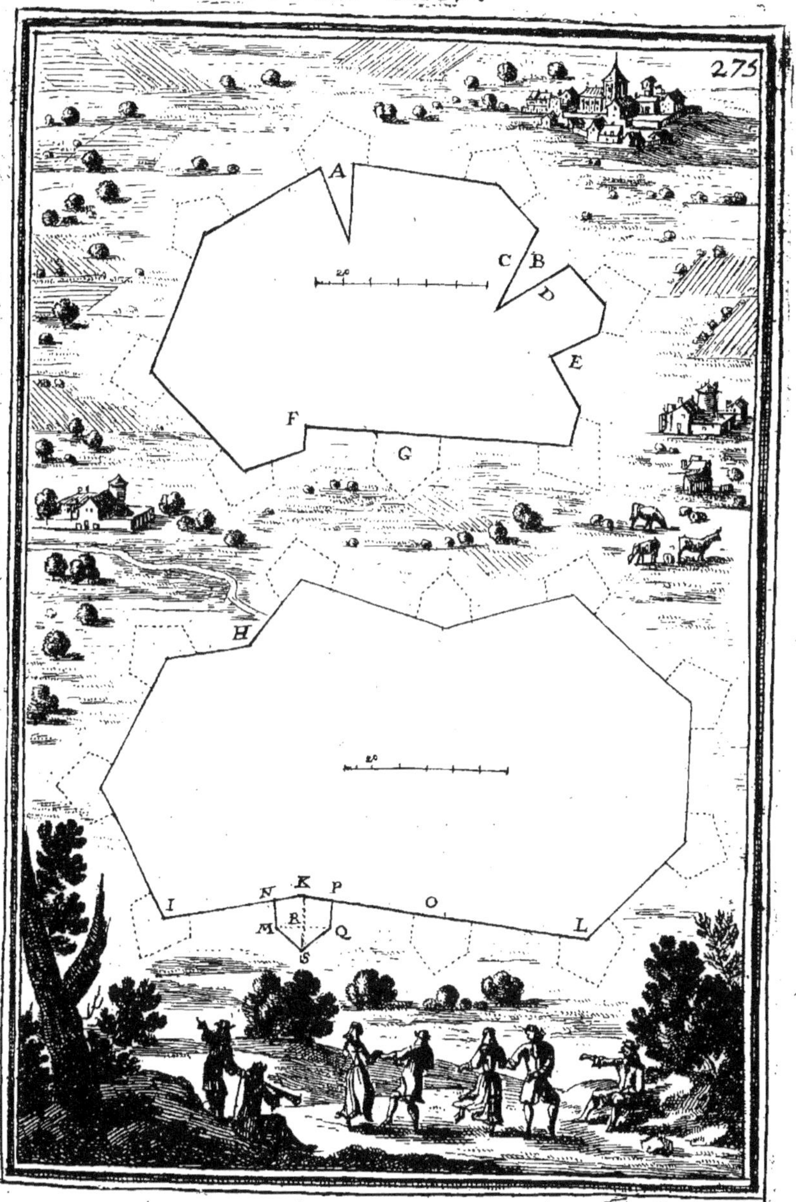

Methode de fortifier les Villes qui se sont aggrandies.

IL y a des Villes, qui outre leur ancienne Enceinte se sont aggrandies par la jonction de quelques Villages, ou par l'accroissement de quelques-uns de leurs Fauxbourgs; Et quelquefois ces Fauxbourgs, pour être plus ou moins élevez que les Villes, se sont tellement peuplez, qu'ils font comme de seconds Corps-de-Places, qu'on desireroit toutefois conserver en les fortifiant, afin de n'être point obligé, en cas de Siege, à les démolir. Supposant donc que leur situation fût plus propre à conserver les Villes, qu'à les incommoder; on les fortifiera en suivant les précautions suivantes.

I. On tâchera de rendre leur Fortification égale par tout, c'est-à-dire, qu'elle soit aussi Reguliere à une Tenaille qu'à l'autre, observant, autant que faire se pourra, l'égalité des Murailles, & des Ouvrages exterieurs.

II. Si on ne peut pas joindre les deux parties en une, pour ne faire qu'un Corps de Place, on fera du moins en sorte, que chacune tire sa défence de soi-même, afin que la perte de l'une n'attire pas la ruine de l'autre.

III. Les Bastions & les autres Ouvrages qui se trouveront proches de l'une & de l'autre partie, doivent être également élevez, afin que l'un ne commande point à l'autre.

IV. On choisit un lieu commode pour faire une Citadelle qui commande tout à la fois, & la Ville, & le lieu qu'on y veut joindre. La ville de Thurin est fortifiée de la sorte.

FIGURE CXV.

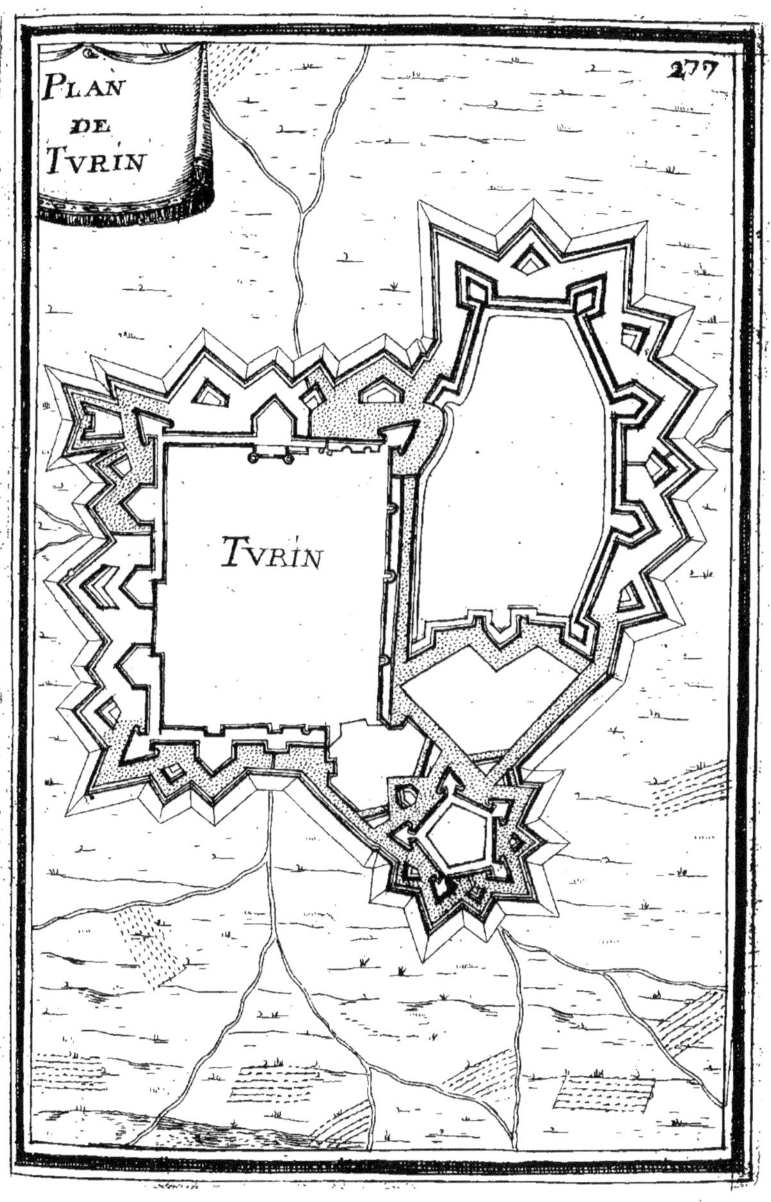

Methode de fortifier les Villes d'une nouvelle Enceinte, en y enfermant l'Ancienne.

ON est quelquefois obligé de fortifier les Villes, qui par la suite des temps se sont tellement remplies de peuple, que l'on a été contraint d'occuper les Remparts, les Fossez, & les autres lieux de leur Enceinte. Cela arrive souvent aux Villes Capitales des Provinces ou des Royaumes; pour lors en les enfermant d'une nouvelle Enceinte, il faudra suivre les Regles & les précautions qui suivent.

I. En augmentant l'Enceinte de la vieille Ville, on ne fera point la nouvelle d'une étenduë si grande, que la Garnison, jointe au secours des Bourgeois, ne soit assez forte pour garnir tous les Postes, & pour faire même un Corps, capable de secourir & de pourvoir aux necessitez imprevûës des Assauts, & à la perte des Soldats.

II. En étendant la Chemise de la Fortification nouvelle, on suivra, autant que le Terrain le pourra permettre, les Maximes de la Fortification Reguliere, qui sont de faire les Bastions les plus uniformes que l'on pourra, en les éloignant l'un de l'autre tout au plus de 100. à 120. toises.

III. Les Bastions ou autres Ouvrages, qui s'éleveront sur le penchant ou au pied des Hauteurs, seront épaulez du côté de ceux qui sont plus élevez, afin que la perte de ces derniers, ne cause point celle des autres.

IV. La nouvelle Fortification enfermera, s'il est possible, tous les lieux couverts & tous les Commandemens d'où les Assiegeans pouroient foudroyer & incommoder ceux de la Place, aprés s'en être rendus maîtres.

On a fortifié de cette maniere la ville de Lisbone, dont voici le Profil & le Plan, que j'ai levé par l'ordre du Roi de Portugal, en l'an 1666.

FIGURE CXVI.

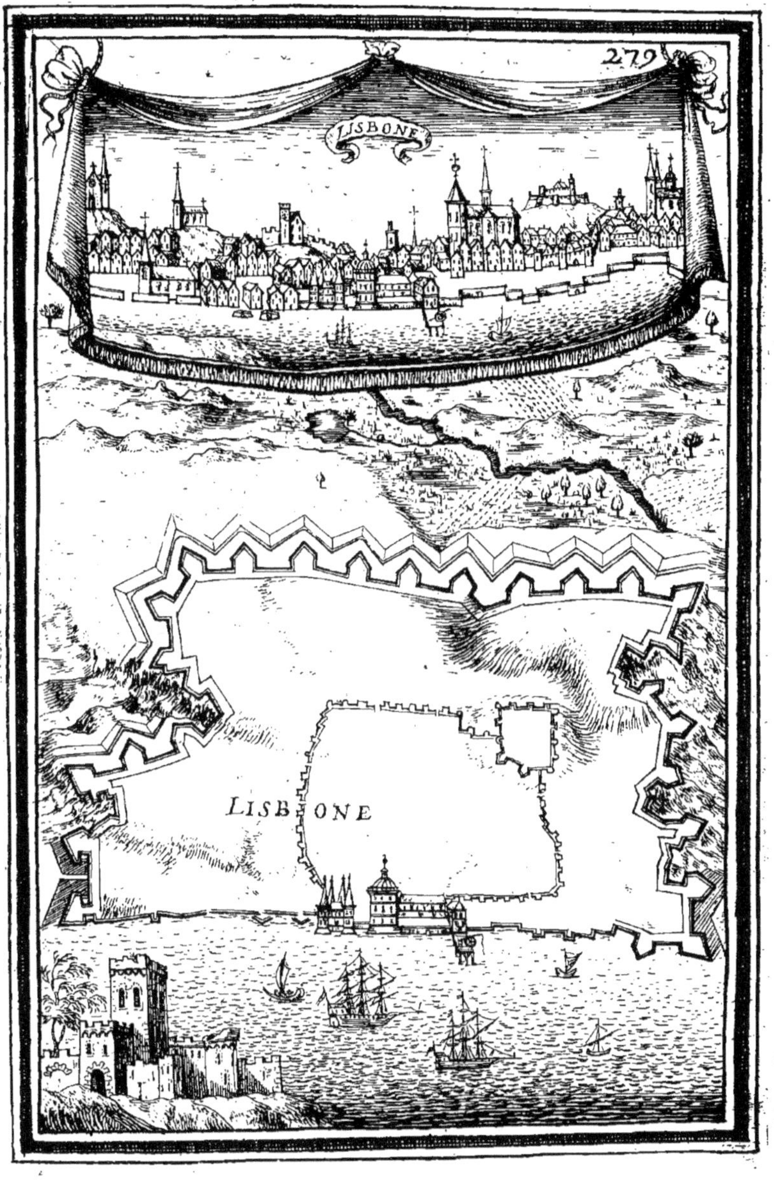

CHAPITRE IV.

De la Methode de fortifier les Places Irregulieres, qui ont de petits Côtez, en Lignes droites ou en Ovales.

IL n'y a guere de Place, en quelque ſituation qu'elle ſoit, qui n'ait quelques petits côtez, que le hazard ou la prudence des hommes y ont formez, pour occuper ou pour couvrir les Figures bizarres d'un Terrain marécageux, ou pour joindre pluſieurs grands côtez qui formeroient ſans ces petits une Enceinte d'une trop vaſte étenduë; ou bien enfin pour enfermer le pied d'une ou de pluſieurs Montagnes, dont les ſeparations pourroient faciliter l'entrée d'une Place.

Pour remedier à tous ces défauts, il n'y a qu'à ſuivre les Regles que je propoſe dans ce Chapitre, où d'abord je donnerai la Methode de conſtruire des Baſtions ſur ces petits côtez, & je dirai ce qu'il faudra faire quand il eſt impoſſible d'y en conſtruire.

Methode de fortifier les Places Irregulieres, qui ont quelques petits côtez, qui pris ensemble peuvent être défendus par des Bastions.

SOIT proposée à fortifier une Place Irreguliere, dont quelques côtez ont moins de 80. toises.

Si le Plan de la Place n'est pas accompagné de son Echelle, on en fera une selon les Regles précedentes, en prenant arbitrairement un de ses côtez que l'on suppose être connu.

Ensuite l'Ingenieur fortifiera ce Plan en se servant des plus grands côtez, autant qu'il lui sera possible, & sans avoir égard à l'étenduë des petits côtez, il ménagera si bien leur disposition, qu'ils puissent former une Figure approchant de la reguliere : Comme je l'ai pratiqué dans cét Exemple par le moyen des grands côtez B C. C D. & des petits côtez D F. G H. H I. K L. L M. & N C. en negligeant ceux qui sont enfoncez dans le corps de la Place, & qui s'éloignent de son Enceinte, comme ceux qui sont marquez des lettres F I. I K. K O. O P. &c.

Cette nouvelle Enceinte ayant été formée sur le Plan par des côtez tirez la plûpart en lignes blanches, on y construira des Bastions, selon les regles expliquées dans les Chapitres précedens, qui enseignent le moyen de proportionner le nombre des Bastions à l'étenduë des lignes proposées.

L'on remarquera, que quand les Bastions seront tracez sur le Terrain, que les petits côtez, compris entre l'étenduë de deux Bastions, soit que ces côtez forment des Angles saillans ou rentrans, feront pour le moins le même effet que s'ils composoient une ligne droite.

FIGURE CXVII.

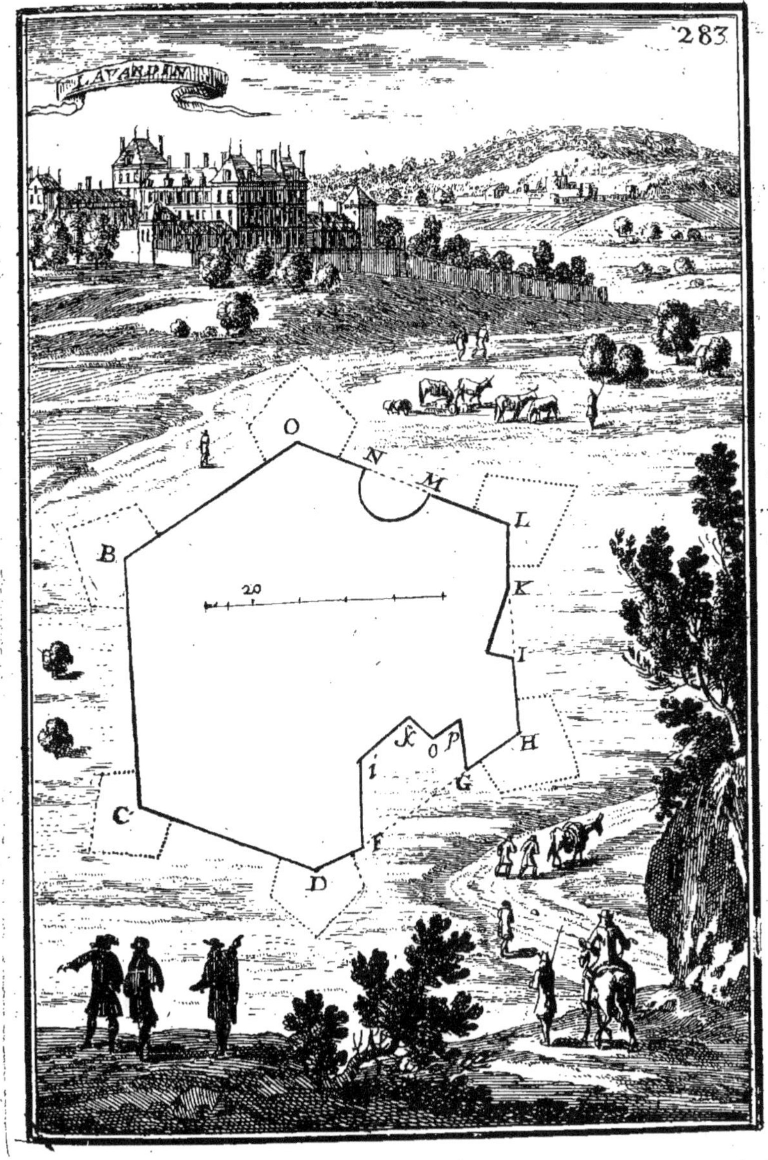

Methode de fortifier les Villes dont on ne peut augmenter ni diminuer le Circuit, ni même travailler sur leurs Enceintes.

QUAND on voudra fortifier des Villes dont les Enceintes ne peuvent souffrir la Construction de quelques Bastions, ni d'aucun autre Ouvrage; parce qu'on trouve au pied des Murailles quelque source d'eau vive que l'on ne peut détourner, ou parce que les Pilotis qu'on y planteroit pour servir de fondemens à ces Ouvrages, n'y peuvent être assûrez; Alors on s'écartera de la Muraille dans le fonds du Fossé même, & l'on y cherchera le Terrain le plus solide pour bâtir & élever quelque Bastion plat, observant les précautions & maximes suivantes.

I. Soit que ces Bastions plats se construisent prés ou loin des murailles de la Ville, ils doivent être toûjours moins élevez que les murailles de la Place, afin que les Remparts puissent commander sur ces Bastions, & empêcher les Assiegeans de s'en servir pour battre dans la Ville, en cas qu'ils les eussent gagnez.

II. Ces Bastions plats doivent tirer leur principale défense du Corps de la Place. Leurs Flancs doivent aussi se défendre reciproquement l'un l'autre. Davantage, ils doivent être également élevez, afin que la perte de l'un n'incommode point la défense de l'autre.

III. On les fait d'ordinaire vuides, afin que si l'Assiegeant s'en rend maître, il n'ait point de Terrain pour s'y retrancher, & même n'en trouve point pour faciliter l'élevation de ses Batteries.

IV. Enfin, si ce Terrain ne permet pas qu'on puisse élever dans ces Fossez des Bastions plats tout au tour de la Place, on pourroit à leur défaut construire quelqu'autre Ouvrage exterieur, comme un Ravelin, une Demi-lune, & autre piéce, ainsi qu'il se void au Plan de la Ville de Furne, qui a été fortifiée de cette maniere.

FIGURE CXVIII.

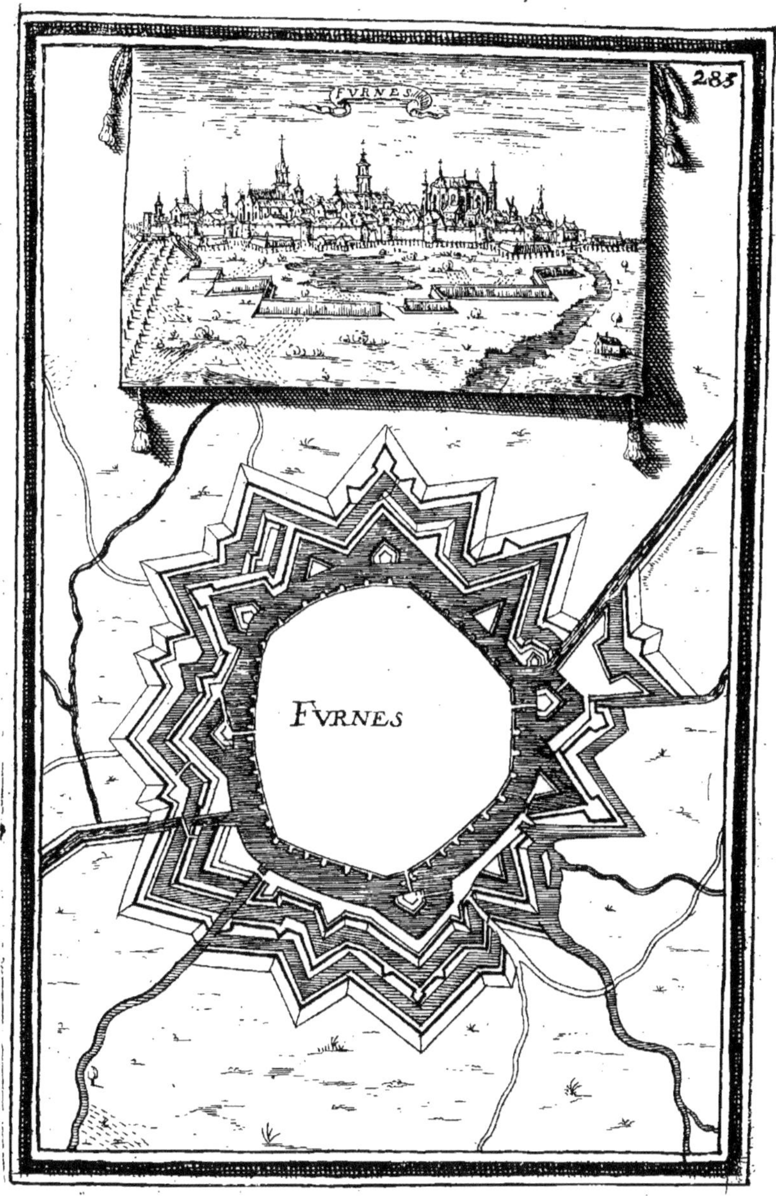

Methode de fortifier les Places où l'on ne peut rien augmenter ni diminuer, ni même travailler sur leurs Enceintes.

On remarquera dans le Plan de cette Place ce que nous avons dit dans la page précedente, que si l'on ne pouvoit pas élever des Bastions plats au devant des Murailles des Villes, on pourroit alors se servir fort utilement de quelqu'autre Ouvrage ; comme de Ravelins, &c. Dixmude a été fortifié de cette maniere.

FIGURE CXIX.

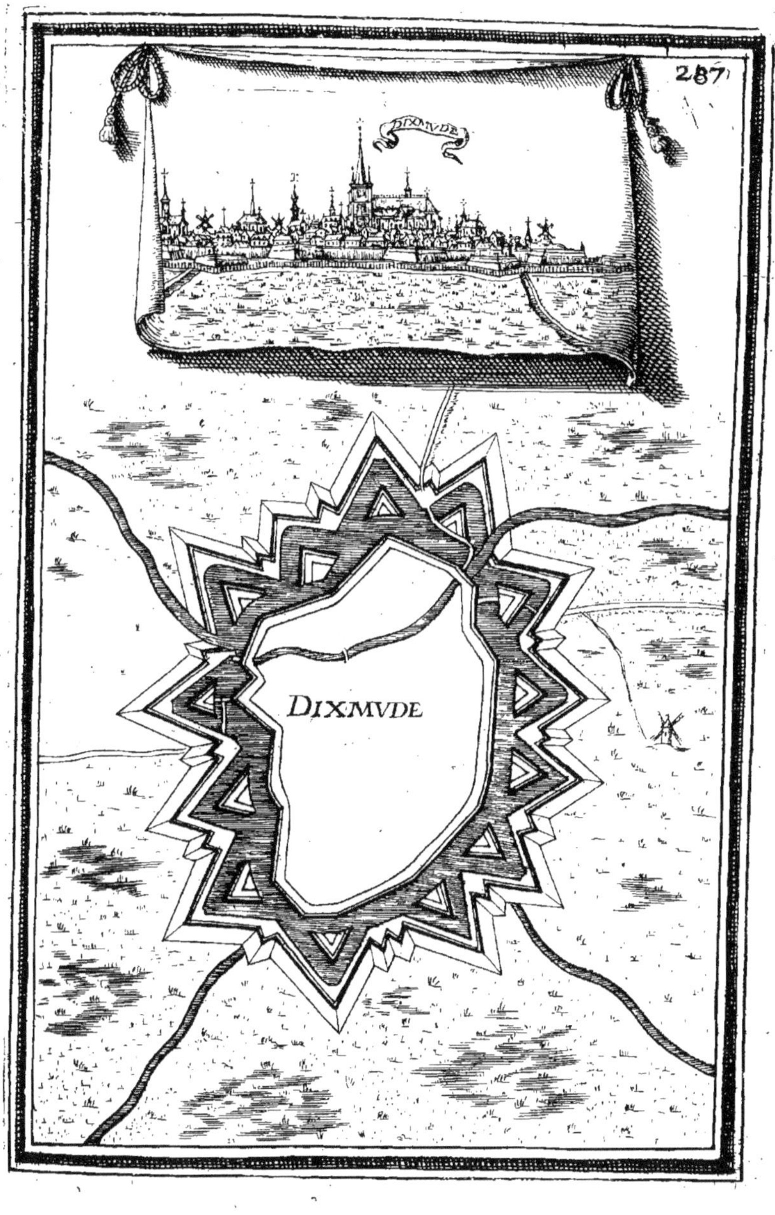

Methode de fortifier les Villes qui ont quelque partie de leur Enceinte en Ovale.

IL y a fort peu de Villes, principalement de celles qui ont leur Enceinte fort Irreguliere, qui n'ayent quelques-uns de leurs côtez approchant de la Figure Circulaire, & ordinairement ces sortes d'Enceintes ne peuvent permettre qu'on retranche ou prolonge les côtez, ni qu'on dispose autrement de leurs Figures.

On ne sçauroit même élever sur leurs côtez, ni Bastion, ni autre piéce de la Fortification Irreguliere. Et voici les moyens de mettre cette défectuosité à couvert.

I. On fera, le plus prés qu'il sera possible, des Murailles de la Ville, des Contregardes disposées d'une telle maniere, qu'elles tirent leurs Défenses de la Ville, comme il paroît au côté A.

II. Ou bien il faudroit prolonger le long côté de la Contregarde B. vers la partie de la Ville C. d'où elle doit tirer sa défense; & si l'Angle flanqué de la Contregarde étoit au de-là de la portée du Mousquet, & qu'il ne pût être défendu du Corps de la Ville, il faudroit pour lors élever un Flanc sur le milieu du long côté de la Contre-garde, comme il paroît au point D. ce qui faciliteroit sa Défense. C'est ainsi qu'on avoit fortifié le côté marqué E. de la Ville de Bethune.

FIGURE CXX.

FIGURE CXX.

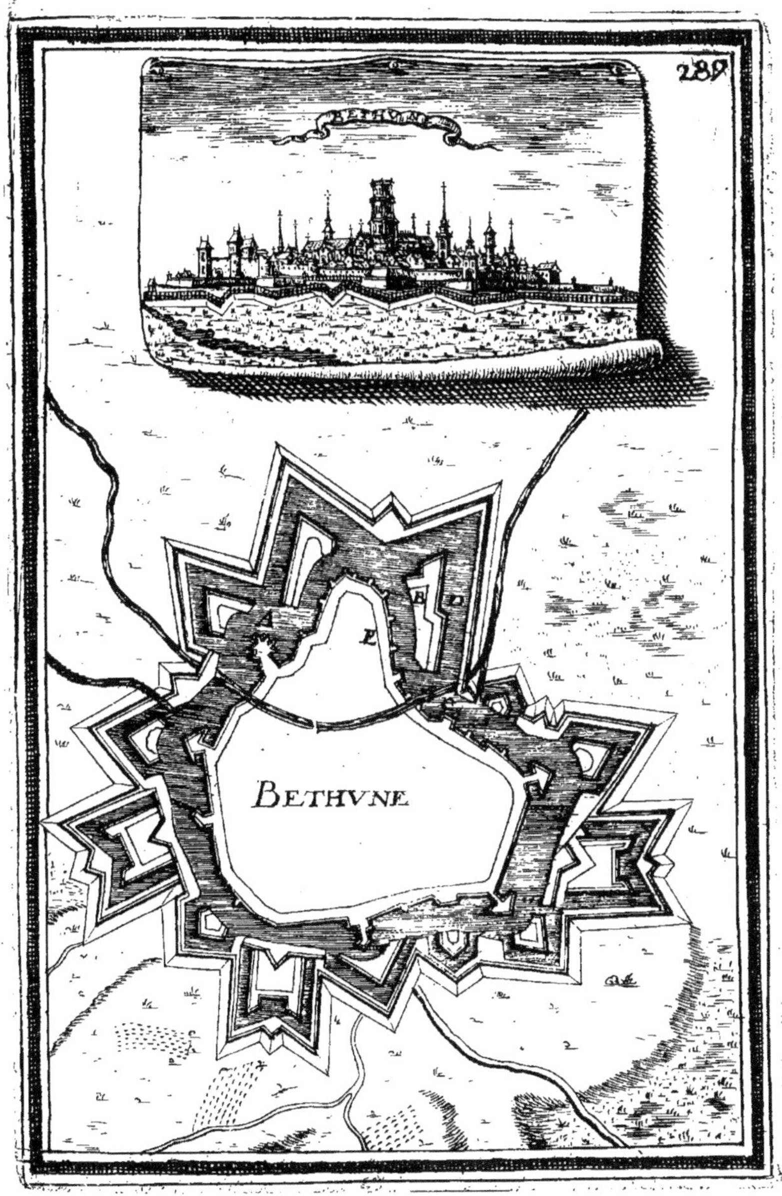

Methode de fortifier l'Enceinte des Villes de Figure ronde.

LORSQUE l'Enceinte des Villes est de Figure ronde, & qu'elle se trouve capable de recevoir des Bastions pour la fortifier, on marquera sur les Murailles, ou dans le Circuit exterieur, la distance qui doit être entre les Centres des Bastions, c'est-à-dire, la longueur de 100. 110. ou 120. toises: Mais on reglera la longueur des Flancs, ensorte que la rondeur ou convexité de la Muraille, qui doit servir de Courtine, ne puisse empêcher qu'un Flanc découvre l'autre; & c'est ce qu'on remarquera dans le Plan de la Ville de Bruges, qui est fortifiée de cette maniere.

FIGURE CXXI.

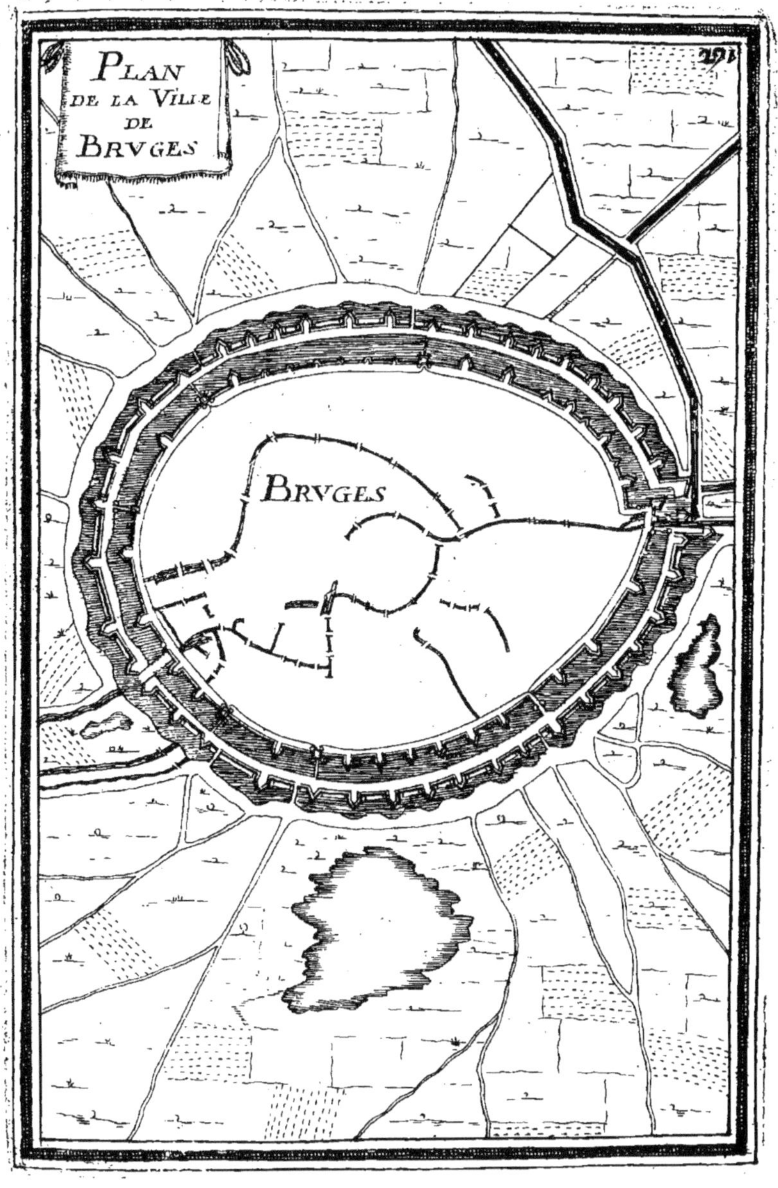

CHAPITRE V.

Des Villes situées dans les Plaines & dans les Marais.

J'AY déja dit que la Construction des Villes est autant dissemblable qu'il se rencontre de differens Terrains ; Maintenant je traiterai dans les pages suivantes des divers accidens qui se peuvent rencontrer aux environs de ces Villes, soit qu'elles soient situées proche des Bois, sur des Rivieres, ou entourées de Montagnes. Ensuite je passerai à celles qui sont situées sur les sommets & les penchans des Montagnes, & autres lieux de difficile accés.

Methode de fortifier les Villes situées dans les Plaines.

LES Villes bâties dans les Plaines, dont le Terrain est par tout uniforme, se fortifieront toûjours regulierement, puisqu'il est libre d'élever leurs Bastions, & de creuser leur Fossé à volonté; c'est pourquoi nous renvoyons le Lecteur à nôtre premier Livre, qui en parle. Si on vouloit faire des Cazemates aux Flancs des Bastions, comme on en void dans les Flancs de la Ville de Palma-Nova, qui est située dans le Frioul. On en verra la Construction dans nôtre second Volume.

FIGURE CXXII.

Methode de fortifier les Villes situées dans les Plaines, & dont les Fossez sont extraordinairement larges.

AUx Villes qui sont situées dans des lieux bas & aquatiques, l'on est obligé, si l'on veut avoir les terres necessaires pour fortifier leurs Enceintes, ou élever leurs Remparts, d'étendre la largeur du Fossé au de-là des mesures ordinaires, principalement dans les lieux où le Terrain est si humide, qu'aprés y avoir creusé quatre ou cinq pieds on trouve l'eau; Alors pour empêcher que l'Assiegeant ne se rende maître de ces Fossez, & qu'il ne les franchisse aisément, on les fortifiera en cette maniere.

I. Si la Place a déja quelques Bastions, ou quelqu'autre Ouvrage qui flanquent & défendent la Muraille, on fichera seulement en divers endroits du Fossé un double rang de Pieux, que l'on coupera à fleur d'eau, & que l'on armera au dessus de Crochets & pointes de fer, afin d'arréter & empêcher le passage aux barques des Assiegeans.

II. Si l'on a du Sable, on en fera une traînée environ le milieu du Fossé, demi-pied plus bas que le niveau de l'eau, afin que les Barques de l'Assiegeant, en le voulant franchir, y demeurent échoüées, ou qu'elles ne s'en puissent dégager, comme elles le pourroient faire de ces Pieux, dont on se debarasse en les sciant.

III. Si avec des Fascines, des Terres, ou autres Materiaux on pouvoit faire sur ce sable un Sillon, avec des Bastions, des Ravelins, des Demi-lunes, & d'autres Ouvrages, cette sorte de Fortification seroit préferable aux précedentes.

IV. On remarquera que les Bastions, les Ravelins, les Demi-lunes, & les autres Ouvrages de ce Sillon, doivent être d'une même hauteur: mais toûjours plus bas que l'Enceinte de la Ville, & plus hauts que le Chemin couvert qui suit le Fossé. La ville de Doüay est fortifiée de cette maniere.

FIGURE CXXIII.

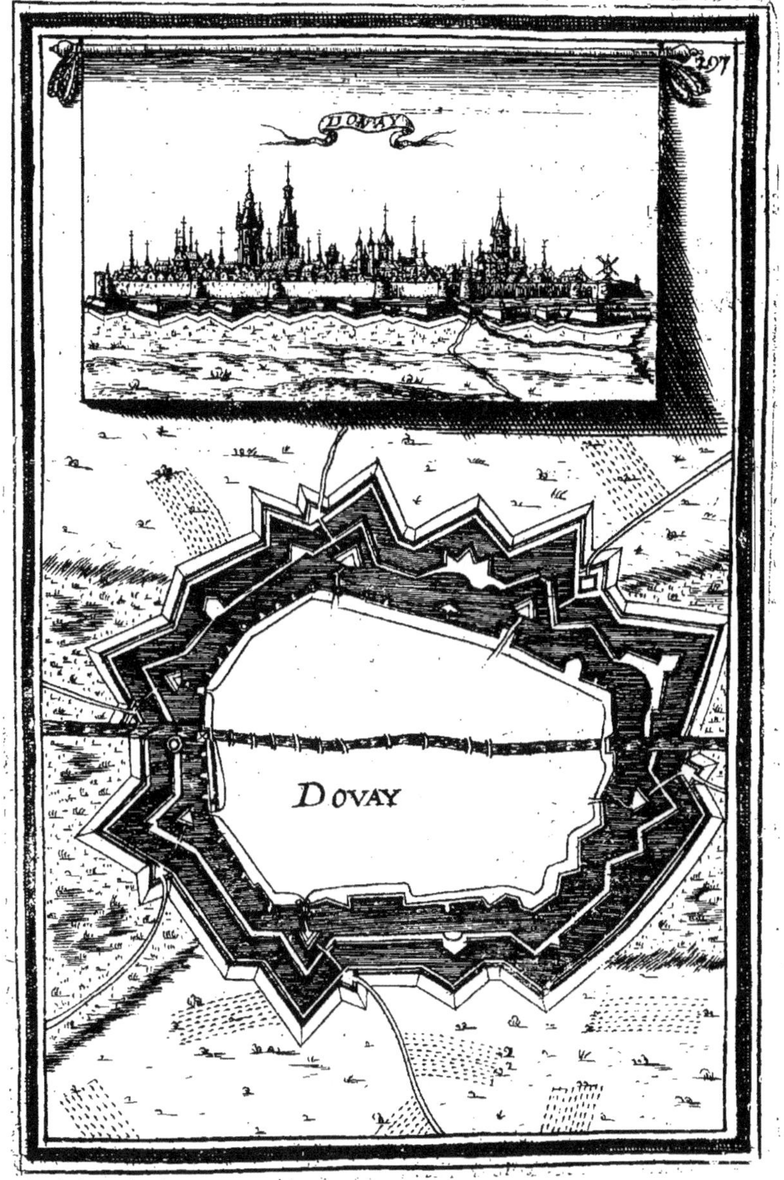

Methode de fortifier les Villes situées dans les Marais.

LORSQUE les Villes sont bâties dans des Marais, & situées d'une telle maniere qu'on ne peut rien ajoûter de nouveau à leur Enceinte, ni à leur Contrescarpe, sinon quelques petits Ouvrages, qui pour être peu élevez, ou en trop petit nombre, ne peuvent garantir les habitans & leur Place de tomber au pouvoir de l'Ennemi: alors on fortifiera, à la portée du Mousquet, ou tout au plus, à celle du Canon, les avenuës & chemins de ces sortes de Villes, avec des Forts de Campagne; & l'on y observera les précautions & Maximes suivantes.

I. Avant que de construire ces Forts de Campagne, on doit remarquer si les Marais qui environnent la Place, ne peuvent point être désechez; car pour lors il faudroit les épuiser, & ensuite fortifier ces Villes comme les précedentes: Mais si on reconnoît qu'il est comme impossible à l'Assiegeant de désecher ces Marais, alors il faudra faire des Forts à ces avenuës ainsi qu'il sera enseigné ci-aprés.

II. On examinera si ces Marais peuvent être vuidez par la rupture de quelques Canaux, Digues, ou Ecluses, situées proche de la Ville, afin de se les assûrer par des Forts qui les couvriront, & empêcheront que l'Assiegeant ne s'en rende maître, au préjudice de la Place.

III. Il faut observer, si les avenuës & chemins de la Ville sont de terre naturelle, ou transportée; si cette terre est à sec, ou entrecoupée de Canaux, haute ou basse, en plat-païs, ou differemment élevée, afin d'en occuper toûjours la partie la plus ferme, & la plus haute.

IV. Ayant reconnu que les eaux n'en peuvent être vuidées, avec toute l'industrie de l'Assiegeant, & que la terre des Chemins y est bonne, ferme, & bien assûrée, alors on élevera proche ces Chemins, ou tout auprés, plusieurs Forts, avec des Bastions, Demi-bastions, &c. comme il sera enseigné ci-aprés; mais on opposera toûjours les plus grands Ouvrages du côté des Assiegeans: La Ville de Bolduc a été ainsi fortifiée.

FIGURE CXXIV.

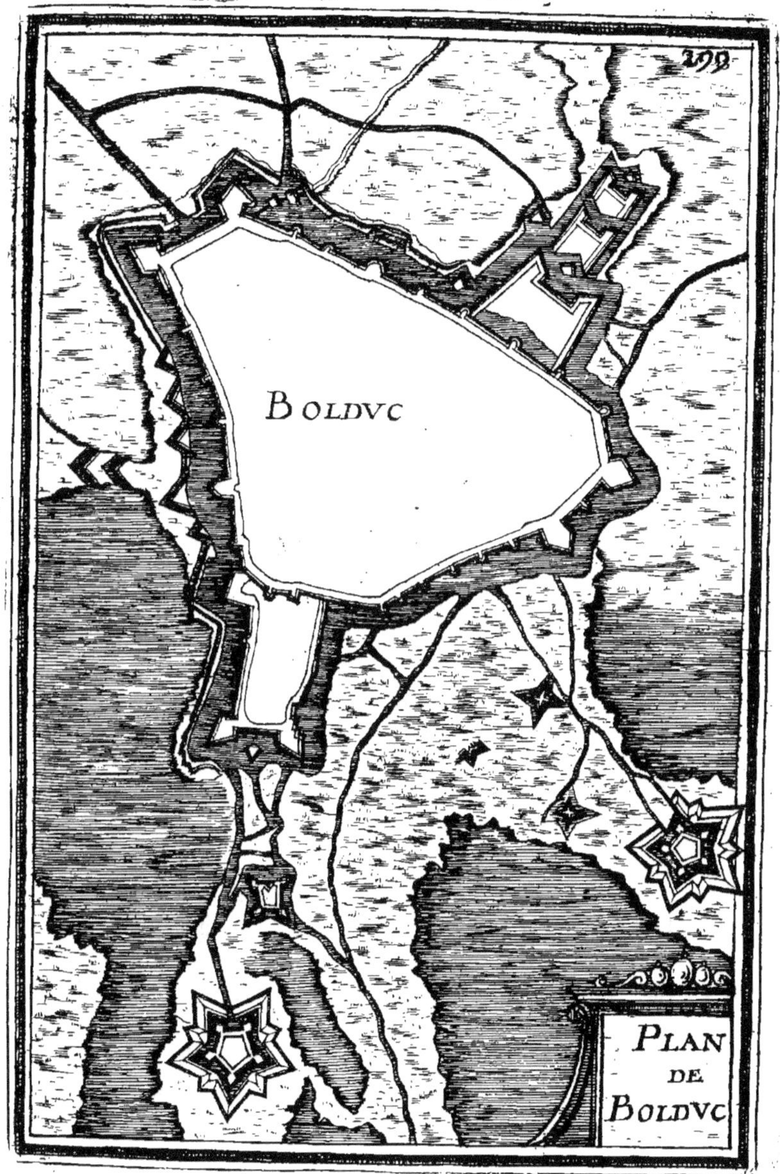

Methode de fortifier les Avenuës & Chemins creux, qui se rencontrent proche des Villes.

IL se trouve fort peu de Villes, principalement de celles qui sont situées dans les Plaines, ou qui ont leur Terrain inégal, qui n'ayent leurs avenuës enfoncées ou couvertes de l'élevation de quelques Murailles, de Hayes, ou de terres tirées des Fossez qu'on y creuse, pour ôter aux passans & au bestail la liberté d'entrer dans ces terres, soit qu'elles soient labourables, ou qu'elles consistent en jardins. Et comme les Ennemis, à la faveur de ces Murailles, ou élevation de terre, se peuvent servir de ces Chemins, comme d'une Tranchée, pour se glisser jusques au pied du Glacis, on doit démolir ces Murailles, & combler ces Fossez & ces Chemins, en applanissant les terres qui sont élevées sur leurs bords, ou si la dépense en étoit excessive, on élevera des Demi-lunes détâchées dans ces Chemins, ou du moins sur ces mêmes bords.

I. Ces Demi-lunes, que nous appellons détachées, sont faites comme des Bastions plats, & leur hauteur est selon la necessité du Terrain, c'est-à-dire, avec plus ou moins d'élevation, que les Chemins se rencontrent plus ou moins profonds; avec cette remarque, que leur gorge, qui regarde toûjours le Fossé de la Ville, soit vuide & fermée d'une simple Muraille; & qu'elles ne soient pas éloignées des premiers Dehors plus que de la portée du Mousquet.

II. Leur Parapet doit être à l'épreuve de l'Artillerie, & leur Terre-plain en penchant.

III. On fera un Puits au milieu de leur Place d'Armes, afin que les Feux d'Artifice en y roulant, y puissent faire leur effet.

IV. L'experience des Sieges a fait remarquer à ceux qui en ont élevé à la tête de leurs Ouvrages, qu'elles étoient d'un grand effet, pour essuyer la premiere fureur d'un Assiegeant, principalement quand il y en a plusieurs à côté les unes des autres, à la distance de 60. à 80. toises. Du temps que j'étois dans les Gardes, & en Garnison à Arras, où je levois le Plan que voici, j'en remarqué une à la tête de la grande Corne de Guiche, & cinq ou six autres, entre le chemin de Cambray, & celui de l'Abbaye d'Avenes; elles sont marquées dans ce Plan des lettres A. & je les represente en plus grand volume dans la page suivante.

FIGURE CXXV.

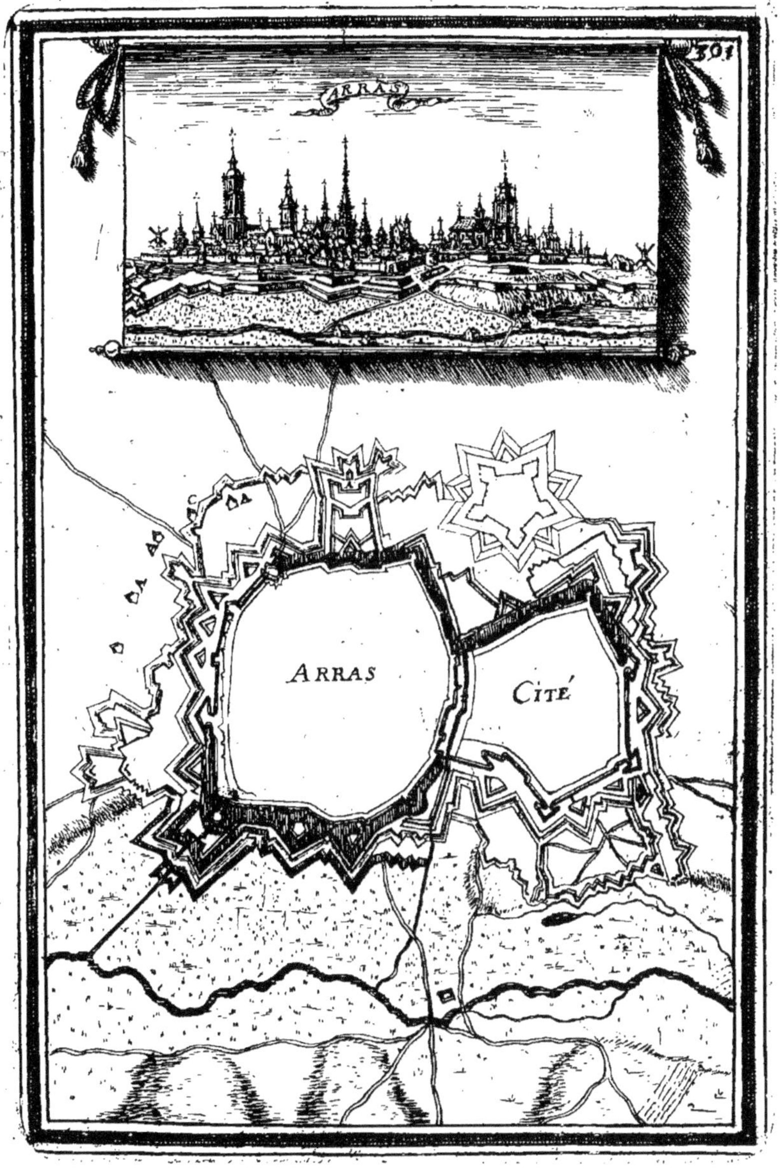

Remarques sur les Demi-lunes détachées.

LEs opinions des Ingenieurs sont partagées sur l'élevation des Demi-lunes détachées. Il y en a qui ne veulent pas qu'on éleve autour d'une Place aucun Ouvrage, qui ne soit enfermé dans l'Enceinte du Chemin couvert dont elle est environnée; parce que si on les élevoit ailleurs, ils ne pourroient pas être secourus facilement, & qu'étant pris ils commanderoient dans les Chemins couverts, & faciliteroient la conduite des Travaux de l'Assiegeant.

Quelques autres, qui estiment ces précautions, disent, qu'à la verité il est dangereux de lever au de-là des Glacis des Ouvrages, qui par leur prise incommoderoient ceux de la Place; Mais ils ne tombent pas d'accord, que ce soit une necessité d'enfermer dans un même Chemin couvert tous les Travaux que l'on est obligé de faire pour défendre l'approche d'une Place, puisque l'experience fait voir tous les jours que les Assiegez coupent eux mêmes leurs Ouvrages & Chemin couvert, ou qu'ils y élevent des Traverses pour separer la partie qui en est attaquée, de celles qui ne le sont pas.

Mais ceux-là suivent la meilleure opinion, qui en examinant le Terrain des environs d'une Place, tâchent de ne laisser aucun Poste favorable à l'Assiegeant, & qui ne font point difficulté de lever des Demi-lunes proche des Valons & des autres lieux qui couvriroient les approches de l'Ennemi; Et quoique l'on sçache bien que ces sortes de Demi-lunes ne peuvent pas faire une longue resistance, neanmoins elles sont capables de faire consommer du temps à un Assiegeant dans ses differentes Attaques, & dans le Travail de ses Batteries; Car on objecte inutilement que leur prise commandera dans les Travaux & sur le Chemin couvert de la Place, puisqu'elles n'ont point de Rempart ni de Parapet du côté de la Ville, comme on le peut remarquer dans les deux qui sont marquées des lettres A. & B. Si l'on dit que leur Terrain couvrira l'Assiegeant, le remede est aisé, puisqu'il n'y a qu'à faire une Mine sous leur Rempart, que l'on fera jouër en se retirant, ce qui fera perir les plus hardis des Assiegeans, éboulera le Rempart, & jettera les terres de part & d'autre.

FIGURE CXXVI.

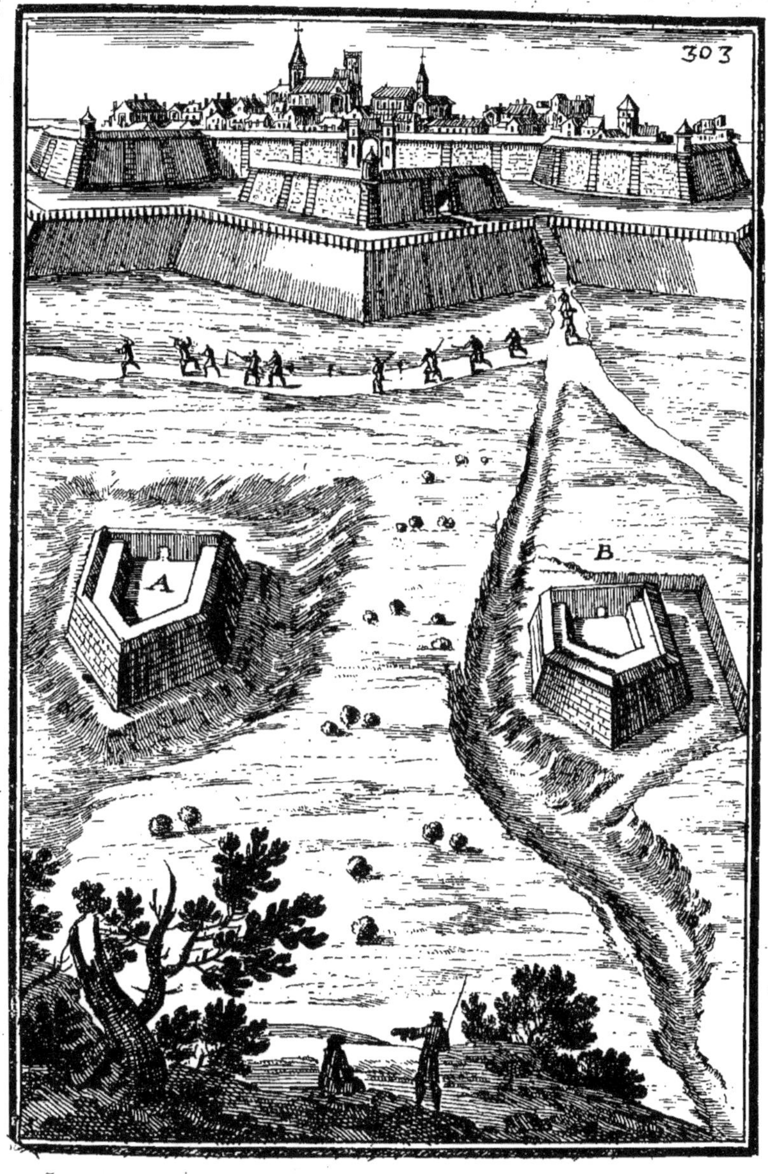

Methode de fortifier les Villes situées dans les Plaines, qui sont commandées d'une Hauteur, ou de plusieurs.

IL y a fort peu de Villes situées dans les Plaines, qui ne soient d'ordinaire sous quelque Montagne, Commandément ou Rideaux, qui couvrent & facilitent à l'Ennemi l'approche de leurs Fossez. Entre celles qui ont ce défaut, celles-là sont estimées les pires qui en ont en plus grande quantité, principalement quand ces Commandemens ou Rideaux viennent de loin finir sur leurs Contrescarpes, ou fort proche; car pour celles qui en seroient tout à fait environnées, outre qu'elles sont d'ordinaire mal-saines, c'est qu'on ne les doit point fortifier, puisqu'elles peuvent être battuës de toutes parts. Quant à celles qui sont commandées d'un endroit, ou de plusieurs, on les fortifiera sur les Regles & Maximes suivantes.

I. Si le Commandement est prés, on s'en assûrera (le Corps de la Place étant fortifié) par quelque Ravelin, Demi-lune, Corne, ou autre Ouvrage, qui conviendra mieux à l'Irregularité du Terrain.

II. Si cette hauteur ou Rideau vient de loin, on poussera des Ouvrages les uns au devant des autres, en telle sorte que celui qui est plus proche du Corps de la Ville, soit défendu de la Place même, & défende celui qui le devance. On continuëra ainsi ces Ouvrages, jusqu'à ce qu'on se soit rendu maître du lieu qui commande à la Place.

III. Si l'eminence ne s'étend pas fort loin, la Fortification qu'on y fera ne doit être ni sur le sommet de la hauteur, ni à son pied, afin qu'étant dans le milieu, elle puisse battre dans les Tranchées des Ennemis, ou qu'étant prise, elle n'incommode point ceux de la Ville.

IV. Si les Commandemens sont proches de la Ville, & qu'ils voyent de revers les Soldats qui seroient à la défense des Flancs, ou des Faces du Bastion, on fera dans le même Bastion des Epaulemens pour les couvrir; ainsi que j'ai fait à Aronche, où je fis aussi fortifier, par l'ordre du Roi de Portugal, en *1666.* le Château & une Courtine. Les Epaulemens sont marquez sur le Plan des lettres A B C. &c.

Ces Epaulemens ne sont autre chose qu'un amas de terres en forme de Parapet, que l'on peut revêtir de pierre, ou de brique, pour resister plus long-temps aux injures du temps.

FIGURE CXXVII.

FIGURE CXXVII.

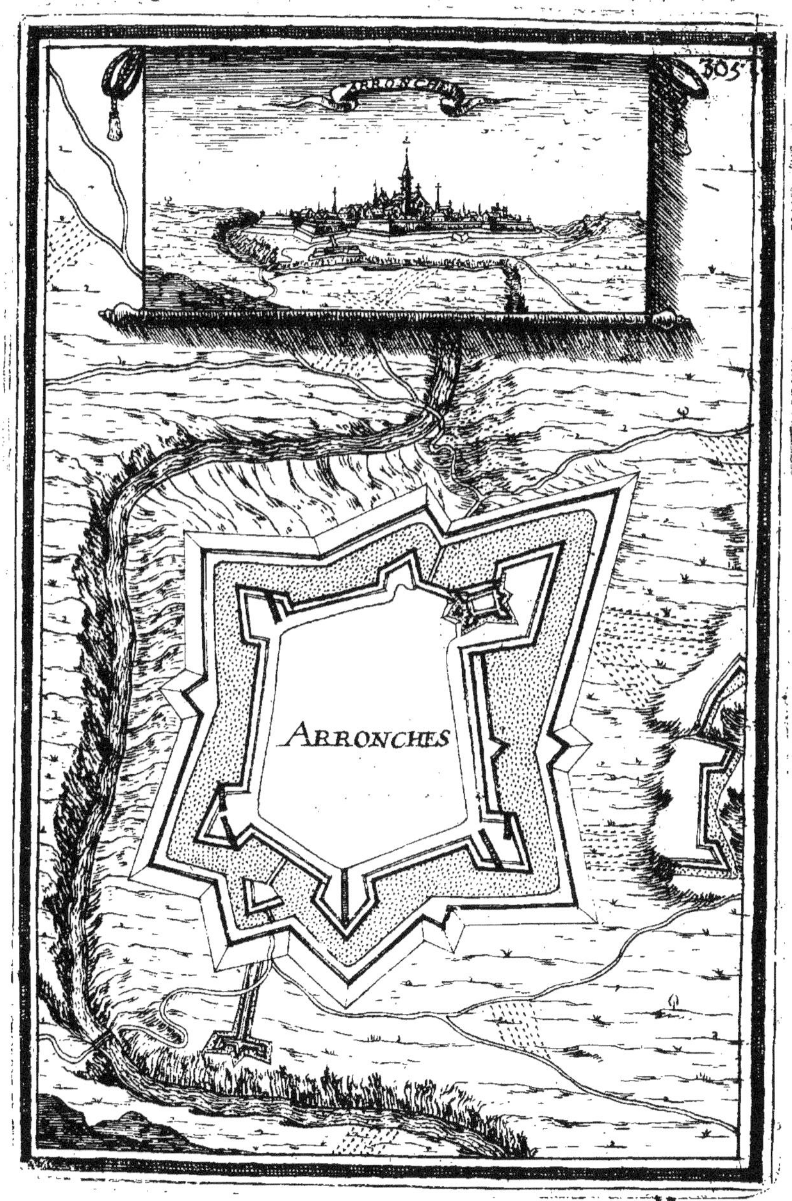

Methode de fortifier les Villes situées dans les Plaines, où le Terrain est fort peu inégal.

COMME il n'y a point de Terrain plus avantageux pour faire une bonne Place, que celui où la Ville peut commander sur toutes les avenuës, on fortifiera ces sortes de Places en suivant les précautions suivantes.

I. en faisant la Fortification la plus Reguliere qu'il sera possible, on tâchera d'avoir des Bastions pleins, afin de les rendre plus capables de disputer le Terrain contre les Attaques.

II. Si les Fossez sont secs, on les fera les plus creux qu'il sera possible. Et c'est ce qu'on appelle, *à fond de cuve*, avec cette condition neanmoins, que les Bastions soient capables de recevoir les terres qui se tireront de ces Fossez.

III. Si les Fossez sont pleins d'eau, & qu'on fasse des Dehors sur les Contrescarpes, on preferera toûjours les Ponts de Bois à ceux de Pierre, ces derniers étant plus mal-aisez à être ruinez que ceux de bois, que l'Assiegé pourra brûler, les Dehors étant perdus.

IV. Si l'on veut renforcer les Ravelins que l'on construira sur les Contrescarpes, on peut même en faire deux, l'un devant l'autre, pourvû que celui qui est plus proche de la Place soit plus haut que celui qui le devance du côté de la Campagne. C'est ainsi que sont faits ceux qu'on a fort judicieusement construits à la ville de Athe, dans le païs de Conquête, comme l'on les peut remarquer dans le Plan que voici, où ils sont marquez des lettres ABCD. &c.

FIGURE CXXVIII.

Methode de fortifier les Villes lorſqu'on ne peut s'étendre au de-là de leur Glacis.

QUAND on veut renforcer les Chemins couverts, on éleve quelquefois devant le pied de leur Glacis des Bonnettes, & même des Ouvrages à Tenailles, à Cornes, à Couronnes, ainſi que nous les avons enſeignez dans le Livre dela Fortification Reguliere.

Mais lorſque le Terrain ne permet pas qu'on s'étende au de-là du Glacis, alors on ne fait pas le Parapet des Chemins couverts en ligne droite; mais ſur chacun de leurs côtez on fait une Avance ou Redent, qui a de hauteur, ou de Capitale, la moitié de ſa largeur, & cette largeur eſt d'ordinaire de la grandeur d'un des Flancs de la Ville, c'eſt-à-dire, de vingt à vingt-quatre toiſes, afin que des Faces de ces Redents on flanque plus avantageuſement le deſſus & le bord des Glacis.

Quand on juge qu'un de ces Angles ou Redents, n'eſt pas ſuffiſant pour une bonne défenſe, on en fait pluſieurs, les uns auprés des autres. Ainſi que l'on peut remarquer dans le Plan de la ville de Heſdin en Artois.

Ces Redents ſont marquez des lettres A B C D. &c.

FIGURE CXXIX.

Methode de fortifier les Villes situées dans les Plaines, mais entourées de Cavains, Fondrieres, & petits Lacs.

IL y a des Villes qui sont incommodées au de-là de leurs Glacis, de Cavains, de Fondrieres, de Lacs, ou de Valons, qui semblent faciliter à l'Assiegeant l'approche des Contrescarpes, soit à cause que ces eaux se desseichent en Esté, soit parce qu'en Hyver elles se glacent.

I. Alors si ces mêmes eaux ne peuvent être enfermées par quelque Ouvrage exterieur de la Place, comme d'une Tenaille, d'une Corne, ou d'une Couronne, du moins on les doit joindre ensemble par un Fossé, & la terre qu'on tirera du Fossé servira pour élever un Parapet du côté de la Place.

II. L'on donnera à ce Parapet la Figure la plus propre pour se bien flanquer, comme seroit celle des Bastions, des Demi-bastions, des Redents, &c.

III. On posera du côté des Valons, des Fondrieres, & des Lacs, les Défenses les plus fortes, comme étant les lieux les plus dangereux pour les surprises, à cause des Rideaux & des Glaces, & même de l'usage des Clayes, dont les Ennemis se peuvent servir pour les franchir.

De cette maniere on a fortifié les Environs de Landrecy, ainsi qu'il se void dans le Plan, où l'on a joint les deux Fondrieres ou Mares A. & B. par le Fossé & Parapet A B. On remarquera la même chose sur les autres Tenailles de la Place.

FIGURE CXXX.

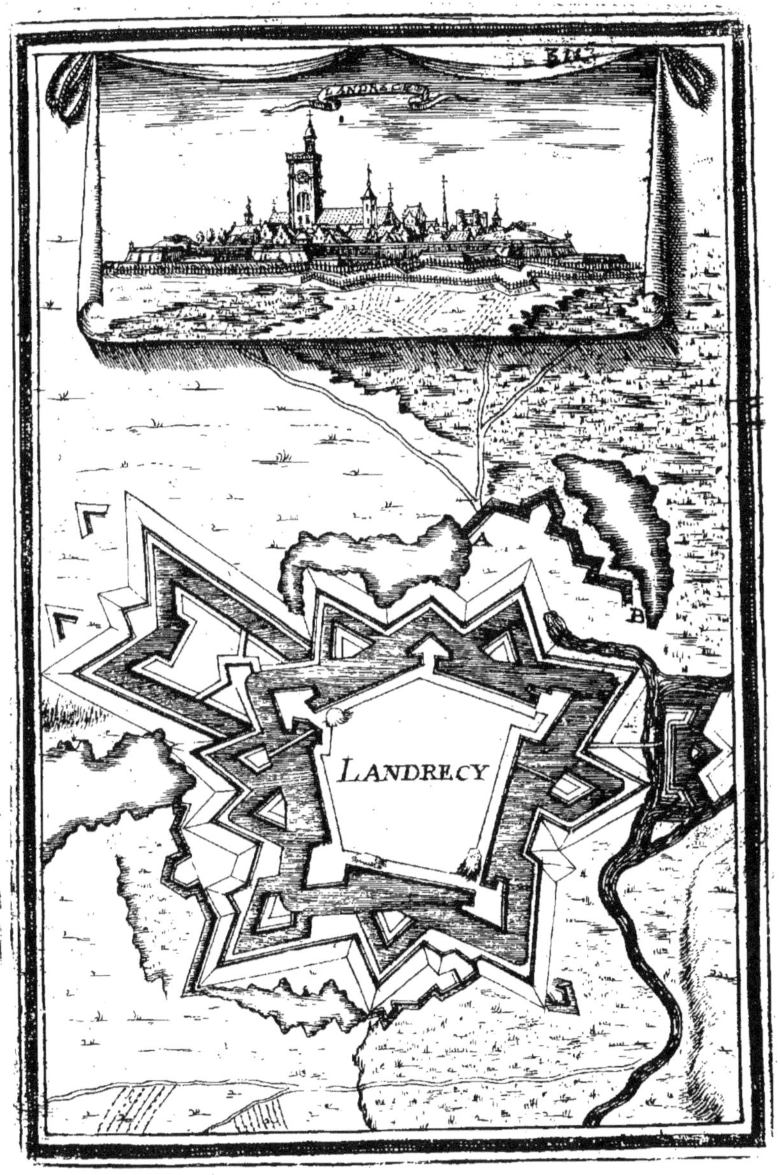

CHAPITRE VI.

Des Villes situées sur les Montagnes.

LA plûpart des Villes qui sont bâties dans les païs secs, ou qui sont élevées sur le penchant ou sommet des Montagnes, ont cét avantage, qu'on n'y peut entrer que par une ou deux avenuës, le reste y étant d'ordinaire fort escarpé, par l'art, ou par la nature. Ces sortes de Places manquent le plus souvent de Puits & de Fontaines: mais on y remedie par des Cisternes, qui retiennent & conservent les eaux des pluyes. On fortifiera le Corps & les Murailles de ces Places, ainsi qu'il sera dit dans les pages suivantes.

Methode de fortifier les Villes ſituées ſur le ſommet des Montagnes.

IL ne ſe rencontre point de Poſtes plus difficiles à fortifier que ceux des Places ſituées ſur le ſommet des Montagnes ; car outre que leur Terrain eſt preſque toûjours de Roc, c'eſt qu'il ſemble que la nature ait preſcrit à ces lieux de certaines Figures capricieuſes, qu'il eſt impoſſible de changer pour leur en donner de plus Regulieres, quelque diligence qu'on y puiſſe apporter.

I. Auſſi tout le ſecret de leur Fortification eſt d'approprier à leurs Murailles & à leurs Angles ſaillans des Baſtions ſimples ou doubles, grands ou petits, reguliers ou difformes, avec des Contregardes dans leurs Foſſez, & des Ravelins, des Demi-lunes, & autres Ouvrages ſur leur Contreſcarpe.

II. On avancera même leurs Chemins couverts en forme d'Eperon ou Redent, pour gagner le Terrain qui pourroit nuire aux Aſſiegez, fortifiant auſſi de Bonnettes ou Fléches les endroits de la hauteur où l'Ennemi ſe pourroit loger.

III. Il s'en void quantité dans le Plan de Montmedy, elles ſont marquées des lettres A.

IV. Pour rendre l'accés de ces Fléches plus difficile aux Aſſiegeans, on plantera au devant quantité de Paliſſades, hautes ſeulement de quatre à cinq pieds hors de terre.

FIGURE CXXXI.

Methode de fortifier les petites Villes, & les Châteaux situez sur les Montagnes.

LORSQU'ON voudra fortifier quelques petites Villes, ou quelques Châteaux, s'ils sont enfermez de bonnes Murailles, on suivra ces Maximes.

I. On tâchera d'employer ces Murailles pour faire des Courtines ; Et pour les Tours, qui sont d'ordinaire aux extremitez de ces sortes de lieux, on tâchera aussi de les enfermer dans les Gorges des Bastions qu'on y fera.

II. Mais on remarquera que ces Bastions ne doivent jamais avoir leurs lignes de Défense plus longues que 100. ou 120. toises, & si elles excedent cette longueur, on doit mettre quelque Bastion plat dans leur milieu.

III. Les Tours qui se rencontreront dans le Corps des Bastions, se doivent razer & reduire à la hauteur d'un simple Cavalier, afin que les éclats de ces mêmes Tours n'incommodent point les Assiegez, qui seroient employez à la défense des Bastions, lors qu'elles seroient battuës du Canon de l'Assiegeant.

IV. Toutefois lors qu'elles sont situées du côté où l'on ne craint point le Canon des Assiegeans, alors on les laisse sur pied pour servir de Guerite à découvrir de loin. De cette maniere j'ai entierement fortifié pour le Roi de Portugal le fameux Château de Fereire, aprés avoir eu l'honneur d'élever les Batteries, & de conduire les Tranchées au Siege qu'y mit Monsieur le Comte de Schomberg, qui s'en rendit maître le 27. Avril 1667.

On remarquera que l'Angle saillant A B C. que fait la Muraille, au point B. fut laissé de la façon, à cause de la dureté du Roc : mais le Bastion plat qui couvre la Porte, deffend l'obliquité de cette Enceinte.

FIGURE CXXXII.

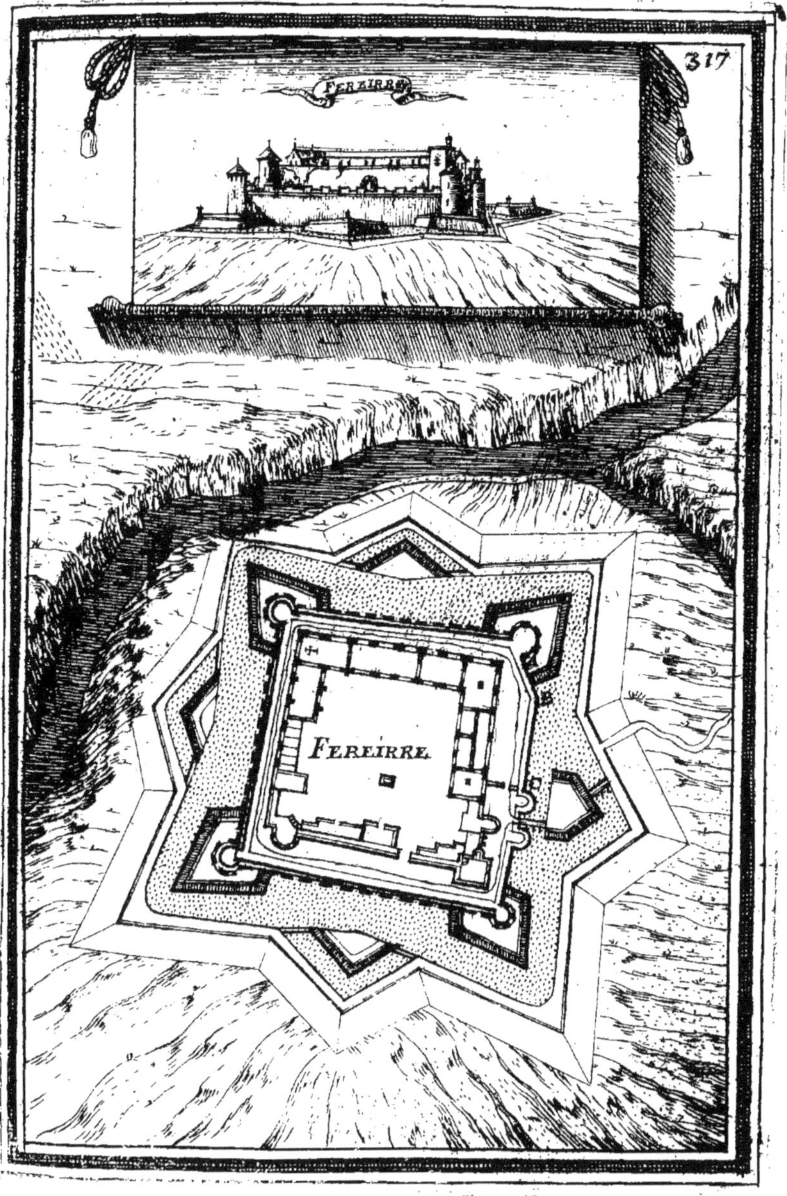

Methode de fortifier les Villes bâties sur le Roc.

AUX Villes qui sont sur le Roc, il est tres-difficile, & même comme impossible, de pouvoir creuser le Fossé plus bas que quatre ou cinq pieds. La dureté de la pierre, ou plûtôt la dépense pour la tirer, y étant excessives.

I. Alors pour écarter l'Ennemi, pour découvrir mieux les environs de la Ville, & occuper ce qui pourroit nuire à la Place, on élargit ces Fossez, & avec des Contre-gardes on couvre les Bastions de la Ville.

II. Les Contregardes ont des Remparts & des Parapets, & sont faites comme des Demi-bastions. On en fait quelquefois comme des Demi-lunes, que l'on pose dans le Fossé, au devant de la pointe des Bastions. Elles different des Demi-lunes, qui sont toûjours élevées sur les Contrescarpes.

III. Il y a même des Contregardes qui n'ont aucune Figure, étant seulement en ligne droite: Mais soit qu'elles soient en Demi-bastion, en Demi-lune, ou en Ligne droite, elles doivent, autant qu'il est possible, tirer leur défense du Corps de la Place, & avoir toûjours leur élevation moindre que celle des Bastions, & des autres Ouvrages du Corps de la Ville.

IV. Mais aussi elles doivent être plus hautes que les Contrescarpes, ainsi que nous avons dit ailleurs, afin qu'elles commandent l'Esplanade, & les autres lieux circonvoisins. De cette maniere est fortifiée la Ville d'Elvas, dont voici le Plan, que j'ai levé en 1667.

FIGURE CXXXIII.

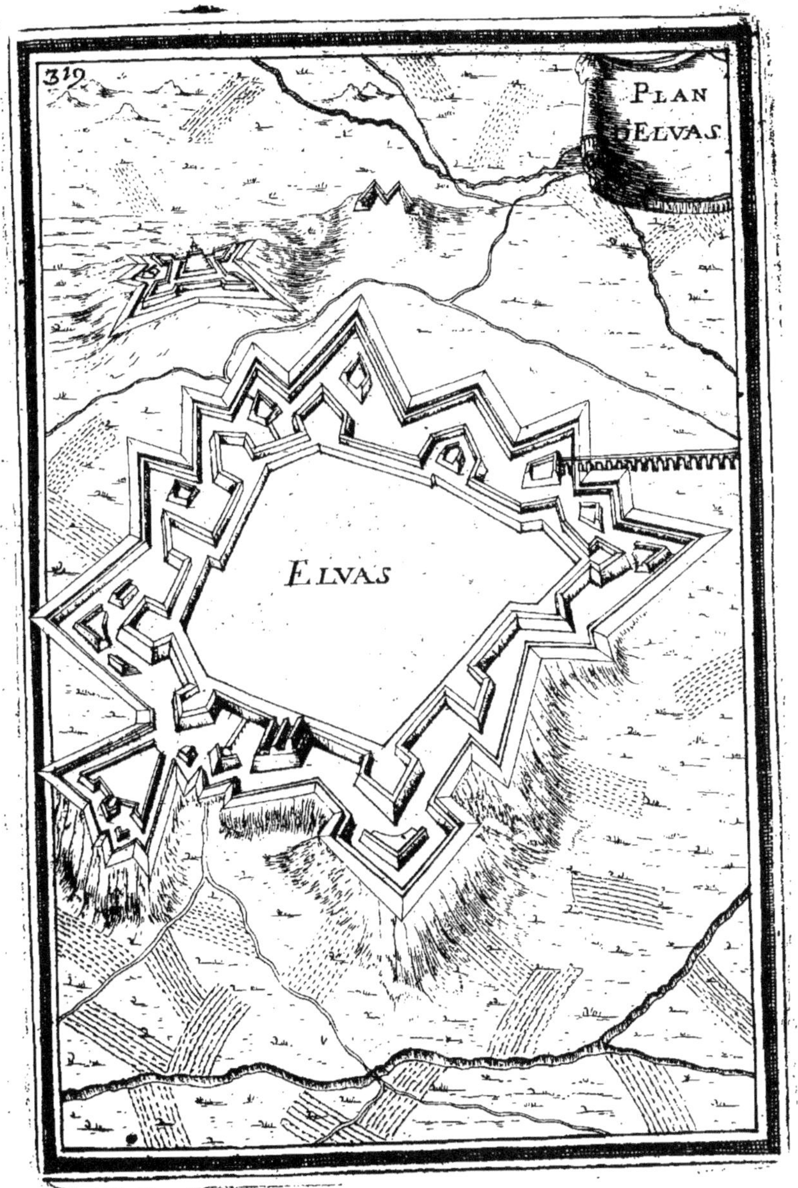

Methode de fortifier les Villes bâties sur des Hauteurs qui sont environnées de Plaines.

IL n'y a point de situation plus avantageuse que celle des Villes bâties sur des petites Montagnes, qui semblent naître & finir au même lieu, principalement quand ces éminences sont entourées de toutes parts d'une pleine Campagne; car alors elles commandent sans être commandées. Elles sont maîtresses de leur Terrain, & incommodent tellement l'Assiegeant dans son Camp, qu'il est contraint de le faire fort éloigné de ces Murailles. Il ne peut faire ses approches qu'à force de profondes Tranchées, avec grande perte de temps. En fortifiant ces sortes de Places, on suivra les Regles & Maximes suivantes.

I. Comme ces Places ont toûjours quelques vieilles Enceintes, on tâchera de s'en servir pour en faire des Courtines ou des Retranchemens dans les Gorges des Bastions.

II. Si ces Murailles avoient une double Enceinte, ou une Fausse-braye, comme c'est l'ordinaire des vieilles Clôtures, on les laisseroit sur pied, avec leurs Angles saillans ou rentrans, pourvû que leur alignement n'empêchât point la Défense des Bastions, & que par dessus la hauteur de ces Murailles, derriere lesquelles on feroit le Rempart, ceux de la Ville pussent découvrir le pied des Contrescarpes: car autrement il faudroit les démolir, & les rendre d'une hauteur plus Reguliere.

III. Sur chaque Bastion on élevera un Cavalier pour tirer dans la Campagne, & obliger les Ennemis à s'enterrer fort avant dans l'approche de leurs Tranchées, & consommer plus de temps à l'élevation de leurs Batteries.

IV. Si l'Enceinte de la Ville est justement au pied de la hauteur, on suivra cette Enceinte dans la nouvelle Fortification, ou l'on s'en écartera, si elle ne l'enfermoit pas, afin d'occuper toute la hauteur avec des Bastions, des Demi-lunes, ou avec des Forts détachez. L'on a ainsi fortifié la Ville d'Evora, de laquelle j'ai levé le Plan en 1666. lorsque je faisois travailler aux reparations du Bastion des Peres de la Compagnie de JESUS, qui est ici marqué A.

FIGURE CXXXIV.

FIGURE CXXXIV.

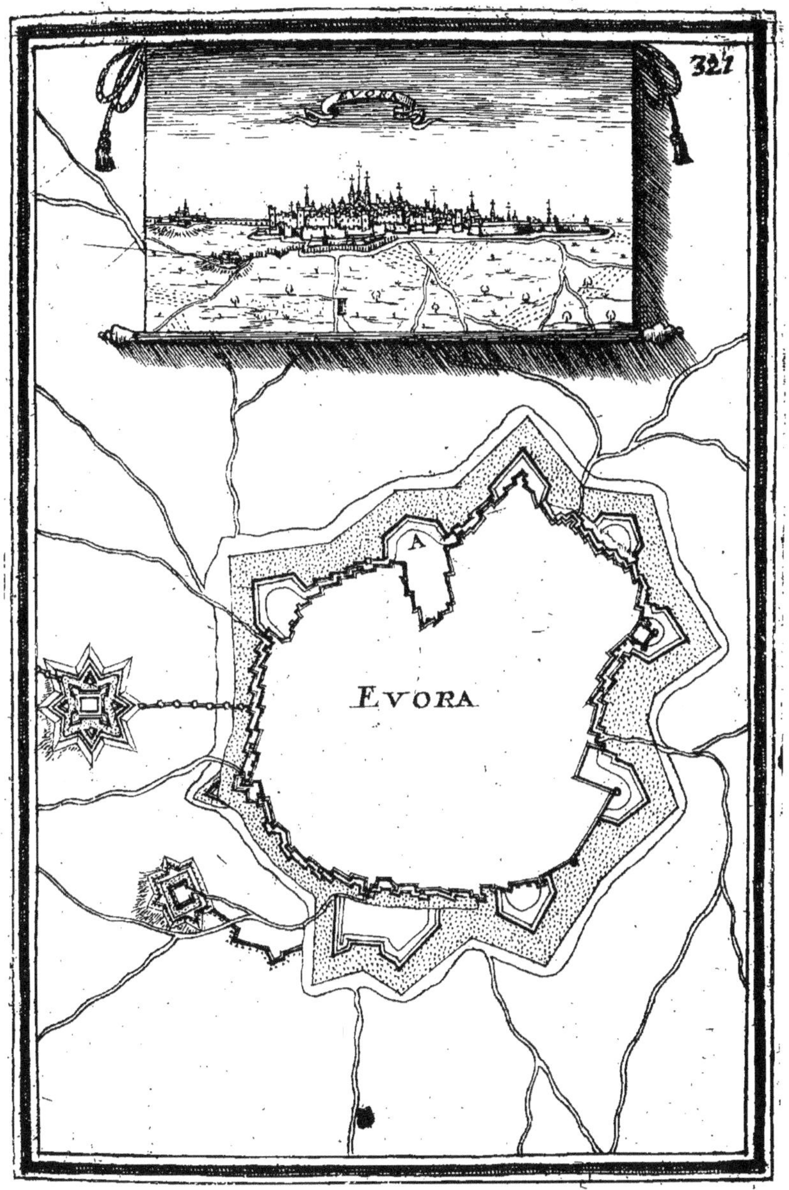

Methode de fortifier les Villes bâties en partie sur le penchant, & en partie au pied des Montagnes.

CETTE sorte de situation est la plus commune de toutes celles qui sont employées pour bâtir des Villes, s'en trouvant fort peu, tant des anciennes que des nouvelles, qui ne soient de cette nature, & comme ces Places joüissent des avantages & des incommoditez des Villes situées dans les Plaines, & de celles qui sont commandées, il faudra, en les fortifiant, suivre, autant qu'il sera possible, les Regles & les Maximes suivantes.

I. Il faut se rendre maître de la plus haute partie de la Montagne, soit en y bâtissant un Fort ou une Citadelle, soit en faisant escarper les avenuës & les lieux accessibles, si la nature y avoit donné quelque commencement.

II. La nouvelle Fortification occupera tout ce qui peut commander de revers à la Place, en y bâtissant des Forts que l'on joindra à la Ville; ainsi qu'il est enseigné dans le Chapitre des Forts de Campagne.

III. On fortifiera separément la partie haute de la Ville, en la détachant de celle d'en bas, afin que la plus haute, comme étant la plus forte, & celle où doivent toûjours être les Magazins, les Munitions & les Cisternes, soit en état de faire tête aux Ennemis, en cas qu'ils eussent enlevé la partie basse.

IV. On évitera dans les Fortifications qu'on y fera, l'usage des Demi-bastions, qui sont seulement avantageux aux Forts de Campagne, étant des Corps trop foibles pour la défense d'une bonne Place. De cette maniere en 1667. j'ai commencé avant la paix, par l'ordre du Roi de Portugal, à corriger ces défauts à la ville d'Estremos, en travaillant au Bastion qui est marqué A. J'ai été contraint de faire l'Angle flanqué fort obtus pour la dureté de la Roche de Marbre, qui ne permit pas de s'étendre plus loin; car pour le Bastion B. je l'ai fortifié regulierement avec sa Chemise.

FIGURE CXXXV.

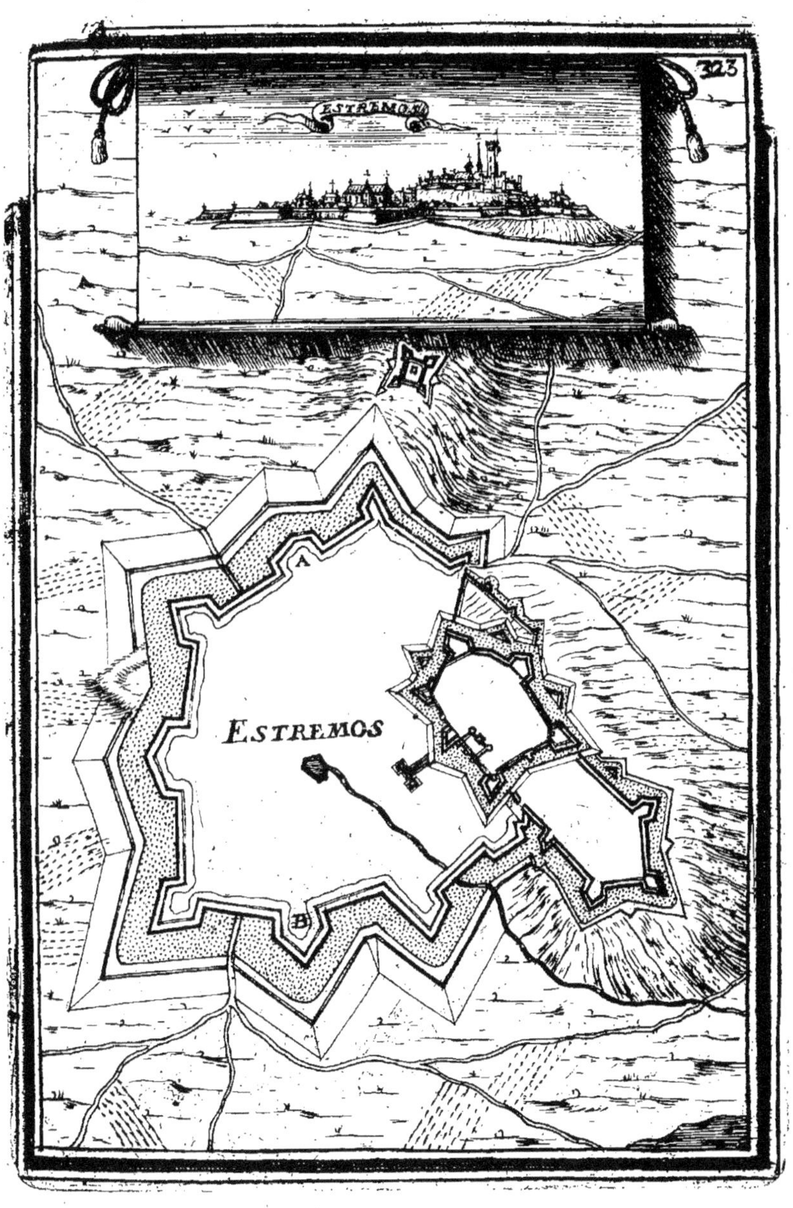

CHAPITRE VII.

Des Villes situées sur le Rivage des Mers & des Rivieres.

APRES avoir parlé fort amplement des Villes qui sont bâties dans les Plaines, ou sur le sommet des Montagnes, nous traiterons presentement de celles qui sont proche des Mers, soit que ces mêmes Villes soient situées dans des Isles, en Terre-ferme, ou dans des Peninsules, soit enfin qu'elles soient sur des Rocs, dans des lieux bas, ou sur des Côteaux, & que la Mer y ait Reflux ou non: Mais afin de traiter generalement de toutes les Villes qui sont proche des Eaux, nous parlerons aussi de celles qui sont situées sur des Estangs, Lacs & Rivieres.

Methode de fortifier les Villes situées sur un Roc, bordé de la Mer.

JE ne parlerai point ici de l'Enceinte des Villes qui regardent les côtez de la Terre-ferme, puisque pour les fortifier, soit Regulierement, soit Irregulierement, on n'a qu'à suivre ce qui a été dit dans les Regles & dans les Maximes des Chapitres précedens. On reparera à force d'Ouvrages l'imperfection & l'Irregularité de leur Terrain. Je traiterai donc ici des côtez qui sont battus des Flots de la Mer, & pour les fortifier, on observera les Regles & les Maximes suivantes.

I. Tous les Ouvrages qu'on élevera du côté des eaux, principalement quand elles y viennent dans les Marées, doivent être revétus d'une forte Chemise de Pierre, soûtenuë par derriere de quantité d'Esperons.

II. La nouvelle Fortification suivra, autant qu'il sera possible, la Figure capricieuse de la Nature, pourvû qu'une partie défende l'autre, afin de ne rien laisser dont l'Ennemi puisse tirer avantage.

III. On doit enfermer & occuper toutes les Roches qui pourroient faciliter la descente des Barques assaillantes.

IV. On élevera, si l'on peut, plusieurs Enceintes, l'une au dessus de l'autre, afin que dans les petites Marées la plus basse Enceinte puisse tirer à fleur d'Eau, & que les plus hautes puissent commander sur les Vaisseaux. Outre que cette seconde & cette troisiéme Enceinte feront le même effet dans la haute Marée; elles serviront encore merveilleusement contre les surprises, qui sont difficiles à executer à des Places fortifiées avec ces précautions. De cette maniere on a fortifié *Saint Gião* de la barre de Lisbone, Place estimée imprenable du côté de l'Ocean. En voici le Plan, que j'ai levé par l'ordre du Roi de Portugal, le 15. Juin 1667.

FIGURE CXXXVI.

Methode de fortifier le Rivage des Villes situées proche la Mer.

LE Terrain des Villes Maritimes est quelquefois si bas, que dans les moindres Marées les Eaux entrent dans leurs Ruës, même avec assez de force pour porter des Barques d'une grandeur & pesanteur considerable.

Souvent aussi les Villes qui sont situées proche des Mers où il y a fort peu de Reflux, ont leurs Quais si peu élevez, que les eaux battent proche des Maisons. Pour fortifier ces sortes d'endroits, & empêcher que les Ennemis n'y fassent des descentes, & ne jettent du monde pour surprendre les Villes par là, on fortifiera tous ces Rivages d'un bon Parapet garni de sa Chemise, & l'on donnera à ce Parapet une Figure capable de se bien flanquer, comme seroit celle d'un Bastion, d'un Demi-bastion, &c.

On élevera de distance en distance quelques Cavaliers ou Plate-formes, sur lesquelles on montera quelques grosses piéces de Canon, qui serviront merveilleusement pour tenir l'Ennemi à la largue, & pour empêcher l'approche & la descente de leurs Barques.

C'est ainsi qu'est fortifié le Rivage de la ville de S. Malo; comme l'on peut voir dans son Plan.

FIGURE CXXXVII.

Methode de fortifier les Ports de Mer.

IL y a des Ports de Mers Naturels qui se sont faits d'eux-mêmes en forme de Golfe, & des Artificiels qui ont été taillez à force de bras dans les Falaises, creusez dans le Roc, ou gagnez dans les Mers par le secours des Fascines, Cailloux & Pilotis. On fortifiera les uns & les autres sur les Regles & les Maximes suivantes.

I. Quand on pourra disposer de la Fortification de la Ville, on tâchera de l'ordonner de telle maniere, que l'entrée de ces Ports se trouve au milieu d'une Courtine, afin que les deux Flancs des Bastions voisins en défendent l'entrée & la sortie.

II. Si le Terrain de la Ville étoit élevé, & le Port au pied de cette hauteur, & qu'alors la Fortification de la Ville, pour être trop élevée, ne pût défendre l'entrée du Port, on choisiroit un lieu pour bâtir une Citadelle, qui commanderoit à la Ville, aussi bien qu'au Port.

III. Au défaut de ces Citadelles, pour assûrer le Port, & pour empêcher les Ennemis & les Pirates de venir brûler & piller les Vaisseaux qui seroient à l'Anchre, on fortifiera les Plages & Rivages de Cavaliers & de Plate-formes, sur lesquels on montera quantité d'Artillerie pour reculer l'Ennemi.

IV. On élevera une Mole ou des Tours dans la Mer même, pour couvrir l'entrée du Port, & pour plus de seureté, on choisira l'endroit le plus étroit de l'entrée du Port, pour y bâtir deux petits Châteaux opposez, qui en assûreront le passage, comme l'on le peut remarquer dans le Plan que voici.

FIGURE CXXXVIII.

Methode de fortifier le côté des Villes situées sur le Rivage de quelques Lacs.

LORSQUE proche des Villes il se rencontre des Lacs qui aboutissent par quelqu'une de leurs extremitez aux terres de l'Ennemi, & que les lacs gelent en Hyver, ou qu'ils sont assez forts pour porter des Bâteaux; alors pour éviter les surprises, on fortifiera ces sortes de Villes sur les Regles & les Maximes suivantes.

I. On fera l'Enceinte de la Ville la plus reguliere qu'il sera possible, & l'on tâchera de faire une petite Muraille ou Fausse-braye entre le Lac & la Fortification de la Ville, pour empêcher l'approche des Murailles.

II. On poussera la Fortification de la Ville jusques dans les Eaux du Lac, afin que l'Ennemi ne puisse prendre terre pour monter à l'Escalade, ou l'empêcher de sortir sans bruit & sans embaras de ses Bâteaux pour monter à l'Assaut, supposant qu'il eût fait Bréche par quelque Mine secrete. L'Artillerie logée sur ces Ouvrages avancez dans l'eau, coulera les Vaisseaux de l'Ennemi à fonds, & l'empêchera de se ranger en Bataille sur ses Bâteaux.

III. Sur le côté de ces Villes on élevera des Tours fort hautes pour découvrir de loin: & entre ces Tours on fera des Cavaliers ou des Plate-formes, garnies de quantité de Canon, pour découvrir & pour battre le long du Lac.

IV. S'il sort de ces Lacs quelques Rivieres qui passent dans la Ville, l'entrée doit être soigneusement fortifiée par de bonnes Tours ou doubles Bastions, sur lesquels on tiendra quantité d'Artillerie. Ces Tours & ces Bastions ne doivent pas être fort hauts, ou bien ils doivent avoir à leurs pieds plusieurs Plate-formes pour découvrir l'entrée & la sortie des Rivieres, qu'on fortifiera de quantité de Pieux garnis de Pointes de Fer, ou plûtôt de Pieux à double rang par dedans la Ville, laissant seulement un petit passage pour la liberté des Bâteaux: & de Nuit ces passages seront fermez avec une Chaîne, & même avec deux, s'il le faut; ainsi est fortifiée la ville de Geneve, du côté du Lac.

FIGURE CXXXIX.

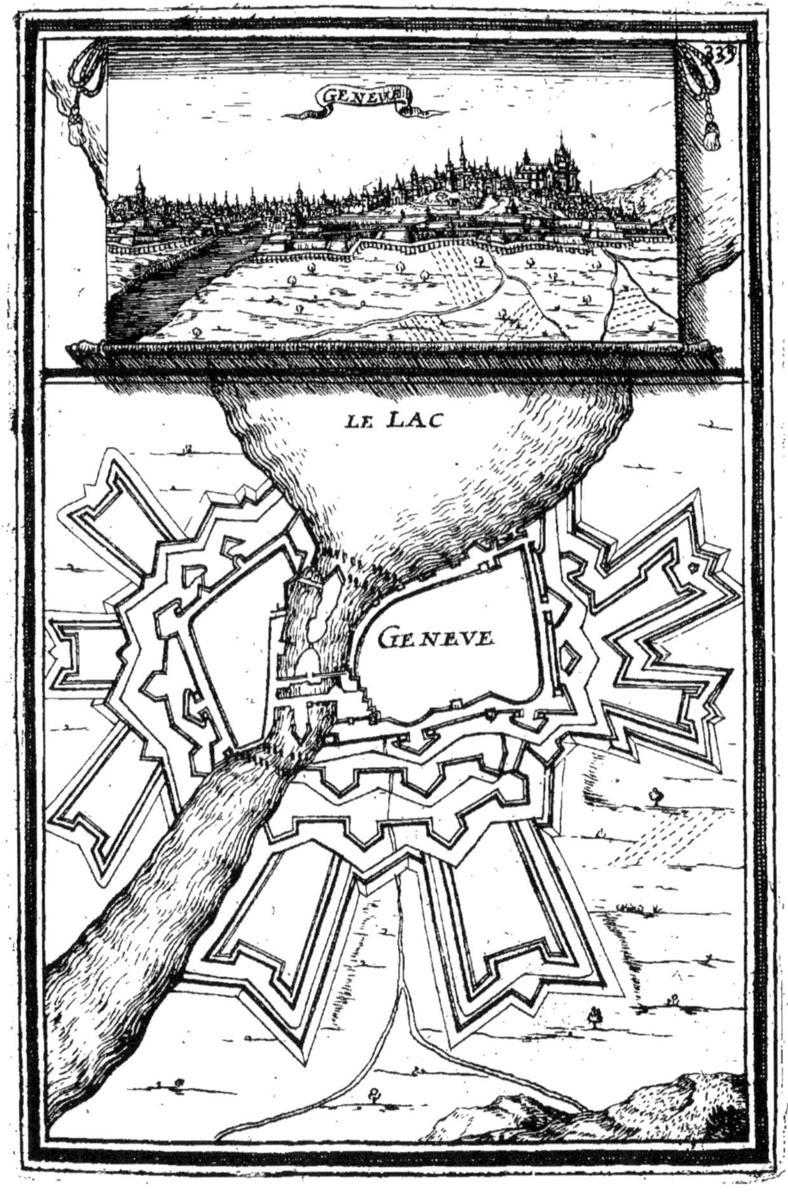

Methode de fortifier les Avenuës & les Descentes des Rivieres qui passent dans une Ville ou auprés.

LORSQUE les Rivieres qui passent dans les Villes, ou qui en lavent seulement les Murailles, viennent des Terres Ennemies, ou qu'elles s'y vont rendre, si l'on veut empêcher que l'Ennemi se serve de l'avantage du courant de l'eau, pour approcher ses Troupes de la Place, on fortifiera les Descentes & les Avenuës de ces Rivieres selon les Regles & les Maximes suivantes.

I. Si la Riviere passe au travers de la Ville, on fera à son embouchûre & à sa sortie des Redens, & même des Ouvrages plus considerables, si on peut.

II. Si la Riviere est étroite, on bâtira un petit Fort sur des Pilotis à la portée du Canon, du côté que l'on craint l'Ennemi; mais si la Riviere est large, on construira deux Redoutes sur les Rivages opposez. Ces Redoutes servent à loger des Sentinelles, elles sont fort hautes, & ont un Plancher, où l'on monte avec une longue Echelle, que la Sentinelle retire quand elle est montée, & elle la descend au Soldat qui vient en faction; ces sortes de Sentinelles sont excellentes contre les surprises.

III. Si la Riviere ne fait que baigner un des côtez de la Place, & que ce côté soit fort long, on fera un Bastion ou deux sur la longueur, & à ses extremitez on élevera deux Cavaliers pour découvrir & battre les avenuës de la Riviere.

IV. On empêchera la communication des Eaux des Fossez avec celle des Rivieres, par quelques Digues ou par des Ecluses, que l'on défendra de quelque Ouvrage exterieur; ainsi que l'on peut remarquer dans le Plan de la ville de Ravestin, Ville située sur la Meuse, auprés de Grave, & dépendante des Hollandois.

FIGURE CXL.

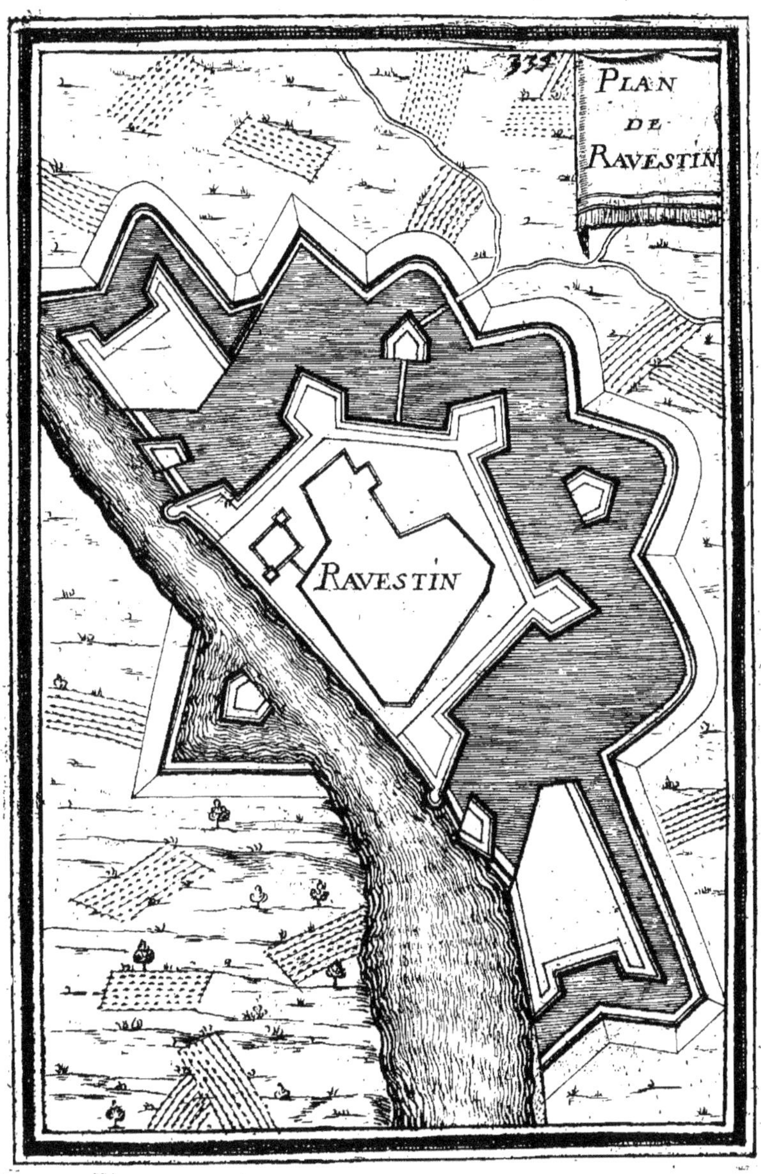

CHAPITRE

CHAPITRE VIII.

De la Construction des Citadelles Irregulieres.

QUoique les Regles, que j'ai donné dans le Chapitre de la Construction des Citadelles Regulieres, semblent suffire pour enseigner cette Construction auprés de toutes sortes de Villes proposées; neanmoins il se peut trouver des Terrains si bizarres, que ces Regles, pour être trop generales, ne donneront pas une parfaite intelligence de la question. C'est ce qui m'oblige d'en prescrire de particulieres dans ce Chapitre, afin qu'il n'y ait guere de Terrain, quelque irregulier qu'il soit, où l'on ne puisse bâtir une Citadelle: supposant toûjours que ce Terrain soit assez grand pour l'Enceinte dont elle a besoin, & qu'il ne soit pas trop éloigné de la Place où la Citadelle doit commander.

Construction des Citadelles Irregulieres situées dans un Plat-païs.

QUAND les Villes sont dans un Païs plat, & que l'Assiette & le Contour de la Place se trouvent d'une même hauteur, si les Murailles sont aussi d'une même épaisseur, ce qui se rencontre rarement, alors on y construira des Citadelles selon les Regles & les Maximes suivantes.

I. On choisira pour la Citadelle le lieu de la Ville le plus découvert de Maisons, & le moins embarassé de Ruës.

II. On la fortifiera du côté de la campagne de quelque Dehors, qui ne cede point en bonté aux autres Ouvrages exterieurs, qui couvrent les côtez de la Place, afin que la Citadelle, étant plus forte, soit la derniere attaquée; sur tout, on fera en sorte qu'elle ne tire point sa Défense du Corps de la Ville.

III. S'il se rencontroit quelque Bastion de la Ville qui fût proche de la Citadelle, & que le Flanc du Bastion la regardât, alors de deux choses l'une, ou il faudroit rompre ce Flanc pour continuer la Face du Bastion jusqu'auprés du Fossé de la Citadelle, ou bien il faudroit de necessité élever un Cavalier dans la Citadelle, qui pût commander au Flanc, & foudroyer dans le Bastion qui en seroit si proche.

IV. S'il se rencontroit un Bastion de la Ville qui fût en partie vis-à-vis de la Citadelle, & qui pût servir tout à la fois de Défense à la Place & à la Citadelle, alors on s'en pourroit fort bien servir, en faisant deux Ponts, dont l'un communiqueroit du Bastion dans la Ville, & l'autre de la Citadelle, dans le même Bastion. Tellement que si la Ville ou la Citadelle venoit à être gagnée, l'Assiegé, qui conserveroit encore l'une ou l'autre, pourroit tenir bon dans le Bastion, en rompant le Pont qui répondroit à la partie gagnée. Cela se peut remarquer au Bastion A. de la ville de Breda, dont voici le Plan.

FIGURE CXLI.

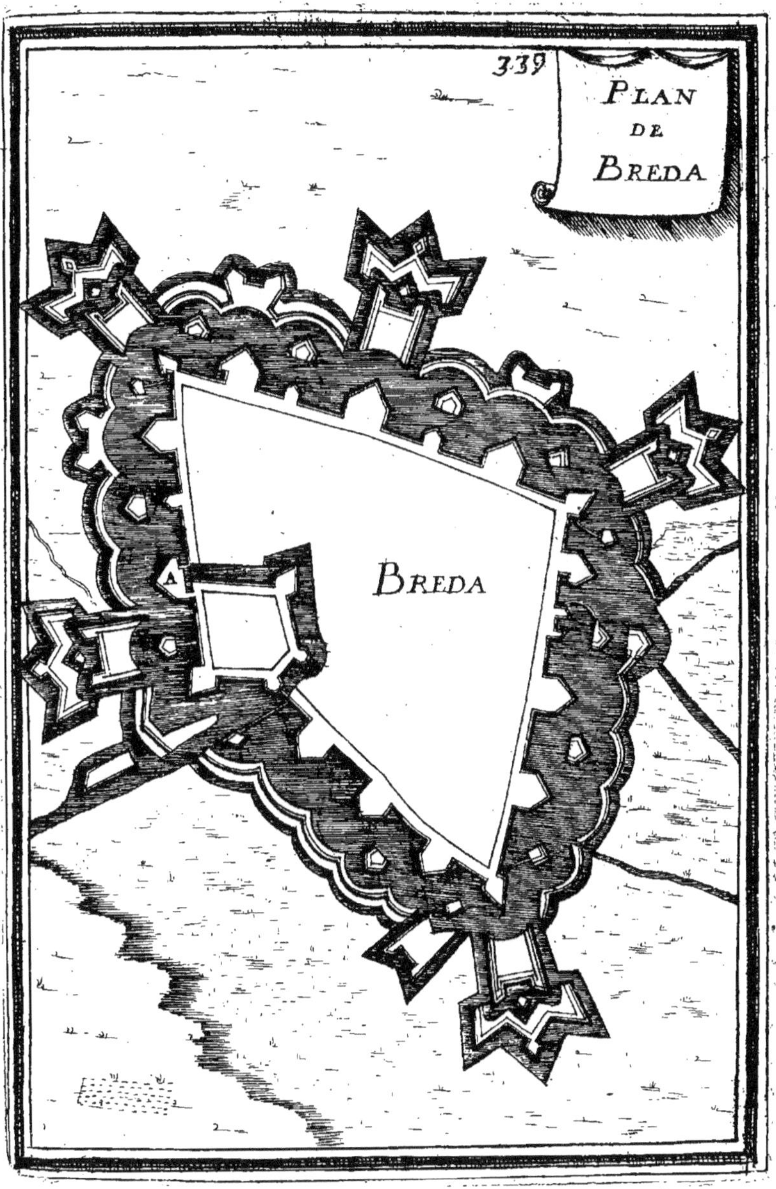

Construction des Citadelles Irregulieres situées sur quelques Hauteurs proche des grandes Villes.

IL se rencontre des Villes qui ont leur Enceinte d'une étenduë fort vaste, comme sont celles qui renferment quantité d'Eglises, de Convents, de Palais, & d'autres lieux magnifiques.

Ou bien il arrive que ces grandes Villes étant fortifiées de tous côtez, les forces de l'Estat, & les revenus du Prince ne suffiroient pas pour entretenir la Garnison qu'il y faudroit : alors on se contentera d'en fortifier seulement une partie, en y construisant une Citadelle selon les Maximes suivantes.

I. Pour cette Construction, on choisira le lieu de la Ville le plus élevé, & qui sans être commandé, puisse commander pour le moins à un tiers de la Ville; On ménagera même sur la plus grande hauteur un Terrain que l'on fortifiera à part, pour servir de Reduit au Gouverneur en cas de besoin.

II. Le Poste que l'on fixera pour construire la Citadelle doit toûjours avoir du côté de la campagne son Terrain proche de quelque avenuë de la Ville, ou du courant d'une Riviere : Et l'entrée de la Citadelle de ce côté-là doit être facile & commode, afin que le Souverain y puisse faire entrer, quand bon lui semblera, des hommes & des Munitions.

III. Sur tout on aura soin que ce lieu ait quelques sources d'eau vive, quelques Puits de bonne eau, ou du moins quelques Cisternes : Car il ne faut faire aucun fonds sur l'eau qui vient de dehors par des Tuyaux, Rigoles ou Aqueducs, que les Assiegeans ne manquent jamais de ruiner aussi-tôt qu'ils forment le Siege.

IV. Si le Terrain des Bastions de ces sortes de Citadelles n'est pas naturellement assez élevé pour commander sur les Maisons qui en sont proche, on fera sur ces Bastions des Cavaliers, qui par leur hauteur découvriront & feront feu sur les Postes qui les environnent, & qui pourroient commander à ces Bastions.

On a fortifié de cette maniere la ville de Villa-Visoza, demeure des Anciens Ducs de Bragance, Ayeuls des Rois de Portugal qui regnent de nôtre temps ; voici le Plan que j'en ai levé, & le Profil que j'en ai fait l'année 1668.

FIGURE CXLII.

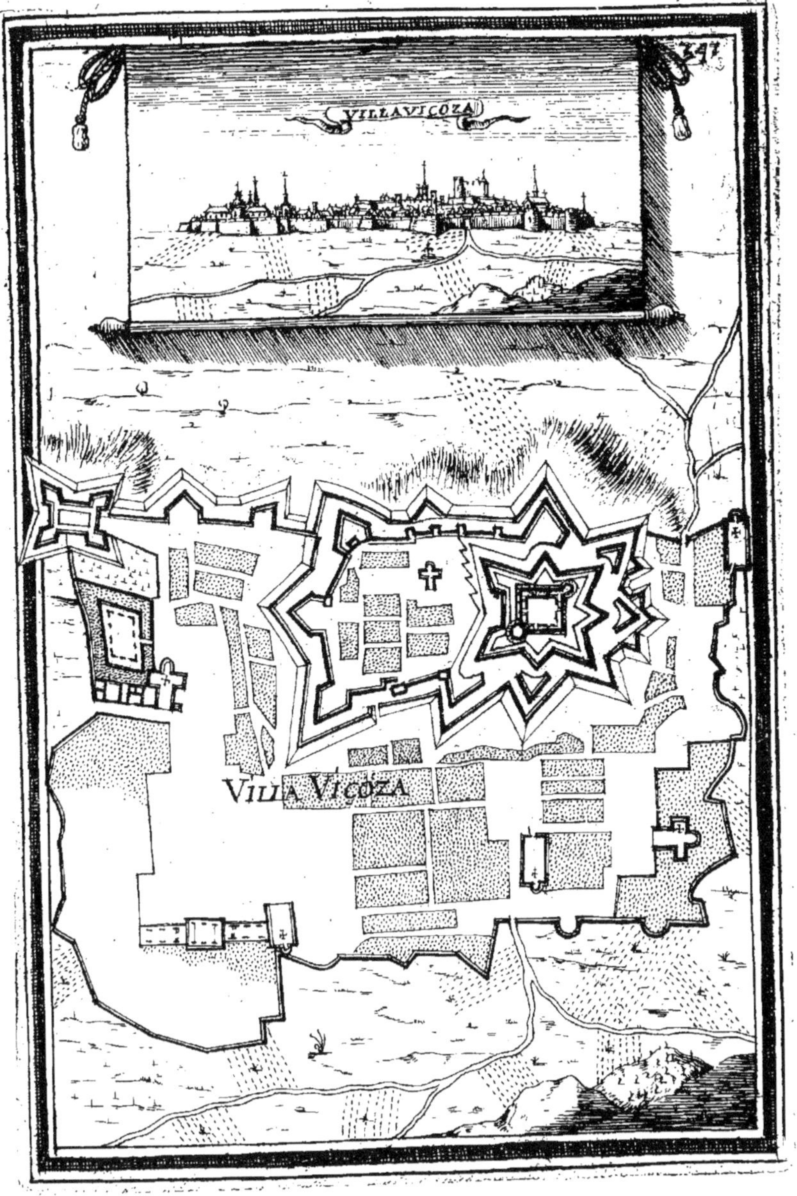

Construction des Citadelles Irregulieres situées proche des Villes Maritimes.

I. J'AY déja dit, que les Villes Maritimes, étant la plûpart sur les Frontieres de l'Etat, doivent être fortifiées avec toute sorte de précaution, principalement si elles sont grandes, & qu'elles ayent du commerce avec les Etrangers.

II. Il est même de la Politique du Souverain, que le Commandement de ces sortes de Places ne soit pas toûjours entre les mains d'un seul Chef, de peur qu'un Gouverneur trop absolu n'abuse de son autorité.

III. Il faut même que la Garnison que le Souverain y entretient, ait un Commandant particulier, qui ne sçauroit être mieux logé que dans une bonne Citadelle.

IV. Il ne faut pas s'attacher rigoureusement au nombre des Bastions de ces sortes de Citadelles; mais il faut prendre garde avec soin, qu'elle commande en même temps, si cela se peut, à la Campagne des environs, à la Ville, & à son Port. C'est ainsi que la Citadelle de Dunkerque a été construite.

FIGURE CXLIII.

CHAPITRE IX.

Des Forts de Campagne & de leurs Lignes de Communication.

L se trouve quelquefois des Terrains si petits & si bizarres, que l'Ingenieur avec tout son art n'y peut construire aucune des Figures Regulieres ou Irregulieres que j'ai proposées ci-devant ; neanmoins il y a souvent une necessité de fortifier aussi bien les petits Postes que les grands, principalement quand ils commandent à de grandes Villes, ou qu'ils se trouvent sur leurs Avenuës, ou à l'extremité d'un Pont, & de quelqu'autre passage considerable, qu'il faut necessairement occuper. C'est pour y remedier que je propose dans ce Chapitre plusieurs Fortins de differente Figure, afin que selon la petitesse & l'irregularité du Terrain, on puisse se servir des uns ou des autres.

Noms des differens Forts de Campagne.

A EST un Fort Triangulaire à Demi-bastions.
A. B. est un Fort Triangulaire à doubles Demi-bastions.
C. est un Fort Triangulaire à Bastion plat.
D. est une Redoute ou un Fort Quarré.
E. est un Fort à Tenaille.
F. est un Fort Quarré à Demi-bastions.
G. est un Fort Quarré à doubles Demi-bastions.
H. est un Fort à Chemise.
I. & L. sont des Forts à Etoilles à cinq & à six pointes.
K. est un Fort à Corne.

FIGURE CXLIV.

Methode de fortifier les Forts de Campagne en Triangle.

LORSQUE le Terrain d'un Commandement, ou de quelqu'autre lieu, est de Figure Triangulaire, ou que cette Figure est la plus commode pour enfermer & fortifier le Poste dont l'on veut s'assurer, on fera aux extremitez de ce Terrain des Demi-bastions, en cette maniere.

On divisera un des côtez du Triangle A B C. en trois parties égales, on prolongera le côté A B. en E. d'une de ces parties pour servir de Capitales. Sur le côté B C. on prendra pour Demi-gorge B F. de la grandeur de B E. puis au point F. on fera le Flanc F H. de la moitié de B F. & l'on tirera H E. pour la Face, & le Demi-bastion sera achevé; ce qui étant pratiqué sur les autres côtez & Angles, on aura le Triangle, si l'on y fait le Rempart & le Fossé, chacun des deux tiers, ou de la grandeur du Flanc; ainsi que l'on peut remarquer au Plan du Triangle A. qui est fortifié de même.

On remarquera que si le Triangle n'estoit pas precisément regulier, c'est-à-dire, si ses côtez n'étoient pas tous égaux, ou les Angles d'une même couverture, on pourra neanmoins le fortifier avec des Bastions ou des Ouvrages à Corne, sur cette Maxime, que les Angles flanquez des Bastions & des Demi-bastions ne soient jamais au dessous de 60. Degrez; ainsi qu'il se peut remarquer au Plan de Clermont, proche de Sainte Menehould.

Les Triangles à doubles Demi-bastions se construisent sur les mêmes regles.

FIGURE CXLV.

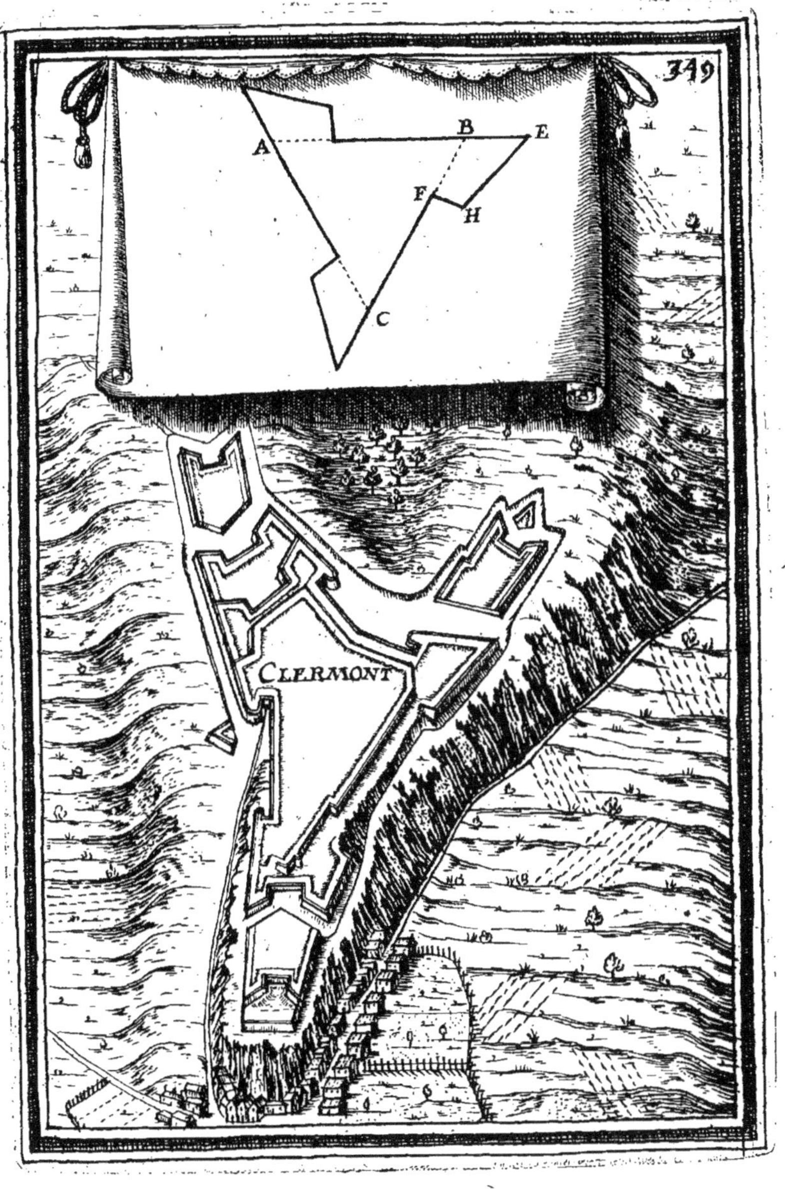

Methode de faire un Fort à Etoilles.

QUOIQUE la Conſtruction de ces Forts ne ſe devroit donner que dans le Traité des Sieges, parce qu'ils ſont d'un grand uſage pour fortifier les Lignes de Circonvallation, le Parc de l'Artillerie, & le Quartier des vivres: neanmoins comme leur Figure eſt fort commode pour enfermer de petits Châteaux, des Egliſes, des Chappelles, des Fontaines, & d'autres lieux particuliers, qui ſe rencontrent proche des Villes; on les conſtruira, tant ſur le Papier que ſur le Terrain, en cette maniere.

I. On fera une Circonference, dont le Diametre ſera de la grandeur que l'on deſire l'Ouvrage, & cette Circonference ſe diviſe en ſix parties égales, pour avoir ſix côtez égaux.

II. Que ſi le lieu a ſon Centre incommodé, on fait ces ſix côtez avec l'Angle de bois, ou Meſurangle, ainſi qu'il a été dit dans la Conſtruction des Places ſur le Terrain, Chapitre X. page 186. du premier livre.

III. Les ſix côtez étant tracez, on en diviſera un, comme BC. en quatre parties égales, & ſur le milieu D. on élevera la Perpendiculaire DA. égale à une de ces quatriémes parties; puis pour avoir l'Angle rentrant, ou de Tenaille, on tirera les Faces BA. CA. Ce qui ſe pratiquant ſur les autres côtez, on achevera l'Etoille. Son Rempart ſera comme celui des Ouvrages précedens.

IV. De cette maniere a été fortifié le Fort de Quenoke en Flandres. Pour celui de Rebus, qui eſt au bas de la Planche, il ſervira d'Exemple, pour montrer que l'on fait ces Forts de pluſieurs manieres; mais toûjours avec cette condition, que leurs Angles ſaillans ne ſoient jamais plus petits de 60. Degrez; car alors il faudroit prolonger ou couper ces côtez, ou bien élever quelque piéce détâchée au devant.

FIGURE CXLVI.

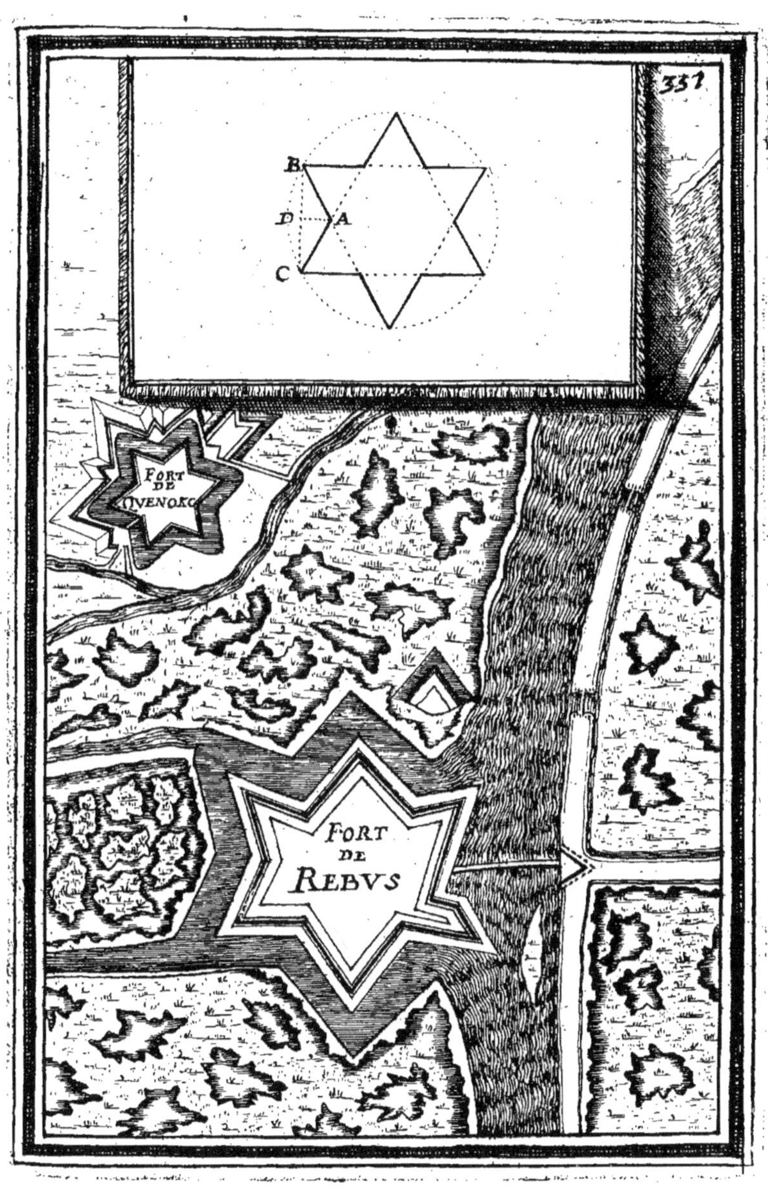

Methode de fortifier un Quarré.

LORSQU'ON veut fortifier quelque Poste ou Château, & qu'on ne juge pas que le lieu merite la dépense d'y construire des Bastions, ou que le Terrain n'en permet pas la Construction, alors on y fera des Demi-bastions en cette maniere.

I. Aprés avoir divisé un des côtez du Quarré AB. en trois parties égales, on prolongera ce même côté d'une de ces parties, de B. en E. pour servir de Capitale ; Sur l'autre côté B C. on prendra B F. pour Demi-gorge de la grandeur de B E. puis au point F. on fera le Flanc F H. de la moitié de B F. & l'on tirera H E. pour la Face, & le Demy-bastion sera achevé.

II. On pratiquera la mesme chose pour couvrir les Angles,& pour les Remparts, Parapets, & Fossez,on suivra les Maximes précedentes, & le Quarré se trouvera fortifié ; comme il se void dans la figure A.

III. Toutefois si le lieu du Quarré à fortifier, étoit considerable, & qu'il meritât la dépense d'une bonne Fortification, alors on tâchera à le fortifier, ainsi que je l'ai enseigné dans les pages 82. & 84. du premier livre.

IV. Mais si le Terrain étoit de Roc, fort escarpé, ou que ce fût quelque Cap de Mer, & Promontoire, il faudroit alors s'accommoder à la nature du lieu ; & s'il n'étoit pas possible de couvrir les Angles avec des Bastions ou des Demi-bastions, on fera sur les côtez des Bastions plats; comme on peut remarquer au Fort de Blavet.

Ces Bastions plats, quoi qu'ils ne tirent leur défense que des côtez du Polygone, ne laissent pas d'être d'un fort bon usage, puisqu'à ces sortes de Places, qui sont avancées dans les eaux, on ne fait jamais les approches par des attaques Regulieres, comme on fait aux Places situées en Plat-païs.

FIGURE CXLVII.

FIGURE CXLVII.

Methode de fortifier un Quarré-long.

QUOIQU'IL y ait plusieurs voyes pour fortifier les Quarrez-longs, nous estimons celle-ci preferable à toutes les autres, comme étant la plus approchante des Maximes de la Fortification Reguliere.

I. Pour faire leurs Bastions, on déterminera leurs Demi-gorges de la cinquiéme partie d'un de leurs petits côtez, & les Capitales d'un troisiéme, afin de tirer les Défenses des extremitez des Capitales aux Demi-gorges; Ensuite, on fera au point des Demi-gorges les Angles du Flanc perpendiculaires ou de 98. degrez d'ouverture, & l'on tirera le Flanc qui sera déterminé par la rencontre de la Ligne de Défense.

II. Les Faces se tireront de l'extremité des Flancs, jusqu'aux pointes des Capitales.

III. Pour les grands côtez, on fera au milieu un Bastion plat comme le marqué A. ou une Avance, comme la marquée B. qui aura autant de Capitale que de Gorge, & chacun sera double d'une Demi-gorge des Bastions; C'est ainsi que l'on fortifie les Quarrez-longs, supposant que le grand côté soit double du petit.

IV. Le Château de Mussi en Lorraine est bâti sur le sommet d'une hauteur, il a son pied fortifié presque de cette maniere; ainsi que l'on le peut remarquer dans son Plan.

Cét Exemple servira pour montrer, que quand les Quarrez ne sont pas Reguliers, on approprie leurs Bastions & leurs Avances en telle maniere, que leurs Angles saillans ne soient jamais au dessous de 60. degrez d'ouverture, ni la longueur des Défenses au de-là de 100. ou 120. toises.

FIGURE CXLVIII.

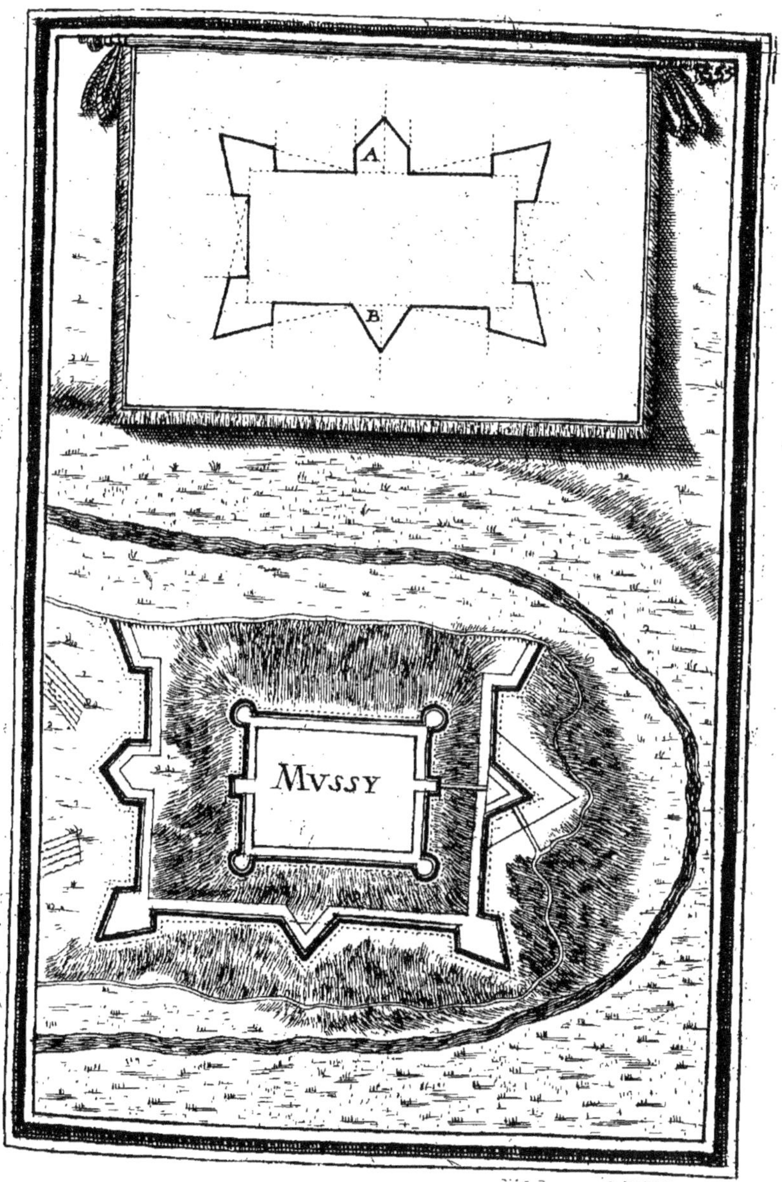

Construction des Redoutes.

LES Redoutes servent quelquefois pour fortifier les Lignes de Circonvallation, & de Contrevallation ; sur tout, elles sont fort usitées pour assûrer la conduite des Tranchées & la communication des Boyaux.

I. Celles qu'on éleve pour la Défense des Lignes de Circonvallation sont quarrées, ou en lozange, un de leurs côtez fait face du côté de la campagne, ou bien elles y presentent une pointe de leurs Angles, afin que les côtez qui forment ces Angles soient défendus de la Ligne de Circonvallation, comme on le peut remarquer en celles qui sont representées dans le Plan du Siege de Grave. Les unes & les autres sont marquées des lettres A. & B.

II. Les Demi-redoutes, que j'ai dit servir quelquefois pour la Défense des Lignes de Circonvallation, sont particulierement employées pour les Lignes de Contrevallation, ainsi qu'on les void distribuées dans la Ligne de Contrevallation de ce Siege, où elles sont marquées de la lettre C.

III. Les Redoutes n'ont point de grandeur déterminée, les unes étant de dix à quinze toises d'étenduë en quarré, plus ou moins, selon la necessité du Terrain, & le nombre des gens qu'on y veut poster.

IV. Les Redoutes ou Demi-redoutes, qu'on éleve aux Lignes de Circonvallation, ont toûjours leurs Fossez du côté de la campagne : & les Redoutes ou Demi-redoutes, qu'on construit sur les Lignes de Contrevallation, ont leurs Fossez du côté de la Ville, de la largeur environ de quatre à cinq toises, pour leur Rempart, qui n'est proprement qu'un Parapet ; il s'éleve de huit à dix pieds au dessus du Rez-de-Chaussée, ayant trois ou quatre Banquettes pour élever le Soldat commis à la Défense de la Redoute.

FIGURE CXLIX.

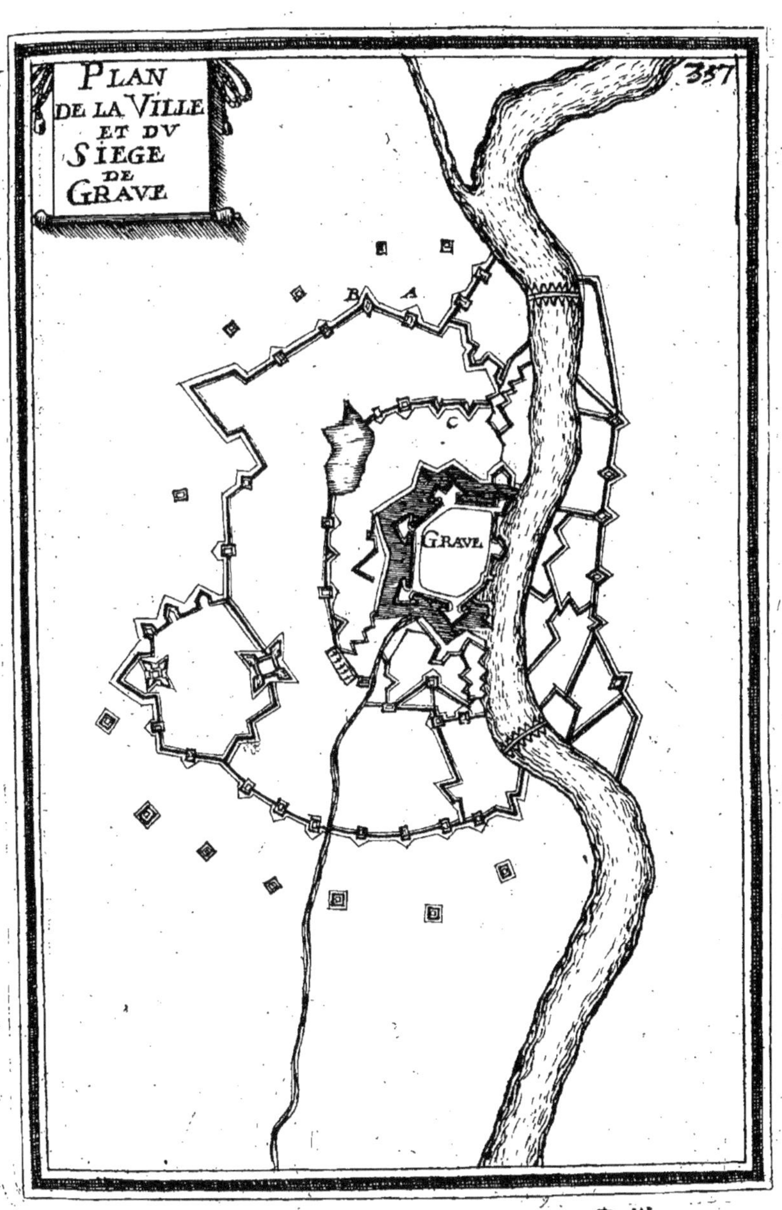

Des Forts détachez.

AVANT que de parler des Commandemens qui se rencontrent proche des Villes; voici quelques Maximes que doivent remarquer les Gouverneurs des Places.

I. Lorsqu'aux environs de leurs Villes, & au de-là des Fortifications de leurs Places, il se rencontre quelques Basses-villes ou Fauxbourgs, lesquels pour leur trop grande étenduë ne peuvent être enfermez de l'Enceinte de la Place, ou que leur Fortification étant fort basse, peut ètte fort aisément escaladée ou démolie par l'ennemi; Alors les Gouverneurs de ces sortes de Villes doivent avoir soin de faire élever quelque Fort sur leurs avenuës, à la distance de la portée du Canon, ou environ, afin que les Gardes qui y seront envoyez puissent découvrir l'Ennemi, & empêcher la surprise de ces basses Villes ou Fauxbourgs; comme je faisois ma charge d'Ingenieur, l'année 1667. nous surprîmes le 20. de Decembre la basse ville d'Albuquerque, pour n'avoir pas eu de ces sortes de Forts, pour découvrir & arrêter nôtre Marche.

II. Ces Forts se construiront aussi bien du côté de l'Etat, que du côté de l'Ennemi, afin que ceux de la Ville soient en assûrance de toutes parts.

III. La Figure de ces Forts sera selon la necessité du Terrain, c'est-à-dire, en Redoute, en Tenaille, ou en Etoille.

IV. Leur Fossé se fera le plus creux & le plus large qu'il sera possible, c'est-à-dire, du moins de trois à quatre toises de largeur, & d'une & demie ou deux de profondeur pour éviter l'Escalade, & on en fraizera les Remparts pour empêcher la desertion des Soldats. On les fera comme ils sont dessinez dans la page suivante.

FIGURE CL.

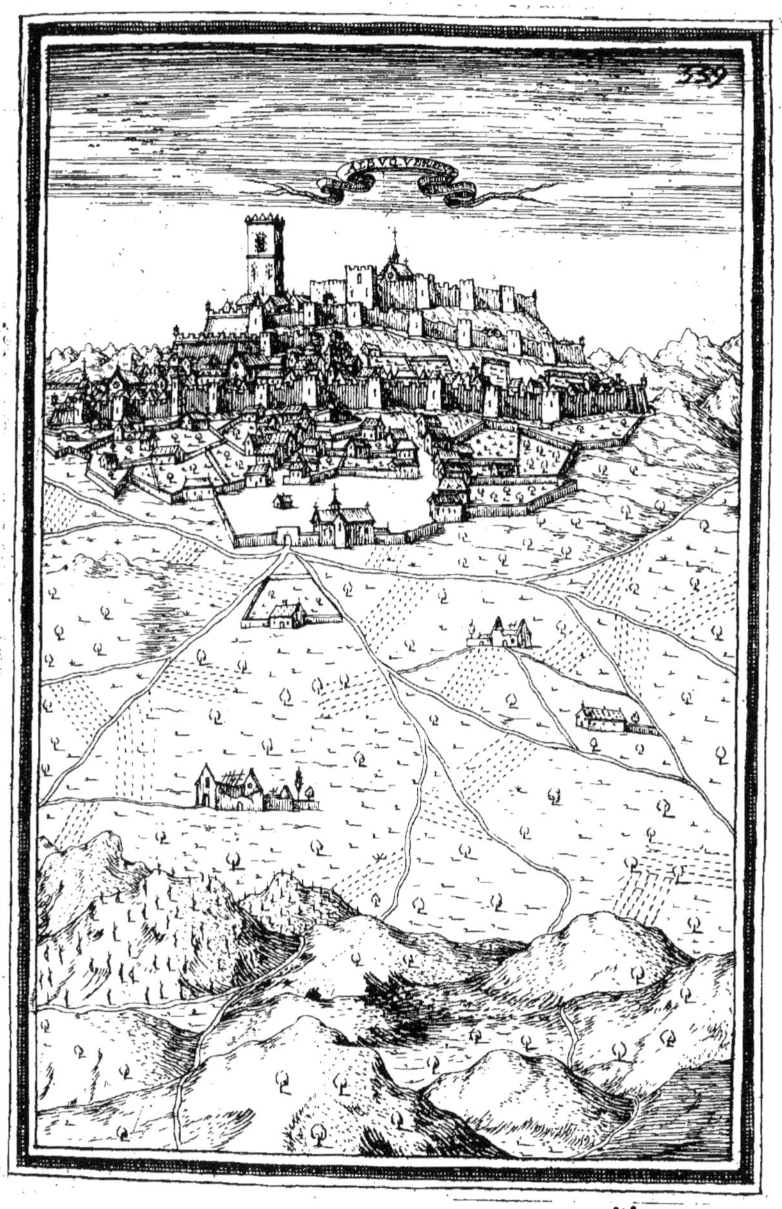

Methode de fortifier les Commandemens qui se rencontrent proche des Villes.

I. LORSQU'ENVIRON la portée du Canon, plus ou moins, il se rencontre de grands Commandemens, ou de petites Montagnes auprés d'une Place, on les fortifiera, afin d'empêcher que l'Assiegeant ne s'en rende maître dés le premier jour du Siege, & qu'ils ne lui servent avantageusement pour l'ouverture & la conduite de ses Tranchées, qu'il pourroit aisément pousser jusques sur les Contrescarpes de la Place.

II. Comme ces Commandemens sont extrémement nuisibles, principalement quand ils ne sont pas fort éloignez des Places, ils doivent être fortifiez avec des Forts de campagne, construits comme nous venons de dire. Ils doivent être revétus d'une forte Chemise, & soûtenus d'un bon nombre d'Esperons, pour les rendre de plus longue durée.

III. Pour leur grandeur & leur Figure, ils doivent toûjours être assez grands pour occuper tout ce qui est accessible sur le Terre-plain de ces Commandemens, & pour se flanquer.

IV. Ainsi on ne s'arrétera nullement au choix des Figures particulieres, quelque forme bizarre que ces Forts puissent avoir. C'est ce qu'on peut remarquer dans le Plan & aux environs de la ville de Setuval, que j'ai levé par l'ordre du Roi de Portugal, le sixiéme May 1667.

FIGURE CLI.

Methode de faire des Lignes de Communication qui répondent des Villes aux Forts.

LORSQU'ON a fait des Forts considerables pour gagner les Postes qui pourroient commander la Ville ou ses avenuës, & qu'on veut assûrer la Marche de ceux qu'on y envoye en garde, & empêcher que les Assiegeans ne les enlevent entre la Ville & les Forts, on y fait des Lignes de Communication en cette maniere.

I. On fait deux Fossez des deux côtez du Terrain qu'on veut enfermer, & la terre de ces Fossez se jette du côté du Terrain où l'on se veut retrancher, afin qu'elle serve à faire un Parapet, qui doit être, si faire se peut, à l'épreuve de l'Artillerie.

II. Quand les Forts sont proche des Villes, on fait leur Fossé & leur Parapet en ligne droite, tirant leurs Défenses des Faces des Bastions de la Ville, & des Forts qui se communiquent.

III. Mais s'ils en sont beaucoup éloignez, on fait ce Fossé & son Parapet en Angle saillant pour se flanquer avec plus d'avantage; même on les accompagne de Redoutes, & de Demi-redoutes, & quelquefois de Forts tout entiers.

IV. L'Exemple des uns & des autres se voit dans les Lignes de Communication de la ville de Villa-nova, située proche la Riviere de Mingho en Portugal.

Fin du premier Volume.

FIGURE CLII.

363
PLAN DES FORTS ET LIGNES DE COMUNIQUATION DE VILLANOVA
FORT DE LA CONCEPTION
RIO MINHO
VILLANOVA

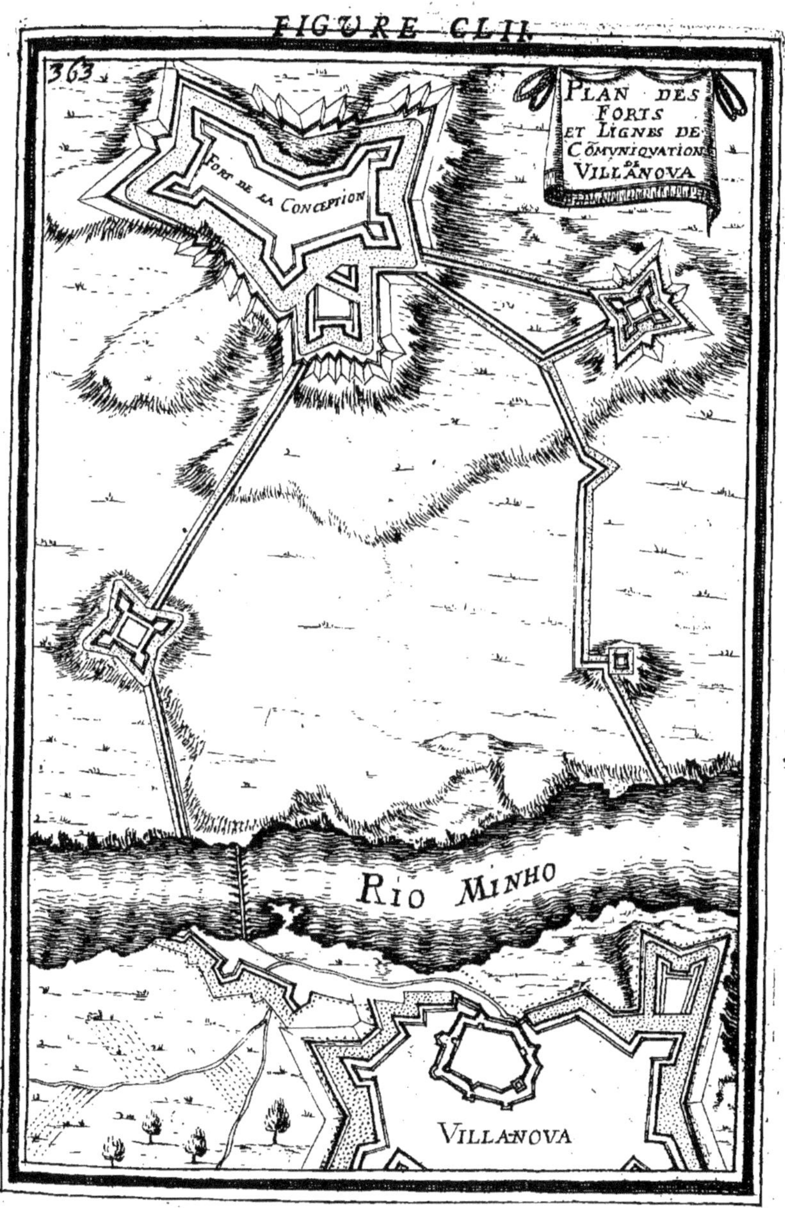

TABLE ALPHABETIQUE DU PREMIER TOME DES

TRAVAUX DE MARS, OU DE L'ART DE LA GUERRE.

TABLE ALPHABETIQUE.

TABLE ALPHABETIQUE.

Fin de la Table du premier Volume.

Avis

corps complet de Tactique ou de l'art de la guerre.

va a Politique guerre,

universalité

a la tête

www.ingramcontent.com/pod-product-compliance
Lightning Source LLC
LaVergne TN
LVHW020558110826
845149LV00002B/304

* 9 7 8 2 0 1 1 3 4 7 4 6 6 *